中华传世藏书

【图文珍藏版】

谚语歇后语大全

赵然⊙主编

大全

第四册

线装书局

十二画

朝山拜观音——诚心实意

博物馆的陈列品——老古董

喜马拉雅山鸡儿叫——名(鸣)声远扬、远近闻名(鸣)、高明(鸣)

喜马拉雅山的雪峰——高不可攀

到喜马拉雅山旅游——好高骛远

喜马拉雅山上摆手——高招、高招儿

喜马拉雅山上鸡儿叫——名(鸣)声远扬、远近闻名(鸣)、高明(鸣)

喜马拉雅山上卖牛黄——又高又贵、又高又黄、高贵

塔上捉赌——一网打尽

塔尖上点灯——高明

塔尖上吹喇叭——唱高调

塔尖上的暖壶——高水平(瓶)

塔尖上挂灯笼——高明

塔顶散步——走投无路

爬上塔顶吹笛子——高调

塔顶上迈步——没路走

塔顶上散步——走投无路

塔顶上吹喇叭——名(鸣)声远扬

硬土块喂蚯蚓——他(它)不肯(啃)

堰头上洗脑壳——首当其冲

堰塘里撑大船——水太浅、不知深浅、不知该往何处去

彭城的夜壶——好嘴儿

落山的太阳——没多大亮

落井下石——坑害人、乘人之危

落井的葫芦——掉在底下浮在上头

落水鸡毛——飞不起

落水麻绳——先松后紧、越捆越紧

落水进龙宫——得意忘形

落水的木片——浮在表面

落水的鸡毛——飞不了、飞不起来

落水的油滴——浮在上面

落水的桃花——随波逐流

落水的麻绳——先松后紧、越捆越紧

落水挑石灰——再重也要挑到底

落水往家跑——怕淋上你（客家）

落地水银——无孔不入

落地丝棉——无光勿沾（江苏）

落地秋蝉——哑了

落地桃子——熟透了

落地的山梨——熟透了

落地的牛屎——提不起来、再提不起来

落地的牛粪——提不起来、再提不起来

落地的水银——无孔不入

落地的鸡屎——当时熟

落地的香瓜——熟透了

落地的柿子——瘪了、软瘫了、软作一堆

落地的秋蝉——哑了

落凤坡的庞统——军师也有失算的时候

联合国的水兵——四海为家

趁水踏沉船——助人为恶

趁水和泥，趁火打铁——一举两得、见机行事

黑三角地带——没人管

景山办事——后门进杆子

景山上的崇祯皇帝——挂着、挂起来

景阳冈武松遇大虫——不是虎死，就是人伤

景阳冈上贴告示——胡（虎）闹

景阳冈上的告示——宁可信其有，不可信其无

景阳冈上的武松——不是你死，就是我活

景阳冈上武松遇大虫——不是虎死，就是人伤

景德镇——磁（瓷）场

景德镇改行——没词（瓷）了、没词（瓷）儿了

景德镇停业——没词（瓷）了、没词（瓷）儿了

景德镇的大窑——净词（瓷）儿

景德镇的尿壶——词（瓷）好、词（瓷）儿好

景德镇的茶壶——词(瓷)好、词(瓷)儿好、词(瓷)倒不坏

景德镇的瓷器——词(瓷)好、又细又好、名扬四海、蜚声海外、绣金匾(边)

从景德镇贩来的——新词(瓷)

喇嘛庙拉骆驼——过了关口了

喇嘛庙里住尼姑——凑合着过

喇嘛庙里的供果——赐一口,吃一口

凿壁偷光——孔明

凿壁偷光夜读书——一孔之见

喷泉出水——源源不断

独游紫金山——一见钟情

稀泥抹墙——敷衍了事

稀泥糊壁——白费劲、白费工夫、枉费工

稀泥糊墙——白费劲、白费工夫、枉费工

稀泥抹光墙——敷衍了事

和稀泥抹光墙——和事佬

稀泥巴——扶不上墙

稀泥巴掺水——难收拾、不可收拾

稀泥巴糊墙——扶不上去、要开口的、糊不上去

稀泥巴插棍棍——越插越深

稀泥巴里打桩——深不得,浅不得

稀泥蛋子——软货

街谈巷议——人行道

过街的老鼠——人人喊打

街上传单——白给

街上卖笛——自吹

街上唱戏——没后台

街上的广告——信不信由你

街上的传单——白给

街上的疯狗——乱咬人

街上耍把戏——光讲不练

街上拖皮尺——应(印)该(街)

街上拖皮线——应(印)该(街)

街上的流浪汉——无家可归

街上五人共把伞——陕(伞)西(稀)

街上只见人打酒——湖（壶）广

街上流行红裙子——赶时兴、赶时髦

街上的大幅标语——引人注目

街头卖俏——厚脸皮

街头的狗——谁有吃就跟谁走

街头演出——没后台

街头卖竹管——饭（贩）桶（筒）

街头耍杂技——光说不练

街头耍把戏——光说不练

街头耍把势——光说不练

街头上耍把戏——说得多，做得少

街头上贴膏药——铁（贴）证（镇）

街后开门——假内行

街后摆米盆——假内行

街后摆扁担——外行

街后摆筐筐——外行

街后摆米烤烤——假（街）内行

街背后落雨——该（街）背时（时）

街沿上过磅秤——举足轻重

街道司衙门——唬得过谁

鹅卵石下油锅——扎实（炸石）

鹅卵石当蛋煎——谁吵（炒）过

鹅卵石垒墙脚——根基不稳

鹅卵石掉酱缸——一个糊涂蛋

鹅卵石滚到茅厕里——又硬又臭

爆炒鹅卵石——不进油盐、油盐不进

（鹅蛋石：鹅卵石。）

鹅蛋石跌进刺蓬里——无牵无挂

锄地不带锄——为么来的

锄地拿着铣——凭（平）脸（镰）

牌坊上卖肉——好大的架子

牌楼下躲雨——暂避一时

搭起牌楼卖酸枣——买卖不大，架子不小

牌楼上挂猪肉——好大的架子

童山上砍柴——一无所获

童山上野炊——要财（柴）没财（柴）

童山上搞野炊——要人没人，要财（柴）没财（柴）

就地搓绳——随坡溜

就地弹雀——必死

就坡上驴——正相当

就坡骑驴——好下台、好下台阶、自找台阶

窝里的蛇——不知长短

窝里的小鸟——迟早要飞走

窝里的马蜂——不是好惹的

一个窝里的王八——龟孙子、龟子龟孙

一个窝里的蝎子——早有勾结、早有勾搭、早就勾结好了

窗小跳不进去——格格不入

窗子小跳不进去——格格不入

打开窗子——说亮话

打开窗子动嘴——说亮话

打开窗子谈心——讲亮话

打开窗子拉开灯——亮多了

打开窗子说亮话——有什么说什么

窗口看天——只见一面

窗口敲锣——里外响当当

窗口吹喇叭——名（鸣）声大、名（鸣）声在外

窗口插桂花——里外香、里外都香

窗口敲大锣——里外响当当、里外都响当当哇

窗户做狗洞——太宽了

窗户遭雨淋——格式（湿）

冲着窗户吹喇叭——名（鸣）声在外

打开窗户——说亮话

窗户子里乘凉——没有你的份（风）

窗户上走人——门外汉

窗户上洒水——格式（湿）多

窗户上伸脚——不是门、走错了门、找错了门

窗户上伸腰——不是门

窗户上的纸——一点就通、一捅就穿

窗户上贴纸——稀糊一盆

窗户上糊纸——一捅就破

窗户上画老虎——吓不了谁

窗户上吹喇叭——名（鸣）声在外

窗户上糊的纸——一捅就破

窗户口吹喇叭——名（鸣）声在外

窗户边上吹喇叭——名（鸣）声在外

窗户里伸腿——没找到门、找不着门路

窗户里吹喇叭——名（鸣）声外扬

窗户眼没纸糊——通了

窗户眼吹喇叭——名（鸣）声在外

窗户眼儿吹喇叭——名（鸣）声在外

窗户眼儿没纸糊——通了

窗户眼里看人——小瞧

窗户眼里吹喇叭——名（鸣）声在外了

窗户眼里露屁股——面子不小

窗户棂里吹喇叭——名（鸣）声在外、名（鸣）声在外了

窗户道雨淋——格式（湿）

窗户台上拾钱——甭弯腰

窗台上种瓜——长不大

窗台上喇叭——名（鸣）声在外

窗台上拾镜子——自家的

窗棂上的纸——一点就破

窗棂上泼水——失（湿）格了

窗棂里吹喇叭——名（鸣）声在外

窗外有窗——多余的框框

窗外吹喇叭——名（鸣）声在外

（寒山：地名。在江苏省徐州市东南。）

寒山里的大钟——搬不起，挪不动

寒山寺里的大钟——搬不动

湖广总督——管两省、管得宽

湖南到湖北——两省、你省我也省

湖南和湖北——两省

从湖南到湖北——两省

湖北到湖南——两省

湖北的北面——有何(河)难(南)

湖北的花生米——恶(鄂)人(仁)

湖心落石——圈套圈

湖心落石头——圈套圈

湖边的垂柳——随风摆

湖里看天——翻在底下、把它翻在底下

湖里的虾米——翻不起浪

湖里的浮萍——沉浮不定

湖里的垂柳——随风摆

湖里的鸭子——没人敢(赶)

湖底的鱼——不好打、打不起来

湖面上的九曲桥——弯弯多

湖塘里看天——天翻地覆在下面

湿水炮仗——死(湿)瘾(引)

湿水榄核——两头滑

湿水棉花——无得谈(弹)、谈(弹)不得、无法谈(弹)、无法谈(弹)起、没法谈(弹)

湿水的大鼓——不想(响)

湿水的炮仗——不想(响)、想(响)不起来

湿水的棉花——没法谈(弹)

湿水的鞭炮——响不了、想(响)不起

湿水的爆竹——不想(响)、想(响)不起来

湿煤压火——闷啦

温泉里洗澡——冷暖自己知

游乐场里的碰碰车——不好驾驭

游泳池里垂钓——引人上钩

游泳池里潜水——钻得不深

游泳池里捉鱼——什么也捞不到

游泳池里钓鱼——谁也不上钩

游泳池里撒网——一无所获、无余(鱼)、捞不到鱼虾

港湾里停船——有安全感

进了港湾的船——遇不到什么大风浪

普宁寺的菩萨——至高无上

道南的兔子——隔条路

粪凼里驾船——无出路、没有出路

粪池沤绿肥——腐败透顶

粪池旁搭棚——臭架子

粪池上的坐马——摆臭架子

粪池里冒沫——作到底了

粪池里泡豆芽——龌龊货

粪池里的落叶——腐败极了

粪池子里泡豆芽——龌龊货

粪池旁搭棚——臭架子

粪坑石板——又臭又硬

粪坑的石头——又臭又硬

粪坑搭木棚——臭架子

粪坑翻个儿——亮出臭底子

粪坑上拜年——臭奉承

粪坑上搭棚——臭架子

粪坑上长灵芝——肥上奇葩

粪坑上吹喇叭——臭名远扬

粪坑上的石头——又臭又硬

粪坑里石头——又臭又硬

粪坑里的鱼——又腥又臭

粪坑里的蛆——一身臭气、没骨头

粪坑里种树——底肥

粪坑里养鱼——腥臭、又臭又腥、又腥又臭

粪坑里冒火——朝(沼)气

粪坑里麻友——又臭又韧

粪坑里翻过——亮臭架子

粪坑里扔石头——屎尿都溅到自己身上

粪坑里泡豆芽——腌臜菜

粪坑里的木头——死(屎)板

粪坑里的木片——死(屎)板

粪坑里的凤凰——臭美

粪坑里的孔雀——臭美

粪坑里的石头——臭硬、又臭又硬

游泳池里潜水

粪坑里的石板——臭硬、又臭又硬

粪坑里的皮球——不光臭,还有点气儿、臭还有点气、还有臭气

粪坑里的棺材——死(屎)板

粪坑里的蛆虫——臭没骨气、满身臭气、又臭又没骨头

粪坑里竖旗杆——好大的臭架子、蛆要造反

粪坑里架手车——拐出屎来

粪坑里倒马桶——臭味相投

粪坑里饿死狗——死(屎)绝了

粪坑里的花喜鹊——臭美

粪坑里的搅屎棍——文(闻)也文(闻)不得,武(舞)也武(舞)不得

粪坑里捡条手巾——如何开(揩)口

粪坑里出来的苍蝇——明摆着的、臭不可闻

粪坑里捡张花手帕——开(揩)不得口

粪坑里捞张餐巾纸——不好开(揩)口

粪坑里捂出的黑豆芽——腌臜菜

粪坑里捂出来的豆芽——腌臜菜

粪坑里面放马桶——臭味相投

粪坑里头撑船——奋(粪)勇(涌)前进

粪坑边亮相——臭架子

粪坑边捡的帕子——咋个开口

跌到粪坑边——离死(屎)不远

粪坑边上的蛆虫——登高必跌重、爬得高,跌得快

粪坑旁搭棚棚——摆臭架子

粪坑底下挖出来的琉璃瓦罐儿——老古董

粪堆插旗子——臭名远扬

粪堆上开花——一阵香,一阵臭、香一阵,臭一阵、臭美

粪堆上打架——造(糟)死(屎)

粪堆上种花——将就使(屎)、臭底子

粪堆上种菜——将就使(屎)、臭底子

粪堆上插旗——臭名在外、臭名昭著

粪堆上开花儿——一阵香,一阵臭、香一阵,臭一阵、臭美

粪堆上长灵芝——臭得出奇

粪堆上立旗杆——臭光棍一条

粪堆上的灰丁——一根底肥得很

粪堆上的灵芝——底子臭、臭底子、臭根子不净、根子不净

粪堆上的豆芽——腌臜菜

粪堆上的蘑菇——毒菌

粪堆上栽上参——底儿臭

粪堆上栽桩子——臭光棍

粪堆上插大旗——臭名昭著

粪堆上插杆秤——过分(粪)

粪堆上插旗子——臭名在外、臭名昭著

粪堆上插鲜花——臭美

粪堆上的灵芝草——底子臭、臭底子

粪堆上种灵芝草——底子臭

粪堆上插牡丹花——臭美

粪堆上栽灵芝草——底子臭

粪堆上长的灵芝草——根底臭

粪堆里埋酵子——发奋(粪)

粪堆里露个头——使(屎)唤人

粪堆里的牛屎虫——满肚子臭、满肚皮臭

粪堆里的灵芝草——臭底子

粪堆顶上开两朵花——开错地方了

隔山打鸟——见者有份

隔山打炮——乱轰一气、难准、哪能有个准、瞎哄(轰)、瞎轰一气

隔山打猎——见者有份、见者有份儿

隔山买牛——两不见面

隔山买羊——过估、不知黑白、不知是白是黄、说不上黑白

隔山估羊——难知大小

隔山攻道——各有其法

隔山纺线——长沙(纱)

隔山取火——讨不得

隔山取物——手真够长

隔山放羊——一辈子不见畜生面

隔山唤羊——白喊

隔山亲嘴——没门

隔山喊话——听点音

隔山射虎——全凭硬功(弓)(满族)

隔山打铜锣——闻音不见影

隔山打斑鸠——白费劲、白浪费、抢（枪）也白费、放枪不得鸟、乱放一通、大小猎枪全用不上

隔山打隧道——里应外合

隔山丢簸箕——不知反正、反正我不知道

隔山买老牛——全凭的是信用

隔山买老羊——拿不准

隔山吹喇叭——名（鸣）声在外、对不上号

隔山估大猪——无根无据、何凭何据、没根没据、瞎猜

隔山摘李子——相差太远（比喻够不着，或比喻达不到要求。）

隔山摘杏子——相差蛮远

隔山开石砸脑袋——飞来横祸

隔山看见蚊虫飞——好眼力、有眼力

隔山看见蜻蜓飞——骗自己又骗人

隔山的石头砸脑袋——飞来的横祸

隔山不下雨,隔河偏遭灾——老天不公

隔门上坑——不行

隔江握手——差远啦

隔江看到鸡吃谷——只能帮喊

隔沟弹花——不沾弦

隔沟看见鸭吃谷——干瞪眼、白瞪眼

隔河作揖——承情不过、承情不过了、承情不尽（近）

隔河走路——清清楚楚、清清楚楚两条道、清清楚楚的两条道

隔河牵牛——枉伸手

隔河弹花——不沾弦

隔河摆手——谢绝

隔河牵线子——长沙（纱）

隔河赶黄牛——鞭长莫及

隔河想握手——差得太远

隔河看鸭吃谷——干瞪眼

隔河看牛吃玉米——帮着喊人无人应

隔河看到鸡吃谷——干着急

隔河看到鸡啄米——干着急

隔河眼瞅鸡叼米——干着急

隔岸观火——看热闹、幸灾乐祸、袖手旁观、心里着急没法救

隔窗吹喇叭——名(鸣)声在外

隔壁摇铃——听到名(鸣)声,未见其人

隔壁添孙——小事

隔壁包饺子——不知道啥馅儿、谁知是什么馅、谁知道是什么馅儿

隔壁弄琵琶——曾闻不曾见

隔壁炒辣椒——有点呛、有点像(呛)

隔壁烧辣椒——有点像(呛)、冲头不大

隔壁摞老子——大丢人

隔壁摞老头——大丢人

隔壁摞簸箕——不知仰着合着

隔壁娶媳妇——指望不上

隔壁包的饺子——谁知是什么馅、谁知道是什么馅儿

隔壁两家仇人结姻缘——不念旧恶

隔壁仇人的女儿成了亲——下辈不记上辈仇

隔墙丢包——不知反正

隔墙丢瓦——反(翻)复(覆)不定

隔墙问路——两不见面

隔墙拉车——行不通

隔墙摘花——伸不得手、伸手不得

隔墙砌瓦——不知仰仆

隔墙点灯——谁也不沾谁的光

隔墙美女——爱(挨)不得

隔墙挑土——填房(旧时指嫁给死了妻子的人称为"填房"。)

隔墙摞瓦——仰覆未知

隔墙摞兔——瞪眼啦

隔墙摞盒——不(扑)差(嚓)、扑嚓

隔墙丢西瓜——给别人解渴、给贼解渴

隔墙丢粪箕——反(翻)复(覆)不定

隔墙丢簸箕——反(翻)复(覆)不定

隔墙扔五脏——死心塌地

隔墙扔鸡毛——撇清(轻)

隔墙扔肝肠——死心塌地

隔墙扔秫秸——乱七八糟

隔墙扔扁担——横竖由他(它)去

隔墙扔斧子——乱摔伤人

隔墙扔孩子——丢人

隔墙扔盒子——非(飞)理(礼)

隔墙扔帽子——胡扣、套不上头、抛锚(帽)

隔墙扔簸箕——反(翻)复(覆)不定

隔墙吹喇叭——名(鸣)声在外

隔墙没蒲包——失礼

隔墙的簸箕——不知反(翻)复(覆)

隔墙相媳妇——不知好歹、好歹不分

隔墙美妇人——爱(挨)不得

隔墙看美妇——挨不得地

隔墙掠肝肠——死心塌地

隔墙掠筛箕——不知仰着合着

隔墙烧辣椒——冲头不大

隔墙撂老子——大丢人

隔墙撂石碌——实(石)砸

隔墙撂肝肠——死心塌地

隔墙撂兔子——瞪眼啦

隔墙撂胳膊——丢开手、甩手

隔墙撂盒子——非(飞)理(礼)

隔墙撂簸箕——不知仰着合着

隔墙撂帽子——不对头、抛锚(帽)、套不上头

隔墙撂老子哩——大丢人

隔墙撂老头儿——丢大人了

隔墙扔蒲包儿——非(飞)礼、非(飞)理(礼)

隔墙扔糖果盒子——非(飞)理(礼)

隔墙果子分外甜——人家的好、别人家的好

隔墙掠个鬼脸儿——唬杀

隔墙各点自己的灯——谁也不沾谁的光

隔墙尚的耳,窗外岂无人——墙内说话,墙外有人听

隔门缝吹喇叭——名(鸣)声在外

隔门缝看女人——小瞧穆桂英了

隔门缝看吕同宾——小看大仙啦、小看了神儿

强震中心的坏房——土崩瓦解

登山远望——方知天外有天

登山爬台阶——步步高升

缅寺顶上挂灯笼——太显眼了

十三画

雷音寺拜佛——不辨真假、真假难辨

压在雷峰塔下的白娘子——盼人搭救

楚河汉界——一清二楚

碌碡上房——砸到顶

碌碡上磙——实(石)打实(石)

碌碡打墙——实(石)打实(石)

碌碡改夯——绞上劲、摽劲、摽上劲了

碌碡顶门——实(石)对实(石)

碌碡带沙——平常(场)

碌碡打月亮——不自量、自不量力

碌碡没有眼——滚

碌碡掉井里——不烂

碌碡砸碾盘——实(石)打实(石)

碌碡碰石砘——实(石)打实(石)

碌碡碰石磙——实(石)打实(石)

碌碡碰鸡蛋——不算本事

碌碡碰砘子——实(石)打实(石)

碌碡碰碌碡——实(石)打实(石)

碌碡撞石磙——实(石)打实(石)

碌碡磙子上拜——坠砣

碌碡拉到半山上——能上不能下

碌碡落在碾盘上——实(石)打实(石)

碌碡上拴镜——照常(场)

碌碡上拴镜儿——照常(场)

碌碡里装钢轴——铁石心肠

楼上招手——下一阵(层)见

雷音寺

楼上屙屎——拉得长

楼上摆盆景——无地自容

楼上摔砂锅——烂到底了

楼上摔酒瓶——没有不破碎的

奔楼上钉橛子——净打破头楔

奔楼上吊秤砣——左右捂眼睛、左右捣眼窝

从楼上摔下上筐子鸡蛋——没有一个好的

楼上面招手——下一层见

楼上边招手——下一层见

楼顶上看人——把人看低了

楼顶上唱歌——高调

楼顶上唱大戏——高抬(台)

楼顶上唱小曲——高调

楼顶上看飞机——高瞻(站)远瞩

楼顶上放鞭炮——四方闻名(鸣)

楼顶上有警报器——事出有因(音)

楼顶上的避雷针——奸(尖)得很

楼顶上的警报器——事出有因(音)

楼板搭铺——高低差不多

楼板上走路——一阵(震)一阵(震)的

楼板上劈柴——顾上不顾下

楼板上打地铺——高低差不多

楼板上栽白菜——扎不下根

楼板上铺席子——高得不多、高一篾片儿

楼板上铺簟子——高一篾片子

楼板上头劈柴——顾上不顾下

楼下客满——后来居上

楼后碾子——跟着走

楼窗上走人——门外汉

楼窗上走人——门外汉

楼底下放起火——一起就顶板

楼房檐的鸟——说飞就飞

榆青石包饺子——又光又硬

墓子里起烟——鬼火乱冒

墓头上拉屎——臭死人

墓地上烧火——热死人

墓地上开晚会——乐死人

墓地上生猪崽——烦（繁）死人

墓地上卖白粉——害死人

墓地上说相声——笑死人

墓地上舞大刀——吓死人

墓地上撒砒霜——害死人

墓地上放恐怖片——吓死人

从墓坑里爬上来——死里求生

墓前的石条——死记硬背（碑）

墓前的破石碑——卑（碑）劣

蒸馏塔上迈步——无路可走

蒙古马——大个儿

蒙古的蘑菇——独根、独根儿

蒙古的骆驼云南的象——谁也不识谁

蒙古包里交朋友——先看看你是不是忠实、先看你老实不老实、先瞧是不是脑木汉（脑木汉：老实、忠厚温顺的人。）

蒙古包里唱大戏——施展不开

蓬莱山上的神仙——各有千秋

鼓山的游客——欲罢不能

鼓楼挂肉——好大的买卖、好大架子、架子不小

鼓楼上小雀——耐惊耐怕

鼓楼上的鸟——耐惊耐怕

鼓楼上挂肉——好大的买卖、好大架子、好大的架子、架子不小

鼓楼上麻雀——吓出

鼓楼上卖狗肉——架子不小

鼓楼上吹唢呐——高调、调子太高

鼓楼上的灯笼——高明

鼓楼上的麻雀——吓大了胆、吓大了胆的

鼓楼上挂灯笼——红光高照

鼓楼上点灯笼——高明

鼓楼上的百灵子——惊吓出来的

鼓楼上的麻雀儿——吓大了胆的

鼓楼上面挂肉案——好大的架子

颐和园的铜牛——不成对、没对、没对儿、成不了对

颐和园里看长廊——走着瞧

赖泥下窑——烧不成个东西

赖地的冬瓜——捧不上树

车干塘水捉鱼——只图一回、不顾后患

塘里无鱼——虾子贵

塘里行船——无出路、没得出路

塘里的藕——心眼多

塘里的泥鳅——掀不了大浪、翻不了大浪、翻不起什么大浪

塘里的荷花——众人共赏

塘里的浮萍——浮在上面、生根不落地、随波逐流

塘里的游鱼——不落底

嵩山顶上的少林寺——高妙(庙)

暗地里盯梢——偷偷摸摸

暗地里穿针——难过、过不去、怎么过得去

暗地里耍拳——瞎打一气、瞎打一阵

暗沟积水——不通

暗沟上跑步——另有音

暗洞里裹脚——瞎缠

暗室穿针——对不上眼儿

暗屋里穿针——难过、过不去、怎么过得去

暗滩上行船——危险性大、难度大、头往泥里钻

跳井挂辫子——上不来，下不去

跳井里捞月亮——净想奇巧事儿

跳井挂住辫子——上不来，下不去

跳河闭眼睛——横了心肠

蜀中无大将——廖化称先锋

照壁后头骂官——背后话

牌坊上卖肉——好大的架子

牌坊上挥手——高招

牌坊上伸巴掌——高手

牌坊上做衣服——高才(裁)

牌楼上卖肉——架子大

牌楼上躲雨——暂避一时、过得一时算一时

牌楼上的阉鸡——官(冠)不大,架子不小

牌楼上的小公鸡——官(冠)不大,架子不小

牌楼下躲雨——暂避一时、过得一时算一时

锡铸的枪头——说弯就弯

锡片儿——铁青

锡山顶上烧茅柴——精光

锦州的小菜——有点名气

煤堆上落汤圆——吹也吹不得,拍也拍不得

煤堆里找芝麻——难寻、难得、得之不易、没处寻

煤堆里找蚂蚁——难寻

煤堆里找野谷子——无(乌)中生有(莠)

煤堆旁边放石灰——黑白分明

煤灰搽脸——给自己抹黑、往自己脸上抹黑

煤灰拌石头——黑白不分、混淆黑白

煤灰刷墙壁——一抹黑

煤灰塞烟囱——不捅(通)

煤粉石灰掺一起——黑白不分、混淆黑白

煤粉子捏菩萨——心肠黑、黑心肝

煤面子捏的人——黑心肝

煤块当汉玉——颠倒黑白

煤块当汉白玉——颠倒黑白

煤块掉在雪地上——黑白分明

煤块儿掉水里——越洗越黑

煤炭下水——一辈子洗不清、几辈子洗不清

煤炭砌墙——抹黑

煤炭擦脸——给自己抹黑

煤炭砌台阶——一抹黑

煤炭砌墙基——一抹黑

煤炭染衣服——简直不能靠

煤炭拐子打飞脚——吓(黑)人一跳

煤炭店里卖棉花——黑白不分

煤炭里打窟窿——黑洞洞

煤炭厂的狗——肯(啃)谈(炭)

煤炭厂的猪——肯（啃）谈（炭）

煤炭厂烧柴——莫（没）谈（炭）

煤炭堆打窟窿——黑洞洞

煤球搬家——倒霉（煤）

煤球捅眼睛——霉（煤）透了、黑透啦

煤球做的脑袋——探（炭）头探（炭）脑

煤球店的磅秤——称叹（炭）

煤球店的营业员——黑人

煤球店里搭戏台——一唱三叹（炭）

煤球掉在石灰里——黑白分明

煤球掉在石灰堆——黑白分明

烧红了的煤球——吹不得、吹也吹不得，拍也拍不得、捧不得

煤场移垛——倒霉（煤）

煤窑里放瓦斯——害人不浅

煤渣里的屎巴牛——一时识不透

煤火台上炕饺子——烧包货

煤火台上烧饺子——烧包

窟窿里看人——小瞧、一孔之见

窟窿眼再小——眼睛也能望到天

窟窿眼里看人——小瞧

窟窿眼儿里看人——小瞧

滂田里——不漏、经干

滂泥田里捏蒿菜，黄茅坡上捡田螺——讲反话

溪水遇上拦路石——绕道而行、舍近求远

溪水遇到挡路石——绕道而行

溪水遇到了拦路石——绕道而行、舍近求远

溪边喝水——一捧再捧、靠捧

溪里的鹅卵石——精光溜滑

溪沟里的老虾公——没有血

溪沟里的鹅卵石——精光溜滑

溪坑里的鹅卵石——精光溜滑

溪流里的鹅卵石——越老越滑

滩上的枯草——心（芯）不死

滩头行船——进退两难

滩头上行船——进退不是

滩头上的白鱼——眼睛不闭

滩头石——任踏任撞

滚水开锅——热气腾腾

滚水泡脚——不耐久

滚水泡米花——开心

滚水泼老鼠——一个跑不了、有皮无毛、在劫难逃

滚水泼蚂蚁——一窝都是死

滚水煮饺子——你不靠我,我不靠你

滚水烫臭虫——不死也是瘟

滚水锅煮娃娃——熟人

滚水锅煮寿星——老熟人

滚水锅里煮鸭子——突出一张嘴

滚水锅里煮棉花——熟套子

滚水锅里捞活鱼——荒唐

滚水锅里捞出的棉花——熟套子

满山遍野——范围广、容数量多

满山跑的兔子不回窝——野惯了

满地芝麻——没说(蒴)

满地竹子——根连着根

满地丢西瓜,撅腚捡芝麻——不知轻重、不知道哪头驱策

满地里插耧——瞎讲(耩)

满山开的杜鹃花——一片火红

满园果子——就数你红

满园落苏——经不起霜打

满园的山楂——难数哪个红

满园的竹子——根连着根

满园的萝卜——个个都是头、个个想出头

满园的牡丹——讨人爱、爱煞人

满园落地花——多谢

满园里挑瓜——眼花

满坡都是铁丝网——刺儿山

满塘客蚂叫——闹麻了

满塘蛤蟆叫——闹麻了

杜鹃花

满屋老鼠跑——窟窿多

满街电灯——光明大道

满街的水果——实在

满街挂灯笼——光明大道

满街红灯齐点燃——不是过节就是拜年

滇池的鱼——一清二楚

新疆的手鼓——要人拍、就爱人拍

新疆的贡梨——水分多

新疆的葡萄——又多又好、出了名

新疆的哈密瓜——香又甜、甜甜蜜蜜

新疆维吾尔族姑娘——小辫子多

新房子粉刷——面面俱到

新房子的墙壁——面面光

福建的龙眼——个子大

殿堂里找如来——大处着眼

群山里开车——尽走弯路

十四画

嘉陵江行船——内行（航）

碱地棉花结籽少——底子不好

碱地里的瓜菜——又小又奸（尖）

碱地里的冬瓜——又小又奸（尖）

碱地里的庄稼——稀稀拉拉

碱滩上的耗子——明摆着

磁石遇铁——不谋而合

磁石遇铁砣——不谋而合

磁铁吸钉——沾（粘）上了、沾（粘）在一起、硬拉过来

模范城——好事（市）

扒了墙的庙——慌了神

隔着墙拉车——行不通

隔着墙看相——好歹难分

隔着墙扔盒子——非（飞）礼

隔着墙扔帽子——不照头

隔着墙丢西瓜——给贼解渴

隔着墙扔鸡毛——撇清（轻）

隔着墙丢簸箕——反复未定

隔着墙扔点心盒子——非（飞）理（礼）

隔着墙扔糖果盒子——非（飞）理（礼）

墙上草——风吹两边倒

墙上小草——随风倒

墙上长草——立不住脚

墙上地图——半壁江山

墙上耳朵——听不进

墙上钉钉——必有牵挂

墙上芦苇——头重脚轻根底浅

墙上有耳——听不进

墙上的马——准看不准骑

墙上的草——随风倒、风吹两边倒、摇摇晃晃

墙上的饼——中看不中吃、好看不好吃

墙上画刀——无济于事、不济事

墙上画马——不出奇（骑）、不能骑、单瞪（镫）、好看不好骑

墙上画鱼——一只眼、妄（望）想

墙上画虎——吃不了人

墙上画饼——充不了饥、中看不中吃、好看不好吃、哄人

墙上画猫——一只眼

墙上跑马——转不过来

墙上种瓜——无缘（园）

墙上种花——记中（种）

墙上种麦——难耕

墙上绣花——戳壁脚

墙上绑刺——难偷

墙上野花——谁睬（采）你

墙上栽花——无后援（园）、扎不下根子、高中（种）

墙上栽菜——无缘（园）

墙上栽葱——扎不下根、难生根

墙上跑马——路不长、转不过弯来

墙上骑马——不拐弯、来回都无路

墙上睡觉——翻不过身来

墙上楔杂——顶(钉)好

墙上一棵草——两边倒、风吹两边倒

墙上一兜草——两边倒

墙上打算盘——挂起来算啦

墙上钉木棍——大小是个爵(橛)

墙上钉橛子——钻劲大、有股钻劲

墙上画大饼——不能充饥、充不了饥、中看不中吃

墙上画公鸡——不出名(鸣)

墙上画耳朵——啥也听不进去

墙上画老虎——吓唬人、样子凶、吃不了人

墙上画的灯——点他(它)都不明

墙上画蚂蚱——蹦跶不起来

墙上画烙饼——能看不能吃

墙上画烧饼——不解决实际问题、好看不好吃

墙上画樱桃——好看不好吃

墙上抹石灰——白说(刷)白话(画)

墙上拔钉子——有钱(钳)就行、诖(挂)误(物)

墙上拉板车——磨不长

墙上拓石灰——白说(刷)

墙上的日历——一天比一天少、一天变个样、过了一天是(撕)一天

墙上的白鳝——蛮(鳗)干

墙上的冬瓜——两边滚

墙上的芦苇——根底浅、两边倒

墙上的茅草——左右摇摆、摇摆不定

墙上的麦子——野种

墙上的泥皮——掉了旧的换新的

墙上的泥坯——去了一层又一层

墙上的春牛——耕不得田、离(犁)不得

墙上的葫芦——头重脚轻

墙上的图钉——钻得不深

墙上的饼子——好看不好吃

墙上的鸽子——东张西望

墙上的蜗牛——使不得

墙上的恶鬼——吓唬不了人

墙上的裂缝——合不拢、合不到一块

墙上的壁虎——光钻空子、钻空子、见缝就钻、专找空子钻、会钻空子

墙上的蝎子——专找缝子钻

墙上贴公约——有章可循

墙上贴草纸——不是话（画）、不像话（画）、太不像话（画）、没话（画）、没有话（画）

墙上挂三弦——不谈（弹）

墙上挂大葱——叶黄根断心（芯）不死

墙上挂口袋——不成话（画）、不像话（画）

墙上挂门帘——没门儿、看着是门进不去

墙上挂王八——上不着天,下不着地、四脚无靠、四爪没抓拿

墙上挂日历——一天一个样、一天变个样

墙上挂乌龟——四爪没抓拿

墙上挂老婆——上不够天,下不够地

墙上挂老鳖——上不够天,下不够地

墙上挂羊皮——不像话（画）

墙上挂帘子——无门、没门、没门儿、装门面

墙上挂驴皮——简直不像话（画）

墙上挂狗皮——不成话（画）、不像话（画）、不算话（画）

墙上挂草荐——不是话（画）、不像话（画）

墙上挂草席——不是话（画）、不像话（画）

墙上挂钟馗——鬼话（画）、以画驱鬼

墙上挂胡琴——不谈（弹）

墙上挂响铃——碰壁

墙上挂葫芦——落不到实处

墙上挂琵琶——不谈（弹）、不谈（弹）了

墙上挂琴弦——不谈（弹）、不谈（弹）了

墙上挂棋盘——一子儿不留、一个子儿留不住、一个子儿也留不住

墙上挂席片——不像话（画）

墙上挂魁星——鬼话（画）、一片鬼话（画）（魁星:传说中主宰文章兴衰的神。）

墙上挂蓑衣——不像话（画）

墙上挂麻袋——不像话（画）

墙上挂猪头——不像话（画）

墙上挂鳖壳——定(钉)了规(龟)举

墙上挂磨子——实(石)话(画)

墙上挂磨盘——大实(石)话(画)

墙上挂磨扇——实(石)话(画)

墙上贴公约——有章可循

墙上贴草纸——不是话(画)、一点不像话(画)、没有话(画)

墙上种白菜——难交(浇)

墙上种麦子——有点耪不开

墙上种黄连——埋头苦干

墙上推小车——磨不开把子、有点路窄

墙上锲木橛——必有牵挂

墙上画的美人——你爱她不爱

墙上的山水画——面上好看

墙上的牵牛花——会吹会爬、会高攀、果然会高攀

墙上挂的王八——上不着天,下不着地、四脚朝天

墙上挂的美人——你爱她,她不爱你

墙上蜡,瓦上霜——长久不了

墙上画的美人儿——你爱她不爱

墙上挂着的王八——上不着天,下不着地

墙上的葫芦被风吹——左右摇摆

墙上的蜘蛛网,草原上的脚印——蛛丝马迹

墙上的蜘蛛网,草原上的马脚印——蛛丝马迹

挂在墙上的一块肉——谁愿割就割

挂在墙上的一块猪肉——多会儿愿割就割

墙头草——随风倒

墙头拉车——路子窄

墙头跑马——一趟成功、好险、没回头、有去路没回路

墙头种麦——两垄

墙头稗子——飞来的

墙头栽菜——坏名在外

墙头栽葱——扎不下根

墙头一棵草——两边倒

墙头吹喇叭——里外都响

墙头的冬瓜——两边滚

墙头种白菜——难交（浇）

墙头捣马粪——扒拉自己一脖子

骑上墙头看课本——加（夹）强（墙）学习

骑上墙头做早操——加（夹）强（墙）锻炼

隔着墙头吹喇叭——外响里不响

墙头儿马粪——扒拉一脑袋

墙头上行路——直来直去

墙头上走马——扭不转头

墙头上拉车——路子窄

墙头上拉屎——好高的眼、四邻不维

墙头上刺针——触壁

墙头上的草——摇摆不定、摇摇晃晃、风吹两边倒、刮这风往那倒、哪边风硬哪边倒

墙头上种地——没几分、能有几分

墙头上种菜——没缘（园）

墙头上孬铡——别给我磨牙

墙头上跑马———溜巧言（沿）、人难骑、寸步难行、小道路窄、好险、危险、冒险、路子窄、有去路，无回路、转身难、转不过弯、没多大奔头、没啥奔头、没几步蹬打、难回头、难转弯、不回头的畜生、豁出来了、豁出来做冒险事

墙头上跑车——路子窄

墙头上犁地——有去路无回路、有去的路没回的路、拐不过弯、能有几来回

墙头上栽树——命不长

墙头上栽葱——无缘（园）、扎不了根、诨名在外、没几行

墙头上骑马——没前途

墙头上植树——成不了材

墙头上睡觉——不敢翻身、难翻身、难得翻身、翻不了身、想得宽

墙头上遛马——人难骑

墙头上耕地——没有犁

墙头上画大饼——好看不好吃

墙头上拓白灰——白说（刷）

墙头上的公鸡——两面鸣

墙头上的白菜——难浇（交）

墙头上的冬瓜——两边倒

墙头上的耳朵——听不进

墙头上的麦子——野种

墙头上的葫芦——两边滚

墙头上的篙子——哪边风大往哪边跑

墙头上的鸽子——东张西望、左顾右盼

墙头上的壁虎——光钻空子、钻空子、见缝就钻、专找空子钻、会钻空子

墙头上挂圆鱼——四脚无靠

墙头上挂犁子——直来直去

墙头上种白菜——难浇(交)(比喻为人孤僻,很难和别人做朋友。)、难教、有种的没收的

墙头上种庄稼——没几分、没什么好讲(耩)的

墙头上种萝卜——难浇(交)

墙头上看飞机——高瞻远瞩

墙头上掉马粪——扒拉一脖子

墙头上骑车子——难转弯

墙头上栽大葱——混(荤)上去了

墙头上推小车——磨不开把

墙头上的毛毛草——随风倒

墙头上的喇叭花——爬得高、爬上去的

墙头上抹石灰水——白说(刷)

墙头上骑自行车——掌不住把啦

墙头上的马蜂,墙缝里的蝎子——一个比一个毒

墙内抛砖——吓唬外人

墙外竹笋——外甥(生)

墙里开花——墙外香

墙里的柱子——使暗劲、暗中使劲、暗里使劲、光出力不露面

墙里挂扫帚——不像话(画)

墙里开花墙外红——美名在外

墙里开花墙外香——自个闻不着

墙里的柱子——使暗劲、暗中使劲、暗里使劲、光出力不露面

墙角开口——邪(斜)门

墙角打拳——有力无处使、有劲使不上

墙角尿桶——用时拿,不用时摔

墙角追狗——回头一口

墙角起支磨——转半圈

墙角起盘磨——转半圈

墙角上开口——邪（斜）门歪道

墙角上开门——邪（斜）门歪道

墙角上的蜘蛛——倒挂

墙角里打秋千——到处碰壁

墙肚里的柱子——暗中使劲

墙顶上的茅草——随风摆

墙根的尿圈圈——狗话（画）

墙根底下避雨——轮（淋）不着

墙弄里打秋千——到处碰壁

墙檐上睡觉——严（檐）重、翻不了身

墙嘴上抹石灰——白说（刷）白话（画）

墙窟窿放屁——逞（衬）强（墙）

墙窟窿里打气——逞强（墙）

对着墙壁走路——无门、没门儿

对着墙壁流泪——独自悲伤

对着墙壁流眼泪——独自悲伤

对着墙壁踢足球——有去必有回

墙壁上钉钉——硬挤进去

墙壁上的人影——不是话（画）、不像话（画）

墙壁上画山水——有话（画）难提

墙壁上画老虎——咬不到人

墙壁上的人影——不像话（画）

墙壁上挂乌龟——没得抓拿

墙壁上挂帘子——没门、没门儿

墙壁上挂钟馗——鬼话（画）

墙壁上挂草帘——不叫话（画）

墙壁上的爬壁虎——会钻点空子

墙缝的蝎子——暗中伤人、蜇人不显身

墙缝的蛇咬人——出嘴不出身

墙缝里的蝎子——暗中伤人、蜇人不显身

墙缝里的蚂蚁——不愁没出路、自有出路、自有路数

墙缝里插锥子——暗扎着

墙缝里的蛇咬人——出嘴不出身

摘星亭裂缝——坏以顶了

摘星亭的台阶——级别高

摘星亭上打锣——想（响）得高

摘星亭上打拳——有高招

摘星亭上抬头——天外有天

摘星亭上挥手——高招

摘星亭上读书——文化高

摘星亭上截肢——手段（断）高

摘星亭上用蒸笼——气冲牛斗、气冲霄汉

摘星亭上扔石头——抛到九霄云外了

摘星亭上找对象——要求太高

摘星亭上的台阶——高级

摘星亭上看云彩——眼光太高

摘星亭上摘不到星星——虚有其名

赫济诺尔的耗子——明摆着

鄱阳湖打篱笆——难为（围）

鄱阳湖里吹喇叭——想（响）得宽

鄱阳湖里起春水——一浪高一浪、一浪更比一浪高、后浪推前浪

敲山震虎——惊不了、虚张声势、瞎咋呼

敲门惊柱子——旁敲侧击

敲门砖——用过就扔

敲石出火——一闪即灭

漫山的杜鹃——一片红火、红火的一片

漫地烤火——一面热

漫地里烤火——一面热

漫地里跑猪——也（野）象

漫地里的骆驼——野象

漫地里竖根棍——无依无靠

漫地里摆簸箕——外行

漫洼里长石头——出山

漫野地里老鼠——外号（耗）

漫野地里兔子——是个跑家

漫野地里长棵树——不在行

漫野地里跑个驴——不识（使）好歹（逮）

漫野地里跑个猪——也（野）象

漫野地里撂筐筐——外行

漫野地里老鼠上垛——外号(耗)成堆

漏房偏遇连阴雨——倒霉透顶

滴水穿石——不是一日之功、非一日之功、绝非一日之功

滴水成河——积少成多

滴水成冰——气候寒冷、数九寒天

滴水落大海——不显不露

滴水崖上滴水——没完没了

漩涡里洗澡——越陷越深

漩涡里的叶子——打圈圈

彰德府的粘窝——这一辈(算)子不行了

翠屏山的蝴蝶——花花世界

翠屏山里的潘老丈——不说还明白,说了更糊涂(潘老丈:《水浒全传》中的潘巧云之父。)

隧道口撞车——豁出来了

隧道口张开布袋——装疯(风)

隧道里的风——这头进那头出

隧道里扛木头——直来直去

隧道里的火车——不走明路

隧道里的客人——暗地来

十五画

横梁木——不能批(劈)

横梁做柴——太粗心(薪)

横梁做矮凳——屈才(材)了

横梁套不进直柱——心(榫)眼儿窄

横梁上睡觉——翻不了身

横匾压塌龙王庙——好大的牌子

横垄地拉犁——步步坎坷、步步有沟坎

横垄地拉砘子——一步一个坎儿、步步有坎儿

横垄地拉碾子——一步一个坎儿、步步有坎儿

横垄地推侉车——步步是坎儿

横垄地撺瘸子——一步跟不上，步步跟不上、一步赶不上，步步都紧张

横垄地里拉车——一步一个坎

横垄地里拉砘子——一步一个坎儿、步步有坎儿

横垄地里拉碾子——一步一个坎儿、步步有坎儿

横垄地里撺瘸子——一步跟不上，步步跟不上、一步赶不上，步步都紧张

横垄台拉石碌——一步一个坎、一步一个坎儿、步步有坎、步步有坎儿

横垅地推侉车——步步是坎儿

辘轳断了轴——玩不转

辘轳把打狗——拐家伙

辘轳串当眼镜——各对各眼

辘轳上的娃娃——滚下去吧

靠山吃山，靠水吃水——一方水土养一方人

靠墙打狗——仗着一面子、仗着一面子势力

镔铁做铧口——离(梨)不得

镇江名醋——酸溜溜

潼川豆豉煮醪糟——不是滋味

潭里螺蛳——只图嘴里含泥

潭里的螺蛳——只图嘴里含泥，不顾屁股起青苔

潭柘寺的和尚——没数

澄城过合阳——现(县)过现(县)

德州扒鸡——窝着脖子别着腿

德州的扒鸡——窝着脖子别着腿

进德胜门瞧鼓楼——斜向

潮州花灯——出双入对

潮州二胡——自己顾自己

潮州的工夫茶——味儿分外浓

潘阳湖里吹喇叭——想(响)得宽

潘家湾的锣鼓——各打各的

潮水退了再下网——迟了、晚了

潮湿的鞭炮——没想(响)头

摩天岭上打拳——有高招

摩天岭上打锣——想(响)得高

摩天岭上的鸟——爱唱高调

摩天岭上放哨——高瞻远瞩

摩天岭上挥手——高招

摩天岭上请客——高朋满座

摩天岭上读书——文化高

摩天岭上跑步——起点高

摩天岭上唱歌——调子太高

摩天岭上推掌——出手很高

摩天岭上睡觉——高枕无忧

摩天岭上踱步——高慢

摩天岭上扔石头——抛到九霄云外了

摩天岭上用蒸笼——气冲牛斗、气冲霄汉

摩天岭上伸巴掌——高手

摩天岭上坐轿子——抬得太高

摩天岭上找对象——要求太高

摩天岭上的大学——高效（校）

摩天岭上的平地——高傲（岙）

摩天岭上的台阶——高级、级别高

摩天岭上的寺院——高妙（庙）

摩天岭上的居民——有靠山

摩天岭上的灯笼——高明

摩天岭上的蚂蚁——爬得高

摩天岭上的珍宝——高贵

摩天岭上的珠宝——高贵得很

摩天岭上的猴子——爬得高

摩天岭上放风筝——起点高

摩天岭上放焰火——天花乱坠

摩天岭上放暖壶——高水平（瓶）

摩天岭上看云彩——眼光太高

摩天岭上晒衣服——高高挂起

摩天岭上做衣服——高才（裁）

摩天岭上喊口号——呼声很高

摩天岭上喝泉水——捧得太高

摩天岭上的过山车——高速度

摩天楼上说大书——高谈阔论

糊涂庙里糊涂神——糊涂到一块了

豫东平原——确（缺）山

十六画

薄土地种庄稼——不忘（旺）

薄地芝麻——没说（蒴）

薄地棉花——一絮完了

薄地里棉花——絮完了、一絮完了

薄地里的棉花——絮完了、一絮完了

薄地里的谷子——个头不高有岁（穗）了

耩地不用耧——撒种

耩地披蓑衣——趁墒抢种

耩地看耧眼——走着瞧、走着瞧吧

耩地看耧眼儿——走着瞧、走着瞧吧

篱笆南瓜——头重脚轻

篱笆墙儿——不挡风

篱笆扎得牢——野狗钻不进

篱笆挂团鱼——四脚无捞

篱笆配栅栏——正合适、再合适不过了

篱笆上晒菜——挂心

篱笆上吊南瓜——头重脚轻

篱笆下的喇叭花——往上巴结（秸）

篱笆底下看阳光——净是圈圈

激流出山——势不可当

激流出涧——势不可当

激流里的船——回头难、难回头

激流里下桩子——要有准头

磨刀水洗头——脑筋生锈、脑袋生锈

磨刀水当茶喝——秀（锈）气在内

磨刀水泼胸口——心里秀（锈）

磨刀水喝下肚——秀（锈）气在内

吃了磨刀水的——锈气在内

喝磨刀水长大的——内秀（锈）、秀（锈）气在内

地理类歇后语

磨刀石上的刃——出风(锋)头

磨砖砌的喉咙——又光又滑

磨盘湾——又转回来了

磨坊里的驴——打出来的、听喝、瞎转圈子

磨坊里的猪娃——福蛋

壁上画琴——不能谈(弹)

壁上挂网——斜眼多

壁上抹胭脂——图个好看

壁上画春牛——离(犁)不得、跟(耕)不得

壁上画棋盘——一个字(子)留不住、一个字(子)儿留不住(子:指钱。)

壁上画樱桃——好看不好吃

壁上的地图——江河虽多无河水、江河虽多没有水

壁上的春牛——离(犁)不得、跟(耕)不得

壁上挂王八——悬空四只脚

壁上挂甲鱼——四脚无捞、四脚无靠、四脚无靠处

壁上挂团鱼——四脚无靠

壁上挂帘子——不像话(画)

壁上挂狗皮——不像话(画)

壁上挂美人——你爱她,她不爱你

壁上挂钟馗——鬼话(画)

壁上挂帘子——不成话(画)、不像话(画)

壁上挂棋盘——一个字(子)留不住、一个字(子)儿留不住(子:指钱。)

壁上挂樱桃——好看不好吃

壁上挂蒲席——不成话(画)、不像话(画)

壁上挂蒲扇——不成话(画)、不像话(画)

壁上挂魁星——鬼话(画)、不成话(画)、不像话(画)、不是个位置

壁上种灯草——白费心、白费劲、白费工夫、枉费工

壁上的寒暑表——善于看气候

壁上画的春牛——离(犁)不得、跟(耕)不得

壁上挂的美人——你爱她,她不爱你

壁头上挂鳖——四脚无靠

壁头上挂帘子——不成话(画)、不像话(画)

壁头上挂草帘——不成话(画)、不像话(画)

壁头上挂蒲席——不成话(画)、不像话(画)

壁头上的春牛——离(犁)不得、耕不得

壁头上挂草帘子——不成话(画)

壁角里的镢头——挖墙脚(角)

壁角里使镢头——挖墙脚(角)(镢头:刨土用的农具。)

壁缝里的风——到处钻

十七画

檐上老鼠——晚上见

檐下滴水——点点不够

藏经阁失火——输(书)光了

扶起篱笆倒了墙——顾此失彼、顾东不顾西

倾倒的篱笆——塌了架

十八画

藕煤的窟窿——黑心眼

藕煤灌泥浆——个个实心眼儿

瀑布下洗头——不怕冲击

瀑布下游泳——心都凉了

十九画

酆都城开当铺——鬼遇见鬼

酆都城里访友——鬼碰上鬼、鬼碰上鬼了

酆都城里开饭店——鬼才上门

酆都城里说大书——鬼话连篇

酆都城里贴告示——鬼话连篇

酆都城里唱大戏——鬼听

酆都城里号丧鬼——哭的哭,叫的叫

巍巍大山——永不动摇

二十画

露天坝头的饭——大家吃点

露天场上看完电影——拍拍屁股就走

二十一画

灞河的藕——心眼儿多

第十章　衣食住行歇后语

一、衣篇

一画

一个染缸的布——一色货、同样的货色

一双皮手套——十指尖尖肚里空

一两棉花一张弓——细弹(谈)

一两棉花上弹花机——谈(弹)不上

一丈布去半尺——没有酒(九)吃(尺)啦

一丈布做双小鞋——绰绰有余

一层布开滚口——斜(邪)完了

一层布做夹袄——反正都是理(里)

一条裤子一条绳——光棍一段料

一样布做的袄——反正都是理(里)

一根线绣出两色花——针(真)好

一根线上扣两个蚂蚱——一个也跑不了

一根绣花针——不是打铁的材料

一根棒槌擂鼓——不对

一头是针,一头是线——条条是道

一锥子扎到底——死心眼

一锥子扎不出血——死肉一块、皮厚

一烙铁——烫不平

二画

二尺布做袍子——不够材料

二尺布做裤衩——两头顾不上

十五块布做衣服——七拼八凑

七尺布拦腰剪——不三不四

八尺布剪单衫——只大不小

八尺布截两下——死（四）吃（尺）一块

八尺布袋——把人硬装进去

八两线织匹布——离奇、太离奇

八两线织一丈布——没门

八两纱子织布——想得稀奇

九次量衣一次裁——合身

九两纱织十匹布——休想、想得稀奇

三画

大褂没底襟——怎么凑的

大褂眼色——认衣不认人

大褂套狗——不是人

大衫子——没理（里）儿

大衫布做坎肩——亏了材料

大红布包山楂——里外红、里外一个色

大红缎子上绣花——亮刷刷的

大腰布换肩膀——文（纹）绉绉

三棉线放两处——一是一，二是二

三锥子扎不出一血来——老牛筋

三只裤脚多一只裤脚——多管闲事

三条裤子洗了两条——劝你不消喜（洗）得

三顶帽子四人戴——难周全

丈八布剪个布衫——只大不小

土布做西装——不是那块料

上锈剪刀——口难开、掰不开

口袋无底——装不满

口袋装水——留（流）不住

口袋装蛇——不让他（它）露头

口袋倒西瓜——一口道（倒）净、干净利落、直出直入、随他（它）滚去

口袋装钉子——个个想出头、奸（尖）的出头

口袋装老虎——谁敢

口袋装茄子——叽里咕噜

口袋装锥子——藏不住

口袋装狗屎——白糟蹋

口袋装菱角——迟早要冒尖

口袋盛米汤——装糊涂

口袋搭在脖子上——白脖

口袋空空的穷汉——一个子儿也没有

口袋的底儿满是窟窿——存不住钱

口袋里买毛——谁见了

口袋里买猫——不知好歹、不知是白猫黑猫、没有准、瞎抓、抓迷糊

口袋里伸手——要钱

口袋里取物——手到擒来

口袋里冒烟——烧包

口袋里装钱——心中有数

口袋里睡觉——装着、装得挺直

口袋里存香烟——莫（摸）想

口袋里抓元宝——跑不掉

口袋里抓兔子——十拿九稳、没跑、跑不了

口袋里抓粑粑——粘上了、稳拿

口袋里的蜈蚣——摸不得

口袋里盛娃娃——装人

口袋里装王八——窝脖货

口袋里装牛角——七拱八翘、内里有弯

口袋里装皮尺——有分寸

口袋里装芝麻——多得很

口袋里装折尺——内里有弯

口袋里装洋火——烧包

口袋里装刺猬——珍(针)藏

口袋里装宝剑——不露锋芒

口袋里装稻秆——草包

口袋里装鞭炮——其上有诈(弹)

口袋里装一团火——烧包

口袋里装死王八——窝囊废

口袋里装苍米子——倒不出来、爱露尖

口袋里装萤火虫——多少沾了点光

口袋里装满话梅——一身酸味

口袋里装着屎壳郎——走到哪儿臭到哪儿

口袋布做大衣——横竖不够料

马褂改棉袄——老一套

马褂改裤衩儿——大才(材)小用

马褂上穿背心——格(隔)外一套

小棉袄——不是假(夹)的

小布衫儿——两面都是理(里)

四画

夫妻裤轮流穿——穿到家

不穿裤子走娘家——全靠着近

开线的口袋——越摸越没底

开染房的出身——拿颜色来看

开染房的说话——给点颜色看

开刺绣店的——花样多

五尺布做裤衩——宽打窄用、宽备窄用

五件夹衣——实(十)践(件)

中式服装西式领——独出心裁

见乌纱帽就摸头——官迷

见了孝衣也想要——贪心鬼、贪得无厌

长衫改夹袄——取长补短

长衫马褂瓜皮帽——老一套

长袍改短褂——绰绰有余、用不了的料

长袍马褂——过时货

反穿皮袄——出相(羊)、装佯(羊)、装相(羊)、装狗、毛朝外

反穿皮袄坐麦地——装羊

毛线提水桶——台(抬)湾(弯)

毛蓝口袋倒西瓜——干干净净、一口气儿倒个干净

手套套手,五指正贴——完全对路

手套鞋子都长草——慌(荒)了手脚

牛皮袄子反穿——逗虱子走弯路

引线对麦芒——针锋相对

五画

龙袍当衮衣——白糟蹋

玉皇帽子——顶板

古装穿皮鞋——不协调

古戏装——华而不实

布上的棉线——千头万绪

布衫没领——穿不得

布口袋破了口——说不完了

布机上的棉线——千头万绪

布机上的梭子——老路子、一来一往、去了又来、不打不走、直来直去、直出直入、快去快来、尾巴拖得长得很

布店里放粮——散布

左大襟——改不过来了

轧花店关门——主谈(弹)了

轧花房失火——别谈(弹)

旧棉套——非谈(弹)不可

旧裤子改衬衣——不行(新)

四两线织件毛衣——不打紧

四两棉花——谈(弹)不上、谈(弹)不拢

四两棉花一张弓——慢慢地谈(弹)

四两棉花十张弓——从何谈(弹)起

龙袍

谚语歇后语大全

衣食住行歇后语

四两棉花八张弓——细谈(弹)一阵

四两棉花买回家——访(纺)访(纺)

四两棉花请弹匠——谈(弹)不得

四两棉花送到轧花厂——不值一谈(弹)

少时衣裳老来穿——守时货、过时货

白布下靛缸——洗不清

白布包钉子——个个想出头

白布进染缸——洗不清、洗不净、有口难吐白、怎么也洗不白、怎么也洗不净、作(着)难(蓝)

白布做夹袄——反正都是理(里)

白布染红色——难洗净

白布染黑布——一辈子受屈

白布跌油桶——洗不净、洗不清

白布敲墨印——一是一,二是二,黑白分明

白布做的衣服——不轻(青)

白布跳进黄河里——洗不清了

白布上的蓝靛——明明白白

白衫放进桐油缸——满身污油洗不净

白帽子不认电线杆——好大的胡琴

白缎子补丁——补到哪里哪里白

用针挖井——白费工

用线搭桥——难过

生锈剪刀——口难开

半根麻线——少私(丝)

半截梭子织布——独来独往

半截子背心——不得要领

头巾吊在水里——开了胶

头巾环儿——靠后

好绫罗——尺头短

皮袄反穿起——装佯(羊)

皮袄掉了一根毛——无关紧要

皮袄里面的带子——贴身

皮裤套皮裤——定有缘故、必是有缘故

皮裤里放屁——走了两岔儿

皮大衣花里子——表里如一
皮匠店里失火——都搬出来
丝绸绣蜡梅——锦上添花
丝绸上绣花——底子好、底子薄
丝绸口袋装狗屎——白糟蹋、可惜了材料
红绸子绑牡丹——锦上添花
丝线打结——难解、难解难分
丝线捆柴——吃不住劲
丝线穿豆腐——难题（提）、提不起来、提都不要提
丝线穿珍珠——串起来了
丝线缠麻线——越缠越乱，难缠
丝线拧成一股绳——合在一起干
丝线上滚珠子——又快又利索
对穿衣镜作揖——自己恭维自己

六画

西装配拖鞋——不伦不类
扛布袋的抓着口——进门就倒
扛布袋找布袋——糊涂得很
扛着口袋骑驴——挨压的是你
有衣无帽——不成一套
有布衫还要绸衫——好还要好
有拉链的上衣——不用扣
灰布上写黑字——不清楚
在针尖上削铁——追求利润（刃）
夹口袋赶集——凑凑热闹
夹裆裤子上天——走红运
有了布衫还要绸袄——好还要好
当衣服买酒喝——顾嘴不顾身
当衣服买粉搽——穷打扮、穷讲究
当衣服打牙祭——顾嘴不顾身
名牌货便宜卖——物美价廉

丢了上装丢下装——没依据(裙)

丢了一枚绣花针——小事件、小事一件

衣长袖短——不配套、不成一套

衣无领,裤无裆,一日三餐喝米汤——难过日子

衣服进染缸——变了色

衣服上的补丁——明摆着的

衣服上落灰尘——连吹带拍

衣裳背后开纽孔——出了纰漏 4

衣兜兜水——兜不住

衣兜兜狗——不服抬举

衣兜里装菱角——尖的出头

衣袖揩屁股——自臭自、自己搞臭自己

衣袖里放棒槌——直来直去、直进直出

衣袖里拉胡琴——开工(弓)不得、不能开工(弓)

衣角扫死人——好威风

衣食不愁想当官,做了大官想成仙——贪得无厌、贪心不足

衣袋里卖猫——心被抓迷糊了

衣针落海——再无出头之日

衣架撑裙衫——不美

汗衫穿在棉袄外头——硬往身上套

汗衫没袖子——露头胳膊

买匹布裹脚——宽打窄用

买帽子当鞋穿——不对头

买帽子揣到怀里——不对头

好袄做成破马褂——穷折腾

红线穿明珠——光彩夺目

红线串灯芯草——心连心

红线穿铜钱——心连心

红绸包酸楂——里外都红

红烙铁——沾不得

羽毛缎子盖鸡笼——外面好看里面空

好衣不会着——枉屈

好袄做成破马褂一穷折腾

好颜色不解匹配——枉屈

买一根针讨价还价——不值得
买了皮帽买皮鞋——又得顾头，又得顾脚

七画

寿衣店进货——身(生)外之物

花手巾盖灯笼——外面好看里面空

花手巾兜个苏菜瓜——道道多

花绸子盖鸟笼——外面好看里面空

花绸子做尿布——屈才(材)、屈了材料

花布儿斜扯——歪道道多

扯裤子补补丁——堵不完的窟窿

扯了龙袍打太子——一命换一命

把上衣的料用来做裤子——没有计划

把龙袍当襄衣——白糟蹋

两条裤腿——一个裆

两幅半的被单——遮头遮不住脚

孝服上着银带——不相称

孝服内生孩儿——怕人知

孝帽缝领子——白脖子

孝帽掉在靛缸里——格外出色

时装店开张——没救(旧)的东西

时装店老板——有福(服)

时装店里聊天——讲穿不讲吃

围裙遮羞——尽量拉扯、顾前不顾后

针当棍子——真(针)好、真(针)棒

针拨灯盏——挑明

针挑黄连——挖苦

针刺螃蟹——不出血

针扎手指头——连着心

针无两头尖——难得两全

针挑手中刺——一个更比一个奸(尖)

针掉到海里——永无出头之日

针扎在鞋底上——没法下脚
针吞到肚子里——心腹之患
针挑黄连——挖苦
针尖挑泡——斗脓、放脓
针尖对牛角——一个对一个
针尖对枣刺——奸(尖)对奸(尖)
针尖的灰尘——微乎其微
针尖对油捻儿——挑明了
针尖扎到手心里——刺到了痛处
针尖落在芝麻上——难得
针尖削铁——学(削)不出来
针尖上擦油——又奸(尖)又滑
针尖儿上擦鼻涕——无法下手
针尖上打能能——露武艺
针钩钓鲤鱼——吃穿
针眼当烟筒——小气
针眼里看人——小瞧
针眼里观景——一孔之见
针鼻不叫针鼻——显(线)眼、现(线)眼
针鼻里的日子——过不去
针鼻里瞧韩湘子——小看仙人
针鼻当大门洞——认准这个门、想得宽绰
针嘴巴——奸(尖)得很
针毡上睡觉——坐卧不安
针锥剃头——一个师傅一个传授
针锥做鞋——硬上(绱)
乱麻疙瘩——理不肖、理不出头绪
乱麻缠手脚——摆弄不开
乱麻缠成团——总有一个头
乱麻团掉刺窝——难理清
乱麻韭菜缠一起——难收拾、不可收拾
乱麻里跳鸡——脱身难
乱麻缠皂角树——理不清
乱麻堆里翻跟头——把自己给缠住了

估衣铺的衣裳——一摞一摞的

合穿一条裤子——搭档(裆)

含着绣花针聊天——尽讲些尖刻的话

补丁打在屁股上——让后人看看

纺丝吊门——不(布)理(里)

纺织厂的烂线团——千头万绪、头绪太乱

纺织厂的下脚料——千丝万缕

纺车锭插到荞麦囤——尖对棱

纺线棍儿支墙——架不住

纱绢做布卖——不知好歹

纱线板做牌楼——力不胜任、枉费心机

尿布当手绢——不害臊

尿布做围嘴——臭一圈子

尿布擦嘴长大的——满嘴喷粪

八画

雨衣外面穿棉马夹——不贴心(身)

青染缸里洗澡——一身轻(青)

卖布不用尺——存心不良(量)、起心不良(量)、瞎扯、胡扯

卖布不过秤——讲吃(尺)

卖布掉剪子——光(寡)剩吃(迟)了

披起蓑衣啃红苕——穿也没有穿个啥,吃也没有吃个啥

披着被子上天——张狂得没有领了

披着被子上朝——穷尽忠

披着大氅偷烟袋——文明人不干文明事

披散穿花鞋——顾脚不顾头

披西装穿草鞋——不相称、土洋结合

拆口袋做大襟——改邪(斜)归正

拆了袜子补鞋——顾面不顾理(里)

拆了手套打背心——现(线)不够

拆了裤子做帽子——顾头不顾腚

板刷脱了毛——有板有眼

卖了大衣穿裤衩——生怕不丢人、短得见不了人

卖了裤子买镯子——穷讲究

顶着棉花玩火——找灾、自找灾害

顶着三尺白布进染房——好看颜色

典了裤子买酒喝——顾嘴巴不顾冷暖

金针对钻头——奸(尖)对奸(尖)

制衣厂的装卸工——按部(布)就班(搬)

肥皂洗手——一干二净

肥皂穿云——轻松

肥皂刻手戳——不是这块料

肥皂不叫肥皂——胰子

肥皂水吹泡儿——一下就破

肥皂泡——吹不得、一戳就破、不攻自破、起得快,灭得快

肥皂泡上天——自吹自灭

肥皂泡遇风——自破、一吹就破

肥皂泡当镜子——成了泡影

肥皂泡遇见狂风——不吹自灭

服装厂做背心——不得要领

服装店失火——依(衣)然(燃)

服装店的尺——量体裁衣

服装店的架子——依(衣)靠

服装店里开饭店——有吃有穿

服装店里的买卖——一套一套的

服装店里的衣裳架子——没头脑

的确良当抹布——屈才(材)、大才(材)小用、细当粗用

的确良的褂子——透心凉

空口袋——立不起来

空梭织布——枉费心机

空梭织渔网——没法治(织)

空箱里取物——无中生有

空坎肩作揖——露两手你瞧瞧

衬衣上的扣子——贴皮贴肉又贴心

衬袖内发火——着了手

单褂——没理(里),不是假(夹)的

单褂掉在泥坑里——无理(里)取闹(淖)

单根青丝拴扇磨——千钧一发

油染缸洗澡——一身轻(青)

放在箱子里的衣服——运(熨)好了

卷好铺盖,买定草鞋——决心出走

线粗针眼小——通不过

线头——针鼻大的眼都能钻过去

线头落针眼——赶得巧、对了眼

线头纫进了针鼻——要进步(布)了

线球撞大钟——打不响

线团打架——纠缠不清

线团打滚——难缠

线板子的针——憋(别)着

织布没梭子——就靠气吹了、怎么值(织)啊

织布机的梭子没有纱——空来往

织布机梭子有纱——一道一道的来、有限(线)

织布机上的梭子——两头窜、两头窄、见缝就钻、钻空子

细绢作布卖——不知好歹

细毛线比套牛索——差了一百股劲

刷子没有毛——有扳眼、有板有眼

刷子画梧桐——粗枝大叶

刷子擦曲管——转不了弯

刷子疙瘩戴个帽——强充人精哩

九画

挎兜带相片——装相

挂了蚊帐点蚊香——多此一举

玻璃裤子——燃料子货

玻璃帽子——看不见

玻璃箱子——看得见拿不着

歪戴帽子行礼——不成敬意

歪戴帽子歪穿袄——不成体统

歪戴帽子斜着眼——活是个二流子

带着布袋去广府——装蒜

拾了个锥子——认了个真(针)

垫着被盖睡觉——高枕无忧

背心改大衣——不够做

背心改乳罩——虽然是平调,位置更重要

背心藏臭虫——久仰(痒)

背心穿在衬衫外——乱套了

背心背米去讨饭——装穷叫苦

背心朝南贴窗花——湖(糊)北

背心上拉胡琴——挨不着、够不着

背心里长茄子——有了外心

背口袋进牛圈——装犊子

背口袋骑驴——愚蠢透顶、马上讨乞

背着包袱跑步——不利索

背着棉花过河——负担越来越重

选帽子挑鞋子——评头论足

看衣服行事——狗眼看人

看衣裳行事——狗眼看人、势利眼

毡上拖毛——不易移动

毡上拔毛——不显眼

毡帽儿长烟——要糟(焦)

毡帽顶上插着绣花针——顶好的尖子货

穿了一条连裆裤——错,错在一起、好,好在一起

穿了短裤套袜子——相差一大段

穿着龙袍上街——复古

穿着衣裳洗澡——诗(湿)人

穿着孝衣道喜——胡来

穿着孝服娶亲——悲喜交加

穿着孝服拜天地——又喜又悲、悲喜交集

穿着坎肩作揖——还露一手哩、露两手

穿着裙子放屁——遍地熏

穿着袈裟作揖——露一手

穿着裤头放屁——两岔了

穿着裤衩串门——没拿自己当外人

穿着棉衣游泳——甩不开膀子、放不开手脚了

穿着汗衫戴礼帽——不相称

穿着绣花衣服走夜路——谁知道

穿针——一孔之见

穿衣戴帽——各人所好、各有一套、举手之劳

穿衣见父，脱衣见夫——有始有终

穿冬衣摇夏扇——不知冷热

穿冬衣戴夏帽——不知春秋、不知《春秋》

穿皮袄打赤脚——冷了半截、凉了半截

穿皮袄喝烧酒——里外热乎、里外发烧、正在热乎劲上

穿皮袄吃醪糟——周身火热

穿皮袄穿草鞋——上配下不配

穿皮袍子放屁——疵毛

穿藏族皮袄——露一手

穿白衣服贺年——拜死人年

穿青衣骑叫驴——一色、一样的皮毛、一个颜色

穿青衣抱黑柱——都是一色人

穿黑衣保黑主——什么人帮什么人、吃谁向谁

穿黑衣戴白帽——不相称

穿衬衫烤火——冷热不分

穿紧身马夹——贴心

穿婚纱逛街头——高兴过头

穿旗袍跳芭蕾舞——中西结合

穿西服偷烟袋——文明人不做文明事

穿西服戴礼帽——两头卷沿儿

穿西服戴瓜皮帽——土洋结合

穿新衣逛新城——样样新鲜

穿湿棉袄背秤砣——一身沉重

穿裤扎脚管——毫毛不丢一根

穿绸子吃粗糠——表面光、外光里不光

穿不破的衣服——不（布）好

穿大褂作揖——不限（现）定（腚）

穿大褂不带袖——一砍（坎）到底

穿大褂拔烟袋——文明人不做文明事

穿大褂戴礼帽——一(衣)貌(帽)堂堂

穿大褂啃西瓜皮——人物人不办人物事

穿大布衫的绅粮——乌龟有肉在心头

穿衣镜照人——原原本本

穿衣镜前作揖——自尊自敬、自己恭维自己

染布不均——料不到

染布穿罩衫——不问青红皂白

染布掉进夜壶里——看你怎么摆布

染布房里穿外套——不管青红皂白

染店架子改鸡笼——大料改小料

染坊不开——牌子在

染坊送礼——伸不出手

染坊的大缸——任人摆布

染坊的老板——好色、净给人颜色

染坊的常客——好色之徒

染坊倒白布——没那一理、没有那话(活)

染坊的捶布石——经过些大家伙

染坊关门,染棚还在——空架子

染坊里上吊——色鬼

染坊里打工——要分清青红皂白

染坊里卖布——多管闲事

染坊里吹笛子——有声有色

染坊里的木勺——色色各别、形形色色

染坊里的白布——好色、贪色、分外出色

染坊里的伙计——不给他点颜色看看,他不知道是怎么回事

染坊里的衣料——由人摆布

染坊里的姑娘——变了色

染坊里的斧头——着(斫)色

染坊里拜师傅——好色之徒

染坊里不接白布——闷杠(缸)了

染坊里的搅衣棒——好色的光棍

染坊里拉出来的布——没有不着色的

染坊里的姑娘穿白鞋——不自染

染坊里的姑娘不穿白鞋——自然（染）

染缸里的布——不清白、休想清白、失去了本色

染缸里的狼——色狼

染缸里的脸——色相、颜面

染缸里的泥潭——色泽

染缸里的珍珠——上不了色

染缸里的阎王——色鬼

染缸里的瞎子——色盲

染缸里洗衣服——不问青红皂白

染缸里谈恋爱——色情

染缸坊——哪有干净手

洗衣不用搓板——就凭两手

洗衣不带棒槌——净涮、干摆（河南）

洗衣板上和面——搓饵

洗衣机里的衣服——缠住了、纠缠不清

洗衣机里放肥皂——狡（绞）猾

洗衣棒槌被单——打击一大片

袄子不缭线——搞到夹层里去

袄袖里失火——抖搂不了、抖落不了

袄袖里吞棒槌——直出直入

袄袖里放斧子——出手就砍

将军帽子——好大亏（盔）

烂布补裤——越补越破

烂边礼帽——顶好

烂皮袄里裹珍珠——不显眼

给个棒槌——当针

给个棒槌当针用——傻瓜

十画

破布上绣花——底子差

破大褂——没理（里）

破夹袄上绣牡丹——只图表面好看

破手套——露尖了

破棉袄——里外孬、反正是理（里）、里外都不好

破棉袄套绸衫——装面子

破裤子缠脚——乱揽

破裤子瞎伸腿——傻瓜

破帽——露头了、露顶了

破草帽——无边无沿

破草帽没檐——晒脸啊

破箱子烂麻袋——露底

换衣服进地道——明一套暗一套

捡到尿布当围布——臭一圈

捡到尿布当口罩——肮脏货

捋起袖子——大干一场

挽着袖子抽蒜薹——有劲使不上

套袖改袜子——没底儿

套裤里伸腿——两岔

荷包里冒烟——妖（腰）言（烟）、妖（腰）艳（烟）

荷包里鬼叫——妖（腰）气、妖（腰）精

荷包里装针——锋芒毕露

荷包里的东西——十拿九稳

荷包里摸花生——挨个儿抓

夏布料——瞧透了

鸭绒裹尸体——舒服死啦

紧着裤带过日子——岁月难熬

借袍子上朝——装体面

倒吊荷包——自取损失

拿锥子杀猪——一个师傅一个传授

拿锥子盛稀饭——真（针）诚（盛）

拿针当棒槌——太实心眼了

拿针眼当烟筒——小气

拿裤腰当围脖儿——系错了

拿着棒槌——认起真（针）来

拿着棒槌当针纫——一点心眼也没有；缺少心眼

拿着棒槌缝衣服——啥也当真（针）

拿着棉花讲话——说得轻巧

铁裤子放屁——三年出臭味、三年还要透出来

铁甲背心——透心凉

袍子改袄——越改越小、弄巧成拙

袍子改汗衫——有余

袍子掏件大夹袄——翻拙弄巧

袖短怪罪胳膊长——错怪

袖里藏刀——暗里伤人、杀人不露风(锋)

袖里抓宝剑——杀人不露风(锋)

袖里套棒槌——直出直入

袖里来,袖里去——无根无据、何凭何据

袖里点红灯——小火气

袖里冒火——着手、着了手、抖落不了

袖里点灯——小伙(火)子

袖里头打筋斗——小人

袖口,鞋子出青草——慌(荒)了手脚

袖口上鼻涕——蹭的

袖口里的棒槌——直来直去、直出直入

袖口里的手电筒——只照别人,不照自个儿

袖口里伸出鸭巴掌——骗(片)子手

袖筒扫死人——好大的威风

袖筒里出脚——夸大手

袖筒里放炮——正打在手腕儿上

袖筒里放箭——内中有机关

袖筒里摆席——有福自个享

袖筒里打麻将——扒拉不开

袖筒里伸爪爪——露一小手

袖筒里拉胡琴——开不得弓

袖筒里揣斧子——出手变砍

袖筒里塞串珠——假充善人

袖筒里倒豆子——不留一点

袖筒里装火炭——熟手

袖筒里装烟袋——直出直入

袖筒里披旗杆——不知长短

袖筒里藏通条——不会拐弯

袖筒里出来只脚——不是手

袖筒里捏手指头——小打算

袖筒里藏小老虎——说伤谁就伤谁

袖筒里伸出来驴蹄——不是好手

凉帽没襻子——直转

冥衣铺的人——纸糊的

冥衣铺的钱——化了

绣在地上的花——任人践踏

绣出来的蝴蝶能飞——真(针)巧

绣花针——奸(尖)得很

绣花针挑土——难得、得之不易

绣花针落海——永无出头之日、无影无踪

绣花针扑泥鳅——又奸(尖)又滑

绣花针对钢梁——用场各相当

绣花针当大梁——细得过火了

绣花针当车轴——心(芯)细、细心(芯)

绣花针当棒槌——小题大做

绣花针纳鞋底——难过、通不过、顶不过去

绣花针穿耳朵——地类(擂)(江苏)

绣花针戳乌龟——难过

绣花针放在筷笼里——比不上

绣花针碰上吸铁石——粘上了

绣花剪刀——两头快

十一画

黄袍加身——一举成功

梭引红线穿绿浅——泾(经)渭(纬)分明

梭子顶头——奸(尖)对奸(尖)、一个比一个奸(尖)

梭子不来往——停职(织)

捶布巾——经过大棒槌

捶布石——经过大棒槌

捶布石砸碌碡——硬对硬

捶布石跑到染坊里——找着吃家伙

捶弹花——不沾言(弦)

捻毛线的纺锤——转个不停

掂着布袋角倒豆——亮底

勒紧裤带讨日子——日子难过、岁月难熬

勒紧裤带拉二胡——穷作乐、穷快活

勒着孝带拜天地——没有长远打算

脱衫装尸——死有服

脱衣服烤火——做倒事、多此一举、弄颠倒了

脱衣服打屁股——认人面子过不去

脱衣服往火堆里钻——不顾体面

脱裤放屁——多此一举、多费一道手续

脱裤打老虎——胆大不害羞、既不要脸,又不要命

脱裤打扇——卖弄风流

脱下毡帽补烂鞋——顾了这头丢那头

兜里的铜板——一摸就着

兜里的钱,锅里的肉——跑不了

兜着豆子——寻炒

兜肚断了带子——没得盼(绊)了

做个大褂丈二宽——大摇(腰)大摆

做好的棉絮——谈(弹)了

做件衣服没袖子——咋伸得出手

做旗袍用土布——不是那块料

做大衣柜不安拉手——抠门

做好龙袍演皇帝——正合适

麻布下水——拧不干

麻布包针——尖嘴多、一个插嘴

麻布洗脸——拧不干、初(粗)会面

麻布罩脸——贴(铁)面无丝(私)

麻布补西装——土洋结合、半土半洋

麻布捆腰杆——携(稀)带

麻布手中绣牡丹——不配、配不上

麻布厂遭火灾——烧包

麻线穿针——钻不进

麻线搓绳——合在一起干

麻线打草鞋——一代（带）管一代（带）

麻线拴皮球——提不起

麻线上扯电灯——搭错了线路

麻线穿针眼儿——过得去就行

常穿的袍子——没有碰不上亲家的

剪了翅膀的鸟——飞不起来了

剪了毛绵羊遭雨淋——直哆嗦

剪了蚕茧贴在眼上——满眼是私（丝）

粗线补衣——外面难看里面牢

粗纹路的布——经纬分明

弹花锤——两头打

弹花锤烙饼——心里厚

弹花锤擀饼——心里厚、当中厚

弹花锤塞住腚眼——进退两难

弹花店挂弓——不谈（弹）了

弹花店里失火——谈（弹）不成了

弹花店里打铁——软硬兼施

绵带子拴腿——无绳系

绸子包鸡笼——外面好看里面空

绸子做尿布——屈才（材）

绸子揩屁股——不惜代价

绸子包狗屎——臭名在外

绸子做的口罩——密不透风、守口如瓶

绸厂开业——一门心（新）思（丝）

十二画

绵里藏针——软中有硬

棉团打人——不痛不痒

棉团塞耳朵——不愿听

棉包落在水里头——软的也不服（浮）

棉袄改皮袄——越变越好

棉袄改被子——两头够不着

棉袄里边烂——表面好

棉裤没有腿——凉了半截

棉线牵毛驴——不牢靠

棉线上船——现(线)货

棉线成精——活现(线)

棉线告状——触犯了宪(线)法

棉线架桥——线路畅通

棉线着火——现(线)完了

棉线帮工——献(线)殷勤

棉线照相——现(线)鼻子现(线)眼

棉线穿军装——宪(线)兵

棉线换钞票——现(线)钱

棉线掉到井里——现(线)透了

棉线戴上乌纱帽——县(线)官

棉条打鼓——没多大吃声

提花机断了弦——别提了、没法提、提不得

提上口袋倒核桃——一个不剩

握着棒槌当萝卜——不识货

硬棒槌打铜锣——响当当的

裁布不用剪子——胡扯

裁衣押女儿——当针

裁衣不用剪子——胡扯

裁衣少了两幅——做不成

裁房掉了剪子——光落了尺啦

裁缝店里的营业员——左右依(衣)

裁缝铺扯筋——争长论短

裁缝铺着火——只顾吃(尺)

裁缝铺倒闭——当真(针)

裁缝铺的衣服——一套一套的、成套成套的

裁缝铺的掌柜——左也依(衣)右也依(衣)、件件都是依(衣)

裁缝铺里丢剪刀——光剩吃(尺)

裁缝铺里的生意——说一套子做一套

裁衣司务买田——千针万针

量布不用尺——自有分寸

黑布蒙了窗子——不透光

帽里藏蜂——名(鸣)头

帽檐做鞋帮——低降、一贬到底

帽檐戴到鼻梁上——不要往下看

帽店顶着云彩——里头尽是高帽子

帽子没沿——顶好

帽子挖屎——啥声(升)

帽子涂蜡——滑头、滑头滑脑

帽子抛空中——欢喜若狂

帽子烂了顶——出了头

帽子落在河里——一人深

帽子掉地都不拣——懒到家了

帽子掉进水锅里——主(煮)观(冠)

帽子掉进靛缸里——分外出色

帽子坐到屁股底下——压根儿不戴

帽子里藏鸡——光捂着

帽子里藏蝉——头名(鸣)

帽子里进蜜蜂——心神不宁

帽子里搁砖头——头重脚轻

帽子里藏老鼠——挠头

帽子上着火——大祸(火)临头

帽子上插花——巧打扮

帽子上绣公鸡——鼎(顶)鼎(顶)有名(鸣)

帽子上插根针——尖儿顶儿的

帽子上面戴斗笠——官(冠)上加官(冠)

帽子铺的掌柜——要大的有大的,要小的有小的

喇嘛帽子——黄了、荒(黄)了、慌(黄)了

晾竿挑水——后头长

晾衣竿钩月亮——差太远

穿统洋袜做三角裤——还差着段段长

脱帽戴帽——举手之劳

裤子掉了——会(快)计(系)

裤子短衣长——不配套

裤子多点火——直截了当

裤子没有腿——凉了半截

裤子改汗褡——因陋就简

裤子裹大夹袄——搅在了一堆儿

裤子掉在脚背上——一个宝贝样子

裤子套着裙子穿——不伦不类

裤子里冒火——当(裆)然(燃)

裤子里进蚂蚁——坐立不安

裤子后头带兜——装屁

裤兜钻蝎子——爱咋着(蜇)咋着(蜇)

裤兜里的跳蚤——乱咬

裤兜里装五脏——窝囊废(肺)

裤兜里放屁——两岔了

裤兜里耍大刀——够呛

裤裆过浅——一楼(搂)一抵(底)

裤裆抹面酱——不是屎也是屎

裤裆的虼蚤——乱碰

裤裆里上粪——懒蛋

裤裆里长花——臭美

裤裆里伸手——胡摸

裤裆里拉屎——不好声张、难闻的丑事

裤裆里抹泥——当(裆)然(粘)

裤裆里点灯——英明

裤裆里起火——不要声张

裤裆里绣花——多条、俏得没点样啦

裤裆里打麻将——耍不开

裤裆里打喷嚏——胡喷

裤裆里吊图章——应(印)当(裆)

裤裆里抡大锤——受到沉重打击

裤裆里捉虱子——不用外手

裤裆里铰剪子——胡揽(铰)

裤裆里插扁担——自抬自、自己抬高自己

裤裆里插轿竿——自个儿高抬自个儿

裤裆里的胡茬子——根儿硬
裤带拴在脖子上——系(记)错了
裤带上连切刀——没用处
裤腰上别铃铛——打腰叮当响
裤腰上挂死耗子——假充打猎人
裤腰带没眼——系(记)不住
裤腰带挂秤——自称
裤腰带高头系秤砣——掉腰
裤腰带上拴扁担——横晃
裤腰带上掖茄子——老觉得自己不赖呆
裤头插剑——假砍兰
裤头插香——兰神
裤头改衬衫——变卦(褂)
裤头插洞箫——笨兰
裤头插刀仔——刷兰
裤头插刀翻跟头——害自己
裤头上吊钥匙——所(锁)挂哪一门
裤包头揣刀子——戳拐
裤筒里的黄胶泥——泥屎难分
裤腿上的虱子——跟着撵
裙子套着裤子穿——不男不女
裙底插令箭——出西奇(旗)
装衣服用皮箱——不用跪(柜)
湿布衫穿上身——难脱掉
湿牛皮帽子——先松后紧
隔口袋买猫——不知是黑是白、蒙着交易
隔口袋买猪——两不知
隔针眼瞧人——小看人
隔裤子捉虱子——大约捉摸
隔裤子抓痒——无济于事、不解决问题
隔裤子看痔疮——糊糊哩
隔着网衣看人——把人看得一钿不值
缎子包鸡笼——外光里面空
缎子做浴巾——又光又滑

缎子草包——外光里不光

属线头儿的——针鼻儿大的眼儿都能钻过去

属锥子的——好穿刺

十三画

蓝中放青——难(蓝)上加难(蓝)

蓝靛洗澡——一身轻(青)

蓝靛染白布——一物降一物

蓝靛缸里打滚——脱不得白

暗中染布——照料不到

锥处囊中——其末立见

锥子杀猪——一个师傅一个传法

锥子和针——一样地奸(尖)

锥子剃头——连根拔、各师傅各传授

锥子雕花——尖刻

锥子不安针——盖世的奸(尖)人

锥子扎皮球——消消气

锥子扎豆腐——不出白

锥子对着针——奸(尖)对奸(尖)

锥子放在铁盒里——锋芒不露

锥子掉到茅缸里——过分(粪)谦(扦)虚(尿)

锥子掉到油缸里——又奸(尖)又滑

锥子装在口袋里——露了锋芒

锥子落在脚面上——连立锥之地都没有

锥子插在屁股上——坚(尖)定(腚)

锥尖敲锣——有点想(响)

锭子发山西——尖的出省

躲过棒槌挨榔头——祸不单行;躲了一灾又一灾

新衣弄破穿——赶时髦

新衣打巴巴——没得必要(四川)

新衣打补丁——装穷、不像样、没有必要

新鞋裤蹴鞠——可惜许

缝布的钢针——只认衣衫不认人

缝穷的火绳——步(布)攥(捻)儿

缝破烂的火绳——步(布)攥(捻)

缝棉袄夹里——内行(绗)

缝衣针当钻头——针锋相对

缝衣针当锥子使——难通过、通不过

缝衣针想当电线杆——立不起来

缠线没轳辘——变桄子了

褪裤子放屁——爽利

十四画

截了大褂补裤子——取长补短

截了袍子补裤子——图短

褡裢背水——凉透心、从前心凉到后心

褡裢里倒钉子——呆(袋)里撒奸(尖)

裹棉袄穿短裤——头热腿冷

裹了绒布的沙发——软绵绵

裹着棉花救火——无灾找灾

漂白布落染缸——变色啦、一世洗不清、永世洗不清

漏斗口袋——不积财

十五画

撕衣补裤子——于事无补、因小失大

橡皮帽子戴在头——不过电

横着被子抬转床——横直一样

褥品厂的货车——专运被子

颜色丢在马桶里——白牺牲

颜色掉在水缸里——扩散

颜料店花头——五光十色

颜料店拣花头——样样好看

颜料店的抹布——各色俱全、不分青红皂白、不问青红皂白、不断变换着颜色

颜料缸里放斧头——作（斫）色

颜料仓库——色彩丰富

颜料展览会——以色列

熨斗煎茶——铫不同

熨斗熨衣服——服服帖帖

熨斗烫邮包——信服帖

十六画

靛缸里打滚——脱不了白

靛缸里沐浴——落得一身轻（青）

靛缸里洗澡——一身轻（青）

靛缸蓝染白布——一物降一物

靛缸里拉不出白布来——洗不清

整匹的布裁裤子——大材（裁）小用

十七画

戴帽子亲嘴——差得远

戴帽子鞠躬——岂有此理（礼）

戴帽子按门铃——举手之劳

戴帽子不量尺寸——胡扣

戴瓜皮帽穿西服——土洋结合

戴红缨帽上树——红到顶上

戴红缨帽祭灶——排场二十三（四川）

戴孝帽救火——急死人

戴孝帽看戏——乐而忘忧

戴孝帽进灵棚——随大流、硬装亲门近友

戴孝帽去道喜——自讨没趣

戴孝帽往灵堂里闯——不亲也是亲

戴皮帽打赤脚——顾上不顾下

戴礼帽的偷书——明白人办糊涂事

戴礼帽睡觉——卷缘子

戴纱帽不上朝——养尊处优

戴着纱帽游街——冤死大老爷

戴着纱帽扒芋头——也不知丢人几个钱

戴着纱帽弹棉花——有弓(功)之臣

戴着纱帽打呵欠——官气重

戴乌纱甩掉瓜皮帽——当了官,忘了本

戴棉帽穿草鞋——顾头不顾脚

戴特大帽子穿小鞋——头重脚轻

戴麻布帽子看戏——喜的喜忧的忧

戴麻布帽子跳家官——苦中作乐

戴两顶帽子——官(冠)上加官(冠)

戴上高帽说话——摸不着脑

戴上石帽子耍把戏——吃力不讨好

戴着手套看手纹——没指望

戴着席帽子扎猛子——劲(近)头不小

箱子打豆腐——不包

箱子大盖子小——合不来

箱子上涂糨糊——贴切(箧)

箱子里放书——没架子

箱箱都装足——满意

十八画

翻穿皮袄——出洋(羊)相、装相(羊)、装啥老妖吓人哩

翻穿皮袄喝酒——内外烧

十九画

囊里盛锥子——冒尖

二、食篇

一画

一口仁馒头——吞不下去
一口一个饺子——囫囵吞
一口吃几个生蒜——辣在心头
一口吃两挑牛筋——贪多嚼不烂
一口吃成个胖子——性急、神长、怎么办得到
一口吃十二个包子——好大的胃口
一口吃十五个耗子——七上八下
一口吃二十五只老鼠——百爪抓心
一口吃了鞋——心里有底儿
一口吃了个和尚——心里有事(寺)
一口吃了酸茄子——不思(撕)也是想(响)
一口吃了鸡爪子——挖在心上了
一口吃了九个馒头——贪欲太大
一口吃了一包回形针——满肚子委屈
一口吃了十八个土地庙——一肚子鬼
一口吃个小庙——怀鬼胎
一口吃个牛排——贪多嚼不烂
一口吃个李子——谁不知道你的底子
一口吃个西瓜——难言(咽)
一口吃个灯笼——心里明白
一口吃个秤锤——铁了心
一口吃个砂壶——难咽、不嫌碜牙
一口吃个砂锅——光知道脆,不知道深
一口吃个旋风——好大的口气
一口吃个沙吊子——牙碜
一口吃个板栗球——扎心
一口吃下扁担——横了心
一口吃下热红薯——难吞难咽、心里甜蜜蜜

一口吃块木炭——黑了心啦

一口吃块冰糕——凉甜、的确良（凉）

一口吃条绳子——有内线

一口吃碗五香面——什么味道都有了

一口吞星星——想得高、想头不小

一口吞了个苍蝇——恶心

一口吞了阎王殿——满肚子鬼胎

一口吞了十五斤甲鱼——吃个大瘪（鳖）

一口吞了十只活螃蟹——百爪挠心

一口吞下鹅——好吃难消化

一口吞下十市两——大吃一惊（斤）

一口吞个皮球——有气没地方出

一口吞个铜铃——心里想（响）

一口吞个炸弹——心胆俱裂

一口吞个鞋帮——心里没底儿

一口吞个萤火虫——心里明白、肚里明亮

一口吞个热芋头——响不出

一口吞个秤钩子——格外挂心

一口吞进钓鱼钩——牵肠挂肚

一口吞把剪刀——绞（铰）心

一口吞根匕首——伤透心肠

一口吞根擀面杖——直肠子一根

一口吹个糖人——容易

一口吹灭火焰山——口气不小

一口生姜一口醋——酸辣

一口饮尽四海水——好大胃口

一口咬了黄瓜蒂——苦

一口咬了个三角菱——吞吐不得

一口咬了个茶壶盖——顶牙

一口咬断钉子——嘴硬、嘴上功夫

一口咬断钢丝绳——凭嘴劲

一口砂糖一口屎——好话难听

一口想吞下宇宙——胆大包天

一口气喝了二斤醋——酸溜溜的

一口喝了十五斤白酒——牢(醪)骚(糟)满腹

一口锅里舀饭吃——没外人

一嘴白牙齿——净讲白话

一嘴俩舌头——咋说咋有理

一嘴假牙——吃软不吃硬

一嘴吃二十五只青蛙——百爪挠心

一嘴吃个软枣——小事(柿)

一嘴吃个羊屎蛋——不是豆

一嘴吃块薄荷冰——顿时凉了半截

一嘴吞了个猪头——口气不小

一嘴吞个火炭——哑了口啦

一个包子吃了十八里,还没吃到馅儿——面皮厚

一个烧饼平半分——不偏不向

一个馒头两个人吃——都不饱

一个锅里吃饭——不分彼此、何必分彼此

一个锅里蒸的——没有两样饭

一个锅里四两面——捞不出来

一个锅里抢勺子——哪有不磕磕碰碰的、辛苦甘甜都知道

一个锅里摸勺子——彼此了解、搅到一起了

一个碗里两把匙——不是碰着就是擦着

一个碟子摔九块——四分五裂

一个盆里喝汤——挨得紧

一个槽子的牲口——它没有草,你也甭想有料

一个磨盘打墙——不顶事(石)、实(石)巧实(石)

一斤肉包一个饺子——好大的(痞)皮子

一斤肉放四两盐——闲(咸)人

一斤肉割那八个猪妈——正经下折皮

一斤酒装进十两瓶——正好

一斤瓶打斤半酒——口满

一斤面二斤碱——拿死了

一斤面摊张饼——落后(烙厚)

一斤面蒸一斤馍——没有账(胀)

一斤霉面做包子——废物点心

一斗泡一斗——没涨(胀)、没出息

一斗换十升——码子事

一斗米做一个粑——舍得做、舍得下料

一斗面烙个饼——厚道、真舍得

一斗芝麻丢一颗——有你不多,无你不少

一斗芝麻添一粒儿——有不多,无不少

一升米推了两年半——久磨(慕)

一把米喂群鸡——谁也吃不饱

一把米带到南天门——摔得太高

一把面撒到井里——没法和

一把芝麻撒上天——星星点点

一把白糖一把沙——不分好坏、好坏不分

一把麻花一把屎——香香臭臭

一把黄豆数着卖——发不了大财

一把盐撒在油锅里——乱炸

一把筷子吃藕——不知挑多少眼

一把大茶壶——嘴小肚子大

一把竹筛子——心眼多、净是漏洞、千疮(窗)百孔、到处都是缺点

一把篾筛子——净是眼、净是缺口、净是缺点

一把柴禾不拾——烧啥

一担水救大火——不济事

一担白米拈一米——有你不多、没你不少

一担砂锅滚到山下——没一个好的

一壶醋的赏钱——小恩小惠

一笼没蒸熟的馒头——还差火

一打醋二买盐——两不耽误、两得其便

一百斤米做稀饭——难熬

一百斤面蒸一个寿桃——废(费)物点心

一粒米喂鸡——小意思

一粒米煮粥——没味、没味儿、浑不了水、米气也没有

一粒米熬三碗汤——淡而无味

一粒芝麻两人争——太计较、太不值得

一粒芝麻分两份——绝对平均主交

一粒芝麻分两半——太细、不好下手

一颗米的糍粑——咋杵(处)

一撮味精咽肚里——甜透了心

一勺水泼在地上——收不起来

一筲水四两面——活(和)不成了

一锅做百样饭——众口难调

一锅滚沸的开水——热气腾腾、热气可高哩

一锅翻花的米肉粥——鼓(咕)捣(嘟)、稀巴烂

一锅米饭煮三年——难熬

一锅米汤煮三天——慢慢熬

一锅骨头汤——尽光棍、净光棍、全是光棍

一锅稀饭泼在地——怎么收拾好

一锅稀米汤——全靠熬

一锅白米粥里倒进麦子面——越搅越糊涂

一锅滚油倒上凉豆子——噼哩啪啦地爆起来

一锅子浑汤面——糊涂到一块

一缸子萝卜——抓不到缰(姜)

一副碗筷两人用——不分彼此

一只筷子夹菜——不容易上手

一只筷子吃面——独挑

一只筷子吃藕——专挑眼、尽挑眼

一只筷子吃豆腐——全盘弄坏

一只筷子吃黄豆——挑不上

一只锅里开饭的——酸甜苦辣大家一起尝

一只碗里的香米——同乡(香)

一双筷子夹骨头——三条光棍

一双筷子拈骨头——两条光棍

一根筷子顶墙——难撑、支持不住

一根筷子搭桥——小桥子

一根筷子吃汤圆——拈不到也要戳到

一根筷子吃饺子——拨拉角子

一根筷子吃糁饭——拦得宽

一根筷子吞下肚——直心直肠

一根筷子拣花生——挑拨

一根筷子捅喉咙——张嘴吼

一根骨头两只狗——够(狗)呛(抢)

一根拨火棍——由人摆布

一根牙签三厘重——轻骨头

一根柴烧一锅饭——心（薪）好

一顿吃不饱——半顿

一顿能吃三升米——度（肚）量大

一块豆腐——想咋办（拌）就咋办（拌）

一块肥肉三条狗——抢啦、争红了眼

一块腊肉壅在饭碗里——有人情显不出来

一块老腊肉——不好下口

一块软面团——也可方来也可圆、想叫你方就方，想叫你圆就圆

一块硬骨头——不好啃

一块抹桌布——尝尽了苦辣酸甜

一块湿柴——再点火也烧不起来

一块湿劈柴——光冒烟不着火

一桶水掺两斤土——和稀泥

一桶开水烫泼身上——遍体鳞（淋）伤

一碗两张匙——不是烫着就是抹

一碗冲了五个蛋——淡（蛋）话（花）多

一碗里的面——何止一条

一碗水泼地——难收了

一碗水往大海里泼——能闹（涝）出个啥来

一碗米打粑粑——能有几个

一碗米望天干——好意思

一碗清水——看到底、一眼看到底

一碗白开水——淡而无味

一碗凉水看到底——骗不了人

一碗麦粥一碗圆葱——好大冲气

一碗酱油一碗醋——斤对斤，两对两、没有便宜沾

一碗酸菜一碗醋——你不仁我不义

一盆水淋在脑壳上——从头凉到脚

一盆冷水浇上头——凉了大半截

汤圆

1248

一瓢水倒进滚油锅——大气直冲

一瓢冷水泼到打碗碗花上——头深深地低下去了

一瓢面两瓢水——活（和）不出来

一瓶酒倒在碗里——满不在乎（壶）

一张竹筛——净是缺点

一张麦筛子——缺点多、尽是缺点

一小锅汤半斤盐——闲（咸）得很

一调羹冷饭——不值提吵（炒）

一坛子萝卜——抓不到缰（姜）

一篮水果全是桃——无礼（李）、无理（李）

一篮茄子一锅煮——不分老嫩

一篮筷子一篮碗——两难（篮）

一篮子豆制品——全是软货

一服中药十二味——位（味）位（味）起作用

一扇磨——磨不出面来

一瓮里酒——没二味

一篓鱼筐——都是头儿

一品香的点心——四方驰名

一碾盘压不出个屁来——窝囊废

一日三餐尽是粥——没个捞头

谚语歇后语大全

二画

二斤面掉井——怎么活（和）来

二斤半锅饼——够呛

二个盘子三条鱼——多余（鱼）

二两米煮饭——难熬

二两米熬锅粥——不愁（稠）

二两米熬两锅汤——淡而无味

二两肉喂老虎——太少

二两酒下肚——小醉

二两面包饺子——好吃不够做

二两面粉摊煎饼——摊不着你

衣食住行歇后语

二壶茶——闷起来了

二锅里水——温上来啦

二锅头的瓶子——嘴紧

二合谷子摊煎饼——摊不着

二四鸡粥——有名无实、徒有其名(广东)

十两盐放进一锅汤——太闲(咸)

十个烧饼吃四个——办(半)不到

十个坛子九个盖——总是不够

十双筷子一起抓——拿上把了

十二碗圆食存一粒——假客气(广东潮汕)

十五个吊桶打水——七上八下

十五度白酒——水分多、淡薄

十五样盘菜放两处——七荤八素

七斤面粉调三斤糯糊——糊里糊涂

七尺缸里打飞脚——四处碰壁、到处碰壁

七石缸里打拳——白劳功夫

七石缸里捞芝麻——没指望

八斗的小缸——装不下一石

八斗的坛子——装不下一石米

八斤面烙个饼——只厚不薄

八宝饭掺糯子——糊涂到一块儿

八宝饭上撒盐——又添一位(味)

八宝饭上撒胡椒——又添一位(味)

八宝饭里掺碜子——再甜也得往外吐

八仙桌——有棱有角

八仙桌打撑子——四平八稳

八仙桌当井盖——随方就圆、随得方来就得圆

八仙桌改小板凳——大才(材)小用

八仙桌缺只脚——摆不平、搁不平、美中不足

八仙桌上放灯——明摆着

八仙桌上玩猴——不是场

八仙桌上加一个——久(九)违(位)

八仙桌上第九位——轮不到你

八仙桌上摆尿盆——成(盛)不了才(菜)

八仙桌上摆夜壶——亵渎神仙、不能成(盛)就(酒)、不是个(家)伙、不是个成(盛)就(酒)的家伙

八仙桌子盖酒缸——随方就圆

八仙桌子翻过来——四脚朝天

八个油瓶七个盖——缺衣(一)、缺这少那、难总全、盖不过来

八尺锅盖配八尺锅子——铁对了、对上了

八碗菜上嘎牙子——多余(鱼)

九个瓦盆摔山下——四分五离

九斤黄的母鸡——能生蛋

又抓糍粑又抓面——难脱手

又做磨套又做鞍——驴事没去马事来

刀头不在大小——总要热烙

刀刃蜜——甜不是一食之美,且有截舌之患

三画

大米里头撒黑豆——现撒撒了

大米饭——闷(焖)起来

大米饭串烟——变味了

大仓里的一颗谷子——有你不多,无你不小

大缸里放针——粗中有细

大缸里摸鱼——没跑、跑不了

大缸里捞芝麻——难、难上加难

大缸里掷骰子——没跑、跑不了

大坛子头上放——顶好

大锅炒菜——一块熬

大锅炖肉——一勺挖

大锅烧水——想(响)不开

大锅贴饼子——干贴

大锅煮茄子——不分老嫩

大锅里煮粪——开始(屎)吧

大锅里熬鱼——水里来,汤里去

大锅里摸鱼吃——现成的

大眼筛子盛米——一个不留

大眼筛子里捉黄鳝——跑的跑,溜的溜

大碗盖小碗——管得拢、管不着

大碗装糍粑——稳稳当当

大酱拌咸菜——太严(盐)重了

大油烹鸡子——混(荤)蛋

大饼卷蚂蚁——夹(家)吃去

大饼上撒芝麻——大家香香

大糠搓绳子——起头难

大糯做的糍粑——妙得很

大椒炒生姜——又麻又辣

大椒里的蛆——辣虫

大头菜搽胭脂——趣得像个桃子

大茶壶升老板——一步登天

大茶壶煮饺子——肚大口小捞不出来

大菜篮提水——有力使不上

大菜盘子——洋盘

大擀杖吹火——一窍不通

大擀杖戳鸡窝——捣蛋

大擀杖顶个牛笼嘴——光棍身子眼子头

大篓油浇芝麻——得不偿失

大勺碰大勺——想(响)到一块儿啦

大勺抠耳朵——下不去、下不去眼

大笸箩扣王八——一个跑不了

大笸箩扣酒盅子——抓不住中心

大盆里的杠炭——红得发烫

大烟筒里放风筝——直上直下

大黄芒硝下肚皮——向外直泻

干饭揭了早了锅——夹生了

干面条做账钩——经不起折

干粉子做汤圆——搓不圆

干糯米粉做糍粑粑——搓不圆

干皮大蒜——不死心

干渴跳井里——喝不够

干渴了掘井——晚了

干锅爆鱼——大张嘴、垂死挣扎

三个大盘是泥鳅——多余（鱼）

三个馒头两人分——谁也吃不饱

三个米粑粑——轮到阿四顶多四个

三斗米做粢饭——大团（上海）

三升米下锅——软了四身（升）

三升米的粑粑——难处（杵）

三分面加七分水——十分糊涂

三合面沾了面起子——发酵了、很快便发起来

三斤面包个包子——好大的面皮、皮厚

三斤面捏一个大寿桃——废物点心

三斤面粉调七斤油——稀里糊涂

三斤面粉调了七斤酱——糊里糊涂

三斤肉做两刀割——筋（斤）绊（半）又筋（斤）绊（半）

三斤腊鸭——得把嘴

三斤猪头——食支嘴

三斤米打糍粑——乱猜

三斤米两茄子——够吃啦

三斤半干饭没吃饱——饭桶

三两油炸软麻花——老油条

三钱火肉——吭批

三钱米下锅里——不愁（稠）

三片茶叶泡碗水——没味儿

三碗稀饭换碗面——没有多少便宜占

三根麻花进肚儿——净说拧劲的话

三餐腌鸭蛋——净闲（咸）

三餐萝卜炒现饭——没有言（盐）

三叉餐刀挑四个眼——总有一失

三脚灶——就地坐

三条腿桌子——没法垫

万康酱油——唬（虎）牌的

不拾柴不买煤——俏（烧）啥哩

不拾柴禾不买燃料——无火

土锅里的娃娃——熟人

土锅里煮的鸡——飞不掉

扎嘴的葫芦——倒不出啥来

才揭盖的蒸笼——热气腾腾

才放下药罐子就吃大肉——馋得要命

上药店买黄连——自讨苦吃

下挂面不调盐——有言（盐）在先

下饺子的水——滚开

下了锅的面条——软下来了、硬不起来

下了锅的挂面——硬不起来

下了锅的螃蟹——吐不出泡沫来

下了锅的驴——一步迈不了三步

下馆子会大哥——饱餐一顿

上供的馒头——五个一摞儿、摞上了

上供的牛蹄子——就显你角（脚）大

上元丸包铁籽——不会浮（福建晋江）

上笼屉的包子——争（蒸）的就是这口气儿

上酒家住旅店——想来就来想走就走

上了灶的蚂蚁——生怕掉进火眼里去

上乘紫砂壶——滴水不漏

山草药——噲得就噲

千斤磨盘——无二心

勺子没有把——捏着撒

勺柄扣秤砣——砸锅

勺筒敲了底——两头进水

小酒店的招牌——独树一帜（字）

小米点灯——犯（饭）不着

小米煮饭——糊汤了

小米煮红薯——糊里糊涂

小米里掺花椒——麻烦（饭）了

小米粥里煮藕——迷了心窍

小米锅里煮红萝卜——当不了八宝饭吃

小菜拌豆腐——有（油）言（盐）在先

小菜篮里看形势——以小见大

小盆子下面摆擂台——武艺不高

小盆子里的花木——难得成才（材）

小案板盖井口——随方就圆

小案板当锅盖——随方就圆

小筛子滤太阳——日子难过

小缸里抓王八——手到擒来

小壶里煮饺子——肚里有货倒不出

小锅吃饭——靠天（添）

小锅馏馍——透熟

小锅炖牛头——胃口太大

小锅煮太阳——日月难熬

小锅煮骆驼——盛不下

小锅里炒芝麻——小打油

小锅里炖脑壳——崭露头角

小锅烧水——三分钟热度

小碗吃饭——靠天（添）

小碗盖大碗——管不着、管不拢

小碗吃面——后找补

小碗里洗脚——放不下

小碟打醋——傻（撒）了

小碟打酒——芜（无）湖（壶）

小碟盛菜——汤水少

小瓷碗里数汤圆——明摆着

小擀杖吹火——一窍不通

小擀杖锯夯——一举（锯）两得

小擀杖扎荞麦——尖对棱

小擀杖掉油缸——又奸（尖）又猾（滑）

小擀杖放到醋缸里——又尖又酸、尖酸

小磨子吹山——实（石）打实（石）

小碟子装水——浅薄

小碟子装醋——没多少汤水

小碟子炒黄豆——一个一个往外蹦

小碟子盛清水——看透了

小碟子装大菜——留不住汤水

小碟子里的水——经不起吹捧

小碟子里插花——不稳当

小罐里的鸡蛋——咱(攒)的

小罐里养王八——越养越抽巴

小茶馆——没开胡(壶)

小磨香油——人人喜欢

马勺当锣打——穷得叮当响

马勺揣怀里——操(炒)心

马勺碰锅沿——经常事、常有的事

马勺掏耳朵——下不去、不深入、深不下去

马勺打个把子——是个嫖(瓢)头

马勺炒铁弹儿——油盐不进

马勺里淘菜——水泄不通、滴水不漏

马勺里的苍蝇——混饭吃

马槽安盖儿——要成(盛)人

马槽里伸个驴头——多一张嘴、多嘴多舌

四画

开水——不响

开水冲茶——好热乎、见色快

开水冲蜜——热乎乎的、热乎乎的甜

开水和面——难下手、无法下手

开水待客——没有查(茶)

开水洗脸——难下手

开水浇坟——欺(沏)祖了

开水打牛红——和不成

开水下鸡蛋——都崩皮了

开水吞饼干——不含糊

开水吞药片——服了

开水泡米花——真开心

开水泡冰糖——不怕你硬

开水泡黄豆——自大、有点自大、自我膨胀

开水洗闹疮——真过瘾

开水洗胸口——热心

开水泼老鼠——一个跑不了、不死也得脱层皮

开水泼蛤蟆——看你怎么跳

开水捞冰棍——全凭手快

开水淋石头——不变色

开水煮元宵——上来一个是一个

开水煮玉米——不变色

开水煮白玉——不变色

开水煮冰棒——化为乌有

开水煮蚌子——都张嘴了

开水煮鸡蛋——越煮越硬

开水煮鸭子——死了嘴硬

开水煮棉花——熟套子

开水烫乌龟——缩了头

开水烫肚皮——不热心

开水烫泥鳅——直脖啦、看你怎么耍滑

开水烫蚂蚁——一窝死

开水烫螳螂——没有烫不死的

开水烫过的豆芽——软绵绵的

开水里放温度计——急剧上升

开水碗上的葱花——华(花)而(儿)不实

开水锅捞泥鳅——滑的没了皮

开水锅煮挂面——净是头

开水锅里养鱼——有死无活

开水锅里洗澡——熟人

开水锅里下饺子——扑里撩腾

开水锅里加块冰——一下子冷静下来

开水锅里丢茶叶——下茬(茶)

开水锅里伸筷子——什么也捞不到

开水锅里伸胳膊——手熟、熟手

开水锅里捞红鱼——荒唐

开水锅里煮空笼——争(蒸)口气、不争(蒸)包子争(蒸)口气

开水锅里煮寿星——老熟人

开水锅里煮辣子——红吃大喝

开水锅里揭奶皮——白费工夫、万万办不到

开水锅里的棒子碴儿——乱乱轰轰、翻滚不停、翻滚不得

开汤煮元宵——混蛋

开饭馆的卖百货——有吃有用、用吃有穿

开饭馆不怕大肚汉——多多益善、越多越好

开饭铺的蒸馍——一行事

开茶馆的井里照——满眼是钱

开挂面铺的——没短的

开挂面铺的包装——揭(解)短

开坛的烧酒——好冲头、有冲劲、冲劲大、冲劲足

开锅下面——一碗盛

开锅的水——上下翻腾不止

开锅煮面——早晚有你的

开锅的水饺——咕噜翻滚

开锅的羊肉——热气腾腾

开锅的粥——咕嘟没个完

开了瓶的酒——好冲

开了瓶的啤酒——好冲、又圆又滑、又圆又满

开甑的蒸汽——直往上冲

开盐店的老板——净管闲(咸)事

开点心店——非冒稻香村的招牌不可

开过药铺打过铁——硬要(药)手

井桶的索子——扶不起

井桶里敲锣——想(响)不开

木桶淘米——水泄不通

木桶抽掉铁箍——散摊子了

木桶不打箍——散板

木勺炒豆子——同归于尽

木碗里扎猛子——不知深浅

太阳灶——热火朝天

元宵不叫元宵——叫白封锁丸

元宵滚进锅里——混蛋一个

元宵掉在煤堆里——黑白分明

元宵掉进肉锅里——说他混蛋,他还心里悟甜、说你是混蛋,你心里还觉甜

元宵掉进糨糊盆——糊涂蛋

元宵里裹爆竹——糖衣炮弹

元宵锅里煮鸡子——混蛋、混蛋一个

无米的花生壳——肚里空

无油下锅——清汤清水

无蜜的蜂窝——空洞、洞空

无盖的饭甑——气冲天

无耳茶壶——缺个把柄

无盐稀饭——淡竹(粥)

无梁桶——休提

不吃辣椒心烧——何必心虚

不吃井水吃河水——管(灌)了个宽

不吃羊肉羊膻臭——自背臭名

不吃豆腐啃骨头——拣硬的来、服软不服硬

不会喝酒伴醉客——强奉陪、舍命陪君子

不尝老姜——不知辣

不卖米饭的小吃铺——缅(面)甸(店)

不放酱油烧猪蹄——白提(蹄)

不啃骨头吃豆腐——吃软不吃硬

不蒸馒头——争(蒸)口气

不饿带干粮——有备无患

不到槽头不牵驴——顺手来

不是瓜子专嗑皮——死搬硬套

不要冰糖要豆腐——吃软不吃硬

不要豆腐要冰糖——吃硬不吃软

不做大饼做麻花——拧着劲儿

不种芝麻不养蚕——无忧(油)无愁(绸)

不拿油瓶——腻不了手

不割大麦割小麦——早熟品种

五谷满仓——大家风(丰)范(饭)

五香粉里撒泡尿——不是滋味

五粮液灌水——掺假

五料面扔井里——味深

五两挂面——半疯（封）

五花大肉——肥瘦都有、肥瘦儿都有

五百斤油炸个麻糖——大油货

五寸碟扎猛子——不知深浅

天津包子——狗不理

天然牛黄——宝贝疙瘩

太和豆鼓煮醪糟——孬儿味

专吃秤钩子的人——心毒

专往肥肉上贴膘——势利眼

瓦盘做灯伞——矇了灯了

瓦盘喝糊豆——平庸（涌）

瓦盘扣龟——圆套圆

瓦缸倒胡桃——一干二净

瓦缸里种葱——一世受盘剥

瓦缸里使锤——使不上劲

瓦缸里捉鳖——没跑

瓦缸里冒烟——土里土气

瓦缸里点灯——肚里明

瓦缸倒胡桃——一干二净

瓦罐打水——用不长

瓦罐没鼻——提不了啦

瓦罐脱坯——土铸（著）

瓦罐喂鸡——露出脚了

瓦罐碰石头——连命都不要了

瓦罐里冒烟——土气、土里土气

瓦罐里点灯——心里亮、肚里明

瓦罐砸瓦罐——分不清瓦片儿

瓦罐和土坯子——一路货、一窑货

瓦甏的耳朵——摆摆样

牙筷夹粉丝——滑对滑

牙筷和银杯碟——真正两对

牙签松土——有劲使不上

牙签搭桥——难过

牙签作扁担——担当不起

牙签拨灯芯——挑明了

牙签撬石头——没门

牙签上扎鸡毛——胆（掸）子太小

牙签上系根线——不可当真（针）

中药不送——咎（灸）由自取

中药加工——如法炮制

中药里加牛膝——通关节

中药店的揩桌布——揩来揩去都是苦

中药铺的家伙——不拘一格

中药铺的铜臼——挨敲的货、挨敲打的货

中药铺里买黄连——自找苦吃

中药铺里的甘草——用途广、少不了这一位（味）、随手抓来

片儿汤下排骨——柔中有刚、软中有硬、软里带硬

见到肉的老鹰——眼红、红了眼

见了麦苗叫韭菜——五谷不分

见了兔子才放鹰——有利才出征

见了黄鳝以为蛇——胆小怕事

少吃辣子——少焦（椒）心

少吃咸鱼少口干——多一事不如少一事、何必多管闲（咸）事

少盐无醋——没味

切糕带豆——花货

切糕改粽子——捣弄枣儿玩玩、一个味

切糕棍儿——白扔的货

从发面团里拔毛——巧手儿、无中生有、有个机灵劲

从盐店里闹出来的伙计——闲（咸）得发慌

从盐堆爬出来的——闲（咸）话不少

从糠里熬出油来——是把好手

从灶门坎搬上锅台——起手就到

从潲水缸里出来的——一身馊味

用筷子穿针眼——难啊

风炉子不进气——缺个心眼

牛鼎烹鸡——大才（材）小用

牛鼎倒个儿——大翻身

牛皮碗——打不破、摔不破

仓底米——太陈旧

升子盖盆子——随方就圆、随得方就得圆

升子底下扣碗——又圆又方

午餐有鱼虾——没谢(蟹)

什锦糖——各有各的味

禾场跳到晒簟上——高一层

反转猪肚——就是屎

反转葫芦,倒转蒲扇——出尔反尔

六味地黄——总是完(丸)

火炙糕见了滚汤——打顶上酥到脚底

火炉撒盐——真爆、热闹一阵

火炉不着火——欠扇、短扇

火炉靠水缸——一边热、冷热结合、你热我不热、你热他不热

火炉上烧粑——有主

火炉上面烤毛竹——扳得过来

火炉里煮冰块——化光了

火炉旁聊天——热乎得良

火炉旁边喝烧酒——心烧火燎的

火炉里浇油——火气太大、一蹿三丈高

火锅子裂了——吱吱乱叫

火锅子没汤了——赶熬

火锅子炖老鳖——把王八涮了

火锅子里续眼泪——不顶用

火筷子当针纳帮——大鞋底子

火铲当锣打——小事大办

火筒煨鳗——直死、死得直、死了也直

火腿当琵琶——谈(弹)不来

斗面做和个粑粑——舍得做

六个碗上的泥鳅——多余(鱼)

六谷粉拌麦粉——糊糊涂涂

水饺下锅煮——不是真(蒸)的

水豆腐——不经打、不能碰、不堪一击

水豆腐搭桥——白费功夫、枉费心机

水豆腐沙豆渣——炒个稀巴烂

水豆腐掉进灰堆里——没法收拾、吹不得,拍不得

水萝卜——心里甜、肚里白、皮红心不红、就红一层皮

水葫芦掉井里——看看下去了,实际上来了

水缸烤火——外热内不热

水缸的王八——瞎撞

水缸装上四两酒——一喝就露底啦

水缸上安辘轳——不成一井

水缸里打拳——到处碰壁

水缸里打鱼——冤枉(网)

水缸里的鱼——乱碰、跑不了、活不了几天、过一天算一天、再走也有限、游来游去还是转圈子

水缸里种藕——无耻(池)

水缸里洗澡——不能不露头

水缸里着火——没有的事情

水缸里摸鱼——十拿九稳

水缸里装酒——不能混为一谈(坛)

水缸里扎猛子——不回头、深入不下去

水缸里抓王八——手到擒来、想逃也没法逃

水缸里伸筷子——什么也捞不到

水缸里的皮球——不准它出来还要往外闯

水缸里的泥鳅——甭想翻大浪、翻不了大浪、转圈儿耍滑头

水缸里的青蛙——要抓就抓、看他(它)往哪儿躲

水缸里的茄子——不怕你压、没有不服(浮)的、压不成(沉)的、浮在表面

水缸里的海豹——有两下子

水缸里的清水——平平淡淡

水缸里的葫芦——沉不下去

水缸里按葫芦——松不得手、放不得手

水缸里放皮球——上来下不去

水缸里放明矾——澄清

水缸里放蘑菇——泡起来看

水缸里养螺蛳——只只清爽

水缸里捞月亮——看见摸不着

水缸里捞芝麻——难、难得

水缸里捞菩萨——淘神、定定神、定神细想

水缸里掷骰子——没跑、没有跑的

水缸里按十个葫芦——按了这个浮那个

水缸盖当笼屉——受一阵子冷，又受一阵子热

水盆照镜子——倒过来

水盆内捻苍蝇——难不住

水盆里扎猛子——没个深浅

水盆里芭瓜——滴水不漏

水桶没把——不成体(提)统(桶)

水桶没梁——饭桶

水桶当喇叭——大吹

水桶烂了底——两头空、两落空

水桶断了箍——散了

水桶上安铁箍——难分难解

水桶里扎猛子——难回头、回不过头来、回不过脖儿来

水桶里的豆腐渣——又暄又囊

水碗里养鱼——看得浅

水钵里的金鱼——摇头摆尾

水壶熬粥——糊(壶)里糊涂

水壶掉了把——莫提

水壶里扔秤砣——砸啦

水壶里煮饺子——肚里有，嘴里倒不出来

水壶里摸田螺——走不脱我的手

水壶里盛汤圆——有货倒不出、肚里有货倒不出

水壶里翻跟头——胡(壶)闹

水瓶装开水——外冷内热

水瓢捞饺子——汤水不漏

水瓢掉水缸里——不趁(沉)

水瓢上记账——一概抹销

水罐打酒——差乎(壶)

水筲没梁——饭桶

水瓮里的鳖——逃不了、跑不了、手到擒来

水瓮里跑鳖——怪事

水瓮里插擀杖——直出直入

水龙头失灵——自流、放任自流

水龙头冲石板——灵（淋）光
水龙头下洗脑袋——首当其冲
水上油——浮在上面
水烟袋灌铅——拐弯抹角、曲里拐弯
水烟袋灌小米——拐弯的米汤
以斗换升——亏了
以升换斗——占了便宜

五画

石膏点豆腐——一物降一物
石膏做冰糕——顽固不化
石膏运到粉笔厂——有料儿
石膏粉做馒头——争（蒸）也没用
石膏店的老板——白手起家
石磨压手——没什么办法
石磨砸碾盘——实（石）打实（石）
石臼做帽子——难顶难撑
石臼里放鸡蛋——稳稳当当
石臼里装阎罗——捣鬼
石臼里舂线团——捣乱
石碓舂豆子——不怕你硬
打油的漏斗——没底儿
打酒不带壶——芜（无）湖（壶）
打酒只问提壶人——错不了、事问过手
打酒管提壶的要钱——事问过手
打水摇辘轳——抓住把柄了
打菜拾个老倭瓜——闹着了
打饼子熬糠——各搞一行
打盐店里闹出来——闲（咸）得发慌
打块豆腐凉吃——不会（烩）
打面杖抹油——光棍一条
打火不吸烟——闷（焖）起来了

打火机点烟袋锅——土洋结合

打火机点烟——必然（燃）

打火石——两面光

打着公鸡下蛋——强人所难

打着兔子跑了马——得不偿失

打着野猪去献佛——何乐而不为

打烂缸子作瓦片——不合算、划不来

打烂油瓶——全倒光、你到底（倒）就光了

打烂砂锅——问（纹）到底

打烂暖水瓶——丧了胆

扒了锅的稀饭——胡（糊）诌（粥）

扒在磨子上睡觉——想转了

扒着锅沿喝粥——等不得成（盛）

扔下馒头吃黄连——自找苦

扔下讨饭篮打乞丐——忘本

扔进热锅的大虾——红柳

艾窝窝打金钱眼儿——蔫有准儿

艾罗补脑汁——不中用

未蒸熟的包子——出不了笼

正月酒——家家有、家家儿有

东按葫芦西按瓢——碰着什么抓什么

四两酒盛到碟子里——满不在乎（壶）

四两烧酒进肚——晕晕忽忽

四两豆腐四两盐——贤（咸）惠（烩）

四两豆腐烩一锅——会（烩）得多

四两豆腐揪疙瘩——少来这片汤

四两面——不敢（擀）

四两面发一缸——虚气不小

四两面倒在河里了——白活（和）

四两挂面——半疯（封）

四喜丸子盘肉条——肉上加肉

电饭锅焖饭——连汤都喝不上

电饭锅做饭——不要火、不用发火、不要才（柴）、不用心（薪）

电壶里装水——外冷内热

电烤箱的插销——热门儿

旧抹布补新衣裳——不配、配不上

叫饭吃——不用起火

只吃白面不啃窝窝头——净想好的

只吃菜喝汤——犯(饭)不上

只尝不买——光占便宜

只蒸包子馒头——不真(蒸)实(石)

只发饮料——没法(发)管

只发煤气炉——没法(发)管

只有皮肉没有骨——软塌塌的

只顾烧火,忘了翻锅——一处不到一处乱

出锅的大虾——卑(背)躬(弓)屈膝

出锅的汤圆——抓拿不得

出锅的烧鸡——窝着脖子别着腿

出锅的麻花——干干脆脆

出锅的螃蟹——红了脸

出锅的热糍粑——软瘫了、软作一堆

出笼的烧麦——张嘴了

出笼的馒头——气鼓鼓、散坐、自高自大热气腾腾

出笼的馍馍烤着吃——欠火候

出筐的豆腐——定形(型)了

出了锅的螃蟹——横行到死

出了厨房进冰窖——一冷一热、冷热结合

外厨房的灶王爷——独坐

白水冲酱油——越来越淡

白水锅里揭奶皮——办不到

白开水泡雪——冷淡

白开水画画——轻(请)描淡写

白开水调菜——无味

白开水煮冬瓜——淡而无味、油水不大、没多大油水

白干兑凉水——乏味

白干不念白干——白干

白酒混在冷水里——谁也搞不清

白酒泼在蜘蛛网上——罪(醉)不容诛(蛛)

衣食住行歇后语

白兰地——后劲足

白面拌石灰——乱掺和、瞎掺和

白面掺蒺藜——没法活(和)了

白面饼裹手指头——自己咬自己

白糖蘸蜜——甜透了、甜上甜、甜上加甜

白糖包大葱——皮甜心里辣

白糖包砒霜——心里毒、毒在里头、毒在里面、皮甜心里毒

白糖卤苦瓜——又苦又甜、同甘共苦

白糖拌糌粑——又香又甜

白糖拌黄瓜——干(甘)脆、干(甘)干(甘)脆脆

白糖抹到鼻尖上——闻到吃不到

白糖嘴巴刀子心——口蜜腹剑

白马糖——绵扯扯的

白粥锅里煮铁球——混蛋到底带砸锅

白瓷壶——有口无心

白盘子拌萝卜丝——明摆的

白碟子里盛水——一眼看到底

用水煮石——难熬

用米汤洗澡——净办糊涂事儿

用斗量糠——不出声(升)

用碟子喝粘粥——扑面子上脸

包子出糖——露馅了

包子有肉——不在褶上

包子没馅——蛮(馒)头

包子张嘴——露馅

包子不动口——不知啥馅、谁知啥馅儿

包子破了口——露馅了

包子不叫包子——撮指馍

包子吃到豆沙边——尝到甜头，才尝到甜头

包子馒头做一笼——大家都争气

包子熟了不揭锅——窝气、窝了你的气

包子里的热气——出完算了、冒完算了

包子里面加砒霜——陷(馅)害人

包子铺的醋——不要钱

包子铺的蒸笼——气往上冲

包子铺里卖蒸笼——热门货、热门儿货

包元宵的做烙饼——多面手

包祥丰念经——没(呒)收场(重庆奉节)

饥了吃花生——生吞活剥

饥了吃粗粮——味也香

饥了吃鞋帮——心里有底

饥饿送口粮——帮了大忙

生盐拌韭菜——各有所爱

生盐倒在滚油锅里——反应强烈

生菜调蚝油——别有滋味

生菜包糯米饭——与众(棕)不同

生吃大蒜——一般辣味

生吞鸽子——肚子里咕噜噜叫

生吞螃蟹——扒肚肠、肚里爬、肚里横牵肠挂肚

生剥刺猬——没有下手处

用茶杯饮骆驼——不济事、无济于事

用锅铲炒菜——抓住把柄

毛竹筷子——莫当真(针)

讨口烧纸钱——钱少话多

讨吃拜年——穷讲究

讨吃睡碾盘——排场占了个圆

讨饭送礼——拿不出门

讨饭找马骑——不识时务

讨饭不吃馒头——昏了头

讨饭不得怄狗气——值不得

讨饭吃牵个猴——穷欢乐

讨饭丢了棒——受狗气

讨来的馍馍敬祖先——穷孝顺

讨来的鸡屁股供菩萨——穷恭敬

半斤米下锅——无聊(潦)

半斤肉一斤佐料——不上算、够味了

半斤面倒在尿壶里——活(和)不成

半斤油炸一个屎壳郎——输(酥)死了

衣食住行歇后语

半斤盐煮一碗花生——闲(咸)死了

半两面做煎饼——摊不着你

半边石磨——推不了

半锅油直冒烟——分明要诈(炸)、果然要诈(炸)

半篮子喜鹊——叽叽喳喳、别喳喳啦、叫唤起来没个完

半瓶子——容易荡

半瓶子醋——好晃荡、乱晃荡、懂(动)得多

半瓶子水——走一路想(想)一路子

半桶水——好贱(溅)、淌得很、容易荡

半块奶疙瘩当饭——断顿儿了

头醋不酸——到底儿薄

皮笊篱——捞个罄尽、滴水不漏

皮笊篱下豆儿锅——捞一个罄尽

皮箩里洗虾子——一个走不了、一个走不脱

皮条面筋——太肉(柔)了

皮筲箕打水——只装不漏

皮筲箕滤饭——难得过

皮胶锅打浆——粘上粘

发霉的花生——坏人、一钱不值、不是好人(仁)、吵(炒)也没用

发霉的冷饭——不值得吵(炒)

发霉的核桃——人(仁)变坏了

发霉的炒黄豆——不香

发霉的葡萄——一肚子坏水

发面的酵粉——是个引子、能吹嘘(虚)

发面馒头——喧的、往大长、往大涨

发面馒头送闺女——实心实意

发面馍——有虚头

发酵的面粉——气鼓鼓、气鼓气胀

发酵池里的高粱——醋性大作

奶茶放冰糖——更香更甜

奶茶铺的炕——长(常)窄

边吃芝麻糊边聊天——含糊其词

边吃苞米边拉呱儿——开黄腔

对着箩放屁——细隔(格)

对着酸菜缸呐喊——瓮里瓮气

对着水缸吹喇叭——有原(圆)因(音)

对着坛子放屁——憋气

对着坛子说话——瓮声瓮气

对着锅底亲嘴——触一鼻子灰、弄得一脸黑

对着烟囱喊叫——说直话

对着炉子打喷嚏——碰一鼻子灰

对着桌子踢一脚——垮(跨)台

对着牛嘴打喷嚏——硬是吹牛哩

对着灰堆打喷嚏——碰一鼻子灰

六画

灰面捏泥人——百依面顺

灰筛子滤芝麻——全部落空

灰渣打墙基——不是好根子

老米点灯——犯(饭)不着

老米醋——挨着做

老面不发——看那个性

老面蒸馒头——发得快、长得凶

老油——不用练(炼)了

老白干泡砒霜——又毒又辣、毒辣

老茶缸子——没词(瓷)、没词(瓷)了

老酒祭马——不忘祖宗恩德

老酒坛子——又灌上了

老酒店——差不了胡(壶)

老粗糠榨油——白费劲儿

老磨盘——无耻(齿)

西药方子——ABCD 多

有肉的包子——不用褶多

有肉的馍馍——不用捏褶

有奶就是妈——不分好歹

有盐同咸,无盐同淡——待你还不好呀

有锅无米——犯(饭)不上

有壶没底儿——装不住

扛锅讨豆炒,扛耙讨田耕——找活路

扛谷桶进庙——装大头鬼

扛磨盘游华山——苦尽心

扛着秫秸打兔子——看你那腔(枪)

扛着犁头铁耙买车——经(耕)得多

扛着犁具到四川——经过大地了

扛着犁杖上西天——经(耕)过大地了

扛着犁耙下关东——经(耕)得多见得广

扛着铁耙子下井——孬(挠)到底了

扛着锄头玩画眉——农业里没有这一行

扛着碌碡打月亮——不分轻重高低、看不来远近,掂不来轻重

扛着碌碡撵兔子——不分轻重缓急

扛着镢头上土地庙——糟蹋神

扣在筛子下边的麻雀——干扑梭、干扑腾没办法、没办法

有了五谷想六谷——贪心不足

有了馒头想肉吃——得寸进尺

有心炒豆——不怕锅响

有心开饭店,勿怕大肚皮——备货充足

夹在磨盘里——上下受压

夹在磨子里吃面粉——想(响)偏(扁)了脑壳

夹出碗里的刺——好下手

夹着葱的煎饼——挨撅(卷)

百斤面蒸寿桃——废物点心

共吃水果拣大个——爱占便宜

机制面条——不敢(擀)

芝麻糖打滚——越滚越粗

芝麻烧饼——点子多

夹生饭——不够熟、难吃

夹生饭待客——不好意思

夹心饼干——两边受轧

夹罐的筷子——不落台

在灰里插红旗——没这个规矩

过了劲的发面——软成一摊

过筛子的黄豆——没大没小

过大眼筛子——刷(筛)下去的多

动嘴不动手——文来

夺下羊羔放走狼——留了后患

回炉的大饼——不香也不脆

回笼的油条——又老又硬

回笼包子——难吃

回仙居的炒肚儿——没早没晚

吊起炉罐当钟打——没米下锅

吊起锅儿当钟打——穷得叮当响、喝西北风

吊起嘴巴说空话——光说不做

刚泡的茶——闷(焖)起来

刚吃过黄连吃蜜糖——苦尽甘来、苦尽甜来

刚上蒸笼的馒头——面生

刚开坛的老酒——冲劲很大

刚开瓶的啤酒——冲劲大、圆圆满满

刚出笼的包子——热气冲天、热气铺天

刚出笼的年糕——软绵绵的、炙手可热

刚出笼的馍馍——带着气儿

刚出锅的丸子——咋(炸)出来了

刚出锅的麻花——嘎嘣脆

刚出锅的糍粑——软作一团、软作一堆

刚揭盖的笼屉——热气冲天

刚碾出来的米——有骨(谷)气

刚蒸好的糖包子——热乎乎,甜滋滋

吃了一肚子账——心中有数

吃了一筐烂杏——心酸得很

吃了个凉柿子——心里甜甜的

吃了两只公鸡——在肚里斗

吃了一包回形针——一肚子委屈(曲)

吃了一堆烂芝麻——满肚子坏点子

吃了三碗红豆饭——满肚子相思

吃了对门谢隔壁——缠错、晕头转向

吃了十五个小老鼠——心里七上八下

吃了二十五只耗子——百爪挠心

吃了木炭——黑了良心

吃了生铁——变硬了

吃了生铁拉下钢——起来起来硬

吃了生姜——满口辣味

吃了生姜吃黄连——辛苦啦

吃了生菜喝凉水——打心眼里机灵

吃了大黄——要谢(泻)

吃了灯草——心里请(轻)

吃了冬眠灵——很镇静、昏昏欲睡

吃了砒霜——坏了心肠

吃了砒霜上吊——肚里有底、该死

吃了砒霜去跳舞——该死又该死

吃了砒霜药老鼠——划不来、打的什么算盘

吃了砒霜的老母鸡——抬不起头来

吃了耗子药——老搬家、净搬家

吃了蒙汗药——任人摆布、有劲使不上

吃了迷魂汤——全忘记了

吃了兴奋剂拿到金牌——不算数

吃了秤杆——一肚子心眼

吃了秤锤——铁了心

吃了枪药——火气大、说话冲

吃了炸药——开腔就爆

吃了炮仗药——一跳三丈高

吃了硫磺——火烧心

吃了万能胶——开不得口

吃了豆腐——软了心

吃了豆腐吃冰糖——先软后硬

吃了豆腐吃蚯蚓——始终是软心肠

吃了坚果——硬了心肠

吃了香蕉——心软了

吃了桐油——要谢(泻)

吃了桐油呕生漆——连本带利

吃了棉花——拉线儿屎

吃了猪油——昏(荤)了头

吃了猪下巴——爱搭嘴

吃了猪脑子——糊涂虫

吃了乌龟皮——装王八憨

吃了孔雀胆——死了心

吃了鱼骨头——咯不出吞不下

吃了喜鹊蛋——乐开怀

吃了猫子去上山——有了老虎胆

吃了猫屎——嘴巴臭

吃了蜜蜂屎——轻狂起来了

吃了蚌壳——说大口话

吃了牛皮糖——软了心

吃了灵芝草——长生不老

吃了定心丸——做事踏实

吃了葫芦籽——坐不稳当

吃了咸萝卜——操淡心

吃了烧茄子——害了多少病、多心

吃了芋头不下肚——顶心顶肺

吃了香蕉吃坚果——先软后硬

吃了海椒解大便——出纳(辣)

吃了金钢石——硬了心

吃了线团子——心里结疙瘩

吃了断根草——不准备再来

吃了算盘子——心里有数

吃了磨刀水——秀(锈)气在内

吃了青皮核桃——又苦又涩

吃了晚饭赶路——再走也不远

吃了信石上吊——肚子里有底

吃了秦椒烤火——里外发烧

吃了橄榄灰儿——回过味

吃了山药拉红薯——没变化

吃了五味想六味——贪得无厌、贪心不足

吃了五谷想六谷——老是不满足

谚语歇后语大全

衣食住行歇后语

吃了冰棍烤火——表面热乎心里凉
吃了冰糖吃豆腐——先硬后软
吃了巧克力讲话——尽是甜言蜜语
吃了白糖吃冰糖——乏味
吃了包子开面钱——混账
吃了饭就砸锅——忘恩负义
吃了饭儿不挺尸——肚里没板脂
吃了早饭做午饭——时间尚早
吃了早饭睡午觉——乱了时辰
吃了麦饼丢米饼——不合算
吃了抄手吃馄饨——一码事
吃了凉粉喝汽水——光溜溜,凉滋滋
吃了油烟子的蛇——翻来覆去呆不稳
吃了酒跳太湖——罪(醉)该万死
吃了酒糟穿皮袄——周身发热、里外发热
吃了海鲜只给泡菜钱——混账
吃了两天豆腐想成仙——想得容易
吃了三天斋就想上西天——功底还浅
吃了胭脂拌大蒜——一肚子花花点子
吃了揽团刮擀杖——留下名迹了
吃了揽团喝拌汤——伤食到根
吃了黄连对人讲——诉苦
吃了柳条拉粪箕子——肚里早就编成了
吃了鱼钩的牛打架——钩心斗角
吃的灯草灰——放的轻巧屁
吃的黑芝麻——满腹的黑点子
吃的磨刀水——秀(锈)气在内
吃的咸盐不少——净管闲(咸)事
吃的不是泾河水——何必管这么宽
吃的人饭,拉的狗屎——没人味
吃的葱胡子,忌的蒜皮子——你记(忌)啥
吃上辣椒屙不下——两头难受
吃下玻璃——寸断肚肠
吃下了催吐药——令人作呕

吃个半生不熟的李子——又基又涩

吃个馒头就饱——没肚量

吃罢黄连喝糖水——苦尽甘来

吃不了——兜着走

吃不了兜着走——自担责任

吃不上牛肉——光吹死牛皮

吃不来烤红苕——一不会捧，二不会吹，三不会拍

吃不着黄狼吃鸡——寻事出气

吃多了大蒜——口气大

吃多了咸鱼——净管闲(咸)事

吃多了莲菜——尽操(炒)空心

吃多了碎米——啰唆

吃多了安眠药——不省悟

吃多了猪板油——懵(蒙)心了

吃错了耗子药——胡折腾

吃着个生柿子——苦涩

吃着条生香蕉——苦涩

吃着墨水——黑了心肠

吃着鱼聊天——讲话带刺

吃着鸡抓着鸭——贪心不足

吃着生姜讲话——句句有辣味

吃着冰棍下楼——里外都冰凉

吃着冰棍说话——冷言冷语

吃着冰糖唠嗑——尽说甜话

吃着话梅讲话——一股酸味

吃着杨梅扯谈——尽是酸话

吃着菠萝问酸甜——明知故问

吃着果羹背书——含糊其词

吃着果羹聊天——尽讲糊涂话

吃着坚果聊天——尽讲硬话

吃着肥肉唱歌——油腔滑调

吃着油条唱歌——油腔滑调

吃着黄连做事——苦干

吃着黄连唱歌——以苦为乐

吃着黄连抓脑袋——苦思苦想

吃着蜂蜜讲话——甜言蜜语

吃着糖葫芦讲话——不好说

吃着碗里瞧锅里——贪婪

吃着碗里看着碟子——贪心不足

吃进茅坑——文（闻）进文（闻）出

吃进嘴里肉——死也不放

吃进狼嘴的羊肉——吐不出来

吃得耳朵都动——味道好爽

吃得砒霜药老虎——勿死其着

吃得麦稀饭游西湖——穷开心

吃口樱桃肉塞了嗓子眼——心眼太细、心眼狭小

吃过中饭打更——不是时候、为时过早

吃过晌午睡觉——早得很

吃过晌午搭早车——不赶趟

吃过晚饭赶路——越走越黑

吃过晚饭上宝庆——去不远啦

吃过屎的狗——嘴巴臭

吃过死人的乌鸦——一张臭嘴、名（鸣）声太臭

吃席不用筷子——下手了

吃豆腐多了——嘴松

吃豆腐长大的——腿软

吃豆腐花肉价——划不来

吃豆腐硌了牙——怪事

吃豆腐怕扎牙根——小心过分

吃豆腐渣长大的——松货、嘴松、说话没分量

吃豆芽屙稀——襟襟吊吊的

吃豆子喝凉水——屁事挺多

吃豆包乐颠了馅——闭不上嘴了

吃面包抹大酱——不对味儿

吃面不浇卤——白批文

吃面条放葱——装蒜

吃面条找头儿——多余

吃面条不打卤——白条

吃挂面不调盐——有言(盐)在先

吃炒面不着水——干喃

吃炒面哼小曲——含含糊糊、含糊其词

吃炒面拌沙子——尽说牙碜话

吃炒蚕豆怕响——天生一颗绿豆胆

吃粽子蘸煤油——不是味儿

吃粽子蘸蒜泥——各有各的口味

吃罐头没刀——口难开、不好开口

吃饺子就葱——一一拿二

吃饺子不吃馅——调(挑)皮

吃酒下红薯——肚里发酵

吃酒陪新娘——装样子、装模作样

吃凉粉——不塞牙

吃凉粉发抖——冷透心

吃凉粉还要吹——冷透了

吃凉粉拉笊篱——编得快

吃凉粉拉簸箕——肚里早就编好了

吃凉粉拌猪油——冷腻

吃凉粉喝汽水——光滑冰凉

吃凉面喝冷水——没得点热气

吃凉拌黄瓜——嘎巴干脆

吃米的鸡——点头哈腰

吃米不记种田人——忘本

吃米饭拣谷子——挑剔

吃生米扛碓——做事太霸蛮了

吃生米遇着嗑生谷的——恶人遇到恶人、强中还有强手

吃生盐聊天——讲闲(咸)话

吃水的鲤鱼——吞吞吐吐

吃水不记掘井人——忘本

吃冰拉冰——没化

吃冰棍拉冰棍——没话(化)

吃冰棍烫死人——太玄了

吃冰棍舍不得扔棒棒——小气鬼

吃点心抹酱油——不对味、不是味儿

吃奶的娃娃——乳臭未干

吃饼吃馒头——不用快（筷）

吃烧饼打嗝——一肚子魔（馍）气

吃烧饼掉芝麻——免不了

吃窝头长大的——生了上个向下的眼

吃窝头就辣椒——图爽快

吃夹生饭——胀气

吃稀饭泡米汤——多余、亲（清）上加亲（清）、官（归）还原职（汁）

吃稀饭放酱油碟——摆臭格

吃饱的肥猪——大腹便便

吃饱了翻槽——忘恩负义

吃饱了的牛肚子——草包

吃饱打呃——食气、气不顺

吃饱系裤带——不要紧

吃饱闲嗑牙——没事找事

吃饱的粑粑——随便

吃饱等拉屎——无事干

吃饱就睡的猫——哪能逮住耗子

吃橄榄不吐核——看他怎么吞下去

吃橘子掰成牙儿——分（办）瓣

吃槟榔闭住嘴巴——闷起来

吃荆条屙箩筐——肚里能编、嘴能编

吃桑叶吐丝——没有人味

吃苦果的洛蚌鸟——难言（咽）

吃苞谷汤圆打呵欠——开黄腔

吃烤山芋——又吹又拍、吹吹拍拍

吃饭泡汤——占地方儿、喝粥的命

吃饭不起头——饿蛮

吃饭没有盐——操淡心

吃饭泡米汤——喝粥的命

吃饭咬舌头——出于无意

吃饭咬筷子——不吉利

吃饭刮刮嘴——荡（搪）口（地名）

吃饭拿筷子——习惯

吃饭舔碗边——穷相毕露、吝啬鬼

吃饭不用给钱——白吃、白痴（吃）

吃饭不用筷子——下手抓

吃饭不饱肚子——宝（饱）贝（背）

吃饭时候借碗——不看时候

吃饭咬颗沙子——搁（硌）着了

吃饭拣颗谷子——专挑剔

吃饭吃到鼻子里——进错门哩

吃饭馆，住旅店——什么事也不管

吃饭把勺子——成（盛）手

吃家饭屙野屎——只顾外人、吃里爬外、填活外人

吃剩饭想点子——尽出馊主意

吃人饭拉狗屎——没有人味儿

吃干饭——奴婢相

吃斋的刽子手——冒充善人

吃斋的恶婆子——口素心不善

吃斋碰着月份大——真倒霉、倒霉透了

吃尽柴米油盐——就是不吃醋、就剩醋了、日子难过啊

吃完再付款——不用发憷（筹）

吃完饭就砸锅——不干了

吃完狗肉剩狗骨——没人肯（啃）

吃完辣椒喝姜汤——再受刺激

吃完番茄吃豆腐——红一阵、白一阵

吃完黄连尝炙草——苦尽甘来

吃捞饭不喝汤——干扎

吃馊饭长大的——坏肚肠

吃到哪里的肥羊羔——岂肯松手

吃蛋不等鸭子落屁股——性急、瞎着急、操之过急

吃芝麻用调羹——不用筷

吃芝麻糊用调羹——不用快（筷）

吃瓜子竖拇指——赞你人（仁）好呢

吃瓜子咬着舌头——不能怪人（仁）

吃馅儿饼抹油——白搭

吃麻油唱曲子——油腔滑调

吃猪红打喷嚏——血口喷人

吃猪脚不吐骨头——不知他怎么吞下去的

吃桂花鱼不要鸡——心有余悸

吃糠咽菜——无米之炊

吃糠长大的——松包

吃糠就辣椒——图嘴爽

吃喝远闹市——农家肴

吃西餐——不用快（筷）

吃元宵不叫元宵——白玩

吃螃蟹放紫苏——做法对头

吃包子不露馅——捂得严

吃包子扔皮儿——各有所好

吃包子光看褶儿——不知里头包的是啥馅

吃馒头打哽——晦气、霉气

吃馍不喝稀饭——干噎

吃回笼馍馍——欠点火

吃葱吃蒜——不吃将（姜）

吃甜的蜜糖，吃辣的有辣椒——各对口味

吃甜茶说苦话——不忘过去、勿忘记过去

吃甜瓜不吃籽儿——留种

吃辣的送海椒，吃甜的送蛋糕——投其所好

吃灯草放屁——轻巧、捞捞松

吃灯草长大的——说得轻巧

吃老鼠择毛——瞎仔细

吃鱼拿鱼——多余

吃鱼避腥——枉张嘴

吃鱼带刺吞——尽扎人

吃鱼留着头——死愚（鱼）脑壳

吃鱼卡了鱼骨——吞又吞不下，吐又吐不出

吃蛇不吐骨——厉害

吃螺蛳——缩缩吐吐

吃虱子留后腿——小气得很

吃蝎子蘸辣椒——毒辣极了

吃狗肉念佛经——假装善人、冒充好人

吃狗肉喝烧酒——里外冒火

吃腌牛肉——越嚼越有味

吃鸡蛋不拿钱——混蛋

吃鸡蛋噎脖子——两头难、进退两难

吃红芋长大的——死心眼儿

吃骨头烧豆腐——软硬不均

吃千家食长大的——要饭出身

吃锅盔掉芝麻——免不了

吃海椒解大便——出纳（辣）、出纳（辣）股

吃枣不吐核——囫囵吞

吃核桃——非砸不可

吃花生吃出个羊屎蛋——这算啥人（仁）哩

吃黄瓜屁股——苦口

吃烙饼卷木炭——黑心肝、黑心肠

吃烙饼卷手指——自己咬自己

吃萝卜的办法——吃一截剥一截

吃秦椒长大的水晶猴子——又刁滑又毒辣、不光刁滑,肚里还辣

吃豌豆咽鸡蛋——一个胜一个

吃瓜籽上厕所——入不敷出

吃瓜籽吃核桃——不能不求人（仁）

吃瓜籽吃出虾米来——遇见好人（仁）了、什么人（仁）儿都有、假充人（仁）来了

吃瓜籽嗑出个臭虫——假充人（仁）、假充人（仁）来了

吃西瓜蘸蜂蜜——甜甜蜜蜜

吃西瓜盼汽水——净想解渴的

吃西瓜不吐籽儿——甩种

吃西瓜不动刀子——拳头解决问题

吃断根菜——一回过

吃甘蔗上竹楼——一步更比一步甜、步步登高节节甜

吃甘蔗上花山——节节甜,步步高

吃甘蔗就白糖——甜上甜

吃甘蔗渣子——没有味

吃竹芽子唠嗑——这话可够损（笋）的

吃竹竿长大——直性人

吃硫璃蛋厮吃硫璃蛋——死（屎）顽固

吃屎的狗——不离粪坑沿、性难改

吃素的尼姑丢失腊肉——开不得口

吃糖豆吃个黄连片——可苦了我啦

吃油条蘸大油——腻透了

吃油馍卷烙馍——混卷儿

吃油饼蘸蒜泥——各有各味

吃油糕不沾油手——推个干净

吃桐油拉生漆——往后见功

吃糊涂油——懵（蒙）心

吃一升米的饭，操一升米的心——管得宽

吃二斤咸菜——安（腌）心

吃五个豆放五个屁——来五去五，出入相抵

吃几颗蒺藜豆——扎心

吃橡子面儿——拉不出屎来

吃腥喝卤——紧折腾

吃盐打滚——闲（咸）的慌、闲（咸）出的毛病、闲（咸）得

吃自来食的水鸟——长脖子老等

吃刺穿嗓子——自讨麻烦、自找苦吃、自找罪受

吃孩子肉不吐骨头——狠心得狠

吃死人不吐骨头——黑了心了

吃滑嘴用滑手——又馋又懒

吃土坯拉炕席——满肚子瞎编

吃小米粥等凉——搅和为妙

吃糨糊长大的——迷住了心窍

吃烟拔豆根——一码是一码

吃烟烧了枕头——怨不得外人

吃药用红糖——苦中有甜

吃药不叫吃药——喝苦水

吃副药洗过澡——里外净

吃落账单——记在心

吃篾块屙背篼——胡（腹）编

吃铁丝屙笊篱——肚里编出来的

吃针鼻长大的——细得很

吃死丈夫睡塌床——懒婆娘

吃死老公丈夫睡塌床——懒婆娘

吗啡治病——以毒攻毒

吐了鱼刺吃骨头——一模一样、没什么两样

吐了肥肉拣骨头——越硬越好

吐着耳朵擤鼻涕——不对路数

吐着胡子打滴溜——全凭嘴劲、嘴上功夫

吐口唾沫砸个坑——出口有分量

吐口唾沫粘麻雀——妄想、痴心妄想

吊子的把——往上提

吊子掉了把——不能再提了

吊炉烤烧饼——来回翻

回炉烧饼——不香、不甜

早餐吃馒头——一个一个来

肉焖在锅里——香气还在

肉在锅里滚——还不晓得稳不稳

肉掉在生姜锅里——麻透了

肉烂了还是在锅里——跑不了

肉上撒胡椒——肉麻

肉里的刺——难崴

肉头上庙——白送

肉头碰钢叉——没个好

肉丸子掉进煤堆里——漆黑一团

肉包打狗——有去无回

肉汤洗脸——浑（荤）头浑（荤）脑

肉汤自家喝——肥水不外流

肉汤炖母鸡——浑（混）蛋

肉汤里洗澡——浑（荤）头浑（荤）脑

肉汤里煮元宵——混（荤）蛋

肉馅包饺子——一片好心

肉馅包子——肚里有货

肉墩子——油透了

肉烊在锅里——全是油水

肉骨头下锅——肯（啃）定了

肉骨头打狗——昏（荤）嘟嘟、只去不回

肉骨头打锣——想（响）昏（荤）了

肉骨头吹喇叭——刁（叼）上了、气昏（荤）了、昏（荤）嘟嘟

肉骨头烧豆腐——软硬兼施、软硬不均匀

肉骨头擂大鼓——五荤六素

肉锅扔进河——昏（荤）昏（荤）沉沉

肉锅里扔铁球——浑蛋到底带砸锅

肉锅里的元宵——混（荤）蛋

肉锅里炒咸菜——现（鲜）在

肉案上的秤——油沾了心（星）

肉案上的猪——任人宰割

肉案上的买卖——斤斤计较

肉档的钻板——有厚度

肉店的案子——挨劓

肉店的秤杆——黑人心

肉店里烧纸——肉神不安

肉店里的肥猪——早晚挨刀

肉忙锤打狗子——有去无来

当面剥葱——一层一层来、一层一层地摆

尖尖筷子夹凉粉——滑头对滑头

尖底坛子——放不稳当

尖底瓮儿——一碰就倒、一推就倒

尖嘴坛子——下作（座）

光吃果肉——不含糊（核）

光吃树叶——心轻

光吃后悔药——没用

光吃饺子不拜年——装傻

光筷子吃豌豆——滑头对滑头

钉锅碗打坏金刚钻——蚀本生意

先吃后付款——信得过你

先吃皮后吃馅——老一套

先喝汤后吃菜——一样一样来

丢金碗捡木勺——得不偿失

丢金碗抱冰砣子——全凉了

丢了砍柴刀打樵夫——忘本

年糕落锅——真(蒸)的

自来水龙头——一通百通

行灶烧稻柴——有火发不出

后锅里的水——响(想)不开(上海)

杀牛熬糖——不是正行

杀牛摆口锅——老油手、熬着看

杀鸡问客——多此一举、虚情假意

杀鸡灌肠——大扑腾

杀鸡无肝子——哄老人

杀鸡用牛刀——小题大做、看错了对象

杀鸡吹屁股——不是行家、假充内行

杀鸡给猴看——惩一儆百

杀鸡的刀子——派不上大用场

杀鸡做豆腐——称不得里手

杀鸡割破胆——自讨苦吃

杀鸡不叫杀鸡——刺激(鸡)

杀鸡用榔头帮忙——多此一举

杀鸡用上宰牛的劲——真笨

杀鸡要蛋,干塘打鱼——一回过

杀鸡抹脖子——急腔

杀生鱼待客——上等菜

杀猪凳上的肥猪——活不多久

杂烩加豆腐——白搭

杂烩锅里伸筷子——捞得多

多吃了芝麻——黑了心

多吃了柠檬——尽讲酸话

多吃了话梅——心里酸溜溜的

多吃了梅子——身酸酸味、酸透了

多吃了果羹——太糊涂

多吃了果羹咸菜——满嘴胡(糊)盐(言)

多吃了豆腐——心肠太软

多吃了狗肉——发高调

多吃了蜈蚣——嘴巴恶毒

多吃了烤红薯——尽放屁

多吃了腌蒜头——一张臭嘴

竹篮提水——一场空

竹篮盛稀饭——漏洞百出

竹篮打水上山峰——一场欢喜一场空

竹篮打水风拦风——全落空

全聚德的客人——个个吃香

全聚德的烤鸭——名闻遐迩

各米下各锅——哪个怕哪个

朱砂写的字——越久越红

臼窝对臼锤——实(石)打实(石)

冰水拌面——就紧

冰水泡茶叶——无味

冰冻豆腐——太冷淡

冰镇汽水——贼凉快

冰糕洗脸——凉面

冰棒架屋——栋(冻)梁(凉)之才(材)

冰棒放在火炉里——化了

冰棒插进屁股里——凉了半截

冰棒杆——吃完就丢

冰棒机里放细棍——从中作梗

冰激凌拌黄瓜——办(拌)事(丝)干脆

冰激凌蘸辣酱——爽得没法说

冰精蒸荔枝——甜透了

冰糖荔枝——甜上加甜

冰糖蘸蜜——甜透了、甜上加甜

冰糖作药引——苦中有甜

冰糖拌黄瓜——一干(甘)二脆、干脆

冰糖蒸萝卜——吃客(咳)

冰糖煮黄连——同甘共苦、苦中有甜

冰糖放在枕头边——逗甜了嘴

冰糖葫芦——一串一串的

冰糖葫芦沾卤虾油——什么味

冰箱改锅盖——受了凉气受热气

冰箱里存放——冷处理

冰箱里的瓜籽——良（凉）种

冰箱里的花生——动（冻）人（仁）

冰箱里的豆腐——冷淡得很

冰箱里的鸡蛋——成不了小鸡

冰锅底下烧火——彼此命不长

羊肉包子打狗——一去不回来、一去永不回来

农产品——土生土长

米少饭焦——难上加难

米还是米——没主（煮）

米少饭煮糊——难上加难

米烂在锅里——没关系

米才下锅就抽柴——存心搞夹生

米刚下锅就着急——饿鬼

米做不熟不揭锅——闷（焖）着

米数颗粒麻数根——小气、小气鬼

米满粮仓人饿倒——舍命不舍财、爱财不要命

米里的稗子——有点也难免

米粒大的葵花子——还没有心上人（仁）

米饭煮成粥——糊涂

米饭锅下黑豆——满显

米饭锅里煮辣椒——我看你咋吃

米汤泡饭——一个样、原打原、官（归）还原职（汁）

米汤洗头——糊涂到顶、糊涂到顶了

米汤浇身——糊涂人

米汤烧焦——胡（煳）诌（粥）

米汤淘米——本还原

米汤炒莲藕——糊了眼

米汤拌糨糊——稀里糊涂

米汤洗衣服——僵（浆）住了

米汤煮地瓜——糊里糊涂

米汤洗脚，糨子搽脸——一世糊涂、糊涂一生（身）

米汤里和盐——含（咸）含（咸）糊糊

米汤里洗澡——浑身不利索、糊里糊涂

米汤里的苍蝇——糊涂虫

米汤里煮茄子——浑球带把

米汤盆洗澡——越洗越不好

米汤盆里洗鱼——江(浆)陵(鳞)

米汤盆里的灰面——越搞越糊涂

米汤锅里煮寿桃——混蛋出尖了

米面团团——粘牙、粘牙哩

米粑打狗——去得回不得、有去无回

米粑粘砂糖——难舍难分

米醋做冰棍——寒酸

米醋炒红椒——酸辣辣的

米糕里面藏骨头——没安好心、外柔内刚

米粉包饺子——只能蒸不能煮

米粉铺里吃米粉——不知头尾

米凉粉下锅——够搞

米花糖泡水——散啦

米糖进油房——榨不出油水

米糠做窝头——太粗

米糠里进榨油——没大油水

米大麦做捻转——粗鲁儿

米粥里都花椒——麻烦(饭)

米线上拴饺子——极不牢靠

米油水洗脸——昏(浑)油油

米仓里的老鼠——不愁吃、不愁没吃

米店卖盐——多管闲(咸)事

米店卖铁锅——管闲事

米臼捣沙——本还原、实(石)言(研)

米臼捣石灰——白杵

米臼里的泥鳅——无路钻

米缸做笔塔——大不(笔)同(筒)

米锅刚开抽柴火——关键时刻不合作

米筛打倒——都是眼儿

米筛装水——漏洞多

米筛挡阳光——遮不住

米筛挡房门——心眼多、眼多

米筛筛芝麻——白劳神、空劳神

米筛罩麻雀——飞不掉了

米筛里睡觉——浑身是眼、浑身是眼儿

米筛眼里的米——上不来,下不去、不上不下

米筛打水——一场空、漏洞百出

米筛当玩具——耍心眼

米筛筛豆子——格格不入

米筛筛胡豆——一个都漏不掉

米箩筛糠——直抖

米箩端水——漏洞太多

米箩跳到糠箩里——越挑越差

米箩里出烟——淘气

米箩里喂鸡——稳稳当当

米箩里装鸡蛋——稳稳当当

米行里的鸡——食(实)好

米泔水洗脸——昏(浑)浊浊

米泔水泼地——上湿下干

汤里一粒芝麻——可有可无

汤窄——露了肉了

汤圆掉煤堆——黑白不分、混淆黑白

汤圆掉到灰堆里——糊涂蛋、吹不得捧不得

汤圆掉进鸡窝里——混蛋

汤圆上压秤砣——贬(扁)了

汤药里放糖——苦里带甜

汤锅里的猪——死定了

汤锅里煨鸡——只露一张嘴

汤锅里下笊篱——捞不出油水来

汤锅里饨鸭子——只露一张嘴

汤锅里的小麦——面熟

汤锅里的虾公——通红

汤锅里放黄连——有苦大家吃

汤锅里的木柄铁勺——一头冷一头热

汤锅里刮了毛的猪——被屠父吹得滚瓜流油

汤瓶煮粥——粒粒归府(腹)

汤瓶煮鸭子——光棍

安眠药吃过量——不觉醒、从不觉醒、醒不过来

守着火炉吃冰棒——冷热结合

冲了咖啡——不必查(茶)

买肉找上卖菜的——弄错了人、弄错对象

买糖不吃——拿一把

买豆腐花肉价钱——不上算、不合算

买咸鱼放生——不知死活、不知死活的家伙、搞些空事

买麻花不吃——为的看这股劲

买了二斤韭菜不带葱——荷撒起来

买锄头送礼——自己不干要人干

收割机上的镰刀——揽头宽

收割了的庄稼地——一溜净光

红烧的狗肉——见不得客、上不得台面、上不得正席

红烧的猪头——焦头烂额

红烧肉撒葱花儿——搭搭色

红烧鸡翅膀——好主(煮)意(翼)

红薯片冒充天麻——弄虚作假

红木砧板——是块好料

红锅里掺冷水——炸了

红锅炒板栗——炸了皮

哪壶不开单提哪壶——没眼色

好肉上挑刺——寻是生非

好肉上贴膏药——自讨苦吃、自讨麻烦、没病找病

好酒装瓶——封住嘴

好酒不漏风——嘴严

好柴烧烂灶——塞错了门道

驮盐巴过河——越背越轻、徒然减轻负担

寻吃的揣山药——窝脖子

毕业会餐的老师——一毛不拔

七画

豆渣贴门神——不沾板

豆腐白菜——各有所爱

豆腐老虎——狂渣子

豆腐耳朵——爱听谗言

豆腐补锅——不牢靠

豆腐身子——经不起摔打

豆腐拉口——白问(纹)

豆腐挡刀——不自量、招架不住

豆腐架子——不牢、压不起、摇个不停

豆腐放醋——正做不做、当作不做

豆腐做的——没一点骨头

豆腐煮汤——小事一桩

豆腐薄刀——两面光

豆腐扎根角——底子软

豆腐打地基——根基太软、底子软

豆腐光棍儿——闯一方

豆腐钉鞋掌——不是这块料、不是那块料

豆腐作木鱼——禁不住敲打

豆腐坐班房——平白无故

豆腐垒基脚——底子软

豆腐垒猪圈——不是挡头

豆腐饨骨头——不软不硬、有软有硬

豆腐烧猪蹄——软硬不均

豆腐泡酸菜——免劳照顾

豆腐服米汤——一行服一行

豆腐服酸汤——一行服一行

豆腐拌小葱——清(青)二白

豆腐拌芹菜——一清二楚

豆腐拌腐乳——越拌越糊涂、越搞越糊涂

豆腐刻小人——软胎的货

豆腐炒韭菜——清(青)二白、清(青)清(青)白白

豆腐烩泥鳅——软加滑

豆腐垫床脚——白挨、白搭、做浮事

豆腐垫鞋底——一踏就烂、一踏就溶

豆腐做匕首——软刀子

豆腐做门墩——难负重任

豆腐做材料——软件

豆腐做的鼓——不堪一击

豆腐做的碟子——软盘

豆腐做墙角——根基不稳

豆腐煮黄豆——都是自己人

豆腐煮猪血——黑白分明

豆腐喂老虎——口粘

豆腐敲棉花——软碰软

豆腐搭锅沿上——会（烩）半截

豆腐捞屁做的——娇谬货

豆腐冰糖都不要——软硬不吃

豆腐盘成肉价钱——不合算、划不来

豆腐掉在油锅里——炸啦、肥透了

豆腐煮汤不放盐——没味

豆腐堆里一块铁——有软有硬、算它最硬、就数他硬、柔中有刚、软中有硬

豆腐嘴巴刀子心——口软心毒

豆腐块子挡车轱辘——太软了、太软作了

豆腐放在猪肉锅里——沾些油水

豆腐上的灰——这是吹不好的

豆腐上跑马——苏（酥）州（走）

豆腐上放秤砣——压力大

豆腐上楔钉子——底子差

豆腐里挑刺——没事（刺）找事（刺）

豆腐里掺米汤——糊里糊涂、糊糊涂涂

豆腐里挑骨头——无中生有、故意挑剔

豆腐里面掺沙子——软中有硬

豆腐丝捆豆腐——没法调（吊）

豆腐汤开锅——扑哧起来没个完

豆腐汤里伸筷子——捞不到什么油水

豆腐心汤——越煮越硬

豆腐皮掌鞋——不是料,糊弄人、一塌（踏）糊涂

豆腐干——压成的

豆腐干煮肉——有分（荤）数（素）、有荤有素、有荤也有素

豆腐干煎腊肉——有言(盐)在先

豆腐干换葡萄——一嘟噜一块

豆腐脑挑子——两头热

豆腐脑摔地上——糊涂

豆腐脑刻小人——立不住堆

豆腐丸子包鱼刺——柔中有刚

豆腐渣——不往一处钻

豆腐渣下水——轻松、散了、一身松

豆腐渣上坟——骗鬼、哄鬼、哄列人

豆腐渣上供——糊弄神仙

豆腐渣上秤——不是好货

豆腐渣上船——装贱、不是好货、不值钱的货、算个啥货呢

豆腐渣上榨——难出啥油水

豆腐渣开锅——扑哧起来没个完

豆腐渣变酸——糟了

豆腐渣垫鞋——不顶用、不顶事

豆腐渣炒藕——净填眼

豆腐渣垛墙——能吃不能用

豆腐渣捏的——不经打

豆腐渣烙饼——和不到一块、和不起来

豆腐渣塑神——松态(胎)

豆腐渣喂马——白撂(料)

豆腐渣做粥——白费

豆腐渣做砖——烧不成

豆腐渣糊门——不沾(粘)板

豆腐渣糊纸——两不沾(粘)

豆腐渣不放盐——淡而无味

豆腐渣打糨子——不沾板

豆腐渣当磺香——不沾弦

豆腐渣当糨糊——不粘

豆腐渣包饺子——捏不拢、用错了馅、难捏合

豆腐渣贴对联——不沾(粘)、巴结不上、搞不到一块去

豆腐渣炒藕片——迷(弥)了眼

豆腐渣炒樱桃——有红有白

豆腐渣捏窝窝——凑合咧

豆腐渣装皮箱——冒充好货

豆腐渣撒水饭——哄鬼

豆腐渣擦屁股——没个完、没完没了

豆腐渣装进罐头盒——外面好看里面虚

豆腐乳做菜——不用言(盐)、哪里下口、哪还用言(盐)、哪还要言(盐)

豆腐酱拌海椒——辣上加辣

豆腐协会——软组织

豆腐行卖磨——没法推、没推的了

豆腐社——穷不散

豆腐板上下象棋——无路可走

豆腐场里的石磨——道道多

豆腐店的产品——全是软货

豆腐店的闺娘——搭架子

豆腐店的磨子——勿压勿做

豆腐店的老母猪——一肚子豆渣

豆腐店开在河边——汤来水去

豆腐店老板卖磨——没法推了

豆腐店里的东西——不堪一击

豆腐店里的把式——靠压

豆腐店里做豆腐——靠压

豆腐房关门——磨不开

豆腐房的石磨——团团转

豆腐房的掌柜——一股渣气

豆腐房挂门板——好大的牌子

豆腐房赊磨子——没得推的了

豆腐椅子——靠不来

豆浆泡油条——软了、软下来了

豆浆船翻在河心里——汤里来,水里去

豆饼充饥——白欢喜、空欢喜

豆饼干部——上挤下压

豆饼喂猪——是好料

豆饼做豆腐——有点粗

豆饼堵田豁——肥水不往外流

豆豉焖豆腐——黑白分明

豆豉炖豆腐——滑（花）稽（鸡）事（屎）

豆豉煮醪糟——不是滋味

豆豉堆里找苍蝇——这也不是，那也不是

豆豉口袋——臭东西、臭货、肮脏货

豆干炒豆豉——黑白分明

豆干饭——闷（焖）着、闷（焖）起来啦

豆干饭不熟——欠焖

豆瓣拌海椒——辣上加辣

豆瓣攥球儿——是个大犟（酱）蛋

豆制品——软货

豆柴烧火——干着急

豆渣敬鬼——哄鬼的

豆渣不生毛——干倒塌

豆渣当水饭——哄猪

豆渣送水饭——哄鬼

寿桃上插松树枝——又生日，又年下

吞了两条蜈蚣——百爪挠心

吞了一个冰疙瘩——冰心

吞了笛子——横了心

吞了沥青——黑了心肠

吞了烙铁——心里有火、一副热心肠

吞了擀面杖——直肠子、一条直肠子

吞了烟袋油的蛇——离死不远

吞了毒药药老鼠——拼上命去干

吞了蛇胆嚼黄连——尽吃苦头

吞下一个棒槌——横竖都窝心

吞下一块石头——硬了心

吞下苍蝇——真恶心

吞下灯泡——肚里明

吞下钢珠——铁了心

吞下扁担——横了心

吞下药片——服了

吞下铁柱——硬着心肠

吞下银针——刺痛了心

吞下木片也烧得着——一肚子火

吞下了一百零八颗山楂——心里冒酸水

吞金自杀——人财两空

坛子心肠——滚上滚下

坛子装王八——跑不了

坛子掉了口——没谈(坛)头

坛子腌咸菜——要严(盐)

坛子放在碟子上——以大压小

坛子里开船——内行(航)

坛子里失火——闷拱、闷骚(烧)、

坛子里和面——使不上劲、搭不上手、插不上手

坛子里的水——不流

坛子里栽花——不高、冤(圆)屈(曲)死、都屈(曲)死了

坛子里点灯——照例(里)、照里不照外、心里明白

坛了里捉鱼——于到擒来

坛子里捉鳖——一只也爬不掉、稳捉稳拿

坛子里游泳——扑腾不开

坛子里喂猪——插不上嘴、难插嘴、挨个来、一个个来

坛子里睡觉——憋气、作瓮儿梦、憋得难受、想得宽绰

坛子里喊冤——瓮声瓮气的

坛子里生豆芽——难出头、扎不下根

坛子里的皮蛋——变了

坛子里的老鼠——爬又爬不出,咬又没处咬

坛子里的黄鳝——看你怎么耍滑头

坛子里放炮仗——想(响)不开、闷声闷气的

坛子里养王八——越来越抽、包你活不长久

坛子里养兔子——越养越小

坛子里装泥鳅——休想耍滑头、滑不到哪里去

坛子里掷骰子——没跑

坛子里抓辣豆瓣——辣手

坛子里的豆芽菜——伸不起腰、直不起腰、受不完的勾头罪、冤(圆)屈(曲)

坛子里的王八网兜里的鱼——想跑也不了

坛子里头喂猪——一个一个地来

抢吃弄破碗——欲速则不达

抓米喂鸡——撒手了事、可以撒手不管

抓把面放到河水里——活（和）不成

抓鸡不到——倒蚀一把米

抓鸡不叫唤——投（偷）机（鸡）有方

抓灰盖粪——遮丑（臭）

抓住汤圆当荔枝——不是滋（枝）味

抓住芝麻丢掉西瓜——主次不分

抓着葫芦当瓢打——昧了良心

把酒犯令不受罚——痴玩

杷糖抹在鼻尖儿上——想舔舔不着

把筷子卡在喉咙里——吞不下吐不出

把锅铲柄当成了镐把——安错地方了

把砒霜放在糖浆里害人——心狠手辣

扭孤糖——怎扭怎好

扳倒饭笼——有口吃的

扳倒五味瓶——酸甜苦辣咸都有

扳倒石臼吓婆婆——泼妇

扳倒米坛扫小米——摸到底了

扳倒葫芦洒了油——一不做，二不休

扳倒醋缸，咬了青杏——酸透了

扳着炉子烤头发——了（燎）不得

拔了大蒜栽洋葱——一窝还一窝

扯着骨头带着筋——相互关联

扭着石磨赶会——负担重

抓把朱砂当红土——装贱

扶着醉汉过破桥——上晃下摇

花糕抠发枣——净眼子

花米团掉到井里——润散了

芙蓉糕——一面儿

两钱肉——拉不着

两木碗对一起——木蛋

两盘磨——各推各的转转

两个盘子三条鱼——多余（鱼）

两个锅盖一起开——斗气

两个碓臼舂米——对（碓）不住

两根筷子夹骨头——三根光棍

两剂药一起煎——双得力

麦筛子——尽是缺点、尽是窟窿

找擀杖摸到牛犄角——别扭出穷儿来了

找不到柴禾摸不着灶——起不了火

坏了铁锅——不要吵（炒）啦

找了鸡再找蛋——追根求源

坏了磨盘——推不了啦

弄坏一锅水的耗子——带坏了周围

还魂丹——起死回生

卤煮鹁鸪——窝了脖子

卤煮寒鸭子——嘴硬、好硬的嘴、肉烂嘴还硬、身子烂子，嘴还硬呢

卤水当酒喝——嫌命长了

卤水点豆腐——一行管一行、一物降一物

卤鸡蛋——不用煮啦

卤肉铺买佐料——够味了

卤锤子掉到卤缸里——一言（盐）难进

吸管吹火——太小气了

吹火筒不通——赌（堵）气

吹火筒打鸟——不像枪（腔）、不是真枪（腔）

吹火筒当眼睛——慢慢看

吹火筒跌下井——两头进

吹火筒当望远镜——眼光狭窄

吹火筒——两头通、两头受气

吹词麻花——拧着劲

吹糖打呵欠——口气不小

别净吃元宵——瞧灯

串酸竹签——吃完就丢

囤顶插旗杆——尖上拔尖

时菜的价格——临时决定

旱甜瓜——另个味儿

囫囵吃枣——独吞、不知酸甜

囫囵吞人参——不知其味儿

囫囵吞元宵——不分甜咸、摸不清什么馅儿

囫囵吞石榴——先苦后甜

囫囵吞芝麻——一肚子点子、满肚子点子

囫囵吞冰棍——一肚子透凉

囫囵吞刺猬——一扎心

囫囵吞饺子——不知滋味

囫囵吞秤砣——铁了心

囫囵吞浆子——糊涂

围着饭桌聊天——句句实(食)话

围着火炉吃冰糕——不知冷热

围着火炉吃西瓜——心上甜丝丝,身上暖烘烘

围着火炉喝白干——周身火热

钉耙戴斗笠——尖上拔尖

谷筛罩的——一眼看穿

饭到酒三杯——反正是别个的

饭熟揭锅盖——气冲冲

饭来张口,衣来伸手——坐享其成

饭里的葱花——少不了他(它)

饭菜上的苍蝇——只能哄,小能打

饭团堵鼠洞——白送

饭后骂街——吃饭撑的

饭后做客——不达时

饭后用牙签——挑挑剔剔

饭后系裤带——不要紧

饭后的饼子——没块好的

饭后的粑粑——可有可无、随便

饭店卖葱——不会便宜、多此一举

饭店上门板——吃不开

饭店的臭虫——大吃客

饭店里回汤——明吃亏、明知吃亏

饭店里伸手——来点进口货、吃现成的

饭店里吵架——未(味)尝不可

饭店里洗澡——撮一顿

饭店里就座——吃现成的

饭店里端菜——和盘托出

饭店里卖饺子——现捏现卖

饭店门口摆食谱——里外都是吃

饭店门口摆粥摊——自讨晦气、多此一举、抢人生意

饭店门前卖大饼——成不了气候

饭店门前卖瘟猪——不知趣

饭店门前挂粪勺——愿请吃这泡屎

饭店墙上挂蒜瓣——零揪

饭店里赖账——白痴（吃）

饭店里叫饭吃——不用起火

饭厅里捉迷藏——还能躲到哪里去

饭堂只做一样菜——没有选择的余地

饭堂里的苍蝇——人人讨厌

饭缸子掉了耳——不能提

饭罐掉了耳——不能提了

饭锅冒烟——迷（米）糊了

饭锅上热扣肉——真（蒸）猪猡

饭锅里出烟——淘气

饭锅里拉屎——诚心恶心人

饭锅里倒醋——乱掺乎

饭锅上面的茄子——全是软的

饭盒里打雷——击勺子了

饭盒里盛稀饭——装糊涂

饭碗里撒沙——乱杂

饭勺敲锅——响当当、当当响

饭勺过河——硬装大头鱼

饭勺当耳勺——全盖上了、不下去

饭勺子上的苍蝇——混饭吃

饭箩上点火——陶（淘）然（燃）

饭甑里的茄子——听滚

饭甑里蒸黄连——苦闷（焖）

饭蒸笼里煮西瓜——真算出了头

饭蒸笼里伸出头来——熟人

饭瓜摊摊——一式

饭铃一响——溜之大吉

饮酒止渴——自取灭亡

饮酒的上台——低头认罪(醉)

饮酒配番薯——饱兼醉

饮料代酒——聊胜于无

饮料待客——不用查(茶)

饮料店来了大师傅——有主(煮)的了

含糖睡觉——梦里甜语

含着牙痛水——不好开口

含着橄榄说话——说不准

含着白糖说话——甜言蜜语

含着芝麻讲话——说得轻巧、没一句有分量

含着冰块说话——冷冰冰,硬梆梆

含着黄连讲话——尽叫苦

含着黄连背大石——又苦又累

含着骨头露着肉——吞吞吐吐

低桌子高板凳——全是木头

钉锅的扁担——两头热

钉锅的摇头——不定(钉)、不敢钉

钉锅的进庙门——不(补)中(种)

钉锅打坏金刚钻——蚀本生意、贴本生意

座席没花钱——理(礼)亏

座席不使筷子——下手

快切豆腐不费劲——两面光、两不沾

快活林的店主——施恩

灶倒屋塌——砸锅

灶上堆柴——放不下心(薪)

灶上的抹布——专门揩油、酸甜苦辣尝尽了

灶上的炒勺——尝尽了酸甜苦辣

灶上的蒸笼——肚里有气、憋一肚子气、热气可高呢、热气腾腾

灶里烧糍——等不得熟

灶里煨红薯——不熟不往外掏

灶里出来的猫——脸上不好看、灰溜溜的

灶里扒出个烧馍馍——又吹又打

灶边的磨子——推上动下、推一下，动一下

灶头砌在脚背上——到处为家

灶旁的风箱——煽风点火

灶前老虎——屋里凶

灶眼里烧黄鳝——烧熟一节吃一节

灶孔头的蜡烛——要垮杆

灶房里的砧板——油透了

灶房里耍锤子——砸锅

灶火冒烟——天天有

灶火里的蛤蟆——灰爬

灶火门上弹棉花——开不了工（弓）

灶火门前劈柴禾——不好使家伙

灶火底下过大年——压炭

灶火膛的王八——拱火哩、连气带窝

灶火坑斗鹌鹑——不是场

灶火坑里响炮——真（震）假（家）

灶火坑里烧山药——吃里爬（扒）外

灶坑插杨柳——死不死，活不活、要死不活

灶坑里扒红薯——拣软的捏

灶门映火——逼着

灶门口写字——扒灰

灶门口栽杨树——好景不长、活不长久

灶门口烧糠壳——抓一把，撒一把

灶门口烧糍粑——趁热的拿

灶门口扯方蕃旌——司令挂帅

灶门前干活——煽（扇）风点火

灶门前写字——爬灰

灶门前劈柴——不好使家伙

灶门前拣火钳——算不得财喜

灶门前拿竹筒——吹了

灶门前的烧火棍子——焦头烂额、越来越短

灶背猪羊——不济（祭）事（祀）

灶背上一锅米汤——苟（狗）合（喝）

灶脚下吃牛肉——背地筛筋

灶台上的灯笼——明摆着

灶台上的油渣——炼(练)出来了

灶台上的烟囱——走火

灶台上的盐罐——也有回潮的时候

灶台上的锅铲——有的是美味佳肴、尝遍人间百味、尝遍了人间的酸甜苦辣

灶膛里抡锤子——砸锅

灶膛里摸家雀——不在这里

灶角上的抹布——不见客、不见世面

冻豆腐——难办(拌)、不好办(拌)、办(拌)不开

冻豆腐上市——软货硬卖

冻豆腐不放盐——冷淡

冻豆腐上放葱花——不能办(拌)

冻萝卜遇上铁叉——硬对硬

冻柿子——软中硬

冻鱼放生——不管它死活

冻鱼撵鸭子——自找死

冷菜就冷饭——吃现成的

冷饭煮粥——化化

冷饭蒸热——不要吵(炒)了

冷饭炒熟饭——越吵(炒)越冷淡

冷饭团发芽——无奇不有、天下奇闻

冷锅蒸饭——气不成

冷锅煮雪——难溶

冷锅炒韭菜——死去活来

冷锅贴饼子——溜啦、出溜了、滑到底

冷锅爆豆子——不声不响、无声无息、不想(响)、没道理

冷锅炒热豆子——越吵(炒)越冷淡

冷锅里贴饺子——凉着去

冷锅里爆豆芽——天下奇闻、无奇不有

冷盘里的菜——不要吵(炒)

冷饮店的客人——不可(渴)不来

冷镲子里热栗子——不可能的事、没人见过、没有的事

冷灶里扒出个煨芋头——不知冷热

冷泡茶——不起色

冷暖壶瓶里装星图——胆大包天

沏茶提夜壶——差乎(壶)了

砂糖熬蜜——甜透啦

砂糖水洒街——活到田(甜)地上

砂锅打狼——没有一个好的

砂锅安把——怯勺

砂锅吊底——越闹越深

砂锅和面——不如盆

砂锅炖肉——熬出来的

砂锅豆腐——督起的

砂锅掉井——越捞越深

砂锅捣蒜——一锤子买卖、就这一锤

砂锅煮粥——只顾自己

砂锅滚岩——没有一个好的

砂锅倒放——露了底、故意露底

砂锅炒石头——油盐不进

砂锅炒豆子——崩了、又蹦又跳

砂锅炒螺壳——光听响没可吃的

砂锅煮羊头——脑瓜子早软了,嘴巴还挺硬

砂锅煮瓷瓦——熬碴子

砂锅煮耙齿——硬称啦

砂锅煮碗瓷——熬碴子

砂锅偷了锅盖子——自家人哄自家人

砂锅掉到油缸里——没打烂还沾点光

砂锅摔在木礅上——锅碎了不算,还要问不(纹)到底

砂锅里炒豆——现报(爆)、崩脆

砂锅里捣蒜——不保险、全砸了、一锤子买卖、露底了

砂锅里炒青豆——又亲(青)又热

砂锅里的火药——容不得半点火星

砂锅里熬豆腐——乐颠了

砂锅里煮皮球——滚蛋、说你混(浑)蛋,你还一肚子气

砂锅盖蜡台——懵(蒙)懂(灯)

砂锅居的买卖——过午不候

砂锅挑子掉到山涧里——没有一个好的

沙罐烧黄鳝——节节来

沙罐里发豆芽——没得一根伸展的

沙罐里炒豌豆——小打小闹、抓(炸)不开

沙罐里烘石头——主(煮)硬

沙罐里做粑粑——独一个

沙罐里石头烘不烂——老主(煮)

沙罐子里煨蹄子——主(煮)角(脚)

砂壶黑碗——一路货

砂壶打去把——光落个嘴了

砂壶里煮饺子——肚子里倒不出来

没吃三天斋——不敢充神仙

没吃豆豉——不知香臭

没吃三两煎豆腐——称什么老斋公、算什么老斋公

没水渴死人——与我(饿)无关

没油点灯——白费心(芯)

没油的灯盏——焦心(芯)

没油没盐的活儿——扯淡

没嘴的葫芦——掏不出瓢儿、倒不出来,装不进去、哑(桠)巴(把)

没放盐的——就算扯淡

没洗就煮的鱼——浑身是零(鳞)

没洗干净的萝卜——有点"土"

没洗的藕——一身土气

没洗的马铃薯——一身土气

没有烟囱的灶头——火气无处出

没有蜜的蜂窝——空洞

没锅煮黄豆——找别人吵(炒)

没梁的水箕——饭桶

没梁的水桶——休提

汪家药店——老招牌

沥酒作咒——凡恶

初吃甘蔗——尝到了甜头

补鼎——尽讲空

初次挖藕——摸着干

初次喝盖碗茶——四路无门

补牙——张口结舌

补锅戴眼镜——找茬(岔)

陈醋当酒喝——哭笑不得

陈醋煮青梅——好酸、酸上加酸

陈醋调进开水里——分不清皂白

陈黄米熬饭——粘糊

陈年中草药——发烂渣

纸汤瓶——煨着便热

张口吃天——办不到

张口就唱歌——心里有谱

张嘴吃月亮——痴心妄(望)想、白开口

张嘴吃荆条——肚里把筐编

张嘴飞进白馍馍——天福

张嘴掉进个烤鸭子——天踢

盖碗茶

八画

软面包一块——随人捏

软米粥拌面粉——愁(稠)上加愁(稠)

软骨头卡在喉咙里——张口结舌

画饼——不充饥、难充饥

画饼挂墙上——顶不了饥

边吃苞米边拉呱儿(闹谈)——开黄腔

苞谷面糊——没点儿油水

苞谷锅粑——黄的、皇(黄)帝(的)

卖米不带秤——存心不良(量)、居心不良(量)

卖米掺砂子——该罚

卖碗又卖盆——一套一套的

卖醋卖糖——各管一行

卖醋不贬打酱油——少管闲(咸)事

卖糖敲锅——豁出老底

卖糖葫芦上街——穿上啦

卖鱼带相亲——一举两得

卖鱼不使秤盘——勾嘴

卖盐逢雨——背湿

卖灰面遇大风——吹啦、倒霉

卖面宰羊——各干一行

卖面遇大风——真倒霉

卖元宵带刀子——开玩(丸)

卖豆腐不拿秤——估个大约

卖豆腐扛戏台——生意不大,架子不小

卖豆腐担茬陀——架子不小、货软架子硬

卖豆腐不点卤水——要起皮

卖豆腐担织布机——架子不小

卖豆腐典了河滩地——汤里来,水里去

卖豆腐买了二亩河湾地——水里来,水里去

卖烧饼吹喇叭——吹着叮(烙)

卖烧饼不带干粮——吃货

卖烧腊拉二胡——游(油)手爱闲(弦)

卖煎饼挨剩——贪(摊)多

卖煎饼赔了本儿——贪(摊)大

卖绿豆饼子下乡——摊(贪)多了

卖花生不带秤——论堆

卖凉粉拉拖车——生意不大,派头不小

卖凉粉搭戏台——生意不大,架子不小

卖藕粉不生火——生充(冲)

卖假药修庙——借神骗人哩

卖了磨坊——没推的了

卖了白面买笼屉——不争(蒸)馒头争(蒸)口气

卖罢火石卖灯草——倒发沉轻

卖掉鳗鲡买鱼吃——一个味

卖掉馄饨买面吃——同样

杯子装饮料——不用管

杯子里的酒——真(斟)的

杯水救火——不济事、无济于事、微不足道

抹布擦腚——不利索

抹布当脸巾——使（洗）不得

抹布盖牛背——露头角（脚）

抹布做衣服——不是这料

拔锅起灶——一干二净

抬食盒上树——言（沿）之（枝）有理（礼）

抬着豆饼槽里挤——还有多少油水

拔了萝卜栽上葱——一茬比一茬辣

拔了萝卜窟窿在——有根有据

拨开炉坑——寻灰哩

拔牙里讲话——不好说

抹上唾沫当眼泪——假慈悲、假慈善

担水的扁担进门——直来直去

担着石磨赶庙会——负担太重

担起砂锅寻豆子炒——没事找挨崩

拉磨的驴——瞎转

拉磨驴断套——空转一遭

拉完磨子杀驴——恩将仇报、以怨报德

拎水着炉子——提升（生）

拎破篮吹唢呐——装相、装穷叫苦

拖油瓶上祠堂——轮勿着

择菜剥葱——各管一工

拔锅起灶——一干二净

抱薪救火——万万不可、给人加害

抱柴打碎保温壶——提心（薪）吊（掉）胆

抱着蒸笼讲话——越说越气

抱着蒸笼进赌场——赌气

抱着石磨跳舞——费力不讨好

抱着茶壶喝水——嘴对嘴

抱着柴禾救火——有意添祸、帮倒忙

抱着金碗讨饭吃——枉受苦

抱着酸坛子走路——酸溜溜的

抱着擀面杖当笙吹——一窍不通

抱着黄连做生意——苦心经营

抱起磨盘打月亮——不识轻重高低

拎着猪头寻庙——没神受领

拎着土篮子走路——没挑儿

现成饭——不好吃

现饭子炒三道——狗都不闻（湖南长沙）

到饭馆里买葱——未必给你

顶了鸡蛋翻跟头——自讨没趣

顶着石臼唱戏——费劲不落好

顶着石臼跳舞——费劲不讨好

顶着石臼耍狮子——出力不讨好

顶着石碓跳家官——累死不讨好

顶着磨盘走路——头重脚轻

顶着磨盘踩高跷——难上加难

顶着碓窝跳锅庄——吃大亏

顶着西瓜进地狱——受罪解不了渴

青油炒菜——各人所爱

青油炒豆角——有点干脆

青油炸麻花——干干脆脆

刺鱼扛枪——连扎带捅

咖啡调酱油——不是滋味

咖啡里放盐——不对味

果羹洗头——脑子糊涂

果羹擦脸蛋——糊涂

果羹掉到数字上——一笔糊涂账

果羹里的苍蝇——糊涂虫

瓮里的水——打一桶，少一桶

瓮里烧木炭——有火没处发

贪吃不留种——顾前不顾后、过一天算一天、过了今天，不要明天、过了今年，过不了
明年

贪吃的鱼儿——易上钩

贪吃拉肚子——吃了嘴的亏、全坏在嘴上

金碗盛稀饭——装贱

金盆打了——分量还在

金盆打水银盆装——原（圆）谅（亮）

金盆里种葱——独苗

金盆里的牡丹——一枝花

金盆里装泔水——可惜了材料

金盆里养鱼儿——枉然

金壶瓶偷酒——犯不着

金奖白兰地——后劲足

饱带干粮晴带伞——有备无患

剁了脚的螃蟹——横行不了

剁了馅子不包饺子——光吃包子

剁肉的墩子——任人砍、由刀砍

剁肉馅太用力了——入木三分

剁不烂的牛肉调馅子——没法办（拌）

采茶的姑娘——好掐头

鱼篮打水——一场空、净是漏洞

鱼盆里的螃蟹——你算哪一路

服点风湿药——打通关节

使瓢儿挖土——白费劲

使罐子打水——烧（筲）坏了

往米灶里泼水——憋气又窝火

往嘴里抹蜜还咬指头——好歹不分

往药店里讨药——自讨苦吃

舍得麻油煎豆腐——下了大本钱

爬了螃蟹捆鸭蛋——尽拣软的捏

怕吃西瓜的人——忌冷水

浅碟——存不住水

浅碟盛水——一眼看透、一眼看到底

油和水——溶化不到一块

油给水——合不来

油浸桦木——桦出来了

油洗乒乓球——圆圆滑滑

油洗玻璃球——圆滑得很

油浇的蜡烛——一条心（芯）

油着火用水浇——帮倒忙

油里泡鸡蛋——又圆又滑

油条泡汤——软瘫、软作一堆、浑身发软

油条泡茶——软瘫、软瘫了

油条送白粥——平平和和

油条蘸豆浆——打软了、硬不起来

油条掉进丝瓜汤里——瘫啦

油条掉在热水锅里——泡汤了

油饼打鼓——空对空

油饼卷指头——自吃自、自欺(吃)自

油豆腐——只一层皮

油花落锅——炸起一串响

油面滴水——往下沉

油梭子发白——短炼

油炒棒子粒——又香又脆

油炒枇杷核——滑来滑去

油炸的螃蟹——枝流子蓬叉

油炸的鹅卵石——抓不住

油炸冰糕——不可能的事、没人见过、没有的事、没那回事

油炸冰棍——噼里啪啦、一场空

油炸下水——一副热心肠

油炸龙虾——非弯腰不可

油炸泥鳅——乱蹦乱跳

油炸螃蟹——乱扎扎

油炸鸡屁股——坚定(腚)、输(酥)定(腚)了

油炸西瓜——外热内冷

油炸花生——干脆、脆而不坚、不要再吵(炒)啦

油炸麻花——干脆、全身都酥了、扭来扭去、满拧、净别扭、有劲拧劲

油炸芝麻花——有劲拧劲

油炸麻糖——靠边插

油炸糖糕——香甜

油炸辣椒——够呛、够受的、狠狠呛了一顿

油炸馒头——由软变硬了

油炸臭豆腐——闻着臭,吃着香

油炸琉璃球——一点不进油盐

油炸食品的原则——戒骄(焦)戒躁(燥)

油炸食品恰到好处——不焦(骄)不躁(燥)

油炸豆瓣——嘎巴脆

油炸馃子——扭曲的

油炸阎罗——尖(煎)鬼

油炸豆腐——不走味、两面黄、肚里空、皮硬肚里空、皮硬里软肚子空

油炸马鲛鱼——嘴硬骨头酥

油炸枇杷核——滑里滑溜

油炸橄榄核——又奸(尖)又滑

油炸鸡蛋——滑透了

油炸老鼠——体无完肤

油氽带鱼——嘴硬骨头酥

油氽棋子——滑透了

油蒸鸭子——浑身稀烂嘴巴硬

油勺子打酒——不是正经东西

油盐店——没有不开张的

油盐店的抽屉——装蒜

油盐店请大夫——找错了主

油盐罐子——一对儿、心(身)连心(身)、紧相连、形影不离

油壶缺个系——还没提着

油壶里打跟头——胡(壶)闹

油瓶打鼓——空对空

油瓶打酒——错乎(壶)啦

油瓶倒放——全流了

油瓶底朝天——一下子倒个干净

油瓶倒了都不扶——懒到家了

油坛子倒沙滩——又腻又牙碜

油坛子里放炮——瓮声瓮气

油缸里的老鼠——滑透了

油缸里的西瓜——又圆又滑

油缸里的泥鳅——又溜又滑

油缸里的葫芦——滑得厉害、滑头滑脑

油缸里的锥子——又奸(尖)又滑

油篓装西瓜——圆滑

油篓里掷骰子——没跑、跑不了

油桶里插棍——直进直出

油桶里的锥子——奸(尖)滑

、油瓮里的鲇鱼——滑溜溜的、难以捉住、枉费气力、劳而无功

油锅的石头——又滑又硬

油锅的鹅飞上天——讹(鹅)诈(炸)

油锅里沾水——暴(爆)躁

油锅里的鱼——备受煎熬

油锅里炸虾——活蹦乱跳、躬身曲背

油锅里撒盐——炸开了、闹个不停

油锅里抓铁蛋——伸不出手

油锅里的麻雀——飞不了啦

油锅里的蛤蟆——蹦不了几下

油锅里炸西瓜——混(浑)蛋、滑蛋鬼

油锅里炸椒辣——真够呛

油锅里炸黄豆——欢蹦乱跳

油锅里捞金子——下不了手、不好下手、不敢下手

油锅里煮豆腐——越煮越燥、越煮越爆

油锅里煮寿桃——滑得出尖

油锅里熬猪油——只见多

油锅里熬黄连——艰(煎)苦

油锅里撒把盐——马上炸开了

油锅里添了瓢冷水——炸了

油抹布——打不湿,拧不干

油罐子打了耳——别提了、提不起来

油盐罐子——形影不离

油坊卖芝麻——不打了

油坊里的料勺——等死(屎)

油葫芦灌水——眼小肚量大

泡过茶的茉莉——不香了

泡炒米的吆喝——想(响)了

泡菜卤加醋——酸上加酸

泡菜坛里抓海椒——捞一把、想捞一把

泡菜坛里捞出来的——一身霉酸臭

泡泡糖粘住了黄米饭——拉也拉不开

泡在水里的木头——越来越不中用了

泡在泔水缸里长大——一肚子花活鬼点子

泡在醋缸里的皮球——酸蛋

泡在碱水里的骨头——没一丝血色

泡软的豆子——不干脆

泡透的土墙——难长久

沸水煮孩子——熟人

沸水煮鸡子儿——滚蛋

沸水锅里煮螃蟹——看你横行到几时

泔水缸——能吃能装

泔水缸里冒泡——以酵

泔水桶进厕所——越闹越臭

泔水桶里捞食吃——没出息

泸州特曲——好久(酒)

泥馒头——土腥味儿

泥茶壶——没词(瓷)

泥罐子搬家——淘(陶)气(器)货

泥罐子里点灯——肚子亮

沿磨盘走路——团团转

粘牙的烧饼——面生

泼上水的蔫菠菜——又支棱起来了

泼着坛坛碰罐罐——以烂为烂

饸面馒头送闺女——实心实意

炒了的虾仁——红透了、透红

炒了一盆麻雀脑袋——多嘴多舌

炒下豆子大家吃、打烂砂锅自己赔——不划算

炒熟的勺子——尝局了酸甜苦辣

炒熟的豆子——蹦蹦跳跳、发不了芽

炒熟的青稞——越吃越香

炒熟的黄豆——不做种、做不了种

炒米炖蛋——面子账、一面子账(胀)

炒米糖滚芝麻——想多占(沾)

炒米机爆玉米——话(花)多

炒面炖蛋——面子账(胀)

炒面加开水——冲了

炒面捏个人——熟人

炒面捏窝窝——捏不拢、难捏合

炒面捏白头翁——老熟人

炒菜不放盐——无味、闲（咸）着没事

炒菜放油盐——理所当然

炒菜的勺子——尝尽了酸甜苦辣

炒菜的铁锅——腻透了

炒菜不放盐巴——乏味

炒菜时必不可少的工序——添油加醋

炒菜锅里的四季豆——不进油盐

炒白菜放碱——心不在焉（盐）

炒咸菜放盐——太闲（咸）了

炒豆发芽——好事难盼

炒豆剥剥响——熟了

炒豆以芽,铁树开花——好事难盼

炒豆大家吃,砸锅一人兜——不公平、真倒霉、倒霉透了

炒豆蹦到麻雀子嘴里——逗（豆）雀（巧）

炒豆不吃油——不受奉承

炒黄米煮饭——粘糊了

炒栗子崩瞎眼——不会看火色、不会看火候、不识火色

炒藕勾粉面儿——迷眼儿了

炒芝麻煮姜汤——蹦蹦跳跳

炒花生煮姜汤——吃香喝辣

烩面馒头送闺女——实心实意

炒粉含在嘴巴里——张不开口

炒现饭——没有味道

炒隔夜冷饭——不新鲜

炒肝儿不勾芡——热心热肺

炒猪腰花——嫩的好

炒虾不等红——性太急

炒虾等不得红——猴急、真猴急

炒虾不见红——还差火

炊壶煮饭——出不得户（壶）

炖肉烩杂碎——一锅熬

炖熟的猪头——难看

炖猪头蒸馒头——不到火候不开锅

炉灶里的耗子——灰透了

炉灶里烧山药——灰疙瘩

炉锅里煮蚌壳——气得丫丫的

变硬麻花——又黑又脆

变质的鸡蛋——臭在里面

变馊了的饭——吵(炒)也没用

实心饺子——不掺假

空心汤圆——落空、有名无实

空心汤圆哄狗——枉费心

空腹吃杨梅——禁不住心酸

空勺子敬客——虚礼

空酒瓶子——有口无心

空蒸屉上锅——争(蒸)气、不蒸馒头争(蒸)口气

空着肚子蒸馒头——早等不及了

定了春海椒——辣手

定心丸——不颤

官家油——壮捻子

宜兴茶壶——好嘴、只卖一张嘴

放了葱的油盒子——起嚼越有味

放长柄碗的地方——没木碗的份儿

放了鱼食的暗钩——上不得

放下筛子拿起箩筐——尽缺点、缺点多

放落碓臼舂不中——圆滑

放在案板上的肉——提起一条,放下一堆

放在筐里的葱——难扎根

放着干粮饿肚子——不要命

放着筷子不使——下手

放着糕点吃黄连——自找苦吃

放着热酒不喝喝卤水——不要命了

放鸭子睡觉——不简(捡)单(蛋)

放团鱼去喝水——悔的血在心

卷起白菜叶当喇叭吹——什么人什么打发

送进锅里的骨头——肯(啃)定

庙桌上的供果——骗鬼

细糠做饼——好看不好吃

刷把栽筋斗——签翻

刷锅水洗脸——想净反落脏

刷锅水倒猪泔缸——都是一汪脏水

刷锅把戴草帽——装得像个人样

九画

荞麦面擀饼——不粘板

荞麦面贴对子——不粘板

荞麦面的肉包子——皮黑馅子香

荞麦面饺子——一个硬似一个

莜面土豆酸菜汤——怎么拌上怎么香

茶里放盐——惹人嫌(咸)

茶叶水煮鸡子儿——糊涂蛋

茶几上摆擂台——踢腾不开、蹬打不开

茶杯掉地上——净蹦(崩)词(瓷)

茶杯里的开水——热不久

茶杯里的风波——大不了、兴不起来

茶杯里的糖块——寿命不长、寿命不长了

茶杯里的胖大海——自大、自我膨胀

茶杯盖上放鸡蛋——不可靠、靠不住

茶壶打箍——水平(瓶)有限

茶壶有嘴——不会讲话、说不出话、说不出话来

茶壶茶盖——不分离

茶壶掉把——莫提、没嘴、没把握、只剩一张嘴、光落个嘴、捧了起来

茶壶去了嘴——胡喷

茶壶没肚儿——没嘴、没把握、只剩一张嘴

茶壶煮牛头——下不去、放不下去

茶壶煮元宵——肚子里有吐不出来

茶壶煮汤圆——倒(道)不出来

茶壶煮饺子——心中有数、倒（道）不出、易进难出、有嘴道（倒）不出来、易进难出、有货倒不出

茶壶吊在梁上——玄（悬）乎（壶）

茶壶没有盖子——夏天正好用

茶壶碰破了嘴——无伤大体

茶壶有嘴难说话——热在里头、热在里面、热情在里头

茶壶尿尿，麦秆上睡觉——二细子

茶壶里下面——难捞

茶壶里打伞——支撑不开、撑不开架

茶壶里洗澡——咋下脚、扑腾不开

茶壶里的水——滚开

茶壶里放炮——崩茶壶

茶壶里喊冤——胡（壶）闹

茶壶里烧炭——肚子气

茶壶里养鱼——油（游）水不大

茶壶里下元宝——只进不出、只进勿出

茶壶里下挂面——难捞

茶壶里开染房——无法摆布、不好摆布

茶壶里长豆芽——受勾头罪

茶壶里打把伞——撑不开架

茶壶里栽大蒜——一根独苗、单根独苗

茶壶里挂斧头——胡（壶）作（斧）非为

茶壶里装土地——息（锡）气（器）养神

茶壶里煮老雕——飞跑不脱

茶壶里都芒果——满肚子酸水

茶壶里煮冻梨——道（倒）不出来、道（倒）出来也是酸货

茶壶里煮鸡蛋——没几个、肚里有，倒不出来

茶壶里煮稀饭——糊（壶）汤的事

茶壶里煮挂面——难捞、难怪（拐）

茶壶里煮鸭子——突出一张嘴

茶壶里翻跟头——胡（壶）闹

茶壶包伸进茅厕缸——文（闻）是不能文（闻），捂（武）又不能捂（武）

茶碗打酒——不在乎（壶）、差乎（壶）、扯（差）平（瓶）

茶碗里扎猛子——不知道水深水浅

茶瓶上系索子——水平（瓶）有限

茶缸里行船——支撑不开

茶罐里煮牛头——下不去、放不下去、放他也不下

茶桌上玩日月——聊天

茶炉上小锅里的水——沸腾不止

茶炉上的水缸——入土半截了

茶店不要的伙计——开的不拿，专拿没开的

茶馆搬家——另起炉灶、另起锅灶

茶馆的火钳——倒（捣）霉（煤）

茶馆要不得的伙计——哪壶不开提哪壶

茶馆里招手——胡（壶）来

茶馆里的水——滚开

茶馆里厮屁——臭乎（壶）乎（壶）

茶馆里谈天——想到哪说到哪

茶馆里的买卖——滴水不漏、点滴不漏

茶馆里的板凳——随便坐

茶馆里的筷子——调查（茶）

茶馆里谈生意——老交情、老交道

茶馆里挂斧头——胡（壶）作（斫）非为

茶馆里摆龙门阵——想起什么说什么、想到哪里说哪里

茶食不叫茶食——油果

茶食店失火——果然（燃）

茶食店里打架——未（为）果

茶坊里盏托——人人捻得

药到病除——口服心服

药了老鼠毒了猫——不合算

药片发潮——不服

药片进口——吞了

药片放进口——服了

药片治好病——口服心服

药汤里掺糖——连甜带苦、甜里有苦、苦中带甜

药汤里加蜜糖——苦中有甜

药膏还在手上——没夫（敷）

药灶头上的抹布——都是苦的

药店的抹布——苦透了

药店里招手——把你往苦里引

药店里要药——讨苦吃

药店里请客——有你的苦吃

药店里的中药——各有各的用场

药店里的甘草——少不得、离不得、一抓就来、作冷作热、少不了的一位(味)

药店里的地龙——干巴巴的

药店里的菩萨——攥神

药店里的蜈蚣——干巴巴的

药材里放糖精——何(和)苦

药铺蛇皮——幌子吓人

药铺倒了——尽方了

药铺倒灶——净是方子、除了方子还是方子

药铺开烂了——方子还不少

药铺拉抽屉——找玩(丸)

药铺卖黄连——苦心经营

药铺里失火——苦烧

药铺里卖花圈——死活都要钱、死人的钱要要,活人的钱也要要

药铺里卖凉粉——百病不治

药铺里卖棺材——往最坏处想、死活里都要钱、死人的钱要要,活人的钱也要要

药罐里的枣儿——虚胖子、苦呀

药罐里放糖精——何(和)苦

药罐里斗蟋蟀——苦中取乐

药罐里加白糖——何(和)苦

药锅里煮珍珠——清汤淡水

药斗子——不拘一格

药槽子切菜——漏水不漏

药铫子装酒——不是家伙、差了味儿

草筛扣锅——有气有眼

草药铺里的甘草——处处少不了他(它)

春茶尖儿——又鲜又嫩

玻璃杯沏茶——看到底

玻璃杯盛酒——明明白白

玻璃筷子夹凉粉——光对光

玻璃罐里养乌龟——咋往上爬

玻璃瓶装清水——看透了、里外都看透了

玻璃瓶上安蜡扦儿——又奸(尖)又滑

玻璃瓶里的苍蝇——到处乱闯、明明通不过

玻璃瓶里点蜡烛——心里亮、通心亮

玻璃瓶里装开水——三分钟的热劲

玻璃瓶里装白糖——看到舔不到

玻璃瓶内关蚊子——明通暗不通

玻璃瓶子当暖壶——热乎一阵子

玻璃瓶子装开水——三分钟的热度

砍柴上童山——不对路数

砍柴忘带刀,刨地不带镐——丢三四

歪着嘴说话——不凭良心

歪着嘴吹喇叭——一股子邪(斜)气、邪(斜)气上了天

面太贵——不敢作声(生)

面粉卸车——一代(袋)一代(袋)往下传

面粉拌石灰——看看是雪白吃吃没有味、密不可分、一样白

面粉拌海蜇——糊里糊涂

面粉煮稀饭——粘糊糊的

面粉掉在肉锅里——昏(荤)啦

面饼上撒芝麻——黑白分明

面疙瘩补锅——抵挡一阵

面筋——捏个圆的,就成圆的、捏个扁的,就成扁的

面筋粘知了——没跑、跑不了

面筋裹馄饨——一块土上的人

面筋放在油锅里——越大越空、外形越大,中闻越空

面汤浇身——糊涂人

面汤洗脸——稀里糊涂

面汤里洗澡——糊涂人、糊里糊涂

面汤里煮灯泡——说他浑蛋,他还一肚子邪火、说你浑蛋,还有一肚子邪火

面汤里煮皮球——说你浑蛋,还有一肚子气、说他浑蛋,他还一肚子气

面汤里煮寿桃——混蛋出尖了

面汤里煮饺子——糊里糊涂

面汤里煮铁球——浑蛋到底

面条点灯——犯(饭)不着

面条捏窝窝——不想干(擀)了

面条里的肉——混着干

面条里拌疙瘩——混着干(擀)、尽是条条块块

面条烂在锅里——老糊涂

面条锅里下笊篱——捞一把、想捞一把

面糊糊手——碰到啥都沾一点

面糊的耳朵——太软

面糊蒸馍——露一鼻(莛)子

面酱炒藕菜——糊眼

面团做小人——愿咋捏就咋捏

面团滚芝麻——多少沾一点

面团捏的公鸡——不明(鸣)、不文(闻)明(鸣)、官(冠)不大

面团炸成馃子卖——全是虚货

面肥掉进肉锅里——昏(荤)啦

面叶子耳朵——软得很

面酸梨掉井里——欢(缓)透了

面茶锅里煮元宵——糊涂混蛋、糊涂加混蛋

面茶锅里煮松花——照远不照近

面茶锅里煮窝头——浑蛋冒尖儿

面茶锅里煮野猫——浑兔崽子、浑蛋兔崽子

面茶锅里踢皮球——说你糊涂还有气

面茶锅里煮扳不倒——浑小子一屁股泥

面板上破鱼——难下刀

面盆里加引子——发起来

面盆里捏窝窝——伸手就拿、随手就来

面缸里的筛箩——两头撞

面口袋改袖套——宽打窄用、宽备窄用

面袋里装锥子——锋芒毕(必)露

面店里跌筋斗——粉身碎骨

面店里踢一脚——分(粉)散

面具店里失盗——丢脸

要喝点浓茶咖啡——没点精神

要甜的拿糖罐,要酸的拿醋罐——得心应手、一行是一行

要饭吃摔碗——穷得干净

要饭看丈母——穷孝顺

要饭提葡萄——穷酸一咕噜

要饭摔砂锅——穷蹩

要饭不拿棍儿——找着受狗的气

要饭吃立着埋——穷死不倒架

要饭吃玩长虫——穷嘴呱嗒蛇

要饭牵着猴子——耍心不退

要饭吃摔砂锅——火气不小、穷蹩

赴宴的乌鸦——骇(黑)客

赴宴哩哼二黄——酒足饭饱闲开心

南方橘饼——味潮也

挑水的扁担——长不了

挑水的逃荒——背井离乡

挑水带洗菜——一举两得、两得其便

挑水骑单车——本领高、武艺高

挑水断扁担——统(桶)帅(甩)

挑水的娶了个卖茶的——正相配

挑水扁担进门——直出直入、直进直出

挑菜拾个北瓜——闹着了

挑菜拾个水烟袋——别扭出弯来

挑青菜下河——洗清(青)卖白

挑柴进山——多余

挑柴卖了买柴烧——其所为何

挑盐过水——歇勿得

挑盐过河——白费力气、越走越轻松

挑盐腌海——干傻事

挑担子卖豆腐——本钱小,架子大

挑沙罐下悬崖——家破人亡

挑瓦罐断了扁担——没有一个好货

挂面放醋——有言(盐)在先

挂面不调盐——有言(盐)在先

挂拉枣的肚子——有线(限)、有线儿

挎篮子买酱油——空手无瓶

拼盘喂家雀——谦（鹊）词（瓷）

拾麦卖烧饼——没本有利的事

拾麦打煎饼——净落

拾了麦穗打火烧——干捞

拾着豆饼槽里挤——还有多少油水

拾芝麻遮斗——积少成多

拾柴打兔子——一举两得、两不耽误、两得其便

拾柴拣回泡粪——顺带、外捞一手

拾柴禾不拿绳子——现拾现报

挖到番薯丢了锄头——得不偿失

按方抓药——照办、还是老一套

按处方配药——多给不肯，少给无效

按下葫芦起了瓢——此起彼落、顾此失彼

按着葫芦挖籽——挖一个少一个

挂上唾沫当眼泪——假慈悲

柑子跌落枯井里——一边浮来一边沉

枯米遇见糍粑——难舍难分

柠檬捞姜——又酸又辣

柠檬掉在粪坑里——又酸又臭

歪锅配歪灶——一套配一套

歪锅配斜灶——摆不正

歪了磨砸了碾——实（石）打实（石）

残食还主——不达时

带着碗赶现成饭——白吃

带着暖壶做木工——有凭（瓶）有据（锯）

带着麦稀饭游西湖——穷开心

咸吃萝卜——淡操心

咬糖逗孙——闲着无聊

咬口生姜喝口醋——又酯又辣、尝尽辛酸、出人意料咬住苦瓜当芒果——上当一回

咬钩的王八——拽直了脖

咬钩的鱼儿——上调（钓）了

咬着铁棒还说牙齿硬——强装有本事

咬不烂的茄子——不论（嫩）

咧嘴吃梅子——看你那个酸相

咧嘴的石榴——皮老心红

省了麸子狗吃面——省的没有费的多

临渴才掘井——干着急、来不及

尝两个才买一个——真会占便宜

背米讨饭——装穷

背锅上坡——钱(前)紧、钱(前)缺

背锅打跟头——两头不落实、两头不沾地

背锅睡在坟顶上——不知手脚高低

背锅骑驴——靠前不是靠后也不是

背锅朝天睡——两头不落地

背方桌下井——随方就圆、随得方就得圆

背鼎锅上山——吃不住劲

背鼎锅跳加官——费力不讨好

背着米讨饭——装穷

背着谷子不碾——光捣

背着锅翻跟头——两头不着地

背着黑锅做人——抬不起头、直不起腰、伸不起腰

背着蒸笼——讲气话

背着甘蔗上楼梯——步步高,节节甜、步步高升节节甜

背着醋罐子讨饭——穷酸

背篼里打锣鼓——乱想(响)

骨头喂狗——投其所艰

骨头扔给狗——给他(它)点小恩小惠

骨头豆腐汤——软硬结合

点心处馒头来尽——阻兴

点心铺里买棺材——上错门

是磨子也不值钱——眼孬

顺吃甘蔗——逐节咬、逐步咬、尝到了甜头、一下子就尝到了甜头

顺节吃甘蔗——越来越甜

食盐掉进油锅里——炸了

食盐公司开会——净说些(咸)话

食堂的菜锅——油透了

食堂的采购员——添盐(言)打醋

食堂里的饺子——无所不包

食品厂提价——肉桂(贵)

食紧弄悲破碗——欲速则不达

食饱买包——无切要

盆中的牡丹——没见过风雨

盆里生豆芽——难扎根

盆里的洋葱——装蒜

盆里的泥鳅——再滑也逃脱不了锅铲

盆里的螃蟹——横行不长啦

盆里栽水仙——将就事儿、假敬(景)

盆里摆山水——假景

盆里切瓜——滴水不漏

盆里摆鸡蛋——不数的几个

盆菜摊样品——七荤八素

饺子开口——露馅了

饺子用水煮——不用争(蒸)

饺子放在碟子里——沾酸吃醋

饺子皮太薄——难免要露馅

饺子皮贴在瓮上——无限(馅)上纲
(缸)

饺子馅里搀砒霜——心里毒

饺子铺——无日不包

饺子铺的酱油——白搭

饼干发潮——不干脆

饼店里的眼睛——到处见面

饼铺蚀本——摊太大了

饼铺里的灶王爷——独坐、找不上
门去

香肠做链子——锁不住

香油炒韭菜——各人心中爱

香油炸豆腐——黄陂(皮)

香油炸麻花——干干脆脆

香油拌砂糖——又香又甜

香油倒在水缸里——昏(混)了

秋白菜——少见

饺子

秋茄子——子(籽)多

秋丝瓜——皮都皱了

种瓜得瓜——应得其所

种瓜得豆——变种

种姜养羊——本少利长

种白菜出苋菜——杂种

种高粱出茄子——坏种出大色

种过芝麻下大雨——难出

保温瓶——内热外凉

保温瓶的塞子——吴(无)用、赌(堵)气

保温壶盛沙子——有胆有识(石)

待宰的猪羊——有血有肉

缸里无水——见底

缸里水满——别提了

缸里的水——永不自满

缸里点灯——里头亮、外面黑、里面明,照里不照外

缸里盛酒——不在乎(壶)

缸里的豆浆——过虑(滤)了

缸里的金鱼——没见过风浪

缸里的清水——平平淡淡

缸里的酸菜——闲(咸)着

缸里的酱萝卜——没了影(樱)儿

缸里端起葫芦瓢——泼冷水

缸里倒豆——不藏不掖

缸边上走马——担险

缸子掉了鼻——别提了

缸子里点灯——里头亮

缸子里量米——进不得身(升)

缸坛店里卖钵头——一套一套的

缸钵里的泥鳅——团团转

钢盆撞上铁扫帚——谁也不肯让谁

钢缸对铁錾——硬碰硬

钢精锅炒菜——热快冷疾、热得快,凉得快

钢精锅的脾气——见火就热,撤火就冷

钩担挑水——两头挂

看菜吃饭,量体裁衣——有心人

看见麦子叫韭菜——五谷不分

看着磨盘游五台——苦尽力

看着鱼儿下网——你瞧着办吧

看准米下笊篱——捞一把

看人下菜——势利眼

姜汁洗巴掌——辣手

姜汁拌黄连——辛苦

姜汁拌山楂——好不辛酸

姜汤煮油条——吃香喝辣

送猪肉上砧板——上门挨刀

送蛋上门——乱(卵)来

送饭罐打了耳——不能提、提不成啦

送灶收人情——找事做

误吃柚油——要谢(泻)、不想谢(泻)也要谢(泻)

浇油的脸盆——滑手

洗米箩里出烟——淘气

洗菜剥葱——各管一工

洗碗不用布——算(涮)了

洗碗把儿带凉帽——假装成器的人

洗锅的抹布——开(揩)油

洗米箩里出烟——淘气

炸过的馒头——香起来了

炸油条的棉袄——有(油)点

炸油饼的卖冰棍——冷热结合

炸糕上笼屉——走油漏气

炸麻花的碰上搓草绳的——镖劲儿、较(绞)上劲了

炸油糍糍的碰上了卖凉粉的——一热一冷

炸糊的辣椒拌醋糠——苦辣酸甜样样全

烂肉喂苍蝇——投其所好

烂畚箕捞泥鳅——溜啦

烂驴头落满了苍蝇——一个劲地摇晃

烂锅头炒菜——光摸底

烂黄糖抖豇豆——没甜味

举起碾盘打月亮——不知天高地厚

绑到案上的猪——死到眼前还叫唤

既会杀猪,又会做饭——多面手

架起锅等豆子——准备吵(炒)

架起砧板切菜——说干就干

十画

桂花汤圆——心好

热饭喂狗——吃了就走

热酒不喝喝卤水——不要命了

热馒头藏进冰箱里——打入冷宫

热包子掉底——露了馅

热包子流糖汁——露馅、露馅了

热烧饼——同出一炉

热烧饼出炉——现贩(翻)现卖

热汤泡雪花——一下子完了

热汤里煮元宵——浑蛋

热面汤——不端着点还行

热蒸馍蘸蒜汁——一沾就开

热油炸麻花——干脆

热油糕扔进冰箱里——凉透啦

热油锅里炸麻花——干脆得很

热油锅里放把盐——滚渣渣地爆开了

热油锅里泼凉水——炸开了

热锅放豆子——哗哗剥剥吵(炒)、一刮二响、崩(蹦)啦、连蹦带跳

热锅炒虾米——连蹦带跳

热锅炒辣椒——够呛

热锅炒热菜——一勺儿烩

热锅煮棉花——熟套子

热锅爆米花——乱蹦乱跳、活蹦乱跳

热锅插寒暑表——直线上升

热锅上的蚂蚁——团团转、走投无路、坐产不安、慌手慌脚的、急得团团转

热锅上的黄豆——熟了就蹦、蹦得欢

热锅上的蚰蜒——团团转

热锅上炕辣椒——够呛

热锅里的粥——滚了

热锅里入面条——翻滚了

热锅里的干饭——闷（焖）起来

热锅里的大虾——缩了身

热锅里倒凉水——炸了、呼声高、斗气

热锅里的铁豆子——再吵（炒）也炸不了

热锅里爆出冷豆来——真没想到

热砂锅撂在木墩上——锅碎了不算，还要问（纹）到底

热水瓶——外冷里热、外头凉里头热

热水瓶脾气——心里热乎、外面冷，里头热

热水瓶落地——心胆俱裂

热水瓶不保温——坏蛋（胆）、肚坏了

热水瓶装开水——外冷愉热

热水瓶拔掉盖——没说（塞）头

热水瓶上系索子——水平有限

热水瓶上缠纱布——水平（瓶）有限（线）

热水瓶胆——双料货

热鏊翻的饼——好

热鏊上蚂蚁——走投无路

热鏊上的蜈蚣——招（爪）数无用

捣蒜槌子——独根儿

捡田螺要好伴——莫把水搅浑了

捡麦子打烧饼——净是利

捞面汤洗脸——越洗越糊涂

捞鱼的网——扣不差

捞鱼拦上游——先下手为高、先下手为强

捞虾换烟抽——水里来，水里去

捞在碗里的饺子——吃不到嘴

捉鸡赶鸭——一举两得

捉鸡也要一把米——没有便宜的事

捉公鸡下蛋——蛮干

捉干鱼放水喂——不知死活

捉黄鳝掉笆笼——因小失大

捉住葫芦砍了把——没抓的

捉不到虾米抓蝌蚪——捞把

捅火棍子——一头热

挨着火炉吃冰棍——热一阵冷一阵

挨着火炉吃辣椒——里外发烧

捡条泥鳅办宴席——总算有余(鱼)

捡到篮里都是菜——好歹不分

起开盖的啤酒——冒沫

莫掀早了蒸笼盖——免得夹生

破饺子——溜边儿

破饺子下锅——露(漏)馅

破茶壶——没谁(咀)

破茶壶装水——漏光

破茶壶掉进水里——几头吃水、几头进水

破篮提水——漏光

破饭箩淘米——外头多

破碗底下藏肥肉——显不出人情来

破碟子装水——浅陋(漏)

破锅盖补船底——受一辈子气,临老还下水

破瓢的嘴——歪咧

破罐甩了——不拘(锔)

破罐装水——留(流)不住、难满足、难免泄漏

破罐甩在洋灰往上蹾——稀巴烂

破罐放臭咸菜——坏对坏

破罐破摔——自暴自弃、豁出去了、什么货给个什么下场

破筛子贴膏药——千孔百疮

破蒸笼——不成(盛)器(气)

破蒸笼干粮——沉(存)不住气

破蒸笼蒸包子——既走油又漏气

破蒸笼蒸馒头——浑身是气、气不打一处来

破暖壶——水平(瓶)差、丧了胆

破臼里打跟头——翻不了身

破煮——露了相(馅)

破开乌贼肚——心肠黑、黑心肝

破倒坛坛碰罐罐——以烂不烂

破筛子——千疮百孔

赶着蒜吃山药——又辣又面

赶着猪不拿棍——轰哩

赶着猪打猎——送肉去

赶得了饼满天飞——找落(烙)儿

赶鸡落池塘——追着下水

赶狗进巷——必有一伤

赶羊打中了野兔子——捎带上

赶乌龟上高山——慢性子

赶水牛上山——逼到头上来了

赶兔子过岭——飞快、快上快下、快上加快

赶野兔子不落脚——尾追不放

赶野猪做祭品——来不及

赶马上送货——跟着走

砸了锅碗搬了灶——散伙(火)

斫了水缸又丢了面箱——倒霉

砧板上的肉——该剁、任人剁、任人宰割、走不掉

砧板上的鱼儿——该剁、任人宰割

砧板上的蚂蚁——刀下找食、刀下找吃的

砧板上画头像——脸皮厚

砧板上砍骨头——干脆

砧板上的山猪肉——随人宰割

砧板上的烙铁——该挨捶(锤)的

盐入火炉——火劲儿往上窜

盐吃多了——净管闲(咸)事儿

盐渍河虾——有闲(咸)有忙(芒)

盐倒酱缸——闲(咸)搭闲(咸)

盐落油锅里——炸开了

盐里生蛆——倒霉、内中有鬼、没那回事

盐里出虫——不知死

盐里腌过的肉——坏不了

盐巴撒进火堆里——噼哩啪啦爆

盐包掉河里——安(淹)闲(咸)

盐水泡菜——贤(咸)妻(沏)

盐水煮花生——害了心上人(仁)

盐水胡豆——激不得

盐坨子掉进水里——花(化)了精光

盐库里失火——烧包

盐库里的看门人——担闲(咸)心哩

盐库里的保管——专管闲(咸)事

盐店用破袋——散布流言(咸)

盐店的掌柜——专管咸(闲)事

盐店的老板转行——不管闲(咸)事

盐店里分红——发言(盐)

盐店里关门——没言(盐)

盐店里卖糖——两个味

盐店里冒烟——生闲(咸)气

盐店里谈天——闲(咸)话多、闲(咸)得没事做

盐店里挂弓——闲(咸)谈(弹)

盐店里的老板——大闲(咸)人

盐店里的老鳖——闲(咸)员(鼋)

盐店里的灯笼——贤(咸)明

盐店里的买卖——揽闲(咸)事

盐店里的面孔——涎(咸)皮赖脸

盐店里卖气球——闲(咸)极生非(飞)

盐店里踢一脚——闲(咸)散

盐店里的蜘蛛网——闲(咸)事(丝)

盐店里挂棉花弓——闲(咸)谈(弹)

盐店里门外打陀螺——闲(咸)转转

盐缸里找蛆——操闲(咸)心、闲(咸)操心、尽管闲(咸)事

盐缸里露个头——闲(咸)人

盐场罢工——闲(咸)得发慌

盐场上晒太阳——闲(咸)情(晴)逸(一)致

盐罐里抻面——净让闲(咸)白我儿

盐罐里打皮球——闲（咸）转转

盐罐里的蝈蝈——嫌（咸）恶（物）

盐罐里皮皮鼓——闲（咸）转

盐罐吐唾沫——闲（咸）谈（淡）

盐罐遇上南风——回潮了

盐官秤锤——碱涩

盐道衙门——专管闲（咸）事

盐菜里面加醋——咸上加酸

壶里无酒——难留客

壶里没水——白捎（烧）、白捎（烧）了

壶里煮蚌——口难开、难开口、不好开口

壶里煮粥——难搅、不好搅

壶里插进烧火棍——胡（壶）搅

顿顿吃竹笋——胸有成竹

砦子推豆腐——好粗糙

砦糠——榨不出一点油水莜面包子——看着黑，吃着香

荤油点灯——肥肥眼睛

荤锅里放刀——游（油）刃有余（鱼）

荤锅里着火——油然（燃）

赶馅的包子——晚出屉

恶水缸跳到茅坑里——越闹越臭

料勺舀粪——里外死（屎）

顾了烧火，忘了翻锅——一处不到一处乱、忙得团团转

桌上的抹布——哪儿脏往哪儿支

桌上的油灯——不点不明

桌上的暖壶——外面凉心里热

桌上的螃蟹——横竖都一样

桌上卧骆驼——好大的面子

桌上拉屎，脸盆里撒尿——净干缺德事

桌上摊牌——摆明的、看谁底子硬

桌上的酒精灯——一点就亮

桌上吃饭，袖筒里过钱——钱淹不住心

桌单盖牛背——大露头角

桌单做被子——大露头角（脚）

桌底下打拳——出手不高

桌底下放风筝——飞不起来

桌子不平——瓦店(垫)

桌子的腿——跑不了

桌子当舞台——唱不了大戏

桌子光剩四条腿——失面子、丢面子

桌子板凳一样高——平起平坐

桌子断了一只腿——不稳当

桌子缝里舔芝麻——穷相毕露

桌子上高一层——差不多

桌子上放碗水——一坦平

桌子上摆灯草——放心(芯)

桌子上摆茶壶——没水平(瓶)

桌子上摆暖壶——有水平(瓶)

桌子上拿筷子——不拣单(不简单)

桌子底下打架——狗争骨头

桌子底下打拳——出手不高、折腾不开、起手就不高

桌子底下放风筝——不见起、起点太低,上面受限、出手就不高、想高高不了

圆桌——哪来的棱角

圆桌吃饭——不分上下

圆桌中间的菜——难抓

柴灶里烧红苕——捱(挨)掏(叨)

柴火棍搔痒——把硬手、是把硬手

柴火堆上倒汽油——一点就着、点火就着

拿盐来打雪仗——闲(咸)得无聊

拿豆腐当门——经不起推敲

拿豆腐拦刀——自不量力

拿豆腐当台脚——白挨

拿根面条去上吊——死不了人

拿筷子吃饭——脍(筷)炙(至)人口

拿锅盖戴头上——乱扣帽子

拿蒸笼下注——赌气

拿着鸡蛋走冰路——小心翼翼

拿着面盆当月亮——不知轻重

拿着磨盘当月亮——看不出高低轻重来

拿着磨盘当鏊子烧——一面热

拿着磨盘打月亮——不知轻重

拿着黄连当箫吹——苦中取乐

拿着铁锅当钟敲——穷得叮当响

拿起烧鸡就啃——痴（吃）起来了

臭肉——簇上了

臭豆腐——闻着臭，吃着香

臭豆腐出海——装洋

臭豆腐下油锅——有点香

臭豆腐擦鼻子——霉（晦）气

臭豆腐上浇麻油——外香骨里臭

臭豆腐上撒大粪——臭上加臭

臭豆腐蘸虾酱——臭上加臭

臭腐乳上浇麻油——外香骨里臭

臭瓜烂梨——扔货

臭猪头——自有烂鼻子闻

借米还糠——气鼓气胀、气鼓鼓

借米一斗还六升——赖死（四）

借白米还粗糠——不顾下一回

借汤下面——沾光、顺便、简便

借着酒醉说胡话——别有用心

倒吃甘蔗——一节更比一节甜、甜头在后

倒了油瓶不扶——袖手旁观、懒到家、懒到家了

倒了碾子打了磨——实（石）打实（石）

倒了田鸡笼——叽哩呱啦

倒了核桃车——叽哩咕噜的

倒了蟹子罐——喊哩嚓啦

倒摆窝窝头——现眼的事

饿了嗑瓜子——填不饱肚子

饿着肚子打锣——空想（响）

饿着肚子出差——空跑一趟

饿着肚子吆喝——空喊

饿着肚子造反——借机（饥）闹事

饿着肚子奏琴——空谈(弹)

饿着肚子做梦——空想

饿着肚子聊天——空谈

饿着肚子辩论——空对空

饿着肚子写文章——空话连篇

饿着肚子讲道理——空论

饿着肚子坐飞机——空对空

饿肚的鸭子——穷呱呱

饿肚的臭虫——死叮

饿死牲口——无料

饿瘪的臭虫——见缝就钻、死扣

饿不死的和尚——靠腿勤

独根筷子拣藕吃——专挑眼

舀米汤洗澡——办糊涂事、尽办糊涂事

舀水浇鸭背——白吃苦头

舀水碰上了瓢——正好、赶得巧

舀子夹鸡蛋——连爬带滚

舀干油坛烧豆腐——下尽本钱

爱吃臭豆腐不怕臭——就喜欢那味儿

爱吃香的有腊肠,爱吃甜的有蜜糖——对味

爱喝酒的不给烟——投其所好

爱逃席客——留不得

缺了门牙——尽讲泄气话

缺钙的孩子——太软弱、软骨头

缺钙的母鸡产卵——软蛋一个

钵子撞瓦盆——松对脆

钵子里的糠拌饭——鸡笃笃,鸭啄啄

铁锅炒蚕豆——干脆、干干干脆

铁锅碰马勺——叮当响

铁锅碰茶缸——想(响)不到一块儿

铁锅遇着钢扫把——碰到对头

铁锅里炒黄豆——熟一个蹦一个

铁锅盖上炸油条——干着

铁炊帚刷铁锅——都是硬货

铁饭碗——打不了、打不破、砸不破

铁罐里的煤气——见火就着

铁罐碰玻璃瓶——有口无心空发声

铁桶碰铜盆——一个比一个硬

铁桶落在水井里——拿不转来

铁桶里放炮仗——空想(响)

铁壳子水瓶——外冷内热

钻磨佬打铁——不会看火色

钻磨佬下功夫——打硬主意

钻磨佬改铁匠——只有一股锤劲不行

钻磨佬学打铁——硬还是硬

钻磨佬兼铁匠——时冷时热

釜底的游鱼——命不长

称鱼没带篮子——钩嘴

脑油——不用练(炼)了

胶皮笊篱——不漏汤、滴水不漏

笊篱打夯——抄上了

笊篱捞钱——抄上了

笊篱遮胸——多心

笊篱上的鱼——捞着的

笊篱头挡风——气不打一处来

浆水点豆腐——一物降一物

浆水调到醋里头——穷酸

浆水里调醋——不该做的胡做

浆水锅里煮元宵——混蛋

浆水锅里泡油条——全身发软

浆汁馆搬家——另起锅灶

浆锅里煮扳不倒儿——混孩子一屁股泥

粉条走亲——常(长)礼

粉条煮猪脚——钓鳖

粉条泡在滚水里——直不起腰来

粉条炒藕——无孔不入

粉丝汤里下面条——白不久、纠缠不清

粉子煮脚鱼——钓鳖、滑鳖

粉团子滚芝麻——多少也沾(粘)点儿

粉皮耳朵——不顶用

粑粑掉地上——难收拾、不可收拾

粑粑吊在树上——眼饱肚中饥

粑粑一个面一坨——吃也是它不吃也是它

粑粑吊在三梁上——眼饱

料槽旁的马——不愁吃

烟火掉到锯末堆——闷在肚里烧

烟火掉在口袋里——烧包

烟囱披麻——躁(灶)死了

烟囱不冒烟——赌(堵)气、窝火

烟囱被堵塞——不通气

烟囱站岗,铁将军把门——全家上阵、全家都上

烟囱上散步——无路可走

烟囱上放棺材——熏死人

烟囱上翻筋斗——玩命、玩命干、不要命

烟囱里走火——直来直去

烟囱里钓鱼——钩起了火

烟囱里拉屎——臭气熏天、出臭风头

烟囱里冒烟——硬气

烟囱里招手——往黑处引、往黑处引人、把人往黑处引

烟囱里不通气——窝了火

烟囱里爬老鼠——直来直去;直进直出;直出直入

烟囱里的麻雀——黑道上来的

烟囱里放醋坛——酸气冲天

烟囱里挂钩子——钩火

烟囱里搭砂锅——凶(熏)犯(饭)

烟囱顶上走路——寸步难行

烟囱顶上长棵树——高不可攀

烟囱边上蚕结茧——徇(熏)私(丝)

烟囱背后看人——把人看黑了

烟筒当笛——没底儿

烟筒上绕手——往黑路指人

烟筒上散步——无路可走

烟筒里安家——没门

烟筒里绕手——往黑路上指人

烟筒里推二齿钩子——勾火儿

烟筒里面刷油漆——糊涂透顶

烘炉烤大饼——翻来覆去、翻来覆去老一套

烘炉的王八——干瘪（鳖）

烘炉的料，食堂的钟——该打、不是打，就是敲、不挨打，就挨敲

烘炉里的王八——干瘪（鳖）

烘笼上烤尿布——有点骚（臊）气

烧开水盖筛子——跑汽了

烧酒治病——最（醉）好

烧酒煮糖——各干一行

烧酒医毛病——最（醉）好

烧酒当冷水卖——太贱

烧菜没放盐——淡然

烧饭的煤——身虽黑，本事可大

烧饼粘牙齿——面生

烧饼上的芝麻——白搭

烧饼铺的老鼠——次（吃）货

烧粥放盐不就菜——光吃闲（咸）饭

烧虾等不到红——急性子

烧鱼放韭菜——冒充（葱）

烧鱼缺佑料——补充（葱）

烧甲鱼请客——吃瘪（鳖）

烧蹄膀不放酱油——白提（蹄）（上海）

烧猪——肚里没心

烧猪腿不放酱油——白提（蹄）

烧鳌子烙糊了饼——不看火色

烧烂的鸭子——只硬一张嘴

烧熟的蛤蜊——闭不拢嘴

烧熟的砖不浇水——只见红

烧焦了的米饭——凑合吃、凑合着吃

烧焦了的馍馍——干巴巴

烧焦了的糍粑——胡（糊）吃

烧焦了的卷子——丑相、花子样

烧炉烧大饼——翻来覆去

烧煤油炉子——火不打一处来

烙饼——翻来覆去

烙饼卷藕——口口得窟窿

烙饼卷大葱——算(蒜)没他(它)的事

烙饼卷蚂蚁——夹吃去

烤糊的红薯——骄(焦)气重

烤糊的猪头——死皮赖脸

烤糊的羊头——龇牙咧嘴

烤糊的饼子——放在锅里盘里都是一个味

烤鸭店里聊天——无稽(鸡)之谈

烤炉火吹电扇——冷热结合

烧水壶煮饺子——没有数

烧鸡烧成炭——过火了

烧烤店搬家——走到哪儿香到哪儿

烧烤店里买菜——包你吃香

凉开水泡茶——寡淡、味道出不来

凉粉儿刮到碗里——妥(坨)了

凉锅炒豆——越吵(炒)越冷清了

凉锅贴饼子——出溜了、出溜到底了

凉锅上的蚂蚁——自来自去

凉水甜酒——对的(兑)

凉水碗里的一双筷子——能捞出什么味

凉拌黄瓜——嘎巴脆

凉拌海蜇头——干脆

酒逢知己——千杯少

酒当白水卖——大贱

酒醉——心明白

酒醉涂地——口若悬河

酒醉喝人——闷损人

酒醉说实话——醒了后悔

酒醉倚门帘——不可靠、靠不住

酒醒不见牛肉——悔之晚矣、追悔莫及

酒里兑水——掺假

酒里放蒙汗药——存心害人

酒后大便——罪（醉）恶（屙）

酒后开车——容易出事

酒后杀人——罪（醉）上加罪

酒后看戏——眼花缭乱

酒后驾车出事故——醉该万死

酒后开车又闯红灯——一错再错

酒肉交朋友——全靠吃喝

酒肉的朋友——好景不长

酒杯和面——能有多大剂子

酒杯搬家——离壶

酒杯碰酒壶——恰好一对

酒杯掉在酒坛里——罪（醉）上加罪（醉）

酒杯里量米——小气（器）

酒杯里洗澡——小人、得罪（醉）小人

酒杯里泡木耳——发不大

酒杯里泡黴子——掘了又掘（嶥）

酒杯里拌黄瓜——兜不转、搞不转

酒杯里落苍蝇——扫兴

酒壶打米——吃不到一嘴

酒壶当夜壶用——派错了用场

酒壶里打架——胡（壶）闹

酒壶里着火——焖烧

酒壶里养麻雀——胡（壶）喳喳

酒盅和面——怎么猜（揣）的

酒盅里摇船——小湾

酒盅里打糍粑——咋杵

酒盅里拌黄瓜——小气（器）、颠不开、施展不开

酒坛上点着迷魂香——未喝先醉

酒坛里洗澡——得罪（醉）人

酒坛里的菩萨——醉鬼

酒坛子做茅缸——口滑肚臭、嘴滑肚臭

酒坛子里放炮——瓮声瓮气

酒渣倒地———一团糟

酒糟炒鸡蛋——吵(炒)个稀巴烂

酒酿冒泡——发笑(酵)

酒桌上谈生意——拳上过

酒桌上的盘子——喋(碟)喋(碟)不休

酒桌上拜把子——帮兄帮弟

酒篓子碰见针———一戳就漏

酒端子量米——身(升)子有病(柄)

酒缸里煮米——罪(醉)犯(饭)

酒缸里掺水——充碗数

酒缸边搭床铺——醉生梦死

酒缸里的乌龟——手到擒拿

酒厂的蒸屉——好大的气

酒家做广告——讲吃不讲穿

酒店不挂幌——变招了

酒店里的菜——随你挑

酒店里吵架——胡(壶)闹

酒店里寻宿儿——楼(篓)上睡

酒馆子关门——空袭(席)

酒食店得笔帖——不识羞

酒坊里长草——遭(糟)殃(秧)

酒场上的话——柴草不佳

酒尽伶人来——不济事

案上砍骨头——干净利索、干脆利索

案上的红烛——照亮别人,毁了自己

案板顶门——管得宽

案板上的肉——该剁、任人割、任人宰割

案板上的秤——油沾了心(星)

案板上的鱼——挨刀的货、一看就是挨刀的货

案板上撒泼——滚刀劲、滚道(刀)劲儿

案板上拍饼子——不敢(擀)

案板上的大蒜——四分五裂

案板上的买卖——斤斤计较

案板上的狗肉——上不了席、上不了台盘、摆不上桌

案板上的面团——任人欺压

案板上的海椒——纳（辣）妾（切）

案板上的蛤蟆——任剁

案板上的黄瓜——欠拍、找拍

案板上砍骨头——干脆、干干脆脆

案板上倒开水——尖（煎）板

案板上的擀面杖——光棍一个、光棍一条

案板上的肉，篮子里的鱼——等着挨刀

案板底下的风筝——飞不起来

案板桌上摆肉丸子——好看

宴会厅举杯——碰上啦

宴席没有茅台——好久（酒）不见

宴席上吵架——不欢而散

宴席上的冷盘——好菜还在后头

宴席上摆狗肉——少见、少有

高压锅爆炸——气崩了

高压锅的安全阀——一出声就烫人

高温锅炖鸡——散了架

高级宴会——应有尽有

高烟囱冒烟——热火朝天

被糊涂油蒙了心——一点不清醒

调羹吃面条——了（捞）不起

调羹挖耳朵——进不去

病醉汉——劝不得

瓶子养泥鳅——越养越瘦

瓶子打了——光个嘴

瓶子落水——不（噗）不（噗）不（噗）

瓶子装酒——嘴要严

瓶子养王八——大的出不去

瓶子盖上盖——闭塞得很

瓶子盛糯子——装糊涂

瓶子盛糨糊——装糊涂

瓶子小药丸大——装不下去

瓶子里装大椒——辣乎（壶）乎（壶）

瓶子里装浆子——装糊涂

瓶子里的花——看的

瓶子里灌水——不(噗)不(噗)不(噗)

瓶子里的苍蝇——无出路、没出路、没有出路

瓶口封蜡——滴水不漏、疯(封)了

瓶口加木塞——嘴紧

瓶口大塞子小——堵不住他的(它)的嘴

畚箕装土地——淘神

剥掉猪头皮——不要脸

剥开墨鱼皮肚——一副黑心肠

预备腊肉待亲家——久有意

十一画

菜做一锅煮,酒做一瓢——办事循规蹈矩

菜萝卜下酒——玩素的

菜摊上的黄菜叶——不值钱

菜花篮里关泥鳅——这边关,那边溜

菜盘里舀水——一眼看穿

菜盘里的开水——三分钟的热劲

菜盘里落鸡毛——夹它出去、夹出它去

菜碟里摆毛毛虫——你越嫌它,它越故勇

菜市场骑车——惊心动魄

菜油麻油——寻一件头由

菜汤里有苍蝇——加菜

菜馒头处拖狗皮——难做到

瓠瓜打狗——去一半

菱角粽子——尖里有尖

黄酱做年糕——吃力不讨好

黄酱掉在裤兜里——不是死(屎),也是死(屎)

黄米面窝窝头——无限(馅)

黄面饼子下锅——唠(烙)上了

黄泥馒头——好供佛

黄酒铺搬家——痰(坛)堵门了

豉油捞饭——整色整水

豉油辣椒酱——你想点就点

副食品店里买柿子——专拣软的

排骨打饿狗——有去无回

排骨炒豆腐——有软有硬

掺糠喂鸡——哄蛋

推碗的摔跟斗——哗啦

推磨戴花——转圈浪

推磨打算盘——一圈帐

推磨的上台——转起来看

推磨的肿蛋——赚(转)狠了

推磨拄拐棍——捣圈哩

推磨挨磨棍——吃力不讨好、费劲不讨好

推磨断了袢——空跑一大圈

推碾子不拉磨——隔路牲口

推罢磨杀驴吃——不图下一回

掏灰耙打猎——没好腔(枪)口

掏干油坛煎豆腐——不惜代价、下尽本钱

掏到鸟蛋摔断腿——得不偿失

掂着猪下水过独木桥——提心吊胆

掀翻醋瓶子——酸溜溜的

掘着牛头喝水——要蛮楞

捺着葫芦起来瓢——再也忙不过来了

桶作喇叭床当鼓——大吹大擂

桶里抓大鱼——稳当

桶水两盐——淡而无味

舂瘪谷砻糖——怦怦地跳个不停

盛食的瓢儿打馋猫——越打越扑上来了

盛酒的葫芦——度(肚)量大

盛了奶的白皮袋——鼓起来了

盛满水的瓶子——摇不出声响

盛不了水的桶——没底

啤酒樽啤酒贡来卖——恶潇洒

啃过木瓜再吃沙梨——清心香甜可口

啃着鱼骨聊天——尽讲硬话、话中带刺

啃不动的牛排——骨头硬

啃生瓜吃生枣——难消化、消化不了

啃瓜皮的——没好份儿

啃皮子抹白糖——说得甜

啃橄榄核儿——咂点后味

啄米的鸡——连连点头

蛀过的扁担——顾不了两头压

雀巢咖啡——耐人寻味

甜酒里搀豆油——不对味

甜酒里掺酱油——真说不出个滋味来

甜糕蘸蒜汁——不对味、不是味儿

甜酸苦辣咸——五味

盘子吃饭——眼浅、底子浅

盘子喝水——一面子来

盘子端出来了——亮了底

盘子里种花——扎不下根

盘子里养鱼——数得清

盘子里扎猛子——浅住了

盘子里翻筋斗——浅得厉害

盘子里夹炒豆——一粒一

盘子里摆鸡蛋——有数的几个

盘子里鱼,瓮中鳖——跑不掉

偷吃的猫儿——心不改、记吃不记打

偷吃辣椒——麻嘴

偷吃海椒挨耳光——里外发烧

偷吃谷子的麻雀——怕见人

偷吃桃儿的人吃了个青杏——只有自己心疼牙酸

偷吃没洗嘴——做了坏事还留有痕迹

偷油的耗子——油嘴滑舌

偷尝禁果——有苦自己吃

偷嘴的狗儿——见人就逃

偷着喝酒——蛮(瞒)干

做鱼不搞汤——干焖

做豆腐摇包——大摇大摆

做冰棒掺沙子——寒碜

做红烧肉放酱油——方法对头

做小豆干饭——焖(焖)着

做菜师傅包饺子——多面手

做好饭不吃——干焖(焖)着

得了五谷想六谷,有了肉吃嫌豆腐——欲无止境

偏方——治大病

馅饼抹油——白搭

馄饨担子——尽冒白气、呼呼冒白气

馄饨里裹螃蟹——里戳穿

馄饨皮包鱼刺——骨头全露出来了

馆子里端菜——和盘托出

馆子里的菜锅——油透了

馆子里的筷子——天天吃肉鱼,就是长不胖

铝饭盒熬稀饭——方舟(粥)

银盆装清水——清清亮亮

银盆打水金盆装——原(圆)谅(亮)

笼里抓馒头——手到即来

笼屉的盖子——受气的家伙

笼屉蒸包子——一层顶一层

笼屉上的灶君——真(蒸)神

笼屉上的黄连——真(蒸)苦

笼屉上放邮包——信以为真(蒸)

笼屉里装衣裳——征(蒸)服

笼嘴子蒸馍——撒气

笼嘴子张蚂虾——光拣大的掇

铜缸对铁瓮——硬对硬

铜缸镀金粉——外表贵重、装贵

铜锅碰上铁刷子——一个比一个硬

铜锅里烘山芋——拣熟的掏

铜盆碰上铁刷子——硬持、硬来、一个比一个硬、一个比一个厉害

象牙筷子打蜡——刁(叼)难、故意刁(叼)难、有意刁(叼)难

象牙筷子叨凉粉——又光又滑

象牙筷子夹凉粉——滑头对滑头

象牙筷上板雀丝——有意找毛病

猪油汤洗脸——昏(荤)头昏(荤)脑

猪油糕做的耳朵——软货

猪食钵开裂——夹食

猪食盆里鸡伸头——乱插嘴

猪食槽上磕跌——认了实(食)

猪食缸里的蛋——酸蛋

猪笼入水——道道来

猪笼落水——四处漏、孔孔是眼、孔孔都是入口

猪笼抬猪不垫草——蹄爪都露出来了

脱了牙的老虎——咬不伤人

兜了豆子寻锅——准备着吵(炒)

清水衙门——一尘不染

清水下杂面——你吃我看、你吃我看见

清水拌石子——合不拢、合不到一起

清水染白布——空过一场

清水煮白菜——一清(青)二白

清水煮豆腐——乏味、爽口

清水锅里煮铜钱——一眼看到了底

清水盆里看黄瓜——从头瞧到蒂儿、从头到蒂一根是一根

清汤煮瓠子——瓜清水白

清汤寡水——淡而无味

清蒸牛排——有骨气

清炖猪蹄——鲜招(爪)儿

清油炒菜——各有所爱

清油炒豆腐——黄瘦

清油炸麻花——干干脆脆、较(绞)上劲儿、摞劲儿

淡酒待客——一个亲热意思

淡水蟹——吃不得咸小

混汤卧鸭子——混蛋

清水煮豆腐

谚语歇后语大全

衣食住行歇后语

沟米水洗脸——浑澄澄、粘粘糊糊的

淘米箩盛稀饭——漏了

淘米筛子当锅盖——眼儿不少

粘米遇见糍粑——难舍难分

粘糠的豆子——难分离(粒)

粘豆包儿包黄连——一年(的)苦

粘米面包饺子——一捏就成

粘米条子——扯不断

粘窝窝掺刺菜——蔫下来了

粘窝窝抹臭豆腐——又臭又粘牙

粘糖的豆子——难分难离

粘牙的烧饼——面生

粗瓷茶碗——雕不出细花来

粗瓷茶碗雕细花——白费功夫、枉费工、不是这个料、难极了

粗壳打芡子——理不起来

粗糠烙饼——中看不中吃、好看不好吃

密封罐头——无缝可钻

麻油炒白菜——各人心中爱

麻油炒豆腐——不惜代价

麻油拌韭菜——各人心里爱

麻油调蜂糖——又香又甜

麻油煎豆腐——下了大本钱

麻花——拧着

麻花下酒——干脆

麻花不吃——看劲

麻花喂猴——满拧

麻花上吊——脆鬼

麻花卷煎饼——干脆

麻花不叫麻花——叫扭劲

麻花掉下了粥锅——夺翠

麻花饺子下油锅——是个扭筋货

麻酱面酱大混杂——品不出滋味

麻糖沾了胯——走得慢

麻黄汤发汗——茅(毛)塞顿开

盖上筛子蒸负担——出气不在一处

盖着火盖熬粥——老温

盖紧的蒸笼——没处出气

盖碗茶——泡起

寄槽养马——爱便宜、爱占便宜、贪图便宜

宰牛的刀——要快

宰牛用锥扎——不顶用、不顶事、无济于事

宰狗的剥皮——越玩越大

屠门嚼肉——空欢喜

屠案上的羊羔——来而不回

屠宰场杀猪——不留活口、任人宰割、一个也活不了、来一个杀一个

屠宰场里的猪——脑满肠肥

屠宰场里送猪——进得去出不来

十二画

棒子面抻面条——要的就是这个劲儿

棒子面做蛋糕——不是正经材料

棒子面煮鸡蛋——糊涂蛋

棒子面煮葫芦——胡胡涂涂

搓熟的汤团——服服帖帖,不由他不依

提着点心去求人——甜言蜜语

提着点心盆上树——言(沿)之(枝)有理(礼)

提着葡萄要饭——穷酸

提着猪头进庙——走错门了

搽米汤上吊——糊涂死了

搽米汤的敲门——糊涂到家

揭开锅盖——让他(它)出出气

揭开醋缸——一股酸味

揭开瓜皮瞅瓜瓢——看实质

揭开热水瓶盖子——气直往上冲

揭开蒸笼吃不下——气饱了

揭开蒸笼捡年糕——烫手

揭开盖的蒸笼——直冒烟、热气腾腾、气势逼人、气直往上冲

揭开盖的粪缸——臭不可闻

搁着料吃草——混牛

搂着石碾睡觉——你热他，他凉你

揉到火候的面团——滴溜溜随着咱来转

趁着热汤下笊篱——赶紧

逼着豁嘴唱歌——叫人现丑

裂嘴的包子——露馅儿了

裂嘴的石榴——皮老心红

替猪打蚊子——往钱面上讲

散黄的鸡蛋——坏心

散饭里泡馍馍——软糟蹋人

煮好的饭不吃——干闷（焖）着、闷（焖）起来

煮熟的鸡——跑不了它、硬撑脚

煮熟的藕——没了土气

煮熟的大蒜——变味了

煮熟的天鹅——绝路一条

煮熟的龙虾——特别红

煮熟的芋头——粘粘糊糊

煮熟的米饭——没骨（谷）气

煮熟的红枣——虚胖

煮熟的红薯——不用考（烤）

煮熟的豆子——永不发芽

煮熟的汤圆——个个圆滑、浮在表面

煮熟的荸荠——没了土气

煮熟的狗头——没人肯（啃）

煮熟的番茄——变得酸溜溜的

煮熟的鸭子——飞不了、嘴硬、嘴还硬、不会富（凫）、不怕它飞上天

煮熟的猪头——脸皮厚、死不开口、死皮赖脸

煮熟的猪血——不红了、变了色

煮熟的螃蟹——自来红、横行不了啦、张牙舞爪

煮熟的鸡爪子——往里拐、朝里弯

煮熟鸡蛋放冰霜——冷处理

煮熟米了又炒着吃——没事找事干

煮熟的鸡蛋呆了黄——情(清)没变、一辈子也变不成鸡

煮熟的鸽子飞上天——奇闻

煮熟的鸭子飞上了天——天下奇闻、无奇不有、弥天大谎、怪事一桩

煮熟的公鸡——飞不起来

煮饭不用水——干争(蒸)

煮饭吹火筒——通

煮饭锅底——个个黑

煮菜不放盐——没味儿

煮酒打火锅——一副热心肠

煮茶蛋——表面红

煮鸡加味精——现(鲜)兑(对)现(鲜)

煮鱼汤放姜酒——做法对头

提水的落根绳——惯(罐)坏了

醍醐灌顶——首当其冲

提篮串亲戚——有理(礼)

提篮走道儿——没挑儿

敬酒不吃吃罚酒——不知好歹、不识抬举、好歹不分

落汤螃蟹——手忙脚乱

落汤的王八——跑不了

落汤的虾公——蹦不了几下子

落了锅的虾公——钩心(身)

落笼的馒头——热气腾腾

葱煎蛋——吃香

葱盐饼干——干脆

葫芦瓢——里虚

葫芦瓢捞饺子——点滴不漏、滴水不漏

酥油里插刀——迎刃而进

酥油里插毛——容易得很

喜包三元——好看不好吃

越渴越喝盐水——无济于事

厨房阶砖——闲(咸)事(湿)

厨房的摆设——碗架儿

厨房里打架——砸锅

厨房里失火——宛(碗)然(燃)

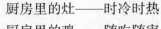

厨房里的灶——时冷时热

厨房里的鸡——随吃随宰

厨房里的柴——果然是真心(薪)

厨房里的猫——总不记打

厨房里的火筒——两头空

厨房里的鸟笼——常常受气

厨房里的灯笼——常受气、常常受气

厨房里的灶台——外面顶看肚里黑

厨房里的垃圾——鸡毛蒜皮

厨房里的砂锅——淘(陶)气(器)

厨房里的摆设——碗架儿

厨房里落石头——砸锅

厨房里堆满柴——多心(薪)

厨房旁边盖茅厕——香香臭臭

厨房门上送肉——正等着

厨缸里的王八——随吃随宰

厨官解围腰——不吵(炒)了

量米只用斗——没有升

喝了太平洋的水——宽大无比、宽大无边

喝了两斤老陈醋——心酸得很

喝了一坛子山西醋——酸心透了

喝了冰水——心里凉了

喝了御酒——有功之臣

喝了墨水——黑心、黑心啦

喝了五味汤——啥滋味都有

喝了羊肉汤——咋能没腥气

喝了迷魂汤——昏了头、受人迷惑、神魂颠倒

喝了柠檬水——心里酸溜溜的

喝了润滑油——油嘴滑舌

喝了雄黄酒——现了原形

喝了烧酒烤火——浑身发热

喝了丝茅草汤——糊涂了

喝了一碗姜糖水——又甜又辣

喝了泔水想计谋——尽出馊主意

中华传世藏书

谚语歇后语大全

衣食住行歇后语

喝了泉水就摔瓢——忘本

喝了黄连猪胆汤——一肚子苦水

喝完浆水上吊——糊涂死了

喝完面糊睡觉——糊涂死了

喝罢药吃块糖——嘴甜心苦

喝着蜜水吹笛子——又甜又乐

喝惯了浓茶的人喝白开水——淡而无味

喝酒过量——犯罪(醉)了

喝酒就蒜——穷对付

喝滔不用杯——胡(壶)来

喝酒不就菜——各有所爱、各自所爱

喝酒不拿盅子——胡(壶)来

喝酒尿裤子——松包

喝酒穿皮袄——里外发热、里外发烧

喝酒晒太阳——周身火热、周身发热

喝酒就辣椒——辣对辣、爱的这一口、爱的就是这一口

喝烈酒吃狗肉——未必能消受

喝冷酒,花赃钱——迟早是病、早晚是病

喝烧酒吃狗肉——里外发烧

喝烧酒挨嘴巴——里外发烧

喝足酒跳太湖——罪(醉)该万死

喝饱的癞蛤蟆——一肚子坏水

喝水拿筷——瞎捞

喝水用筷子——捞不着、故作姿态

喝水老想打井——晚了、来不及了

喝水拉屎一起干——天穿地漏

喝水塞牙缝,放屁扭了腰——该倒霉

喝开水吃菜——各有所爱、各人所爱

喝开水吞炒面——不含糊

喝开水拿筷子——空扒拉、耍招牌、多此一举、没啥捞头

喝凉水舔碗——学着撑眼

喝凉水吃生姜——乏味、不是滋味

喝凉水肚子痛——自找罪受、自找难受

喝凉水使赃钱——迟早是病、早晚是病

喝凉水剔牙缝——没事找事、穷要面子

喝凉水栽跟头——装晕

喝凉水就生姜——乏味、不是滋味

喝凉水，吃凉年糕——早晚是个病

喝清水哽喉咙——不顺流

喝清水拿筷子——是个招呼

喝油唱曲子——油腔滑调

喝米汤划拳——图热闹

喝米汤拌二锅头——稀里糊涂地醉了

喝丝瓜汤——有味

喝面条喝进筷子去——成竹在胸

喝稀饭拿筷子——招呼劲

喝糖水加酱油——乱搀和、瞎搀和

喝糖水说好话——甜言蜜语

喝酱油放屁——闲（咸）呀

喝酱油耍酒疯——闲（咸）的

喝老陈醋长大的——光说酸话

喝盐水聊天——尽讲闲（咸）话、净讲闲（咸）话

喝万口汤——就是为了等那口米吃

喝五味子糖浆——辨不清甜、酸、苦、辣、香

喝血的蚊子——全凭嘴伤人

喝敌敌畏跳井——不想活了、必死无疑

喂奶的母狗回头看——还有后顾之忧

黑碗砂壶——不是一个窑的货

黑碗掉地下——白问（纹）

黑碗蒜臼子——一个窑的货

黑锅底——铁面无（乌）私（漆）

黑糯米做酒——醒（乌）靘（糟）

赌气饭——不是好吃的

敞开锅子炒玉米——乱蹦乱跳

鼎锅饭——熏起了

鼎锅做帽子——难顶难撑

鼎锅煮豆——难翻身

鼎锅煮鱼——难得翻身

鼎锅里炒豆芽——哈不开罗

焦了尾巴梢子——绝后

焦馍裹馓子——自身不顾

焦盐板鸭——干绷绷

焦家药店——老招牌(重庆奉节)

稀饭过火——胡(糊)诌(粥)

稀饭铺路——一塌糊涂

稀饭拌糨糊——糊里糊涂

稀饭倒进口袋里——装糊涂

稀饭里下元宵——都是混蛋

稀饭里包饺子——糊涂

稀饭锅里下小孩——主(煮)任(人)

稀饭锅里下冰凌——没捞头

稀饭锅里下铁蛋——混蛋到底

稀饭锅里带豆子——添不了啥稀稠

稀饭锅里煮鸡子儿——混(浑)蛋

剩饭不炒——泡汤

筵席开始——上蔡(菜)

筵席上打架——不欢而散

筵席上的冷盘——好菜还在后头

筛子打水——全漏了底

筛子关门——千疮百孔

筛子当窗——眼儿多

筛子放哨——心眼多、心眼不少、眼睛多

筛子挡门——不遮风、心眼多、眼睛多

筛子做门——难遮人眼、难遮众人耳目

筛子盖锅——不成(存)器(气)、不从一处出气、净眼儿、眼中冒气

筛子看门——眼睛多

筛子筛屎——过时(屎)了

筛子盛水——一场空

筛子盖锅——不存气、存不住气、眼中冒气、进气眼少,出气眼多

筛子喂驴——露(漏)兜(豆)了

筛子脱坯——不妨(方)

筛子簸面——漏洞百出

筛子脱坯——不妨(方)

筛子改锅盖——有边有眼

筛子当水桶——漏洞百出

筛子当吊锣——不想(响)

筛子挡太阳——不顶用、不顶事

筛子罩锅子——出气眼多

筛子筛核桃——一个不漏

筛子盖麻雀——有空难逃

筛子盖胸腔——满是心眼

筛子装黄鳝——所剩无几、走的走,溜的溜

筛子下的麦粉——面面俱到

筛子里的米——没有一点斤两、无孔不入

筛子里下围棋——堵漏洞

筛子眼里夹的米——上不去也下不来

筛子底里的谷糠——没点儿斤两

筛子底里的稗子——下脚货

筛眼里的米——不上不下、上不上,下不下

筛眼里看人——把人看零碎了

锅里炒盐——生闲(咸)气

锅里抓鱼——一条也溜不了

子里炒石灰——不进油盐、油盐不进

锅里的螃蟹——横行不了几时

锅里捉乌龟——伸手即得、伸手就得

锅嫌水壶黑——不知自丑

锅吊起来当锣打——硬充

锅下的烟子——一黑到底

锅中煮粥——同归糜(米)烂

锅里的鸡——难飞

锅里的鱼——别想跳了

锅里和面——发了

锅里不上水——干烧

锅里不放菜——吵(炒)什么

锅里扔石头——砸啦

锅里炒石头——不进油盐、油盐不进

锅里的大虾——缩了身

锅里的包子——争(蒸)上了

锅里的茄子——一个一个都蔫了

锅里的饺子——捏造的

锅里的粑粑——欠铲

锅里的馒头——争(蒸)来的

锅里的螃蟹——横行不了几时

锅里炸油条——翻来覆去

锅里剖西瓜——点滴不漏、滴水不漏

锅里捞饺子——稳拿稳攥

锅里装大粪——吵(炒)死(屎)

锅里煮石头——不进油盐、不进盐酱、油盐不进

锅里煮汤圆——一个一个往上冒

锅里煮秤砣——火烧不红

锅里煮稀粥——糜(米)烂

锅里煮娃娃——老(捞)熟人

锅里煮麻雀——净是嘴

锅里煮粑粑——一团糟、一塌糊涂、糊涂

锅里撂板箱——主(煮)贵(柜)

锅里的贴饼子——两面焦、两面儿焦

锅里煮不倒翁——熟人

锅里不讨碗里讨——找错对象

锅里馒头嘴边食——有你的总是你的

锅边的小米——熬出来了

锅边上的油渣——练(炼)出来的

锅底火叉——一头热

锅底的饭糍——有焦气

锅底的柴禾——骄(焦)了

锅底插犁杖——挑灶了

锅底笑缸底黑——光看别人黑,不见自己黑

锅底坐在罗圈上——大圈套小圈

锅底上弹黑线——一样黑

锅底下扒红薯——拣熟的来、拣熟的挑

锅底下扒出个馍馍——吹吹打打

锅底灰抹心——黑透了

锅后的地瓜——主(煮)不着

锅盖穿洞——出了气

锅盖当草帽——乱扣

锅盖当瓶塞——大概(盖)

锅盖做风箱——受了热气受冷气

锅盖穿窟窿——出了气

锅盖揭早了——夹生、夹生饭

锅盖上的米——熬出来了

锅盖上画鼻子——好大的脸

锅盖过了河——饭煮成粥了

锅台裂缝——坏兆(灶)

锅台上吃饭——受气的媳妇

锅台上种地——没几分、没有几分、能有几分

锅台上撂笤——饭桶

锅台上长竹子——损(笋)到家

锅台上打跟斗——砸锅贼

锅台上的小米——熬出来了、熬出来的

锅台上的油渣——练(炼)出来的

锅台底下走遍天下——成不了大事

锅台后面扎旗杆——高不了

锅缸里使锤——不可用力、不能用力

锅灶上天——气炸了、气崩了

锅灶上的烟囱——出气洞、出气筒、烧啥煤冒啥烟

锅灶上摆电扇——空着肚子喝凉风

锅膛里的饼——老交(焦)

锅膛里的老鼠——灰溜溜

锅膛里烧玉米——老交(焦)

锅炉上冒烟——争(蒸)气

锅炉上放尸首——气死人

锅炉上的压力表——明摆着

锅炉上烧足气的压力表——直线上升

锅炉旁谈心——越说越热乎

锅炉旁谈琴——越谈(弹)越热火

锅炉房里的灯笼——气昏了

锅巴做灯影子——焦人

锅巴雕灯影儿——焦人

锅巴洋芋——不进油盐

锅炮鱼——干死的(北京)

锅铲添饭——不用说勺

锅铲修脚——疼死人

锅铲当修脚刀——痛快到心

锅煤灰涂脸——抹黑

镉锅的摇头——不定(钉)

镉锅的戴着眼镜——专找岔(碴)儿

镉碗的挑子——为晃不响

腌过的黄瓜——酸溜溜的、闲(咸)去吧

腌菜——要严(咸)

腌菜没放盐——臭而无味

腌菜里的大石头——一言(盐)难尽(进)

腌菜缸的盖——受尽闲(咸)气

腌菜缸里养田螺——老不贤(咸)

腌菜缸里养螺蛳——死得无声无息

腌腊肉做香肠——别有一番风味

馊饭抹脑壳——霉顶了

馊饭霉馒头——不对味、不是味儿

馊馒头——等不到过夜

湿灶烧湿柴——有火发不出、有火没处发

湿筷子夹芝麻——叼不着也沾(粘)不着

湿壶里装开水——热不了几天

温水烩饼子——皮热心凉

温水烫鸡毛——难扯、难缠

温水煮板栗——半生不熟

温水里的蛤蟆——不知大祸临头

温吞水——不冷不热

温吞水沏茶——没味道、淡而无味

温汤罐里煮甲鱼——不死不活、要死不活、死不死,活不活

温酒斩华雄——又快又好

温壶里装开水——热不了多天

窝头——捏下的

窝头调个——显眼

窝头上蒸笼——盖了帽

窝头拴绳子——轮(抡)着吃

窝头上坟——哄鬼、骗鬼、哄死人

窝头进贡——穷尽忠

窝头翻身——要现眼

窝窝头打跟头——露了眼儿

窝窝头没眼儿——找着挨抠

窝窝头踹一脚——不是个好饼

窝窝头翻个儿——现眼、现大眼

窝窝头进酸菜缸——酸心、酸劲十足、急(齑)眼了

装酒的器具——瓶子

割肉养虎——枉害自身

割麦不用镰——连根拔

割麦刮大风——乱了铺

割芝麻打跟斗——碰到茬上了

割稻子弯腰——心甘情愿

割鸡用牛刀——大才(材)小用

割了牛头砸罐子——明白二大爷

割了芝麻打跟头——碰到茬了、碰到茬子上了

割了麦子下大雨——及时

割了麦子种豆子——不利(犁)

割了脖子鸡还想飞——垂死挣扎

割碎鱼胆——暗暗叫苦

就汤下面——图(投)方便、随机应变

就餐的筷子——占先

就热锅炒热菜——一勺儿烩

就爱吃盐——乐闲(咸)

就爱吃这口——偏食

就着蒜吃山药——又辣又面

就着凉水吃大蒜——一点滋味也没有

就着猪肉吃油条——腻透了

就着麻花吃猪肉——腻透了

善事面——白吃

装在坛子里喊冤——瓮声瓮气的

装进筐里的螃蟹——横行到头啦

装满开水的热水瓶——一碰就爆

属牙签的——会挑剔、专门挑剔

属米仓的——上半夜摇铃,下半夜丫头听的好梆声

属面筋的——有靭道

属豆饼的——上挤下压

属豆渣的——松包蛋

属臭豆腐的——闻着臭,吃着香

属糖稀的——沾(粘)上了、爱粘人儿

属扭瓜糖的——扭扭要钱,不扭也要钱

属白兰地的——后劲足

属甑儿糕的——一个顶一个

属冰糖葫芦的——成串儿

属暖瓶的——外冷里热、外面冷,里面热

属锡壶的——打得扁,铳得圆

属钢精锅的——一烧就热

属烟囱的——直筒子一个、这耳朵进那耳朵冒

隔屉的饽饽——不知啥馅

隔夜油炸鬼——无火气

隔夜菜——一天光

隔夜饭——抓不拢

隔着料吃草——混牛、昏牛一条

隔着锅台上坑——非迈一大步不可

粥铺的买卖——热闹一早

粥铺的碟子——成(盛)了鬼啦

粥锅里掺水——舀出一碗再添一瓢

粥锅里下笊篱——捞干的

粥锅里煮茄子——糊涂大紫包

粥锅里煮蚯蚓——糊涂虫

粥锅里煮铁球——混蛋到底带砸锅

登着碌碡望雪——白白的一场

强行灌药——不服也得服

十三画

蒸酒熬糖——各干一行

蒸酒打豆腐——要办好事、好办喜事

蒸馍打狗——有去无回

蒸馍蘸尿——各人所好

蒸馍不添水——干气

蒸馍不掀笼——受（收）气

蒸馍比笼大——出圈了

蒸馍捂筛子——气不严

蒸馍笼里煮稀饭——一就两便

蒸年糕不搁枣——尽是逗（豆）了

蒸年糕放酒糟——真糟糕

蒸儿糕抹布——堵（赌）气

蒸包子不放馅——是外馒（蛮）头

蒸包子揭出馅饼来——压扁了

蒸馒头不搁碱——没起

蒸饭甑子漏了眼——气愤（喷）

蒸鱼不沾水——凭着一口气

蒸蛤蟆剥了皮——死不瞑目

蒸熟的米馃——手里摸得着

蒸熟的馒头——只等揭锅

蒸熟的鸭子——飞不了

蒸笼揭盖——气势逼人、热气腾腾

蒸笼漏风——好大的气

蒸笼的盖子——天天受气、受气包、受够了窝囊气、天生是个受气的、有你的气受

蒸笼盖紧盖——气难消

蒸笼掉河里——流里流气

蒸笼揭开盖——让他（它）出出气

蒸笼漏了缝——好大的气

蒸笼冒气再揭盖——到时候看

蒸笼上盖盖子——赌(堵)气

蒸笼里睡觉——尽受气

蒸笼里抓馒头——稳拿

蒸笼里没有水——不争(蒸)气

蒸笼里的包子——自大、自高自大、自大的家伙、自我膨胀

蒸笼里的妖精——怪里怪气

蒸笼里的跑道——熟路

蒸笼里的馒头——自发、自高自大、自我膨胀、尽受气

蒸笼里放脑壳——净整(蒸)熟人

蒸笼里伸出个头——熟人

蒸笼里伸出个胳膊——熟手

蒸笼里露出两只眼——熟视无睹

蒸笼里面放尸体——气死人

蒸笼旁聊天——尽讲气话

蒸笼屉里的包子——一层顶一层

蒸锅里水少——没争(蒸)气

蒸锅里的水——一天一换

蒸馏水——纯得很

蒸馏水当茶喝——淡而无味

蒸不透的笼——肚子气闷在里头

蒜臼打水——没关(罐)系

蒜臼做茶壶——长出嘴来了

蒜臼改灯——熬出名(明)了、捣了一辈子,又有名(明)了

蒜臼改棺料——挨一辈子捣又成(盛)人了

蒜臼黑碗——一个窑的货

碓窝舂米——实(石)打实(石)

碓窝当帽戴——难顶难撑、自己压自己

碓窝吞下肚——实(石)心眼

碓窝里栽葱——根子硬

碓窝里睡觉——卑躬屈膝

碓窝里的笋子——出不了头了、永无出头之日

碓窝里放鸡蛋——求稳

碓窝里春夜叉——捣鬼

碓窝里孵小鸡——伤蛋

碓窝翻船——石沉大海

碓窝棒跌在碓臼里——实（石）打实（石）

碓窝棒棒做磬锤——够修

碓臼做帽子——顶当不起

碓臼砸磨盘——实（石）打实（石）

碓臼里打跟斗——翻不了身

碓臼里放夜叉——捣鬼

碓嘴打碓窝——实（石）打实（石）的

碓嘴舂在碓窝里——稳妥妥

碓嘴跌在碓臼里——实（石）打实（石）

碓杵脑袋——老实疙瘩

碓杵攉磨扇——实（石）打实（石）

碓杵把子安蒜锤——两头攉

碓房搬家——都（斗）是你的

碓头砸磨扇——实（石）打实（石）

碓坎里的泥鳅——钻不出名堂

碗大的鼻子——没脸

碗边的苍蝇——混饭吃

碗边上的饭——吃不饱人

碗底朝天——空空如也

碗底当眼睛——看不透

碗底的豆子——历（粒）历（粒）在目

碗底的黄豆——粒粒数不清

碗粗的茄子——不论（嫩）

碗底里打雷——振（震）振（震）有词（瓷）

碗里抓菱——稳拿

碗里没饭——空开口

碗里泥鳅——没地方钻

碗里养鱼——看得浅

碗里扎猛子——不知深浅

碗里杌春饼——稳吃

碗里拿蒸馍——手到成功

碗片刷锅子——呱（刮）呱（刮）叫

碗碴子剃头——难受、够受的

碗店里花纹——此(瓷)刻

碗店里搬场——少不了你这辞(瓷)

碗店里扔炸弹——振(震)振(震)有词(瓷)

碗店里吹喇叭——名(鸣)词(瓷)

碗店里找饭钵——没说的

碗店里的老鼠——碰不得

碗店里翻糨子——含糊其辞(瓷)

碗柜里找饭钵——没说的

碗橱里打鼠——下不了手、碍手碍脚

碎了碟子又打碗——气上加气

想吃空心茶来个卖藕的——天随人意

摆在饭桌上的鱼——跑不了

摸到泥鳅当鳝鱼——不知长短

搬豆腐垫脚——白费劲、白费神

搬着磨盘过江——吃力不讨好

搬着磨盘追惊马——轻生缓急分不清

嗑开的瓜子儿——明摆的人(仁)儿

嗑瓜子出恭——小进大出

嗑瓜子吃核桃——不能不求人(仁)

嗑瓜子嗑出虾米来——什么人(仁)都有

嗑瓜子嗑出一个虫子——什么人(仁)都有

跪着养猪——看在钱份上

暖酒不喝喝卤水——送死、寻死、自己找死

暖壶一个嘴——憋了一肚子气

暖壶坐飞机——记水平(瓶)

暖壶装小麦——水平(瓶)面

暖壶装开水——外冷内热、外面冷淡心内热

暖壶上拴头绳——水平(瓶)有限(线)

暖壶里盛冰棍——没话(化)、热不着你,也冷不着你

暖壶瓶里装星图——胆大包天

暖壶的塞子——赌(堵)气

暖壶里起风雷——胡(壶)闹

暖壶——外冷内热

筷子纫针——难过、难通过、通不过

筷子碰碗——里面敲打、常有的事

筷子搭桥——难过、路不宽、路子窄

筷子跳舞——光棍一条

筷子撑牙——没口食

筷子戳藕——挑眼子

筷子夹花生——不可多得

筷子夹骨头——尽光棍、一对光棍儿、三条光棍、全是光棍、光棍对光棍

筷子夹豌豆——一个个来、不可多得

暖壶

筷子当牙签——太粗

筷子充大梁——不是材料、不是这块料

筷子顶豆腐——树（竖）不起来

筷子的一生——吃了就睡、吃了饭就睡觉

筷子穿针眼——难、难进、办不到、过不去、没法办

筷子穿糯粑——甩不掉、甩不脱

筷子挑凉粉——光棍对滑头、滑头对滑头

筷子掉油篓——又奸（尖）又猾（滑）

筷子绑成把——拆不开

筷子戳粑粑——稳拿、甩不掉、甩不脱

筷子配抵门扛——难成双、成不了对

筷子伸到茶壶里——胡（壶）搅

筷子上食物——准备进口

筷子上抹油——光棍

筷子上穿线——无眼

筷子里晾竿——差得远

筷子里拔旗杆——没高的、矮中选高

筷子里拔将军——将料就料

筷子头戳在脸盆里捉鱼——笃定了

筲底掉井里——老（捞）板儿

筲底里菩萨——淘神

筲箕装土地爷——淘神

馍馍不吃——在篮里、在盘儿里

馍馍好吃——看各人的做手

馍馍没吃——放着哩

馍馍晒太阳——翘(俏)起皮来了

馍馍掉粪坑——臭货、肮脏货

馍馍不叫馍馍——蛮(馒)头

馍锅上捂筛子——气不严

锡茶壶——没词(瓷)

错吃了毒药——顿时傻了眼

错吃了耗子药——胡折腾

错把洋芋当天麻——不知好歹、好歹不分

错把茶杯当酒盅——醉眼模糊

腥油锅里煮鸡子儿——荤蛋

酱拌豆腐葱——不清(青)不白

酱油泡稀饭——贪色水

酱油调咖啡——怪味儿

酱油调蜂蜜——不是滋味

酱油烧豆腐——出色

酱油鸭——身瘦嘴硬

酱油碟开荤——小眉小眼

酱油碟当盘子——小手小脚

酱油碟里扎猛子——翻不了天

酱油瓶里倒醋——不知啥滋味

酱油缸里的豆子——糟了

酱油店里打架——争风吃醋

酱油店里的斗篷——遮遮盖盖

酱缸打破——架子还在

酱缸腌肘子——闲(咸)肉一块

酱缸腌萝卜——没影(缨)儿

酱缸里王八——闲(咸)员(圆)

酱缸里冒泡——闲(咸)气

酱缸里的瓜子——闲(咸)人(仁)、贤(咸)人(仁)

酱缸里的茄子——拣软的捏

酱缸里泡石头——一言(盐)难尽(进)

酱缸帽子扣绞锥——尖里有尖

酱帽子扣绞锥——尖头不露

酱醋厂里的斗篷——遮遮盖盖

酱肘子——缩盘儿了

滚水开锅——热气腾腾

滚水泡茶——又浓又香

滚水浸脚——不耐久

滚水泡米花——开心

滚水泡瘌痢——好意成恶意

滚水泼老鼠——在劫难逃、一个跑不了

滚水泼蚂蚁——一窝都是死

滚水淋石头——不变色、不变样儿

滚水浇臭虫——不死也发昏

滚水煮王八——忽上忽下

滚水煮饺子——你不靠我,我不靠你

滚水灌老鼠——一个也跑不掉

滚水灌老鼠洞——一个也跑不掉

滚水里捞盐——白费力

滚水里洗孩子——要命

滚水里煮棉花——熟套子

滚水锅捡金子——难下手、下不了手、无法下手

滚水锅煮陈棉花——老熟套、老熟套子

滚水锅里下饺子——甭遮盖

滚水锅里煮坯头——热成泥了、热得像泥一栏

滚水锅里捞活鱼——荒唐

滚水锅里的螺蛳——水深火热

滚油锅里洗澡——难下手

滚油锅里添水——准炸

滚油锅里抓肉吃——难下手

滚油锅里炒辣椒——够呛

滚油锅里拣金子——难下手、下不了手、无法下手

滚油锅里炸油条——翻来覆去

滚油锅里扔冰块儿——全炸了

滚油锅里添了瓢凉水——炸了、炸起来了

滚开的水——吱吱响

滚开水淘热饭——要紧反得慢

滚烫的菜汤——喝不出味来、喝不出味儿来

满壶子烧酒——一步登天

粮食装在布袋里——一个挨着一个

粮棉大增产——丰衣足食

粮仓搬家——亮(晾)底

粮仓里养鼠——有损无益

粮仓里一粒谷——有你不多,无你不少

粮仓里的老鼠——惯偷、吃阿公的

粮仓里的惯偷——鼠辈

粮店的车——单套

粮店搬家——都(斗)是你的

粮店打架——为的是斗争

粮店卖肉——名不副实

粮店兼卖时装——有吃有穿

粮店里买米——货真价实

粮店里陈设——七斗八斗

粮店里倒米——抖(斗)动

粮店里的老鼠——不可不除、有损无益

粮店里的磅秤——不过分(粪)

粮店购米不定量——早该如此

粮囤搬家——亮(晾)底

粮囤顶上插旗杆——尖上拔尖、拔尖又拔尖

粳米粉的线条——拉不长

数米下锅——劳而无功

数米煮饭——白费神

新出笼的馒头——热气腾腾

新酒放在两下哩——清自清,自浑自

煎过三遍的药——无用之物、废物

煎鱼放醋——不对路

煎饼挂在窑架上——全想肯(啃)

煎荷包蛋放酱油——方法不对头

煨灶的猫儿——服贴

煤油炉生火——心(芯)眼儿多、心(芯)眼不少、心(芯)里无火

煤气生火——不用心(薪)

煤气点火——当然(燃)

煤店工人出身——会做媒(煤)

煤铺的掌柜——赚黑钱

塑料壶装盐——保险(咸)

塑料壶灌香油——保险(咸)

十四画

榨菜煮汤——有言(盐)在先、清闲(咸)

榨菜坛里伸手——要衔(咸)头

榨油房里的铁圈——箍得梆梆紧

摔锅卖铁——自己吃亏、自找亏吃、自找苦吃、吃亏是自己

摘到果子摔伤腿——得不偿失

撂下田鸡捉麻雀——因小失大

酸菜炖土豆——硬挺

酸奶子掉进灰窝里——吹,吹不得,打,打不得

酸辣汤里加白糖——说不出啥味儿

碟儿里泡豆芽——看得见你根儿有多深

碟子舀水——一眼看穿

碟子装水——太浅、浅薄、所得不多、容易满足

碟子喝水——一慢子来、慢慢来

碟子碰着碗——叮叮当当

碟子大碗小——总要碰着磕着点儿

碟子大,碗儿小——总要碰着点

碟子里扎猛——不知深浅、不知道深浅、没深浅

碟子里放屁——呛盘

碟子里洗澡——不知深浅

碟子里生豆芽——根子浅、难生根、扎不下根、开不了花,结不了果

碟子里的开水——三分钟的热劲

碟子里栽牡丹——根底浅

碱水洗脸——烧了

酿酒——不冻、不怕冻

熬豆腐买江边田——火里来水里去

熬稀饭没一颗米——白开

馒头上笼——蒸发

馒头开花——气大、气大了、气儿大、气鼓气胀

馒头开笼——一片热气腾腾

馒头不吃——争(蒸)口气

馒头不熟——夹生、欠火候、笼里的病

馒头没吃——放着

馒头落地——狗造化

馒头加果羹——模(馍)模(馍)糊糊

馒头包豆渣——别人不夸自己夸

馒头张口了——真(蒸)得好

馒头做枕头——不愁吃

馒头满口了——蒸(真)得好

馒头像斗大——无处下口

馒头吃到豆沙边——快完结、尝到了甜头

馒头似表亲独见相亲——相似

馒头里包豆渣——人家不夸自己夸、旁人不夸自己夸

馒头里夹个死苍蝇——咋叫人吃哩

笊篱装水——直漏、到处是漏洞

笊篱筛豌豆——一个不漏

舔了磨刀石——内秀(锈)

舔腚的料子——不知香臭、闻不着香臭

鲜奶拌蜜——甜上甜

辣椒下酒——够刺激

辣椒炒生姜——辛辣得很

辣椒炒炙草——心(辛)苦

辣椒炒肥鸡——你痴(吃)我不痴(吃)

辣椒炒黄连——辛苦了

精装茅台——好久(酒)

蜜炙甘草——甜上加甜

蜜炙黄连——苦中有甜

蜜里调油——又甜又香、离不开

蜜里调糖——甜得渗口

蜜糖拌豆腐——梆硬

蜜糖熬冰糖——甜上加甜

蜜糖抹在鼻尖上——看不到,吃不着

蜜糖嘴巴刀子心——阴毒

蜜糖里捞不出水——没说的

蜜糖罐子打醋——不知酸甜

蜜饯砒霜——吃勿得

蜜饯黄连——同甘同苦、先苦后甜

蜜饯黄果——外面再甜里头苦

蜜饯石头子儿——吃不消、好吃难消化

蜜罐里浸过的嘴壳子——说得又香又甜

蜜罐子嘴——说得甜

端碗不拿筷子——光喝、光喝吧

端碗稀饭不喝——想魔(馍)了

端瓜瓢进厕所——讨死(屎)

端金碗讨饭——装穷

端起刀头上庵堂——自讨没趣、自找没趣

端着水瓢吃西瓜——滴水不漏

端着鸡蛋走夜路——提心吊胆

端着鸡蛋过山涧——操心过度(渡)

端着鸡蛋过独木桥——提心吊胆

敲锅盖卖饼——好大的牌子

敲锅沿补锅底——扯这儿盖那儿

敲空米缸唱戏——穷开心

敲着空碗唱歌——穷快乐

敲着饭碗讨吃的——穷得丁当响

漏水的瓢——肚里装不得东西

漏壶中的水——难存一滴

漏壶里灌水——永不满足

漏瓶罐——没用处

漏底砂锅——藏不住水

漏了芝麻,砸了西瓜——逮不住小便宜反倒吃了大亏

粽子不叫粽子——糟(枣)糕

粽子碰到糯米饭——粘在一起了

粽子里包蒺藜——奸(尖)对愣(棱)

粽包的脑壳——硬是不开窍

孵豆芽憋屈够了

嫩豆腐——好办（拌）

十五画

撑饱的牛———肚子的草

撒米喂鸡——娃娃都能做的事

撒了盐的油锅——热闹开了

撮盐入火——立即爆炸

撕了肉的肋肢骨——光棍一根

撵鸭子上架——难干（赶）

橡皮糖——扯得长

橡皮锅里煮线麻——胡搅蛮缠

槽上没马拿驴顶——没法子的事

槽中无食——猪拱猪

槽头上买马——看母子

槽房的酒招——引人

耧后碌碡——跟着走

噙着满嘴水——吐不出一句囫囵话

噙着骨头露着肉——吞吞吐吐

碾子压罗锅——死了也值（直）了

碾子砸碾盘——实（石）打实（石）

碾子碌子聚一堆——实（石）惠（会）

碾子上打盹——想转了

碾子磨——实（石）对实（石）

碾子道上找牛脚印——步步不缺

碾盘对磨盘——实（石）打实（石）

碾盘碰碌碡——硬斗硬、硬碰硬

碾盘上长瘿——食（石）足（铸）

碾盘上摆酒——大作（桌）

碾盘上楔橛——难进

碾盘里放铁——磨不开

碾盘底下睡觉——实(石)备(被)里

碾砣落地——连滚带骨碌、捞起来也是坐

碾砣滚动——尽绕弯子、硬干

碾砣掉水塘——不服(浮)

碾砣雕神像——实(石)心眼儿

碾坊的水车——忙得团团转

碾坊里打主意——有利(粝)可图

碾杆心断了半截——做不了主(柱)

碾倒了砸磨——实(石)打实(石)

醋炒生姜——好不辛酸

醋泡山楂——酸上加酸

醋泡辣椒——又酸又辣

醋泡蘑菇——坏不了

醋腌黄瓜——一股酸味

醋熘葛针——尖酸玻璃头、尖酸琉璃头

醋熘猪胆——又苦又酸

醋当酱油使——不闻不问

醋泡的蘑菇——坏不了

醋当啤酒喝——一阵阵心酸

醋煮咸鸭子——身烂嘴不烂

醋熘猪苦胆——又苦又酸

醋没做酸打了缸——赔本的买卖、赔本伤家伙

醋水点豆腐——一物降一物

醋汁子老婆——拧出来的

醋厂里冒烟——酸气冲天

醋坛里打酒——满不在乎(壶)

醋坛里酿酒——坛坛酸

醋坛里泡枣核——尖酸

醋坛里泡胡椒——尝尽辛酸

醋坛里出来的蟑螂——一身酸味

醋店里打架——争风吃醋

醋瓶装酒——不对味儿

醋瓶打酒——错乎(壶)啦、满不在乎(壶)

醋瓶打飞机——酸气冲天

醋石碴子垒墙——材料不行

醉后杀人——罪(醉)上加罪

醉后许物——无凭据

醉后相骂——劝不得

醉死也不让酒钱——死不认罪(醉)

墩饽饽——往哪儿摆呀

靠着米缸饿死——懒得出奇

篓里的蟹——伤不了人、横行不了几天

篓子里捉王八——跑不了

糌粑拌糖——又香又甜

糌粑糊了嘴——闷(焖)了口

糌粑里添进酥油茶——不好分啦

糌粑口袋——有货倒不出来、肚里有货倒不出

糊涂锅里下丸子——混蛋一个

熟米点灯——犯(饭)不着

熟油苦菜——由人心爱

熟透的瓜——不用摘

熟透的藕——心眼多

熟透的大枣——自来红

熟透的大麦——勾头了

熟透的石榴——满兜籽儿

熟透的疖子——不攻自破

熟透的草莓——红得很

熟透的桑葚子——红到发紫

熟透了的柿子——弄了个大红脸

熟鸡肉拌揽角——红黄黑一清二楚了

熟梨糕——顶替了

熟食铺里起筋——过人口舌

十六画

擀面杖卷肉——不是骨头

擀面杖敲鼓——抡的哪一槌

擀面杖升云天——诽(飞)谤(棒)

擀面杖分长短——大有大用,小有小用

擀面杖打飞机——高不可攀

擀面杖当笛吹——没眼儿

擀面杖驴肘棍——没头没尾

擀面杖捞煎饼——直来直去

擀面杖钻石头——纹丝不动

擀面杖灌米汤——滴水不进

擀面杖做吹火筒——半天不来气

擀得了饼满天飞——找落(烙)儿

燕窝掉地——家破人亡

燕窝不好吃——没油

燕窝垒在布幕上——处境困难

薄皮包饺子——一咬就破

薄砂吊儿煮元宵——肚子里有,嘴里道(倒)不出来

霉了竹钉断了芄——散架

霉烂的鱼——肚里一泡坏水、肚里没心肝,净是一泡坏水

霉烂的冬瓜——一肚子坏水

霉烂的茄子——黑青黑青

霉烂的栗子——黑了心肠

霉烂的荔枝——红皮白肉黑心肝

霉烂的莲藕——坏心眼、坏心眼儿

霉烂了的种子——不会发芽

瓢盛饺子——连汤带水

瓢掉井里——不趁(沉)

瓢里切瓜——点水不漏

瓢把上记账——见水就拉倒

整筐丢西瓜,满地拾芝麻——大处不算小处算

醒酒后说醉时语——反侧

醒脸看醉脸——有趣

餐后打包——吃不了,兜着走

餐厅里面打喷嚏——恶心十足

餐餐吃干饭——不知(煮)足(粥)

篮子提水——没有一处不漏水

篮子贮竹笋——自己装自己

篮子装上土地菩萨——提神

篮子里挑花——越看眼越花

靠吃安眠药睡觉——做不了好梦

糖拌苹果——甜上加甜

糖炒板栗——熟了就崩（蹦）

糖炒栗子——皮甜、一把抓、外焦里嫩、外边一层硬皮，里面一兜面货

糖调黄瓜——干脆

糖捏的人——一吹就化

糖裹砒霜——害人

糖吹的玩具——一碰就破

糖塑的娃娃——玩玩吃吃

糖里掺蜜——甜透了

糖果就麻盐——又香又甜

糖汁拉丝——又长又甜、又甜又长

糖豆包粽子——小找（枣）

糖面做娃娃——适甜人儿

糖饼回榨——油水不大

糖馅掉进筻箩里——任逍遥（摇）

糖醋熘牛鼻子——稀罕菜

糖稀——爱粘人

糖稀沾蚊子——挨边跑不掉

糖酱的黄瓜——好吃皮难看

糖茶里放味精——拗味

糖糕蘸蒜——不对味

糖糕撒上胡椒面——辣不辣来甜不甜

糖包子蘸碱水——自找苦吃

糖葫芦蘸蜜——甜透了、甜上加甜

糖大蒜——又甜又辣

糖蜜枣子——透透地

糖衣药丸——外甜内苦、苦在肚里

糖甘蔗做房子——看到跨

糖缸里的生姜——外甜里辣

糖罐里倒醋——酸不酸，甜不甜

糖罐里的苹果——又圆又甜

糖罐里种西瓜——甜水里生,甜水里长

糖厂的孩子——嘴甜

糖坊里木锨——粘板

糕掉灰堆里——吹又吹不得,打又打不得

糕点铺的生意——授(售)人以柄(饼)

糕点铺的买卖——吃吃喝喝

糕点铺里的鸡蛋——逐个击破

糙米碰上空春臼——巧啦

磨米不放水——干挨

磨面的驴——听号

磨面不放粮食——空转

磨豆腐买江边田——水里来,水里去、汤里来,水里去

磨细的绳泡透的土墙——难长久

磨骨头养肠子——化不来

磨上睡觉——转向了

磨上卸驴——下道了

磨上的生意——赚(转)钱

磨上喝醉酒——晕头转向

磨子不值钱——眼孬种

磨子榨石头——抬向前辈压后生

磨子撞石臼——实(石)打实(石)

磨子撞碓窝——实(石)打实(石)

磨子磨坏碗——推辞(瓷)

磨子眼——不知安的什么心

磨眼插个棍——仇(筹)深

磨眼里的蚂蚁——条条是道、条条是路

磨眼里推稀饭——装糊涂

磨眼——转了一圈又一圈

磨眼里长草——荒唐(膛)

磨眼里的碗片——推辞(瓷)

磨眼里装稀饭——推糊涂

磨眼里冒青烟——严(研)过火了

磨眼里插棒槌——大仇(筹)、大愁(筹)

磨眼里推稀饭——装糊涂、装什么糊涂

磨眼里塞套子——光咕噜不下

磨眼里塞棒槌——一点也不干了

磨眼里插根杉木杆——冲天大仇（筹）

磨扇里的窟窿——有眼无珠

磨盘上天——能吹

磨盘打墙——硬打硬

磨盘走路——没头没尾

磨盘和轴——配合起来就转

磨盘压着手——倒不过扁儿来

磨盘压碾子——实（石）打实（石）

磨盘没握把——推脱

磨盘挂墙上——实（石）话（画）

磨盘压住了狗耳朵——嚎得没有人腔

磨盘上睡觉——想赚（转）

磨盘上的螳螂——跟着转

磨盘上放秤砣——看他怎么推

磨盘上放算盘——推算

磨盘里的米——粉碎

磨盘里的窟窿——有眼无珠

磨盘底下的乌龟——抬不起头，伸不起腰

磨盘眼里放鸽子——推却（雀）

磨户打架——未（为）免（面）

磨坊的驴——听喝

磨坊驴拉磨——整天转

磨坊里的驴——忙得团团转

磨坊里的磨——随着驴转

磨坊里面箩——晃荡

磨坊里的猪娃——福蛋

磨坊里的将军柱——总归碰得着

甑儿糕——热顶、一屉顶一屉

甑儿糕上笼——一屉顶一屉

甑子爆箍——要倒饭

甑子炸了箍——要倒饭

甑子里的米饭——真(蒸)的

甑子头的白米饭——真(蒸)的

甑子饭——真(蒸)的

燎壶煮饺子——肚里有,嘴里倒不出来

十七画

戴碓臼唱戏——戏唱不好,活难受、戏唱不好,自己好难受、唱不好,活受罪

戴碓臼玩狮子——出力不好看

戴着西瓜皮表演——耍滑头

戴谷壳的蚂蚁——好大的脸皮

糠里挤油——小抠

糠饼回榨——油水不大

糠菜做窝窝——没有劲

糠窝窝上坟——糊弄祖宗

糠筛筛了用绢筛——真细、过得真细

糠箩跳到米箩里——强多了

糠市里刮风——净皮

糟坊的瓮头——成(盛)就(酒)

糟坊里酒招——引人

糟酥烙——不起碗、不起碗儿

十八画

藕粉店的伙计——不挑眼不行

鏊子没有腿——专(砖)等(磴)着

鏊子里摊饼——不敢(擀)

鏊子上烙冰——化汤了

鏊子上烙饼——一面热、一面热,一面凉、不敢(擀)、见面熟、转眼工夫、转眼就成、翻来覆去

鏊子上炕腊肉——只能吃糊的

鏊子上炖水壶——上下都(憋)气

鏊子底骑驴——抬头擦你一脸灰

鏊盘烤大饼——现翻现卖

鏊盘上的蚂蚁——一霎也站脚不住

镬里无油——空熬

镬把对炮筒——直对直

镬盖穿窟窿——直冒气

镬子里无油——空熬

翻葫芦倒水——没得名堂

翻过砂锅——问(纹)的底儿朝上

翻起麻枯打油——寻事做、找事做、没事找事

十九画

蹲在坛子里——做瓮梦

簸箕嘴——好大的口

簸箕装土地——淘神

簸箕比天大,叫花子比神仙——比不上、无法沾边

簸箕里的蚂蚁——条条是道、条条是路、路子多、道道儿多

簸箕里倒核桃——一个不留

爆炒鹅卵石——不进油盐、油盐不进

爆米花——甘(干)草(炒)

爆米花沏茶——泡汤了

爆锅炒豆子——想(响)的厉害、想(响)得厉害、欢蹦乱跳

二十画

嚼了苦瓜尾巴——实在不是味道

嚼了高粱秆吃甘蔗——越过越甜

嚼过的馍——不香

嚼过的甘蔗——不甜、乏味

嚼过的馍馍——没味道

嚼过的橄榄——淡而无味

嚼烂舌头当肉吃——自吃自、自咬自、自骗自

嚼碎铁蛋咬断钉——嘴强牙硬

嚼着铁片聊天——讲硬话

嚼着黄连聊天——苦不堪言

嚼着甘蔗上楼梯——节节甜，步步高

嚼着黄连扭秧歌——苦中作乐

嚼着黄连爬珠峰——不怕苦不怕累

嚼着盐粒侃钓鱼往事——闲（咸）情意趣

糯米饭搓粑粑——扯都扯不开

糯米粑就苦瓜——年（粘）年（粘）苦

糯米糕粘嗓子——有口难言（咽）

糯米团子脾性——敲也不是，摔也不是

糯米团子——黏黏糊糊

糯米糌粑——又蔫（黏）又软

灌血的猪头——面红耳赤

灌油的漏斗——没底

二十一画

蘸着稀饭吃饺子——越吃越糊涂

蘸白糖啃鸭梨——又美又甜

二十二画

罐头里春海椒——一锤子交易

罐头瓶里抓蛤蟆——稳抓稳拿

罐头筒——不光不漏水，连一点儿气也不漏

罐头食品——吃得开

罐子没底——不用提

罐子没鼻——别提啦

罐子倒豆——不藏不掖

罐子熬粥——肚里滚

罐子打了耳——没法提

罐子打掉了鼻儿——别提了

罐子里打拳——称不得手

罐子里炒菜——怪闹

罐子里烧炭——有火没处发

罐子里捣蒜——一锤子买卖

罐子里关王八——窝脖儿、窝脖货

罐子里掏虾米——抓瞎(虾)

罐子里装扁食——饭桶

罐子里煮牛头——不深入、深不下去

罐子里掷骰子——没有跑的

罐子里捉鳖——没跑

罐子里煮粥——肚里糊涂

罐子里的鸡蛋——咱(攒)的

罐子里的螃蟹——横行不开了

罐子里头栽花——都屈(曲)死了

罐子耳掉啦——没法提啦、别提啦

罐装饮料——滴水不漏

罐罐头发豆芽——没得一根伸展的

罐头食品

三、住篇

一画

一个方凳坐两人——亲密无间

一个笼子装十种蛇——有长有短

一个院里住两家——谁也知道谁

一个窝里的王八——龟子龟孙

一个窝里的蝎子——早有勾结

一个天花叫麻子——本身就是缺点

一个方子抓药——患的同样病

一个单方吃药——同样毛病、犯了同样毛病、患的同样病

一个病房的病友——同病相怜

一口棺材睡两人——死对头

一串钥匙进肚里——大大开心

一枚钉子一个眼——扣打扣

衣食住行歇后语

一颗钉子一个眼——扣打扣的

一块木板做扇门——一点缝都没有

一把椅两人座——不能有距离、轮流

一把夜壶两个嘴儿——一个肚肚里倒出来

一把钥匙开一把锁——对口、配就的、不能乱套

一把钥匙一把锁，一个萝卜一个坑——都是对口的

一张凳子两人坐——将就将就

一张竹席子

一层窗户纸——一捅就破

一盆火抱在怀里——热乎

一家失火——四邻遭殃

一家十五口——七嘴八舌

一楼里唱歌——格调不高

一根蚊香两头点——两头成灰、两头都成灰

一根火柴点三根烟——够本了

一根灯草点火——一条心

一根灯草点灯——无二心（芯）

一头灯芯一头磨——单头重

一次性注射针头——用了就扔

二画

十盏明灯灭五盏——半明半暗、半明半不明

十八道锁的铁柜子——关得紧

七寸长钉钉在柏木棺材上——一辈子休想拔出来

八个尿壶摆一桌——一圈撅撅嘴

九环灯——夜里亮

九环羊角灯——夜里亮

几代秀才之家——书香门第

入笼的鸽子——命不长

入笼的小鸡——不由自主、身不由己

入笼的鸟儿——有翅难飞

入了殓写祭文——盖棺定论

入了棺材吃人参——无补、于事无补

入洞房的太监——干着急、软弱无能

入洞房生细娃儿——双喜临门

入洞房的老太太——最后的疯狂

入洞房的新娘子——难得一回

又打针又抽血——有得有失

三画

三一牙刷——一毛不拔

三尺门槛——高抬不上

三尺小屋里使拳脚——四处碰壁

三间房看作两间半——小量

三间房里两头住——谁也十分清楚谁

三间房不开门——怪物（屋）

三间房两头住——谁也不认谁、谁也不知道谁

三间房没有梁——缸窑

三间房都没门——怪物（屋）

三间房挂棒槌——由人摆

三间房不安兽头——一抹光脊

三脚凳——一碰就倒、不牢靠、不好做（坐）、做（坐）不得、坐不稳

三脚凳铺床睡——坐卧不安

三合板上雕花——刻薄

三把钥匙挂胸口——开心开心真开心

三脚香炉断了一只脚——躺倒

三角大楼的出门——邪门

三炉香尽了——没神下

三焦实热——火气大

三期肺结核——空洞得要命

大光灯——浩浩声

大立柜装煤球——大才（材）小用

大扫帚扫地——一划啦

大扫帚抵门——软抵硬抗

大扫帚顶门——净权

大衣柜没拉手——硬抠、抠门儿

大厅里放盆火——满堂红

大镜子当供盘——明摆着

大镜子当供盘用——明摆着

大铁笼圈狮子——没跑

大疖——脓包

大便捏手——暗里头使劲

大便带刀子——吓唬拾粪的

大便嗑瓜子——张(脏)不开(揩)口

大便不带纸——想不开(揩)、干瓢

大便带出个泥菩萨——恶(屙)鬼

大便时拔草——一举两得

大解不擦包——家(夹)使(屎)

大粪上船——算啥货哩、你算什么货

大粪包饺子——不对味儿

大粪拌蘑菇——不是味道

大粪浇臭蒿——臭上加臭

大粪装火车——你算什么货

大粪掉锅里——吵(炒)死(屎)

大粪池里游泳——不怕死(屎)

才过门的媳妇——三天鲜、三天的新鲜、不会烧饭、摸不着锅灶

才过门的媳妇见公婆——唯唯诺诺

才出壳的鸡子——嫩得很、翅膀不硬

才拔下吊针就去踢足球——瞎折腾自己

干粪进粪袋——正相称

干粪往人身上抹——沾不住也臭一阵

干疮痂——无能(脓)

干血痨——不用瞧

工厂浴池对外开放——大家同喜(洗)

口罩戴到鼻梁上——不要脸

口腔科——耍嘴皮子

口腔科的大夫——牙医

万金油——虎牌的、样样来得

万金油涂头昏——暂时应付

下了床的男人——软不拉叽

上门买卖——不做不成

上房拆梯子——不留后路、断人后路

上房挂草帘子——不像话(画)儿

上楼撤梯子——断他的后路

上炕不点灯——瞎摸

上梁请铁匠——找错人了

上等牙刷——一毛不拔

上鸡窝摔筋斗——笨(奔)蛋

上厕所带枪——保定

上厕所拿纸——准备开始(揩屎)

上厕所吃瓜子——进的少出的多

上厕所不带纸——高手啊、想不开(揩)

上厕所抽纸烟——入不敷出,虚不抵实

上厕所戴手表——有始(屎)有终(钟)

上厕所不解腰带——自便

凡士林涂嘴巴——油腔滑调

门锁——主人不来不开

门后面伸胳膊——露一小手

小店的臭虫——吃客

小凳子扔河里——强充有腿的鱼

小凳子上放屁——蹦跶不起来

小钥匙开大锁——对不上号

小蜡头——没多大亮了

小灯苗儿——两只手指就能掐死

小便摇头——虚惊尿

小小灯笼——肚里明

小病施重药——奖金高

小肠疝气——连袋(带)儿抽

小腹受伤——正中下怀

马棚里抬腿——也题(蹄)儿

马圈里的骡子——听喝的

马桶改水桶——臭底子、臭味尚存、臭味难改、根子不正

马桶没拎把——难得（掇）

马桶拼棺材——臭了半辈子还装人

马桶吊在大门口——臭名在外

马桶吊在高山上——臭名远扬、臭气熏天、难蹲

马桶挂在招牌上——臭名远扬

马桶挂在屋檐上——臭名在外

马桶倒进臭水沟——同流合污

马桶上画花——图个外牌门

马桶上插花——只图表面好看

马桶上长鹿角——四不像

马桶上坐老爷——赃（脏）官

马桶上打瞌睡——睁只眼闭只眼

马桶上插荷花——图外面好看

马桶上贴和合二神仙——臭禁忌

马桶里倒香水——香臭不分、香臭难分

马桶里放爆竹——亏他（它）想（响）得出

马桶盖钻眼儿——放臭气

马桶下面漏水——肮脏下流

马桶边沿走高跷——一定跌到粪缸里

马桶沿上踏高跷——险棱棱

马屎——外面光、里面一包糠

马屎裹烟——不是味

卫生巾挂门上——不象画（话）

卫生口罩——嘴上一套

卫生球——白玩（丸）

卫生院透视内脏——好心坏心一眼就弄清了

卫生院给病人输氧——让人生气哩、给人装气哩

卫生院化验室做化验——专门检查腐败分子

卫生院和火葬场合并——想掌握生死大权

卫生院给烧伤病人看病——治表不治里

卫生院给病人输氧出了错——把人气死哩

卫生检查——只看表面

四画

木炭纺纱——黑线

木炭搭桥——难过

木炭解板——两面黑

木炭锻磨——走一方黑一方

木炭打烧饼——死灰复燃

木炭纺的纱——黑线

木炭的磨子——走一方黑一方

木炭上的油脂——熬出来的

木沙发——没有弹性

木沙发油漆未干——不好做（坐）人

木板凳放屁——蹦（崩）不起来

木盆里切菜——水屑不漏

木盆里的洗脚水——擓出去了

木头蜡台——庄稼摆设

木箱钻洞——有板有眼

木梳给别人——刚（钢）愎（篦）自用

开门见到山——无遮无碍

开开堂屋门——一东一西

开灯聊天——说亮话

开了锁的猴子——无拘无束、约束不了、得意忘形

开笼放鸟——有去无回、一去不复返

开笼放雀——各找出路

开着大门迎财神——到手的钱财不要

开着电扇聊天——净讲风凉话

开着冷气聊天——净讲风凉话

开刀不上麻药——蛮干、硬干

五盒火柴——半疯（封）

五星级宾馆——服务一流

五只灯泡亮一半——着三不着二

五官科——摆官架子

元宵灯笼——一肚火(广东潮汕)

不见砖瓦的城——石家庄

不见棺材不落泪,不到黄河不死心——死心塌地、顽固到底

不识走马灯——去去又来

不拔灯不添油——省心(芯)

不点灯上炕——胡摸

不着窝的兔子——东奔西走、东跑西颠

无法加工钥匙——没错(锉)

天花后遗症——麻仁(人)

无病吃药——自讨苦吃、自己找的苦差事

无病吃黄连——自己找的苦差事

太医院开药方——有名无实

太平间的尸体——面不改色心不跳

太平间里睡觉——当事(死)人

太平间里的气氛——死(尸)气沉沉

太平间里的风扇——吹死人

太平间里抬出来的人——不行了

太师椅着了火——坐也难,站也难

牙膏脾气——不挤不出

牙刷掉毛——有板有眼

牙医牙痛——不能自拔

牙痛贴膏药——胡摆治

牙痛不是病——痛起来真要命

牙痛咒——没人信

扎了一针的皮球——瘪了

日光灯睁眼——雪亮

日光灯的灯管——心里明白

长沙发上睡觉——无法舒展、难翻身

长条凳上睡觉——翻不了身

长板凳耍龙灯——硬扎

见了棺材不落泪——心肠硬、硬心肠、硬心肠人

毛巾被洗脸——好大的面子

毛房拉屎——脸朝外

手帕作枕巾——不大方

手帕当被子——遮不了丑、遮盖不往

手帕做床单——横竖不够料

手帕做短裤——怎能遮羞

手帕包牛脑袋——露头角

手帕做脚布——下放

手帕改做三角裤——遮不住

手帕系腰——只此一遭

手帕擦皮鞋——去去邪(鞋)气

手帕作遮羞布——掩盖不住

公用毛巾——面面俱到

公共堂屋没人扫——无怪其然

仓库搬家——翻老底

从芦席上跌到地上——只差一点点

从斜门缝看人——怎么看怎么歪

气管炎上楼梯——上气不接下气

气管炎炒辣椒——光咳嗽了

风扇动嘴——讲得好凉快

风扇底下倾偈——讲风凉话

风扇底下送冰糕——乘人快意

长了风疹块——浑身不自在

长期缺钙——软骨头

长添灯草满添油——早做准备、作好了准备

长疖子贴膏药——粘包了

长疔疮烤火——引火上身

长秃疮害脚气——两头不落一着

长毒疮的癞皮狗——走到哪儿臭到哪儿

化浓的疖子——不攻自破

化脓的疮疤——碰不得

化验单上三个加——问题严重

什么病开什么方——对症下药

午睡梦游阎王殿——白日见鬼

风湿病碰上霉雨天——就要发作

风湿药无效——打不通关节

风湿膏止痛——治标不治本

风疹病人抓痒——越抓越痒

火盆栽花——没活

火盆做帽子——头脑发热

火盆上练马步——想当(裆)然(燃)

火盆里栽花——白费劲、白费功夫、枉费工、没活、活不了

火盆里栽藕——连根烂

火盆里的火炭——红得发烫、红得发紫

火盆里放泥鳅——活不长、活不久、看你往哪里钻

火盆里栽牡丹——心不死、不知死活

火盆里浇了一瓢油——火气大了

火炭下肚——心急如焚

火炭烧胡子——急了(燎)、看你急不急

火炭修磨子——走一方黑一方

火炭掉在头发上——火烧火燎

火炭上的油脂——熬出来了

火炭上泼一瓢水——冷了

火坑——一头热

火坑里烧猪肠子——热一截,吃一截

火塘边的猫——伸伸缩缩

火塘边上的酥油——化了

火钳打人——一棒的两棒

火钳打娃娃——一下当两下

火钳抬佛爷——夹生(神)

火钳修表——无法下手、下不了手、没处下手、难下手

火钳夹火——一头热

火桶的泥鳅——磨不开脖啦

火柱捅炉子——直上直下

火柱掉进井桶里——一插到底

火油箱里放鞭炮——响过算数

火柴没头——光棍

火柴受潮——烂头

火柴点烟——必然

火柴与火药——一碰就发火

火柴的脑袋——一点就着

火柴点火药——好大的火气

火柴脑袋——一蹭就着

火柴头钻磨——钻一方,黑一方

火柴头不上杆——一轰了事

火柴头碰鳞片——一触即发

火柴头修磨子——走一路黑一路

火柴把上绑鸡毛——小胆(掸)子、胆(掸)子小

火柴盒做棺材——成(盛)不了人

火柴盒里的苍蝇——到处碰壁

火柴棍搭桥——难过

火柴棍破板子——没有几句(锯)

火柴棒剔牙——专找缝子钻

闩门过日子——自家知底细

方子里伸出手——死要钱

六块板钉的盒子——断(棺)财(材)

办公室放录像——看着办

办公室里索贿——胆大脸皮厚

办到棺材人不死——空忙一阵、虚惊一场

水晶棺材——透明

双扇门上贴门神——一对儿

双洞房的戏——熬干夜

双十牌牙刷——一毛不拔

比着被子伸腿——量力而为、量力而行

五画

石地板,铁扫把——硬碰硬

打扫茅厕的灯笼——一面、一面儿

打瞌睡上床——一下到了苏州

打瞌睡遇着枕头——正合适

打针吃黄连——痛苦

打针拔火罐——当面见效

打针鼻眼里往外望——小瞧死人了

打止痛针——非长久之计

打墙的板——上下翻

打墙的板子——上下翻

打疟疾的腿——站不长

打摆子病——一时冷、一时热

打着灯笼没处找——明说、明说明讲

打着灯笼偷驴子——明说、明说明讲

打着灯笼拉闲话——难得、得之不易

打着灯笼拉呱儿——明说、明说明讲

扒了墙的庙——慌神、慌了神

扒着软梯上天——高攀、高攀不上、想高攀

扒着软梯上飞机——高攀、高攀不上

正骨的大夫——拿捏人

巨形结石——胆石(识)过人

灭灯打婆娘——暗里下手

灭灯念鼓词——瞎说

灭烛看家书——公私分明

古老马桶——口滑肚臭

石锁——没眼、没眼儿

去了咳嗽——毛病不少、祸不单行、躲了一灾又一灾

叶开泰的药——吃死人都是好的

叶开泰的药枣——吃死了人都是好的

市桥蜡烛——假细心(芯)

四扇屏装筒里——套话(画)

四扇屏卷一起装筒里——套话(画)

四扇屏里卷年画——话(画)里有话(画)

四扇屏里卷小人书——话(画)里有话(画)

四六疯——抽起来没完

电灯公爷——干燃(四川)

电灯发亮——其实不燃(然)、自来的火

电灯点火——干燃、其实不燃(然)

电灯拴鸡毛——光阴(影)似箭

电灯照雪——明白、明明白白

电灯照孤拐——名(明)角

电灯照鹿头——名(明)角

电灯上吸烟——其实不然(燃)

电灯上装马列主义——光对别人

电灯下点蜡烛——凑光

电灯泡——不透气、不通气、亮闪闪的、唔通气(客家)、胆大心细

电灯泡上对火——不着、无知无识

电灯泡上画关公——有名(明)的红脸

电灯泡上抽纸烟——其实不燃(然)

电灯泡上抹糨糊——说他混蛋,他还一肚子气

电灯泡上擦痒痒——磨(摩)灯(登)

电灯光下的蝼蛄——乱飞

电灯胆——不通气

电扇吹渔网——漏风

电扇转圈子——专吹凉风

电扇脑袋——吹冷风

电扇上伸双手——吹捧

电扇吹粪——臭气冲天

电扇的脑袋——专吹冷风、吹冷风

电扇上挂粪桶——死(屎)在头上转

电炉子接火——后来热

电炉子烧火——不用猜(柴)

叩门看病——送医上门

占着茅坑不拉屎——坑脏坏、不干下经事儿

出窝的马蜂——乱刺人

出窝的雀儿嘴朝外——碰着就吃

出头椽子——先烂、先发霉、烂得快

出头桷子——先遭难

出檐的椽子——先烂

出恭抽烟——丢了家伙还受气

出恭扑蚂蚱——捎带

出恭时握拳头——用力、假横、浑身使力

出天花的吃酒——麻醉

出了笼的黄雀——自由自在

出了马门的花脸——亮过相的

出了东门往西拐——糊涂东西

出了澡堂进茶馆——里外算(刷)、里外涮(刷)

出了灯火钱,坐在暗地里——吃明亏、明吃亏

央视新楼——上梁不正下梁歪

半截门帘——遮头遮不了脚

外屋单的灶王爷——闹了个独座儿

外科手术——拉人

生病不吃药——自己跟自己过不去

生病的牲口——没好处(畜)

生疖子——楞挤、硬挤

生胙腮贴膏药——不留脸面

印堂上画只眼——冒充二郎君

白炭火烤胸膛——心焦

白漆灯笼——空白

白内障复明——刮目相看

白蜡做的心——见不得日头见不得火

用木炭修磨子——走一方黑一方

用床单洗脸——大方

用房梁砍锄把——大才(材)小用

用尿盆炒出来的鸡蛋——味道不对

包单布洗脸——大方、好大方、真大方

包单布当手巾——大方、好大方、真大方

犯了克山病,又得了虎林热——没治、没治了、没法治

头痛医脚——不对路数

头痛脚上下针——白受罪

头痛医头,脚痛医脚——将就着过

头痛往脊梁上贴膏药——找错了地方、搞错了地方

半身不遂——贪(瘫)了

半截皮被——顾了脖子顾不上脚

台阶上迎客——有理(礼)

对门吹笛——斗气

对门缝吹号——名(鸣)声在外

对窗口吹喇叭——名(鸣)声在外、响声在外

对锤扔到碾盘上——实(石)打实(石)

对棺材唱戏——死不听

对棺材撒尿——欺侮死人

对棺材撒谎——哄死人

对着墙走路——行不通

对着镜子看——里里外外都是自己

对着镜子行礼——自己恭维自己

对着镜子做戏——咋好看咋比划

对着镜子作揖——恭维自己、自作自受、自尊自敬、自我崇拜

对着镜子放屁——自己臭美

对着镜子拢头——算输(梳)

对着镜子骂人——自己骂自己

对着镜子亲嘴——自爱、自欺欺人、自己亲自己、自己哄自己、自己爱自己

对着镜子表演——自我欣赏

对着镜子谈心——左右无人

对着镜子说话——自言自语

对着镜子唱歌——自我欣赏

对着镜子怒吼——自暴自弃(气)

对着镜子点头——自以为是、自以为满意

对着镜子奏笛——自我吹嘘

对着镜子演奏——自吹自擂

对着镜子瞪眼——只恨自己

对着镜子发脾气——自己跟自己过不去

对着镜子讲假话——自己骗自己

对着镜子说漂亮——自夸、自我欣赏

对着镜子竖拇指——自己夸自己、自以为了不起

对着镜子做鬼脸——自己丑化自己、自己吓唬自己

对着镜子挥拳头——吓自己、自己吓自己

对着镜子吹喇叭——自鸣得意

对着镜子伸小指——自己瞧不起自己

对着镜子哼鼻子——自己瞧不起自己

对着镜子啃锅饼——不知从哪下嘴

对着镜子擦眼泪——顾影自怜、孤苦伶仃、孤芳自赏、形单影只

对着棺材许愿——哄死人

对着棺材撒尿——欺侮死人

对着棺材撒谎——哄鬼、骗鬼、哄死人

对着墙壁走路——没门儿

对着墙壁看自己——不见影子

对着墙壁流眼泪——独自悲伤

对着墙壁踢足球——有去必有回

对着窗子吹喇叭——名(鸣)声在外、想(响)得远、响声在外、声扬在外

对着厕所吹冲锋号——公(攻)愤(粪)

对着鸡窝门放屁——讽刺带打击(鸡)

对着城门打哈欠——一气呵成(城)

台布盖牛——露着角

台布罩破桌——遮遮面子

台灯桌子摆——不定期明的

加工钥匙——老是错(锉)

六画

扫帚打鳖——算哪一枝儿

扫帚写书——大话(划)、说大话(划)

扫帚写生——大话(画)

扫帚写字——大划拉

扫帚写诗——大话(划)、说大话(划)

扫帚作揖——拜把子

扫帚顶门——光出岔子、净岔、净岔子、差(杈)头多、股隙多、股股有劲

扫帚画花——粗枝大叶

扫帚撞钟——一想(响)也不想(响)

扫帚打跟头——成精作怪

扫帚写家书——说大话(划)

扫帚扫头皮——心烦意乱不是味

扫帚当掸子——掸不出轻重

扫帚掉了把——剩下一堆烂芦苇

扫帚颠倒竖——没大没小、净杈子、光出杈子

扫帚戴草帽——混充人、装人样、算是哪路神

扫帚底下的驴粪球子——一个一个往外滚

扫帚疙瘩刻孙猴——没个人模样

扫帚疙瘩倒个过——没大没小

扫帚疙瘩戴个帽——充当哪路神、凑合着算个人

扫帚当笔——写得粗

扫帚成精——好了不起、天下奇闻

扫帚绘图——大话（画）

扫帚赶客——不留情面

扫帚撞钟——想（响）也不想（响）

扫帚的脾气——朝外不朝里

扫帚刷棉袄——假过细

扫帚够飞机——差一大截

扫帚挂在壁上——不成话（画）

扫帚柄上发出春笋——损（笋）到头了

扫地笤帚——不向里专向外

扫地抹桌子——做表面功夫

扛着软梯骂街——发贼横

地脚螺丝——动不得

地板擦子刷地——拖泥带水

在家里挺尸——装病

在房上睡觉——想转了

夹火的钳子——一头热

夹板打土墙——一翻一折、一翻一折层层高

夹板套脖子——生添一口人

夹板上的雕花——刻薄

夹着毯子掉根毛——小意思

夹气伤寒加痢疾——大伤元气

扛棺材不下泥潭——半途而废

百叶窗里瞧人——把人看邪（斜）了

有家住宾馆——显富豪

有罩的壁灯——心里亮堂

有屎不拉——肚里憋着

有屎屙到裤裆里——跟狗打别扭

有病不吃药——咋好

有病不求医——干挺着

有病不请医生——自来瞧(桥)

划火柴点灯泡——不然(燃)

老式窗户——条条框框多

老牌子牙刷——一毛不拔

老煤油桶——一点就着、点火就着

刚出窝的小鸡——净想攀高枝、腿软嘴硬

刚出窝的雏鸟——飞不高

刚出窝的麻雀——翅膀不硬

刚出窝的燕子——叽叽喳喳、唧唧喳喳

刚出火炕又落陷阱——难连难、躲了一灾又一灾、祸不单行

回光返照——不长久、难长久

吊扇下面拉家常——讲风凉话

吊在房梁上的鱼——干了

吊在房梁下的大葱——叶黄皮干心不死

吊线疯吹笛子——溜邪(斜)气

吊线疯吹喇叭——歪就一歪

同床做异梦——各想各的

同仁堂的药——货真价实

当屋挂竹片——没话(画)

当小凳的料做不了桌面——啥材料派啥用场

休息休息再说——歇后语

休克不叫休克——假死

伤了的老虎——藏得深

伤口发炎——中(肿)

伤口拆了线——好啦

伤口上撒盐——痛上加痛

伤口上长毒疮——坏到一块了

伤口上撒胡椒面——祸上加灾

伤风打喷嚏——难受开始

伤风的咳嗽——时常发作

伤风的鼻涕——甩了、甩掉、醒(擤)了

伤风鼻塞——似通非通、半通不通、嗅觉不灵

伤寒夹痢疾——不死不肯歇

伤疤上长疮——坏到一块儿了

行医捎带卖棺材——死活都要钱

丢了钥匙——入不了门

先坐飞机再搭地铁——上天入地

乔迁——心(新)灵(邻)

危房——废物(屋)

竹筒枕头——两头空

竹枝扫帚——尽是岔(权)子

向棺材里的人讨账——逼死人

后门——半开半掩

各扫门前雪——不管他家瓦上霜

先挂灯笼后唱戏——明亮

朱漆马桶——外面光、外光内臭

闭门养神——悠悠自得

交椅折了背——没有依靠了

闭户谢客——拒之门外

闭灯看家书——公私分明

守门的锁——主人不到不开口

关上门打狗——跑不掉

关上门打锣——名(鸣)声在外、响声在外

关上门唱戏——自封脸谱自封官

关上门打花子——拿穷人开心

关上门打瞎子——一拳一脚的来

关上门打财神——穷极(急)眼了

关上门抓瞎子——没个跑

关上门的烟铺——不挂火

关上门起年号——自称皇帝

关上门做皇帝——自高自大、自尊自大

关上门打要饭的——拿穷人开心、拿穷人解闷、拿着穷人寻开心

关上门卖疥疮药——爱来不来

关上门窗做事——自我封闭

关上门放屁——偷偷地消气

关上门卖疥药——痒了自来

关上门取年号——自己称王称帝

关上门踩高跷——只知道自己高

关上门子骂皇帝——不起作用

关上门请客——省得钱

关上门来打阴阳——不懂后事

关灯摔跤——暗中使劲

关灯打婆娘——使暗劲、暗里使劲

关灯聊天——尽讲黑话

羊圈里关狼——自招灾祸

羊圈里的骆驼——数它大

羊圈里的驴粪蛋——数你大

羊圈里跳出个驴来——显大个儿

灯尽油干——玩完、玩儿完

灯枯油竭——熄熄(息息)相关

灯下看人——花了眼、形影不离

灯下点蜡——白费烛

灯下照镜子——看不见自己黑

灯里无油——火烧心(芯)、枉费(芯)心、点不明

灯里缺油——干熬

灯笼——千只眼、肚里不明、照远不照近

灯笼失火——拉(蜡)倒、露骨

灯笼点蜡——肚里明、心里亮堂

灯笼赶集——白瞪眼

灯笼起火——八成拉(蜡)倒了

灯笼救人——自焚

灯笼照路——目前光

灯笼的脑壳——随便要

灯笼赶嫁妆——两头忙

灯笼挂得高——近处暗,远处亮

灯笼做枕头——承受不起、承不起这个差事、承不起偌大的差事、难撑

灯笼照火把——亮见亮、亮对亮、明里透亮

灯笼里的火儿——心里明

灯笼里的火炮——一点就炸

竹笼里藏火炭儿——早晚要烧起来

灯笼里头点灯——肚里明

灯笼壳子——架子大,肚里空、外头好看里头空

灯笼壳子盛砻糠——空对空

灯笼杆儿够月亮——差得太远、差得太多

灯笼杆上挂白布——挑明了

灯笼杆了挂葱头——聪(葱)明

灯笼胶落水——浮性(姓)

灯灰过大秤——没分量

灯盏无油——费心(芯)、火烧心(芯)、光费心(芯)、枉费心(芯)、枉高挂

灯盏添油——不变心(芯)、不换心(芯)

灯盏上烧柴——放不下心(薪)

灯盏里没油——火烧心(芯)

灯盏里洗澡——不晓得大小、浅见小人

灯盏里没灯草——无心(芯)

灯盏里放毛线——变了心(芯)

灯盏里放灯草——有心(芯)、有心(芯)啦、放心(芯)

灯盏背后添油——白费劲

灯泡上对烟——不咋着

灯泡厂搬家——运泡子

灯亮里的跳蚤——蹦啦

灯罩罩灯——半明半白

灯罩里的蛾子——欢腾不了多久、扑腾不到哪里去

灯头火——长不了、说灭就灭

灯心上煨牛筋——快不了

灯芯吊颈——自觉自解

灯芯做琴弦——不值一谈(弹)

灯台——不自照

灯台对香炉——一路神气(器)

灯草秤杆——称不起

羊灯——点头

羊角疯——一阵儿

羊毛疔——挑了、挑啦

羊毛疹——挑了、挑啦

羊皮膏药——不灵、不灵了

产房里接生——用不着你插手

产房里的婴儿——他娘的

产房里传出婴儿声——出事(世)了

产前的阵痛——只能忍

产妇难产而寻短见——痛不欲生

守着窝门抓鸡——一个也不留

守着厕所睡觉——离死(屎)不远

守着大粪吃油条——不知香臭

关在笼子里的黄蜂——扎不了刺

关在笼子里的雄鹰——想飞也飞不起来

关在笼子里的百灵鸟——有翅飞不上天

关在笼子里的鸟——翅膀不硬

关在笼子里的鸡——没见过世面

关在笼子里的狗熊——团团转

关在笼子里的狗熊——团团转

关在笼子里的画眉——随你什么时候捉

关节炎遇上连阴天——老毛病、旧病复发

关节痛贴伤湿膏——治标不治本

冲着窗户吹喇叭——名(鸣)声在外

关在笼子里的狗熊

好厅馆不作会——虚度

好厅馆不洒扫——枉屈

买棺材饶匣子——装孙子

红炭扔到热油锅里——火冒三丈高

红炭揣在怀里——焦心

红头火柴——一擦就着、不保险

红木家具——真材实料

红马桶里洗澡——再换胎胞

红脚桶里洗澡——再换胎胞

红漆灯笼——红空

红漆马桶——皮面光、外头光里面臭、外面漂亮肚里臭

红漆马桶送人情——外面红光光,里面自屎汤

红漆粪缸——臭讲究

驮棺材压死驴——双败兴

买镜子买了个车穿——一眼看到底

买支蜡劈开点——想省的费啦

妇产科的大夫——会看不会看

妇产科不邻殡仪馆——生死有别

妇产科的医生看病——不会讲难（男）听的话

妇产科设备简陋而停业——不枉（往）此生

妇产科里减肥——吓（下）人

妇产科里开刀的——破产、全是难产、白刀子进红刀子出

妇产科医生——不会讲难（男）听的话

妇女病的良药——益母草

羽毛扇扑火——自焚烧、引火烧身

羽毛扇打孩子——无关痛痒、不痛不痒

买回新沙发——不要老一套

买张膏药吞肚里——内里有病

买眼药进了石灰行——跑错地方

阳性反应——不正常、有问题

阴性反应——正常、没问题

异容术——改头换面

七画

花被盖鸡笼——外面好看里面空

花被盖死尸——表面好看里面臭

花绸被子当抹布——大才（材）小用

花花枕头装秕糠——外面好看里面空

花屏上贴观音——话（画）里有话（画）

花瓶里的花——香不了几天、没有结果、美不了几天、一天不如一天

花瓶里养鱼——不知死活

花瓶里种树——大不了

花瓶里的牡丹——红不了几天

花瓶里插鲜花——与众（种）不同

花盆盛水——漏底了

花盆的屁股——大眼儿

花盆搬到被窝里——孤芳自赏

花盆里种菜——收获不大

花盆里种地——就这么一点

花盆里栽禾——收获不大

花盆里栽树——根底浅、成不了才（材）

花盆里的山水——假景、假的

花盆里的玉兰——不算数（树）

花盆里种皂角——人家栽花我栽刺

花盆里种庄稼——收获不大

花盆里插塑料花——以假乱真

花盆鱼缸——漏了底了

花盆儿炉子——大眼儿

花市卖驴——没那个事（市）

花担子挑进花园——话（花）多呢

花烛——一条心（芯）

芦席上滚到凉垫上——强一篾片

芦席上翻到地头上——没低多少

赤色地毯上操正步——走红

坏笤帚对烂畚箕——差对差、差配差、怎不看看自己

把家搬到坟地里——与鬼为邻

把屎揣在怀里——要味、专要臭味

抓粪涂面——自己出丑

扳倒尿罐——嘟嘟个没完

拔掉屋檐卖柴——穷极了、穷思竭想

拔钉子——靠钱（钳）、要用钱（钳）

进门叫大嫂——假热情

进屋跳窗户——门路不对

进"小儿科"——幼稚病

两幅半的被单——遮了头遮不了脚

两层楼的楼梯——级别不高

两扇门上贴门神——面对面

两根灯草——两条心（芯）

两盏油灯同时点——你明我也明

走廊做宿舍——没事（室）

走廊上开铺——不留余地

走廊里的穿堂风——这头进那头出

走马灯——无烛则止、一套跟着一套

走马灯挂心中——想转了

走马灯转了一圈——又来了

走马灯点上火——不住团团转

走马灯里的人物——来去匆匆、绕圈子

孝堂里成亲——逼起死人恶气

坑缸——越掏越臭

坑缸门道淌尿石——臭硬

严重脑中风——太贪(瘫)了

医院关门——无聊(疗)

医院办火葬场——死活都要钱、联合企业

医院里失火——不可救药

医院里的死人——走后门

医院里卖骨灰盒——死活都要钱

帐子冒得顶——帐桶子

帐子里唱戏——外人看不见

帐子里放风筝——去不远、不得出去、高也有限

帐子里唱大曲——自家欣赏

帐子里缝被单——内行

帐子外的蚊子——不理他(它)、随他(它)叫去、瞎嗡闹

账房的算盘——一个子儿不差

账房杆上翻跟头——胡闹

帐柱子挂灌斗子——顶个头

别墅里度假——优哉游哉

吹灯作揖——不领情、没人领情

吹灯裹脚——瞎缠

吹灯打哈欠——暗中出气、偷偷消气

吹灯打哈哈——暗中作乐

吹灯讲故事——瞎说

吹灯捉虱子——瞎摸

吹灯念古词——瞎叨叨、胡叨叨

吹灯拔蜡踩锅台——一切都完了脑

吹灯瞪眼睛——出了气又不得罪人、出了气也没得罪人

吹灯挤眼——后来的事看不见、看不见、看不见的勾当

吹灯念经——瞎叨叨、自言自语、黑灯瞎火念歪经

吹灯啦呱——说瞎话

吹火遇上倒烟——呛了个憋气

吹火筒——两头通、两头受气

吹火筒不通——赌(堵)气

吹火筒打鸟——不像腔(枪)、不是真腔(枪)

吹火筒打狗——灶门口的事

吹火筒跌下井——两头进

吹火筒做眼睛——往长处看、长起眼睛看

吹火筒当晾衣竿——差远了、差得远

吹火筒当望远镜——眼光狭窄

吹火筒遇上倒烟——呛了个憋气

吹火筒装跳蚤——这头进那头出

钉是钉,卯是卯——不含糊

钉了龙船过了端午——过了节

钉上棺材抓回药——没救

钉在树上的甲鱼——动弹不得

钉子上了铆——拔不动

钉子烂了顶——抠不出来

钉子碰斧头——硬对硬

钉子碰着钻头——狠对狠

钉子锈在木头里——铁定了

针扎轮胎——泄了气

针挑脓疱——一捅就破

针灸四肢——乍(扎)手乍(扎)脚

针灸疗法——够刺激、让人够刺激

住房子看星星——上漏下湿

住在茅草屋——不得不低头

住在豹子洞口打鼾——不知死

住着瓦屋,望着高楼——好了还在更好

住院的病人——不能不依(医)

住店上酒楼——想来变来,相走就走

做梦吃馒头——梦里见面

做梦娶媳妇——尽想好事

秃头钉子——没冒(帽)

邻家失火——不救自危

坐下一声乒乓响——放屁

坐在刀口上——难上难下

坐在冰山上——太阳出来就下降

坐在针垫上——腚痛心不定

坐在井里观天——瞧不多久

坐在井里放屁——训(熏)得不浅

坐在井里的蛤蟆——硬说天只有一个碗大

坐在路旁做鞋——说啥的都有

坐在茶馆乱摆手——胡(壶)来

坐在锅后捣指头——指挥(灰)

坐在锅边吃煎米粑——急于求成

坐在罐子上放屁——想(不)想通、(响)不开

坐在石臼上还撑两条拐杖——稳当当

坐在磨子上吃藕——想得转,看得穿

坐在门槛上吹喇叭——里外响

坐在屋里看电视——远在天边,近在眼前

坐在黄连树下弹琴——苦中作乐

坐在钱眼儿里摸钱边——财迷心窍

坐在歇凉坳上不想动——爱风

坐着发言——不要占(站)

坐着吃甘蔗——一节一节来

坐着木墩吃地瓜——上下不透气

坐着椅子叫丫鬟——享福、福享尽了

坐等禾苗黄——懒汉

坐庙里等雨下——依神靠天

坐南宫过北殿——不分东西

坐坛子放屁——想(响)不开

坐井底看报纸——文化不浅

坐铁橛子——根子硬

肚痛埋怨帽子单——瞎怪

肚子疼搽红药水——没有作用、胡乱涂、瞎搅和、乱搽

床上失火——烧着屁股燎着心

床上杂耍——软功夫

床上捉奸——想赖也赖不了

床上起塔——底儿空、底子空虚、高也有限

床上眺球——起头不得

床上撒尿——欺(沏)人太甚

床上不见针——看扎进你的肉

床上的枕头——电(垫)脑、置之脑后

床上放风筝——高出有限、高处有限、高也有限、高点有限

床上耍花枪——打不开场面

床上拾钱钱——不用下腰

床上铺黄连——困苦

床下宝塔——不高

床下造塔——高也有限

床下劈柴——不碍上就碍下

床下使斧子——碰上碰下

床头鸡叫——提(啼)醒我

床头拾钱——不哈腰、自己哄自己

床头的闹钟——一鸣惊人

床头插筷子——梦啥吃哈

床头上拾元宝——自骗自、自欺欺人

床内屙屁——熏帐

床底种竹——平高平大

床底种树——长不高

床底劈柴——撞板、回回撞板、撞晒大板、上下都碰壁

床底晒谷——阴干

床底举斧头——有力用不出、有力无处使、有力使不出

床底下打场——摊不开

床底下打拳——小家子气、起手不高

床底下吹号——低声下气

床底下竹笋——长不高

床底下关鸡——提(啼)醒你

床底下伸手——要求不高

床底下玩猴——跳到上面去了

床底下拜年——伸不直腰、抬不起来头

床底下亮相——姿态不高

床底下点灯——不高明

床底下练武——施展不开

底底下摸蚌——梦想

床底下唱歌——格调不高

床底下看书——眼光不高

床底下栽树——长不高

床底下破柴——撞板(即闯祸、出乱子)、撞大板、南(难)阳(仰)

床底下喂鹤——抬不起头来

床底下推掌——出手不高

床底下敲鼓——回回撞板

床底下鞠躬——抬不起头来

床底下支张弓——暗箭伤人

床底下吹喇叭——低声下气

床底下丢斧头——上磕下撞、上碰下碰

床底下找对象——要求不高

床底下拍皮球——跳不高

床底下的竹笋——长不起来

床底下的夜壶——离不得的见不得、离不得又见不得

床底下的猫屎——臭不可闻

床底下放凤凰——好货抬不出头

庆底下放纸鸢——高不起来

床底下放炸弹——梦中开花

床底下放暖壶——水平(瓶)低

床底下放鹞儿——一世不得高

床底下学《三字经》——文化太低

床底下捡被子——顺手就势

床底下点蚊香——没下文(蚊)

床底下埋金子——千万别声张

床底下躲雷公一无用

床底下想办法——主意不高

床底下翻跟头——碍上碍下

床当中鬼相打——为难仔病人

床板夹屁股——出不得声、有苦讲不出、有苦说不出、有苦难诉

床板上铺席子——高不多少、高不了多少

床单当毛巾——大方

床单当鞋垫——大才(材)小用、大才(材)小用

床单做尿布——够大方

床单做窗帘——够宽大了

床单做鞋垫——大才(材)小用

床单当晾衣竿——差几节

床单布做领——大了一圈

闲庭里散步——优哉游哉

快烧尽的木炭——红火不了多时

冻疮——抓不得、抓挠不得

冻疮发作——搔不得

没底棺材——不成(盛)人

没把手——抠门

没香火的破庙——费事(寺)

没蜡烛的灯笼——肚里空

没芯的蜡烛——点不亮

没烧透的木炭——生头

沙子灯——乱打

沙弯灯笼——何苦(府)

没睡打呼噜——装迷糊

没粪种地——瞎胡混

初出窝的小鸟——净攀高枝

疖子开刀——逗(斗)能(脓)、一包脓、坏水出来了

疖子长熟——出能(脓)啦

疖子出了脓——比不长还快活

疖子上面生包包——多余、根底坏、疼痛难忍

疔疮长在喉头上——有痛不敢说

诊脉开方——对症下药

纱窗擦屁股——露一手

纸灯添油——一点就着、点火就着

灵堂上唱大戏——又哭又笑、哭的哭,笑的笑

尿泡咸菜——不是滋味

尿泼身上——一身骚(臊)气

尿浸杨梅——又酸又臭

尿了炕不打——渗出来了

尿尿对旗杆——充(冲)棍

尿尿带出屁来——主见不定

尿尿尿个小孩——粗心大意

尿泡打鼓——空对空

尿泡打不痛——恼人

尿泡落在蒺藜上——撒气了

尿泡落在葛针棵里——缩肿消了气

尿壶没底——下流

尿壶烫酒——不是个家什、不是正经家伙

尿壶打掉把——光剩一张嘴

尿壶带耳朵——摆样子

尿壶掉井里——吞吞吐吐

尿壶摔坏了——怪臊气

尿壶镀金边——图好看

尿壶镀金箔——外面光,里面脏、外头好看里面臭

尿壶放在茶几上——搁的不是地方

尿壶里打酒——错了、搞错了

尿壶里屙屎——搞错了

尿壶里生豆芽——窝囊菜

尿壶里炖鸭子——突出一张嘴

尿壶里冒泡儿——嘟囔圆不闲

尿壶把抹屎——没法提

尿盆栽花——根底不净

尿盆里起雾——臊气

尿盆里炒鸡蛋——不对味、不是味儿

尿盆里洒香水——臊气还在

尿盆里栽姜姜芽——不是多惊人的花

尿盆洗脸——假干净

尿桶底子——越刷越臭

尿桶上绣龙凤——不美

尿桶里的麻秆——文(闻)也不行,武(舞)也不行

尿罐里打酒——错了

尿罐里撒盐——闲(咸)臊

尿罐里煮猪食——臭咕嘟

尿罐泡茶——色正味不正

尿罐底子——越刷越臊

忍痛灼艾——不得已

八画

茅草棚里摆沙发——不配、配不上

卖房卖地置嫁妆——下尽本钱

卖家产开染房——贪色

画屏上贴观音——话(画)里有话(画)

拖把练书法——大处落墨

拖扫帚打火——惹祸上身

抱灯芯救火——惹火烧身

抱香炉打喷嚏——灰到顶了

抱蜡烛取暖——无济于事

抱着火笼讲话——句句暖人窝

抱着柴草救火——惹火烧身

抱着蜡烛取暖——不济事、无济于事

抱着火炉吃冰棒——得了冷热病

抱着门板去投江——要死就一块死

抱起枕头亲嘴——无人缘

抱起桴炭亲嘴——碰一鼻子灰

拆了的庙——没神了

拆了窝的老鸹——哇哇叫喊

拆了大梁当长枪——大干一场

拆了上房盖门楼——挡人眼、为了排场、光图排场、硬充门面

拆了房子搭鸡棚——不值得、得不偿失

拆了房子逮老鼠——大折腾

拆了屋子放纸鹞——只图风流不顾家

拆了楼房盖厕所——臭到顶

拆了厅堂放风筝——只顾风流不顾家

拆了茅房盖楼房——底子臭、臭底子、根子不净

拆庙打泥胎——顺手杀一刀

拆庙种灯草——有心(芯)无神

拆庙赶和尚——各奔东西

拆庙赶菩萨——没有神

拆庙散和尚——各奔东西

拆庙搬菩萨——干净利索、干脆利索、收摊子

拆房卖瓦——光顾眼前、只顾眼前

拆房种粮食——有的吃，没得住

拆房逮耗子——大折腾、大干一场、得不偿失

拆屋檐卖样子——穷思竭想

拆扫帚配破畚箕——物以类聚

拆一座祠堂得一片瓦——不合算

拆下大梁当长枪——大干一场

抬大立柜下楼——难转弯

抬着棺材进谏——死尽忠

抬着棺材放屁——给死人胀气

抬着棺材上战场——拼啦

抬着棺材去做报告——准备大讲一场

抵门杠当针使——大才(材)小用

抵门杠做牙签——大才(材)小用

抵门杠做吹火筒——大才(材)小用

披被子上开——张狂的没有领了

抽水马桶——来去匆(冲)匆(冲)

担粪浇葫芦——务嫖(瓢)哩

抱粪块的蜣螂——要相抛终难割舍

拉开电灯——说亮话

拉开窗帘——开眼界

拉屎带脓——老历(痢)了

拉屎薅草——一举两得

拉屎不叫狗——抓了

拉屎不解裤——闹气

拉屎吃甘蔗——不是个味儿

拉屎带手枪——保定(腚)

拉屎看皇历——过于小心

拉屎挽辫子——假勇

拉屎啃鸡腿——亏他张得开嘴

拉屎啃猪蹄——香香臭臭

拉屎握拳头——使暗劲、暗里使劲

拉屎不叫拉屎——过分(粪)

拉屎不擦屁股——直家(夹)什(屎)

拉屎顶掉帽子——各使一股劲儿

拉屎的瞪着眼——恶(屙)及(急)

拉屎翻眼珠子——多余

拉屎打了脚后跟——自己没奈自己何

拉屎拉个弹棉锤——进退不得

拉屎拉到鞋后跟——没法提

拉屎拉到裤裆上——没法提了

拉屎还想捡豆芽吃——馋得要命

拉屎扒地瓜,捎着扑蚂蚱——一举三得

拉痢疾吃辣椒——两头受罪

拉肚子吃补药——白搭、白费劲、无济于事

拉肚子吃泻药——胡摆治、越吃越糟

担大粪进城——熏人

担灯草进城——吓死人

抽了柱子要倒屋——不动的好

抽风的鸡——净走歪歪道

抽风攥拳头——手紧

枕在铡刀槽上打呼噜——单等挨刀

枕着卷子睡觉——不愁吃

枕着扁担睡觉——想得宽

枕着馒头睡觉——不愁吃

枕着铡刀睡觉——太危险

枕着竹筒睡大觉——空想、空做梦、空头空脑

枕着枪睡觉——警惕性高

枕着猎枪睡的兔子——胆大包天

枕着手臂睡觉——没准(枕)头

枕着柳条睡觉——想得高

枕着烙饼挨饿——懒死了

枕着磨子睡觉——削尖脑袋磨洋工

枕着元宝睡的丫鬟——守财奴

枕边言语骨边肉——人人喜欢

枕头里装稻秆——草包

枕头底下的风——听也得听,不听也得听

枕头底下放罐子——空想(响)

板上锲钉——没跑的

板上切西瓜——开原(园)

板上钉钉儿——跑不了啦

板上拔钉子——没钱(钳)不行

板上的泥鳅——无地容身、无地藏身

板上敲钉子——稳扎稳打

板子挡风——不胜(甚)强

板凳爬墙——长腿了

板凳倒立——四脚朝天

板凳翻身——蹬空

板凳当柴烧——吓得床也怕、吓得床也哆嗦

板凳翻个过——四脚朝天

板凳小屁股大——难做(坐)啊

板凳比桌子高——没大没小

板凳油漆未干——不能做(坐)

板凳跟鳌子赛跑——三推(腿)四推(腿)不动

板凳上长刺——咋(扎)做(座)

板凳上打屁——触(杵)起、触(杵)起了

板凳上睡觉——翻不了身、难翻身,往宽绰上想、好梦不长

板凳上打麻将——哈不开、抓不开、打不开场面

板凳上仆倒睡——肉钉钉木

板凳上玩麻将——扒拉不开、打不开场面

板凳上的臭虫——靠屁股吃饭

板凳上放鸡蛋——不可靠、好险、冒险、不可靠、靠不住、滚蛋

板凳上挂铃铛——想(响)到哪做(坐)到哪里、想(响)到哪里做(坐)到哪里

板凳上贴门神——一个向东,一个向西

板凳上钻窟窿——有板眼、有板有眼

板凳上搁蒺藜——坐不住、坐不稳

板凳上想发财——坐以待毙(币)

板凳上搁窝窝头——有板眼、有板有眼

板凳上撒辣椒面儿——坐不着

板凳上面打屁——往前挨

到斋堂搭歇——想神味

到和尚庙里借梳子——找错了门、走错了门

到卫生间放屁——没必要

茅厕跌倒——屁也没得放了

茅厕搭牌楼——臭架子、摆臭架子

茅厕里失火——臭气熏天

茅厕里的纸——开(揩)张(脏)

茅厕里题诗——臭秀才

茅房里打灯笼——找(照)死(屎)

茅厕里打瞌睡——离死(屎)不远

茅厕里安电扇——臭吹

茅厕里吃馅饼——亏你张得开嘴

茅厕里的石头——又臭又硬

茅厕里啃香瓜——根本不对味儿

茅厕里桂花开——香香臭臭

茅厕里铺地毯——臭讲究

茅厕里拣来的手帕——不好揩(开)

茅厕板作祖牌——不是正经材料

茅厕缸上照相——死(屎)相

茅厕缸里树旗子——蛆也想造反了

茅厕墙——不高

茅厕屋里架锅——炒(吵)屎(死)

茅缸上作揖——多一礼

茅缸上的膜子——死(屎)皮

茅缸里洗澡——没法擦

茅缸里着火——使(屎)着了

茅缸里露头——使(屎)里人

茅缸里放酵子——开始(屎)

茅缸里插木棍——臭气冲天、办(拌)事(屎)员(园)

茅缸旁边打滚——寻着往屎坑里掉呢

茅坑石头——又臭又硬

茅坑档子搭戏台——臭架子

茅坑里的蛆——无孔不入

茅坑里捡铜板——臭钱

茅坑里洒香水——多此一举

茅坑里搁暖壶——臭水平(瓶)

茅坑里板子做棺材——臭了半辈子还装人

茅坑里放玫瑰花——显不出那点香味

茅坑上边盖大厦——臭底子、底子臭

茅屋上安兽头——不相称

码子前面添零——不算数

厕所挂铃——有始(屎)有终(钟)

厕所开口子——留史(屎)

厕所扔手雷——激起民愤(粪)了

厕所甩鞭子——缠死(屎)

厕所放个钟——有始(屎)有终(钟)

厕所里开店——离死(屎)不远

厕所里打架——摆臭架子

厕所里出烟——诗(屎)气腾腾

厕所里的纸——用不得了

厕所里的蛆——讨人嫌

厕所里放火——烧死(屎)

厕所里放屁——不知香臭、闻不出香臭、闻不着香臭

厕所里画画——臭美

厕所里挂表——有始(屎)有终(钟)

厕所里挂称——过分(粪)

厕所里点灯——找死(屎)

厕所里看书——少见多闻、臭知识分子

厕所里题诗——臭秀才

厕所里搭棚——臭架子

厕所里修路——死(屎)路一条

厕所里睡觉——隔死（屎）不远、离死（屎）不远

厕所里摊铺——摆臭架子

厕所里开潜艇——奋（粪）力（里）前（潜）行

厕所里不解腰——任其自便

厕所里打灯笼——找（照）死（屎）

厕所里打哈欠——满嘴臭气

厕所里吃甘蔗——臭嚼

厕所里寻灶王——找错了地方、弄错地方了、搞错地方了

厕所里吹笛子——名（鸣）声臭

厕所里贴灶王——搞错了地方

厕所里的公鸡——名（鸣）声臭

厕所里的毛桶——装死（屎）

厕所里的茅缸——装死（屎）

厕所里的消息——丑（臭）闻（文）、丑（臭）闻（文）一桩

厕所里的炭碴——臭硬扎手

厕所里放芝麻——香臭不分

厕所里耍笔杆——丑（臭）闻（文）

厕所里挂绣球——不配、配不上

厕所里接电线——出臭风头

厕所里响唢呐——臭吹

厕所里贴灶王——贴错了地方

厕所里说笑话——臭逗

厕所里起波浪——奋（粪）勇（涌）前进

厕所里插旗杆——蛆造反

厕所里铺铁路——有鬼（轨）

厕所里撑竿跳——过粪（份）

厕所里的餐巾纸——没人开（揩）口

厕所里面打架——没人拉

厕所门口摔一跤——离死（屎）不远了

厕所顶上开窗子——臭气冲天

厕所旁炒芝麻——香一阵，臭一阵

厕所坑里丢石头——溅出事（屎）

厕所板子做棺材——臭了半辈子还装人

厕所板上铺床——隔死（屎）不远

厕所地板翻跟斗——找死(屎)

顶门杠当针用——大才(材)小用

顶门杠做牙签——大才(材)小用、插不上嘴、插不进嘴、难插嘴、看怎挑剔

顶梁柱当柴烧——可惜了、屈才(材)、屈了材料

顶梁柱做火柴盒——大才(材)小用

顶着被子玩火——惹火烧身、引火烧身

顶棚上落灰——隔了一层

爬高楼摘月亮——空想

卑田院马粪——穷的晒

卑田院狗儿——只咬穷的

夜壶打酒——不是盛酒的东西

夜壶上柜台——不是摆设

夜壶饲孤鲐——会活大尾

夜壶断了把——别提了

夜壶掉井里——瞎喷喷

夜壶戴凉帽——小矬胖子

夜壶摆在床底下——见不得人、离不得人,也见不得人

夜壶摆在城墙上——高抬你三丈六

夜壶放在八仙桌上——不是成(盛)就(酒)的东西

夜壶里出烟——真尿气、臊气劲儿

夜壶里和面——伸不进手

夜壶里放火——骚(烧)尿

夜壶里拉屎——又臊又臭

夜壶里煮肉——闷烧

夜壶里栽葱——一把

夜壶里下饺子——掏不出来

夜壶里摆香堂——尿字班的

炕烧热了——屋子暖

炕上安锅——改造(灶)

炕上孵鸡——早晚要露头

炕上的狸猫——坐地虎

炕上的风筝——高不过己(脊)

炕上放鸭子——飞不高

炕上种西瓜——没见过、没有的事

炕上拾老婆——早有主了

炕上插犁杖——挑灶

炕上踩高跷——净窟窿

炕头笋子——损（笋）到家了

炕头上发面——热了盆

炕头上的猫——懒得要命

炕头上贴狗皮——不像话（画）

炕头上养王八——家规（龟）

炕头上贴灶王爷——不是话（画）

炕头前下轿子——多一步不走

炕头上面鸡打鸣——提（啼）醒了

炕席上下棋——无路可走

炕房里的鸡蛋——不攻自破

炕洞里的耗子——不怕训（熏）、灰不溜、灰不溜溜

炕洞里扒个山药蛋——灰疙瘩

炕洞里跑出个带枪的——你算哪一营

炕旮旯里拣老婆——早有主了

炉子翻身——倒霉（煤）

炉子靠水缸——一边热、你热我不热

炉子里的木炭——兴旺不久

炉子里出来的渣子——热不了多久

炉子旁的捅条——倒霉（煤）的家伙

炉子底下的废物——残渣余孽（热）

炉子上烤肉——脍炙人口

炉子边的柴禾——骚（烧）货

炉子外的锤子——等着打、趁热打铁

炉子前的耙子,装钱的匣子——抠门、够抠门了

炉子里的生铁——见火就软

炉子旁放个鼓风机——煽风点火

炉子眼里烤凌锥——冰消气化

炉膛里的饼——老交（焦）

炉膛里烧烤——不能过火

炉膛里添柴——火气大

炉膛里打呵欠——碰一鼻子灰

炉膛里加湿柴——乌烟瘴气

炉膛里伸脖子——弄得焦头烂额

炉膛里烧猪头——不怕分(它)脸皮厚

炉膛里倒汽油——火冒三丈、气焰太盛

炉膛里倒硫磺——火冒三丈、气焰万丈

炉灰塞风箱——赌(堵)气

炉盘上化膏药——火上加油

炉盘底下的簸箕虫——拱火哩

泼出门的水——收不回、收不回来

帘子做的——要卷上去就卷上去,要放下来就放下来

帘子脸儿——落下来了

空棺材——目(木)中无人

施棺材——膛儿大、膛子大

单扇门——一眼(掩)、掩不住

单扇门过不去——胖老婆养的

单扇门没有闩——硬顶、硬顶哩

单人房里一朵花——孤芳自赏

学校发育了——校长

店里臭虫——吃得开(客)的人

店里的伙计——小使儿

店里的佛爷——脸上贴金、有眼无珠

店里的掌柜——伤(商)人

店门口的古钟——经常要敲打几下

闹新房挤进个小寡妇——大煞风景

闹肚子吃巴豆——蹿得更凶

空做梦吃糖——想甜了

空灯盏——无心(芯)

放下叉把拿扫帚——两手不闲

放出笼的鸟——收不回

放着煤不卖——烧哩

放射科的医生——能看清人的心肝五脏

放尿搅沙——不相黏合

放稀拉炮——火力不足

油干灯尽——完结、玩儿结、说灭就灭、奄奄一息(熄)

油灯比电灯——没了光彩

油灯上炖猪蹄——慢慢来

油灯里洗澡——不知深浅

泡颈生包包——多余、多事、啰唆

注射用品——次(刺)货

注射药品——口不服心也不服

刷扫掉毛——光板眼

孤灯照煤炭——不明不白

孤儿院下棋——穷快活

孤儿院赶会——穷秧歌

孤儿院请客——穷凑、穷张罗

孤儿院的孩子——穷小子

孤老院里下棋——穷快活

刷牙用牙膏——适可而止、不要拼命挤

刷牙不叫刷牙——耍(漱)什么嘴

屉里的甘草——百药都服

九画

柳木棺材——白帮

枯炭修磨子——走一方黑一方

挖了疮疤揭了痂——揭到痛处

挤疮留脓——要吃二遍苦

指房借钱——净(尽)虚(须)气(契)

拾屎拣着豆——外快

拾粪筐里筛白面——一光二净

挠粪堆的鸡子——上不去麦秸垛

挤在笼里的鸭子——摸不着头脑

挺上灵床没闭眼——死不瞑目

带马桶坐大堂——赃(脏)官

玻璃大门上着了锁——看得见,进得去

玻璃窗里看戏——一眼看穿、一眼看透、一眼就看穿

玻璃灯罩——吹出来的、内外通明

玻璃罩上的气泡——明摆着

玻璃板上写字——擦了重来

玻璃板上画画——擦了再来

玻璃板上涂油——又光又滑

玻璃缸养鱼——看得见，出不去

玻璃缸里的标本——无生气、缺乏生气

玻璃缸柜里圈麻雀——乱冲

玻璃柜里的苍蝇——有光明，无前途

玻璃镜对着清泉水——咱俩心里都亮堂

玻璃镜子照镀锌板——光对光

玻璃镜上的人儿——有影无踪

砂子灯——乱打

残灯碰上羊角风——一吹就灭

歪着枕头睡觉——想偏了心

要屙屎才建茅房——迟了

厚窗户纸——不透风

点灯打仗——明战交锋

点灯没油——白费心(芯)

点灯照血——明明白白

点灯生太婆——前出世

点灯照笛子——空洞无物

点灯抄写过去的文章——照旧

点灯不用油，生火不用柴——没啥奇怪

点葫芦灯——不敲打不出来

炭精刻娃娃——黑小子

炭丸子掉到夜壶里——黑散了

炭堆子里出来的——黑塔(遢)子

炭窝里的石灰——黑白分明

炭火盆扛肩上——恼(脑)火

背门板上街——好大的牌子

背门板投水——丢人一大块

背草荐骑毛驴——马上讨乞、愚蠢透顶

背棺材投水——自取灭亡、真心寻死

背着棉絮过河——越背越重

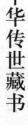

衣食住行歇后语

背着门扇取布——好大牌子、没有这么大牌子

背着粪筐进银行——臭钱

背着棺材上阵——豁上命

背着棺材下河——寻死

背着棺材走路——找死、找死去、送死、寻死、寻死去、自己找死

背着棺材跳井——安心寻死

背着棺材下大海——找死、送死、寻死、自己找死

背着棺材上战场——往最坏处想、豁上命

背着棺材过黄河——连死都准备下了、连死都准备好了

背着棺材找盖工——准备拼死、准备拼命

背包包走长路——你这个样子也叫出门

贴烂膏药——贴上就揭不掉

顺梯下楼——随他去

修房子不请掌墨师——没规矩、没规没矩

咽喉疾病——脍(快)炙(至)人口

点燃的蜡烛——心(芯)焦、长命(明)不了

便壶没鼻——不好捉摸、难捉摸

便壶里和面——活(和)不成

便壶口镶金边——好嘴

便桶底渗出水来——下流

独自关门做皇帝——自尊自大

独根灯草点火——只有一个心(芯)眼儿

独根蜡烛——无二心

香火上的粑粑不在——鬼吃了

香火棍搭桥——难过

香头火——一头热

香蜡铺起火——烧帛(白)

香炉对蜡扦——又圆猾(滑)又奸(尖)

香炉上长草——慌(荒)了神、慌(荒)了神儿

香炉上打喷嚏——碰(喷)一鼻子灰

香炉上打瞌睡——灰到了顶

香炉里的纸钱——鬼用

香炉里栽丝瓜——倒缠起神来了

香炉子喝茶——有点灰气

香案上的供品——取之不尽（敬）

待客厅里挂狗皮——不像话（画）

钥匙找朋友——搜索

钥匙挂胸前——开心

钥匙挂在眉毛上——开开眼界

钥匙锁在屋里——进不去了

钥匙插进锁孔里——开窍了、一下子开窍了

钢丝床上铺海绵——真玄（暄）乎、玄（暄）上加玄（暄）

香案上的供品

看楼座的迟到——后来居上

看病请了个教书匠——找错人了

看病人不要糖——口甜

看病先生开棺材铺——死活要钱

缸粗蜡烛——照不清前后

顺着梯子下矿井——步步深入

神龛上放蚂蚱——劳（捞）神

神龛上放虾扒——劳（捞）神

神龛上戳窟窿——妙（庙）透了

神龛上挂剃头刀——羞（修）你先人

神龛旁开铺——伴佛享福

高台上表演——众人仰望

洞房花烛夜——生平第一遭

洞房的笤帚——长尾巴

洞房之夜不吃饭——喜饱了

洞房花烛断了气——好使（死）啦

洞房之夜脸发烧——凌（临）正（阵）红

洞房里过十五——花好月圆

洞房里换孝衫——又喜又悲、悲喜交加

洞房里说悄悄话——甜言蜜语

洗了块脏东西——错（搓）了错（搓）

洗脸刮胡子——一点差（茬）不多

洗脸手巾——老是挂着

洗脸盆的架子——格格多

洗脸盆潜猛子——不知深浅

洗脸盆里毛巾——该人随便拧

洗脸盆里抓鱼——没跑、手背上活

洗脸盆里洗澡——扑腾不开

洗脸盆里看鱼——浅见

洗脸盆里钓鱼——稳把

洗脸盆里游泳——水平太低、不厌(淹)人、不知深浅

洗脸盆里扎猛子——不知深浅、不知深浅的东西、不知丢人深浅

洗脸盆里生豆芽菜——知根知底

洗脸手巾——老是挂着

洗澡不搓肥皂——泡上了

洗澡水沏茶——不是味儿

洗澡水倒进秧田里——物尽其用

洗澡堂里的手巾——上下不分、不分上下

洗澡堂里的拖鞋——别提了、没法提、提不得、提不起来

洗被不洗脚——懒人

洗完澡做按摩——一身轻松

烂扫帚上市——分文不值

烂泥墙——扶不起来

烂板凳——高谈阔论

烂灯笼吊框——是个废物还摆架子

烂纱灯——得个架、得个架儿

烂粪箕捞泥鳅——溜了

烂蒲扇打脸——不痒不痛

烂火眼赶场——昏戳戳的

烂膏药——粘上就揭不掉

烂膏药贴在好肉上——没病找病、自找麻烦

烂膏药往别人面上贴——专门害人

烂粪箕捞泥鳅——溜啦

闻着棺材唤儿香——死到临头

客厅挂狗皮——不像话(画)

客厅挂磨盘——不是实(石)话(画)

客厅里吹喇叭——有名(鸣)堂

客厅里的花瓶——摆设

客厅里的沙发——自成一套

客厅里挂灶王——你这是啥话(画)、你这是啥话(画)呀

客厅里挂兽皮——不是话(画)

客店里的汤——油水不多

客店里草荐——那个没睡过

客店里个草席——见人都歇得

客店里的臭虫——逢人就欺(吃)

客店里摆戏台——操啥腔儿的都有

客房里吹喇叭——有名(鸣)堂

客房里挂草荐——不是话(画)

养在圈里的猪——小不了挨

养老院的住户——婆婆多

举着灯笼照镜子——自我欣赏

疯子院的病人——喜怒无常

疮口出了脓——比不长还受用

疮口上贴膏药——揭不得

疤上生疮——根底坏、原来就坏、坏到一块了

疥药里硫黄——少不得你

恨病吃药——没得法

费了灯油亮了家——值得

给漏底灯盏加油——永不满足

屏风卷灶爷——话(画)里有话(画)

屏风上贴门神——话(画)中有话(画)

屏风上贴仕女图——话(画)里有话(画)

屏风后藏身——暂避一时、经不起追查

屎胀了挖茅厕——迫不及待

屎坑关刀——文(闻)又唔得,武(舞)又唔得

屎坑石头——又臭又硬

屎坑上搭凉棚——臭架子、摆臭架子

架着梯子上天——没门

破了房梁做板凳——亏了大料

破开房梁做火把——大才(材)小用

衣食住行歇后语

十画

热火盆里抽火炭——冷落

热炕头上的白面——发啦

热病——胡说

热病出汗了——有缓

热膏药贴背——难脱身

换药不换汤——老一套

捡粪插花——臭美

捡大粪的跌跟头——收拾（屎）

捅破窗纸——看穿了

破梁做根烧火棍——大才（材）小用

破茅屋里结婚——劳（老）武（屋）结合

破屋门——老得棍儿顶着

破被包珍珠——值钱的在里头

破被裹元宝——好的在里面

破官椅——不可靠

破窝当帽戴——自己压自己

破窝里孵小鸡——伤蛋

破灯笼——别点了（东北）

破伤风感染——不能不依（医）

起坐不安——心中有事

起屋找了箍桶匠——请错了人

校园的冲锋号——下课铃

校园文化大革命——家长会

校园不平等条约——补课

校园田朝田亩制度——有假同放

校园里不犯法的事——飞发走丝

校园里的土地革命战争——卫生大扫除

荷花灯点蜡——心里亮、心里明着

原钥匙投原锁——一开就上

蚊帐外的蚊子——随他（它）叫去

蚊帐里放纸鸢——飞不高（壮族）

蚊帐布做单裢——原形毕露

晚期肺结核——空空洞洞

圆顶帐子——无门、没门、没有门道

脏水倒阴沟——同流合污

脏拖布擦地板——不干不净

胶皮钉子——不软不硬

脓包——早晚要破

脓包破顶——烂透了

脓疮结了痂——快好了

胸腔手术——重（从）新（心）开始

胸腹透视——肝胆相照

爱克斯光照人——一眼看透、看透你了

铁笼捕鼠——捉活的

铁笼里的蛇——总爱出头露面

铁笼里装蛇——不要随便伸手

铁笼里的老虎——威风扫地

倒坐炕沿扇扇子——耍风流

倒房砸死屋里牛——吃烧都有啦

倒了庙宇——坏了事（寺）

倒了庙宇压碎神像——失灵

赁房欠房钱——过不得

造屋请个箍桶匠——找错了人

拿板凳当马骑——有能耐的叫它跑起来

拿着门扇当窗户——门户不对

拿着扫帚上杏树——扫兴（杏）

拿着钥匙满街跑——有职无权、当家不做主

拿着脸盆打月亮——不知轻重

拿着镜子对月亮——回光返照

拿着蒲扇生炉子——煽风点火

拿着蒲扇打蚊子——一举两得

拿尿盆往头上扣——自找没趣

缺角屏风——挡不住门

烧炕烧王八——憋气带窝头

唐朝夜壶——经的多，见的多

扇子一摇——生风

扇子驱大雾——办不到、没法办

扇着扇子说话——疯（风）言疯（风）语

扇着扇子聊天——说风凉话

扇着扇子拉风箱——两头受气

扇蒲扇打蚊子——一举两得

烘笼钵钵——考（铐）起了

烧篦子做眼镜子——看穿了

被子裹冰棒——包涵（寒）

被子烂了里子——无孔不入

被子里边烂——表面好、看不出来

被面用缎子——不用愁（绸）

被面补抹子——划不来、大才（材）小用

被面上刺绣——锦上添花

被单蒙头——闭目塞听

被单作尿布——太大方

被单做棋盘——真是大方

被单蒙桌子——作（桌）为（围）很大

被单当洗脸帕——面子大

被单拿来做洗脸袱子——好大方

被单下的跳蚤——懂不起（方言）

被单里眨眼睛——自欺欺人、自己哄自己

被单包脚——真大方

被头里事体——瞒不住

被头里做事——终晓

被窝里大腿——不是生人的、不是别人的

被窝里打拳——没外手、不上路子、软招儿、有劲使不上、舞不开堂

被窝里划拳——没有外手、没掺外手

被窝里吃糖——行啦

被窝里伸手——摸清底细

被窝里放屁——独奏、独（毒）吞、吃独（毒）份、没外人、自作自受、自己不嫌臭、自己

搞臭自己、暗中出气、偷偷消气、能文（闻）能武（捂）、糟蹋自己

被窝里眨眼——自己哄自己

被窝里喂虎——害人又害己

被窝里点灯——南(难)召(照)(地名)

被窝里摸脚——自己人

被窝里磨牙——怀恨在心

被窝里不见针——找不着外人、不是婆婆就是孙

被窝里打个屁——两头臭

被窝里扛锄头——乱铲

被窝里抹眼泪——暗自悲伤、独自悲伤

被窝里的虼蚤——顶不起、顶不起来

被窝里的事体——瞒不住

被窝里的鸭蛋——啥人生的

被窝里放风筝——起不来

被窝里放礼物——不是远人

被窝里使眼色——自骗自、自欺欺人、自己哄自己

被窝里养老虎——留下后患、留下祸根

被窝里耍铁锹——胡挠屁股锤儿

被窝里捉死猪——手到擒来、手到擒拿

被窝里捉跳蚤——抓瞎、瞎抓、能蹦到哪里去

被窝里挨拳头——暗里蚀底、暗底下蚀底

被窝里穿白鞋——暗笑(孝)

被窝里扇扇子——伸不开手

被窝里撒香水——能文(闻)能舞(捂)

被窝里踢皮球——不见起、升不高

被窝里露屁股——好大的假面子

被窝里放收音机——自取其乐、自得其乐

被窝里露脚丫子——你算几把手

旅店的房钱——赞(暂)助(住)费

旅店秋砧声——不忍闻

旅店里租被子——另搞一套

旅店门口挂灯笼——招(照)客

旅馆的蚊子——吃客

旅馆里的铺——床上安床

旅馆里的虱子——一天一个新味道

宾馆门口卖草鞋——不识时务

宾馆里的小姐——笑脸迎人

宾馆里的地毯——老被人踩、谁都可以踩

家有斧头——好发(伐)财(柴)

家养六畜——必富

家有电脑——如有一宝

家有十五口——七嘴八舌、七嘴八舌头

家有梧桐树——凤凰自然来

家家都安扩音器——广开言路

家里打伞——多此一举

家里打鼓——名(鸣)声在外

家里丢了磨——没法推、没推的了、推不得

家里死了人——耷拉着脑袋

家里没有人——就是他

家里的厕所——随你的便

家里的破罐——破摔

家里着了火——一无所有

家里请吹鼓手——名(鸣)声在外

家里供了灶王爷——数你大了、就数你大了

家里没锅煮黄豆——想找别人吵(炒)

家门口的塘——知道深浅

家门口种菜——没缘(园)

家门口摆席——口上热闹

家门口的买卖——尽管做

家具上漆——只图表面

家具商场的柜子——内部空虚

浴室里的灯——模模糊糊

浴室里洗澡——一丝不挂

浴室里的莲蓬头——高人一头、漏洞多

浴缸里摸鱼——逃不掉

浴缸里打猛子——勿知深浅

涂上牙膏讲话——白说

流行性感冒——传染性强

清凉油——虎牌的

清凉油伤湿膏——治标不治本

清凉油搽疖子——不顶事

消膏拆掉——相(伤)好(福建晋江)

酒精点火——当然(燃)、一点就明

高蜡烛台——照人总不能照己

高灯——下亮

高层建筑无电梯——够你爬的

高层建筑有电梯——上下都方便

席上切瓜——没架

席上摆狗肉——少见

席上滚到地下——差不了多少

病鬼开药店——自产自销

病孩不吃药——硬灌

病汉子卖酸菜——不是好人蔺的

病好大夫到——晚了、迟了

病好打大夫——恩将仇报、以怨报德

病起人忌口——难忍奈

病重不吃药——等死

病死的穿鞋——糟蹋啦

病床上插牡丹——临死还贪花

痄疮子贴膏药——依(医)不到许多

害了伤寒病——忽冷忽热

害伤寒吃炒蚕豆——嘴硬

害热病不出汗——胡说

害喘病爬高山——喘不上气、上气不下手

害脚气长秃疮——两头落一头

害啥病吃啥药——对症下药

害摆子病——忽冷忽热

麻疯已经烂出面——人人看得见

离了水晶宫的龙——寸步难行

绣房里的花枕头——摆设

绣楼上挂肉——好大的架子

绣楼里的枕头——华而不实、虚有其表

绣花枕——草包

绣花枕里塞糠壳——顾面不顾里

绣花枕套——外面光

绣花被子——表里不一

绣花被面补裤子——大才（材）小用

屙尿打屁——雷雨交加、胯下雷雨交加

屙尿打喷嚏——两头缺、两头背时

屙尿洗萝卜——一方二便

屙尿递草纸——多此一举

屙尿射竹壳——听声

屙尿擤鼻涕——两拿、两头流去吧

屙尿不出赖地硬——乱埋怨

屙屎长醭——霉气到肚里去了

屙屎尿尿——两便

屙屎放屁——有虚有实

屙屎板桩——把稳做事

屙屎落塘——急死狗

屙屎不出来——怪茅厕

屙屎不放屁——光实不虚

屙屎不擦包——是个节影

屙屎不带纸——想不揩（开）

屙屎挪锤头——暗攒劲

屙屎脸朝北——作（坐）难（南）

屙屎捡银子——碰上的财喜

屙屎掉冲牌——丢人一百二

屙屎掉茅坑——丢人还沾一身臭

屙屎摘帽子——算错账了

屙屎捻拳头——长暗劲

屙屎往前移动——进步人士（屎）

屙屎屙到鞋上——不能提了

屙屎鼓掉帽子——干劲冲天

屙屎嚼甜棒儿——挺是滋味儿

屙屎不来赖土硬——强词夺理

屙痢打摆子——祸不单行

属窗户纸的——一捅就破、一点就透、不透风

预防流感的药——大家都服

难产——没来头

十一画

梦游月宫——胡思乱想

梦游北极——想得远

梦游广寒宫——想入非非

梦游北冰洋——想得远

梦断世界杯——回头金不换

梦见火箭——想得快

梦见孔雀——想得美

梦见西施——想的美、想得美

梦见宝马——想得奇（骑）

梦见鸡蛋上楼梯——奇了、奇又奇

梦吃酒席——净想好事

梦中会餐——空想

梦中杀鸡——假英雄

梦中吞象——野心太大、野心勃勃

梦中的事——当不得真

梦中结婚——好事不成

梦中聚餐——嘴馋

梦中看烟火——高兴一时是一时、快活一时算一时、想尽美事

梦中尝苦胆——想得哭（苦）

梦中游太空——想入非（飞）非（飞）

梦中游西湖——好景不长、枉费心机

梦中游苏杭——好景不长

梦中遇见了孙猴子——想出了神

梦里上天——办不到

梦里发财——想得美

梦里买马——想得奇（骑）

梦里吊颈——想死

梦里交情——空欢喜

梦里观花——尽想好事

梦里结亲——好事不成

梦里拣花——越拣越花

梦里拾钱——白欢喜、瞎高兴

梦里喝酒——嘴馋

梦里戴花——想得美

梦里见黄连——想苦了

梦里办喜事——白欢喜、空喜一场、瞎高兴

梦里生翅膀——想飞

梦里打牙祭——想得香

梦里死男人——一场虚惊

梦里吃甘蔗——想得好甜

梦里吃仙桃——差太远

梦里吃饺子——光想好事、光想好事哩

梦里吃星星——起心不小

梦里吃蜜糖——想得甜

梦里当新郎——空欢喜一场

梦里讲的话——不知是真是假

梦里问无常——说鬼话

梦里坐飞机——想得高、想头不低、想得不低

梦里挖银子——白欢喜、瞎高兴

梦里看牡丹——想得美

梦里啃甘蔗——想得倒甜

梦里做皇上——快活不了多久

梦里拾块金——空高兴

梦里拾钞票——想钱、财迷、财迷心窍

梦里搽胭脂——尽想好事、想得倒美

梦里戴凤冠——尽想好事

梦里吃糖葫芦——想的事成了串

梦里失火喊救命——虚惊一场

梦里坐飞机回家——归心似箭

梦里抱住黄连树——想得好苦

桴炭出门——走一路,黑一路

桴炭纺纱——黑线

桴炭修磨子——走一方,黑一方

桴碴走路——走一路，黑一路

桶头炭修磨子——走一路黑上路

梳子烧火——有志(栉)气

梳子刮平头——抓不住

梳子挂斧头——作(斫)弊(篦)

梳子梳乱麻——理不直

梳头照镜子——对立、只看到自己

梳妆台的镜子——明摆着

梳过的头发——有条有理

黄水疮里流出的水——淌到哪里，烂到哪里

黄病鬼开药铺——自产自销

黄头火柴——一碰就发火、到处碰得着

掩着被窝打屁——自己搞臭自己

掀开窗子说亮话——没里外、里外都能听

堵窝捉鸟——拿个稳

堵住笼子抓鸡——稳拿

堵着鸡窝要蛋——紧追、紧逼

堵着房门救火——毁灭自己

圈里的猪——有目数的

患了色盲——不分青红皂白

患了疟疾——时冷时热

患了结膜炎——红了眼、红眼病

患了贫血症——显得苍白

患了恐高症——不敢高攀

患的软骨症——没点刚劲

雀斑黑痣——不痛不痒

堂屋的椅子——轮流坐

脸巾遮丑——顾前不顾后

脸盆当锣敲——想(响)的不一样

脚炉盖熬糖稀——漏了

做梦历险——一场虚惊

做梦考试——空紧张一阵子

做梦出差——想到哪儿去了

做梦发财——钱从何来、空鼓一场

做梦发誓——暗下决心

做梦吞海——不知肚量

做梦买锣——有想(响)头

做梦爬山——其实不费力

做梦获奖——空喜一场

做梦拜堂——暗喜、暗欢喜

做梦跑堂——暗暗自喜

做梦旅游——想得远

做梦跳井——一场虚惊、虚惊一场

做梦戴花——想得美

做梦上荒山——心太野

做梦上磨盘——想转了

做梦中状元——空欢喜

做梦见阎王——死去活来、鬼迷心窍、疑神疑鬼

做梦见铁路——心里有鬼(轨)

做梦见恶鬼——虚惊一场

做梦中头奖——空欢喜

做梦长翅膀——想入非(飞)非(飞)

做梦吃大米——想得到(稻)

做梦吃地球——想独吞世界

做梦当长工——想得苦

做梦当司令——神气一时

做梦当皇帝——心大、一场空、意外、好景不长、神气一时、官迷心窍、快活一宿是一宿

做梦当总统——好事不成

做梦观烟火——快活不多久

做梦吞大象——野心勃勃

做梦抓大印——官迷心窍

做梦进棺材——想死

做梦招驸马——想偏心了

做梦变蝴蝶——想入非(飞)非(飞)

做梦学吹打——快活一时

做梦被追杀——想起还后怕

做梦被虎追——一场虚惊

做梦看牡丹——心里想的一朵花

做梦唱小曲——欢乐一时

做梦登珠峰——想得高

做梦遇财神——想钱花

做梦走进阎王殿——见鬼

做梦带上救生圈——想到周到

做棺材的料——死板

做好围墙没上门——还是合不拢

得病不吃药——干熬、怎么好、没个好、你可怎么好

得阑尾动手术——除恶务尽、解除祸根

得了口腔炎——一张烂嘴巴

得了失眠症——没精打采的

得了软骨病——腰杆不硬

得了脑中风——贪（瘫）了

得了脑膜炎——坏透顶了

得了狂犬病的恶狗——正在风（疯）头上

得了黄疸病的西瓜胎——保不住了

得到屋子想上炕——贪心不足、贪得无厌

馆驿铺盖——官物

馆驿里的马儿——千人骑的

笤帚洗锅——扫荡、没法（刷）子

笤帚当灶把——混上去了

笤帚戴帽子——假充人

笤帚刷车轴——胡闹油

笤帚刻猴儿——人没人样，模没模样

笼中鸟——有翅难展

笼中老虎——凶不久了

笼中的肥鸭——早晚得杀

笼中鸟，网中鱼——命难逃、不由自主、身不由己、逃不了

笼内捉鸡——十拿九稳

笼里装蛇——别乱伸手

笼里斑鸠——不知春秋

笼里的金鸡——公公

笼里的鸽子——放了还回来

笼里的鹦哥——成天耍嘴、成天逗嘴

笼里的老虎瞪眼睛——谁还怕你

笼子的老鸦——没个跑

笼子里斗画眉——没有调和的余地

笼子里关蚂蚁——来去自由

笼子里过日子——睁眼净窟窿

笼子里养乌鸦——不图名(鸣)

斜着门缝看人——怎么看,怎么歪、怎么瞧怎么不正

猪圈关牛——就你大

猪圈里养羊——白眼儿狼

猪圈里养兔——稀松

猪圈里的小牛——独(犊)大

猪圈里的黄牛——高人一头

猪圈里养骆驼——突出

猪圈门贴对联——吃了睡,睡了吃

惊门惊柱子——旁敲侧击

盖了三年的破被——老套子

盖了九床被子做美梦——想不通、想不透

盖房子不搁柱脚——强(墙)挺

盖好新房装电灯——后来居上

盖着瓦片睡觉——顾头不顾脚

剪被单请裁师——手头太笨

断了钨丝的灯泡——点不明

粗芯蜡烛——不经点

弹簧床上睡觉——舒舒服服

弹簧坐垫——不压它就会跳起来

绸子被面当抹布——辜负材料

绿绸被上绣牡丹——锦上添花

骑在门槛打锣——里外都响

骑在房梁上吹喇叭——名(鸣)声在外

骑着墙头骂孩子——里外差

骑着墙头看风景——两面见光

骑着茅道嗑瓜子——进的小,出的多

十二画

棉被里子烂——表面好

棉被上拍皮球——谈(弹)不起来

棉絮遇火——必着

棉絮裹剑——柔里有刚(钢)

棉絮包脑壳——撞到哪里算哪里

棉絮上摔瓦罐——不怕(破)

棉絮里捉虱子——找都找不到

棉絮店里失火——莫谈(弹)了

椅子折了背——没靠头

椅子上的油漆——想死(洗)也死(洗)不了

椅子底下着火——烧着屁股燎着心

椅背上有钉——不可靠

棺材加盖——定(钉)了

棺材出手——死要钱

棺材拐杖——死顶

棺材当马槽——用才(材)不当

棺材早做好——等死

棺材放在床边上——大难临头

棺材搁在树桠里——死无葬身之地

棺材横头踢一脚——死人肚里自得知

棺材出了讨唱歌钱——迟了、晚了

棺材上画花——讨好鬼、讨鬼好、死讲究

棺材上美女——逗死人

棺材上开气孔——死出风头

棺材上吊磨盘——累死人

棺材上画山水——死风光

棺材上画老虎——吓死人

棺材里人——不可救药

棺材里开窗——想活门儿

棺材里打架——拼死命、死对头、鬼在闹

中华传世藏书

谚语歇后语大全

衣食住行歇后语

棺材里打扮——死风流、死不要脸、死要面子

棺材里打锣——吵死人、闹鬼

棺材里失火——鬼气

棺材里讨账——逼死人

棺材里写状——死得屈

棺材里伸腿——有哭有笑

棺材里寻医——死里求生

棺材里抓痒——不知死活、死活不知

棺材里放盐——烟（腌）鬼

棺材里炖肉——闷（焖）死人

棺材里洗脸——死要面子

棺材里咬牙——死咬、恨人不死

棺材里流泪——死得屈

棺材里冒烟——鬼气、阴阳怪气

棺材里起烟——鬼气

棺材里派饭——死要吃

棺材里偷汉——死不要脸

棺材里点灯——死人明白、死鬼明白

棺材里弹琴——死乐、死快活

棺材里搽粉——死要脸、死不要脸

棺材里睡觉——假使（死）

棺材里跳舞——乐死人

棺材里撒灰——欺侮死人

棺材里长胡须——短命死

棺材里打呵欠——阴阳怪气

棺材里打算盘——死要钱

棺材里出来的——目（木）中无人

棺材里写状纸——咬死理

棺材里吃白粉——死瘾

棺材没有底——外套

棺材里放课本——死记硬背

棺材里放镜子——死要面子

棺材里插杠子——搅死人

棺材里看死人——绝望

棺材里掷骰子——死不务正

棺材里演相声——笑死人

棺材里戴眼镜——死无亮光

棺材里伸出手来——死要钱、死想钱、死也要钱

棺材里面炸米花——黑鬼

棺材里面喊救命——是死是活

棺材内说话——鬼声

棺材底放炮——吵死人

棺材盖上打伞——诈(遮)死

棺材盖做木屐——奶魂缠住腿

棺材盖上钉钉子——怕尸还阳

棺材前点灯——死鬼明白、死鬼心里明白

棺材门前小照——死腔

棺材跟前放炮仗——吓死人

棺材外面踢一脚——死人肚里明白、死人肚里自明白

棺材板雕柱——阴魂不散

棺材板改锅盖——不装人,净受气

棺材板上敲钉子——定(钉)死了

棺材料子做风匣——大才(材)小用

棺材楦子——无用

棺材店老板——希望多死人

棺材店祭神——要人死

棺材店打折扣——恨人不死

棺材店老板谢财神——幸灾乐祸

棺材店里开药店——死活都要钱

棺材铺买卖——不让人

棺材铺的掌柜——想卖又不敢说

棺材铺偷工减料——坑死人

棺木当柴烧——不识货

提着灯笼打柴——明砍

提着灯笼行窃——明目张胆

提着灯笼看花——夜里欢

提着马灯下矿井——步步深入

提着尿罐下地——真没水平(瓶)

提着梯子沿街走——不量自己量别人

提上灯笼上吊——寻死等不到天明

提上瓦片打月亮——不知高低

提牛皮灯笼进矿井——黑对黑

搭上梯子摸月亮——不知高低

搭起梯子上天——走投无路

落地电扇转动——不断地摇头

逼上门的生意——没有好货

朝着窗户吹喇叭——名(鸣)声在外

朝着粪坑扔石头——屎尿溅在自己身上

朝睡暮起——不见天日

黑炭掉进面粉里——黑白分明

黑灯笼点烛——有光不出、有火发不出

黑漆灯笼——无用、心里亮、肚里明、没用处、糊涂不明

跑马灯笼——只只见空

敞开窗子——说亮话

铺着木板睡觉——缺席

铺盖面子洗脸——大方

铺盖窝听广播——自得其乐

铺盖窝听收音机——自得其乐

锁上套锁——方便你我

锁子看门——家无闲人

锁具店——一无(屋)所(锁)有

锈锁——难开

焦炭里的屎扒牛——分不开

集体宿舍的单身汉——谁也没有贵(归)

筑巢的蚂蚁——整天忙

稀屎吓得一裤裆——丧魂落魄

筵上乱叫唤——少知尘俗

筵上啜醋声——不达时

筵上包弹品味——不达时

装进笼子里的老虎——有什么可怕的

装过粪的筛子——死(屎)心眼儿

装病抓药——自讨苦吃

装笼子的鸟———一个飞不了

湘绣被面——花样多

湘绣被面包画册——话（画）中有话（画）、话（画）里有话（画）

窗纱做衣裳——浑身是窟窿

窗户纸——一捅就透

窗棂纸湿水——一点就透

湿水被盖身上——从头凉到脚

湿疹动手术——大可不必

温度计插入火炉——直线上升

粪堆上开花——臭美

粪坑边唱大戏——筹（脏）措（锣）

粪叉打火堆——五撮一

粪叉上镶宝石——不值

粪叉抓痒———一把硬手、充硬手、是把硬手、臭派头倒不小

粪厂着火——使（屎）着了

痨病咳出血来——无有谈（痰）头

隔着院扔秫秸——乱七八糟

隔着墙聊天——说不到一块

隔着围墙摘花——手伸得太长

隔着围墙甩簸箕——不知伏和仰

隔着屋梁翻跟头——到那间去了

隔着竹帘看人——把人看散了

隔着窗户吹喇叭——名（鸣）声在外、有个名（鸣）声在外

隔着窗户咬耳朵——偏听偏言

隔着窗户纸看太阳——影影绰绰

隔着棉被挠痒——不着边际

絮被上捉虱子——翻不尽

属帘子的——要卷就卷,要放就放

属窗户纸的——不透风、一点就透、一戳就穿、一戳就破、一捅就破

属花花枕头的———一肚子草包

属蜡烛的———一条心（芯）、不点不亮、不点不明、毁灭了自己照亮了别人

属护芯灯的——不拔不明,不点不亮

十三画

搬家的鸟儿——不知去处

搬家丢了老婆——粗心

搬家搬到古墓里——活人受死人的气、活人才不受死人气哩

搬家搬到庙后头——一天到晚闻香气

搬家搬到墓葬岗——再也不受邻居的气了

蒲扇打锣——面面俱到

蒲扇两边摇——两头落好、两面讨好

输液——细水长流

摇着扇子聊天——谈笑风生

摇鹅毛扇的角色——军师

搬着梯子上天——没门、难上难、瞎折腾、登高妄想、找不到门儿

搬着梯子上庙——够受(兽)

搬着梯子上擂台——没有好下场

搬着梯子摘星星——够不着

搬着梯子摸老鸹——闹了牢巴

搬着炉子烤头发——了(燎)不得

鼓起草帽跳井——卷沿子

鼓胀的疖子——该出头了

塌了门架断了梁——倒霉(楣)透顶

感冒打喷嚏——不足为奇

暗锁加明锁——层层设防

暖房里的菜畦——四季常青

暖房里做冰棒——冷热结合

暖水袋搭心口——置之度(肚)外

照着窗户叩头——败(拜)子(纸)

照着病情开药方——对症下药

睡不着,怨床脚——错怪

睡倒打架——稳跌

睡觉不伸腿——大虾鬼、大瞎(吓)鬼、骨连鬼

睡觉打呼噜——与众不同、说他不想(响)他又想(响)

睡觉打轱辘——辗转反侧

睡觉伸胳膊——想露一手

睡觉别扁担——横撞、到处横行

睡觉着棉袄——合脖儿

睡觉梦到鬼——自己吓唬自己

睡梦铺砖头——个(硌)体

睡觉盖被子——不能过头、遮遮掩掩

睡觉攥豆饼——梦幻糟食

睡觉不枕枕头——空头、空想、空头空脑

睡梦打五更——一无所知

睡梦坐朝廷——高兴一时是一时、快活一时算一时

睡梦里打贼——出闲力

睡梦里结婚——净想好事

睡梦里逮鸟——空扑一场

睡梦里捡钱——想得好

睡梦里演讲——胡言乱语

睡梦里观景致——尽想好事、想得倒美

睡梦里抱元宝——财迷心窍、财迷

睡梦里捡金子——想得美

睡梦里挨痛打——吓出了一身冷汗

睡歪了枕头——想偏了心

睡醒了的雄狮——所向无敌

睡着了做生意——孟(梦)买(卖)

睡懒觉的还要个垫背的——福享尽了

睡在芦席上——不怕滚地下

矮脚板凳——坐不稳

错拿粪瓢当锅铲——一身臭气

躲在屋里洗脏衬衣——家丑不可外扬

解手盖土——给狗下气

解大手便秘——急也没用

新被面盖鸡笼——外面好看里面空

新房里死人——哭笑不得

新婚夜开窗户——喜出望外

新椅子坐人——可靠

新法盖房——先搭架子

痱子当作发背医——小题大作

痰盂当汤盆——上不了席、上不了台盘、摆不上桌

痰桶里游泳——扑腾不开

锦上添红花——好上加艰

锦被盖鸡笼——外面好看里面空

锯栋梁做锄把——大才（材）小用

锯掉腿的板凳——矮了一大截、矮了半截子

缎子被面麻布里——表里不一

十四画

蜡台无油——白费心（芯）、空费心（芯）

蜡制的苹果——好看不好吃

蜡铺的幌子——没心（芯）、没信（芯）

蜡烛一生——损了自己、照亮了别人

蜡烛见火——软不拉耷

蜡烛没芯——点不亮

蜡烛点火——一条心（芯）、越点越缩

蜡烛玩火——害了自己

蜡烛燃烧——照亮别人，毁灭自己

蜡烛无有油——费心（芯）

蜡烛当冰棒——油嘴光棍

蜡烛的内脏——一条芯（一条心）

蜡烛的脾气——不点不明、不点不亮

蜡烛做萧吹——油嘴光棍

蜡烛上挂剃头刀——学（削）优（油）

蜡烛泪——不穷相

蜀绣被面包小人书——话（画）里有话（圆）

稳坐钓鱼台——不动声色

敲门惊柱子——旁敲侧击

敲柱子惊门环——指桑骂槐

端上香炉打喷嚏——白弄一脸灰

慢性病发作——反反复复

熄了灯聊天——尽讲黑话

精神病院的医生——不怕你发疯

漏房逢着连阴雨——紧上加紧

漏盆里洗澡——快活不多久

凳子——没依靠

凳子翻身——四脚朝天

凳子比桌子高——没大没小

凳子上抹石灰——白挨

凳子上钻窟窿——有板有眼

凳子上插尖刀——谁敢做（坐）

十五画

横盖被子抬转床——将错就错、横直一样

撞开牢笼的鸟儿——又可以飞了

撅破纸灯笼——一个个眼里有火

踩板凳钩月亮——手短

踩板凳儿糊显道神——差着一帽头子

幡旗灯笼——照远不照近

瞌睡送个枕头——正是时候

躺炕上发疟子——忽冷忽热

躺在灵床还伸手——临死也要钱

躺在席子上吹死猪——长吁短叹

躺在棺材里绝食——等死

躺在棺材里搔头——死不了着急

躺在棺材里想金条——贪心鬼

镜子当茶壶——明摆着

镜子照太阳——不敢看

镜子挂在后脑勺——只照别人，不照自己

镜子上抹灰——糊涂不明

镜子上的人儿——挺光滑的

镜子里画饼——中看不中吃

镜子里的事——办不到
镜子里的钱——看出取不出、看得见拿不着
镜子里骂人——自骂自
镜子里亲吻——自爱、人家不亲自己亲
镜子里看人——找（照）着啦
镜子里看花——好看不好拿
镜子里相缝——勿着肉
镜子里瞪眼——自己恶自己
镜子里夹照片——形影不离、形影相随
镜子里的东西——看得见，拿不来
镜子里的影子——空虚
镜子里照太阳——不敢看
镜子前放黑板——独挡一面
镜中绣花——一场空
镜中赏花——看得见，摸不着
镜中花，水中月——全是空的、空好看、可望而不可及
镜前照面——你是你
镜背照人——没影子
褥子不叫褥子——小辈（被）

十六画

醒后闻醉言——惶愧不已
澡堂的鞋——不用提、不用提了、提不起来
澡堂搬家——不让人喜（洗）
澡堂当镜子——好大的面子、欢迎光临、里外不光彩
澡堂的拖鞋——甭提了、不成对、没对、没对儿
澡堂里的布——不分上下
澡堂里的灯——气（汽）昏
澡堂里钓鱼——不是地方
澡堂里的灯笼——天天挂
澡堂里掌柜的——经得多，见得广
澡盆里洗脸——好大的面子

燎窝的马蜂——到处乱窜

十七画

擦火柴点灯——明了
藏起灯草点松脂——昧了良心（芯）
戴口罩——嘴上一套
戴口罩出门——嘴上有一套
戴口罩亲嘴——隔着一层
戴口罩唱戏——戏唱不好，自己也难受
戴口罩进坟墓——阴一套阳一套
戴口罩的张飞——显大眼
戴口罩的歪嘴——看不出毛病
戴口罩的光腚子——顾嘴不顾身
戴着马桶坐大堂——赃（脏）官一个
癌症——没治

火柴

十八画

戳开窗户纸——说亮话
戳破了灯笼纸——眼里有火

十九画

蹲门的狗——脸朝外
蹲在窝里的刺猬——有尖儿拿不出使
蹲在墙头上拉屎——生狗的气
蹲在墙头骑驴——就高不就低
蹲在厕所写八股文——臭秀才
鳖灯里插根红萝卜——独捻

四、行篇

一画

一步双将——高招

一步一个脚印——脚踏实地

一步踏进云端里——一步登天

一步跨进姨姐房——进退两难

一步跨进钟表店——中（钟）中（钟）中（钟）

一出门就碰见岳父大人——开门见山

一双鞋丢一半——独一只

一双脚踏两只船——三心二意

一只脚走路——独行

一只脚的英雄——独行侠

一只脚的螃蟹——没有家（夹）

一只脚踩在门槛上——不知进退

一只脚跨在马背上——不上不下

一只皮鞋一只拖鞋——成不了双、怎能成双

一片瓦鞋子——无双（商）量（梁）

一把破伞——没法支撑

一条腿上楼梯——蹦吧

一趔趄上青云里——好运（云）气、猝然交好运（云）

一趔趄在门槛上——两头不落实

一趔趄在皮袄上——这可摸着了毛

一趔趄在泥土上——真晦（灰）气

一趔拾个大铜钱——可真没料到

一脚踏两船——左右为难

一脚登上泰山——蹦得高

一脚踢去麒麟——不知贵贱

一脚踢倒泰山——邪（斜）劲

一脚踢翻醋瓶——酸味上来

一脚穿个纸糊袜——蹬塌底儿

一脚跨过钱塘江——说大话

一脚踢翻煤油炉——散伙（火）

一脚踩上磅秤台——举足轻重

一脚踩在罗盘上——走字、走字儿

一脚踩在桥眼里——上下为难

一脚踏上磅秤台——举足轻重

一脚踏进云端里——一跃而上

一脚踏进冰窟里——凉了半截

一脚踏进剃头店——净是法（发）

一脚踏进刺笆林——脱不了身

一脚踏进钟表店——大大小小都是中（钟）

一脚踏进稀泥凼——不能自拔

一蹦子跑到粉房里——满面子

一筋斗摔到门外——门里出身

一跟头栽到屋外边——门里出身

一跟头栽到青云里——碰到了好运（云）气

一跟头爬到十字路口——四下扑

二画

十一只鞋打卦——分不出五阴六阳

八只朝靴几人蹬——四川（穿）

三画

三不开的盐船——大模大样

大鞋套小鞋——还（鞋）是还（鞋）

才出林的笋子——嫩得很

下地不穿鞋——脚踏实地

上鞋不用锥子——真（针）好

上台阶吃甘蔗——步步高，节节甜

中途留客——半分热情

千层底做腮帮——脸皮厚

飞出笼子的黄雀——头也不回

飞过的麻雀子也要扯根毛——爱小便宜、爱占便宜

飞上天的气球——不攻自破

扎鞋不拴绳结——半途而废、前功尽弃
不走的路走三遭——要留后路(壮族)
不是船工乱弄篙——充内行
木屐脱了底——一块死牛皮、尽牛皮
云游的和尚——靠人施舍
开出门就是人家的地——穷
专程到新疆买葡萄——不值得
中途上车——不了解全过程、未必有你的位置
日本鞋——提不得
见一步走一步——没有深度
毛袜套毡袜——不分彼此
毛袜夏天穿——不知冷热
长了兔子腿——跑得快
从小离家老大回——变样了
文明棍刻手戳——主(柱)任(印)
文明棍当架鸟的杆儿——玩完
六尺跳板过八尺滨——搭勿着、搭勿够
斗笠出烟——冒(帽)火
斗笠没边——顶好
斗笠穿孔——出头之日到了
斗笠作锅盖——张冠李戴
丑鞋——不露脚

打赤脚下田——靠脚力
打赤脚赶场——脚踏实地
打赤脚拜年——苦挣苦吃
打赤脚烤火——冷热不和
打赤脚过刺蓬——小心在意

打赤脚进冰窖——冷到底

打赤脚穿皮袄——凉了半截

打赤脚赶兔给穿鞋的吃——享福的不受苦,受苦的划不来

打滑脚掉井里——连蹬带扑腾

打伞披雨衣——多此一举

打伞晒毛巾——一举两得、多此一举

打着手电进地道——明来暗去

打着手电筒走夜路——前程光明、前途光明

打灯笼做事——照办(搬)

打灯笼上门台——一蹬比一蹬高,一蹬比一蹬亮、越来越高明

打灯笼走亲戚——明去明来、明来明去

打灯笼走铁道——见鬼(轨)

打灯笼运石头——照办(搬)

打灯笼赶嫁妆——两头忙

扔了拐杖作揖——老兄老弟

正好赶上航空班次——有机可乘

平板脚留平头——评(平)头评(平)足

正走跌一跤——不妨(防)

正走着蹦蹦——一时高兴

正走猛一跳——一时的高兴

正走着跌个跟头——不妨(防)

电筒的特点——只照别人,不照自己

出门带伞——有备无患

出门一条枪——爱表态

出门衣冠壮——外出要讲究穿着

出门两条腿——随人走

出门坐飞机——远走高飞

出门被钱砸——好事临头

出门逢债主——反侧、闷损人、扫兴、倒霉透了

出门戴口罩——嘴上一套

出门拾块银圆——外财

出门拾根火柱——真该倒(捣)霉(煤)

出门遇到出殡的——见财(材)

出门落个雨淋头——失(湿)意(衣)得很

出门逢债主,回屋难揭锅——内外交困

出巢的黄蜂——满天飞

出笼的小鸟——自由飞翔

出笼的鹌鹑——惯斗、也是个快斗的

出笼的家雀子——又蹦又跳、欢蹦乱跳

出衙门骂大街——没事找事

旧鞋——底薄

包袱挂门闩——随时准备走人

包脚布——没里外、没理（里）没面

包脚布围嘴——臭了一圈、臭不可闻

包脚布上飞机——一步（布）登天

包脚布当头巾——高升、高升一大截、高升到顶了

包脚布当孝帽——一步（布）登天、能到顶了

包脚布当衣领——臭了一大圈儿

包脚布做帆船——臭名远扬

包脚布满天飞——打的什么旗号、打的是什么旗号

包脚布裹金条——内中有宝、外贱内贵

包脚布缝钱褡——此（趾）一时彼（背）一时

包脚布上生虮子——好角（脚）色（虱）

白球鞋不系带——流氓

乍入芦苇荡——不知深浅

皮鞋打蜡——一时光

皮鞋变凉鞋——穿绑

皮鞋栽筋斗——露馅（楦）了

皮鞋踢乌龟——硬碰硬

皮鞋上撒尿——五分钟的热度

皮鞋铺起来——搬楦头

边走边干——赶

对草鞋作揖——起马登程、跑了就是、溜之大吉

六画

扛进弄堂的木头——难转弯、转不过弯来

扛着棍杖去挨打——自讨苦吃

过城门刮耳朵——大头

百步走了九十九步——还差一步、就差这一步了

过了河的马——不轻易回头

过了大街进胡同——路子越走越窄

过了银桥过金桥——越走越亮堂、越走越明

过了独木桥，又上窟窿山——不往好道上走

过山客的本事——生意经

过路客喂马——做事不当事

夹脚鞋配小脚女人——不受屈

回巢的乌鸦——呱哒不完

同行拾得遗弃物——暗欢喜

刚进庙的和尚念佛经——现学现唱

光底鞋走冰道——滑得厉害

光着脚下冰窖——凉到底了

光着脚走刀刃——没事找事

光着脚追黄鼬——眉脸大变、眉脸变大了

光着脚踩玻璃碴儿——走险

光着大腿穿大褂——只顾阔气忘了丑

先穿鞋后穿袜——乱了套

先穿鞋后穿裤——乱了套

尖担担柴——两头脱、两头失塌、两头滑脱、两头落地

尖扁担——两头弯、两头脱

尖扁担挑水——心挂两头

尖尖鞋——前紧后松

尖底箩筐——不稳当、放不稳

仰着脚下蛋——废物鸡

仰着裹脚——反缠、胡缠、难缠

行走拨拉肚——运气

行走摔一跟头——不防

行程万里——始于足下

行路的换草鞋——弃旧恋新

丢了斗笠——冒（帽）失

丢了拐杖——受狗的气

合买靴子——替换着来

自行马，自喝道——自我捧场

闯到帅门前的将军——胆子真大

闯帐的张飞——好也头

阳伞去了布——铁骨铮铮

阳伞虽破骨不差——穷得清白

阳伞虽破架子不差——穷得清白

阳伞骨子——朝外撑

伞顶漏雨——轮(淋)到自己头上了、搞到自己头上了

伞顶一个洞——搞到自己头上

伞把抹糖稀——甜头在后

伞把背行礼——处处是家

伞把挂小锣——响声在后

伞把提盒子——有礼在后

伞把撑屁股——节印节(湖南)

伞铺的伙计——轮(淋)不着你

买了卧铺票——不怕没位坐、不怕路途远

七画

花鞋踩在牛粪上——底子臭

把鞋当帽子戴——不分上下

走在鼓上作路——步步响

走了的鱼——是大的、那是大的、都是大的

走了气的皮球——跳不起来

走了狼又来虎——一个比一个凶

走了和尚捉道士——有辫子抓

走了和尚走不了庙——尽管放心

走了猴子来了个姓孙的——还是他

走过的路上不长草——太毒了

走进雷区——步步小心

走进全聚德——吃香

走进杂货店——样样俱全

走进死胡同——此路不通

走出地道——豁然开朗

走近鬼门关——离死不远了

走向地下室——深入基层

走到石狮子跟前——还没有入门

走到半路遇暴雨——只能怨天

走到渡口又回头——想不过、存心不过

走到街上遇风沙——只好睁只眼闭只眼

走着尿尿——心里急

走着前人的脚印走道道——错不了辙

走拢渡口打转身——想不过、是想不过

走遍天涯海角——广州（走）

走路算账——财迷转向

走路甩鞋子——玩角（脚）

走路轧断腿——半途而废

走路拨算盘——手脚不闲

走路看脚印——太小心

走路换草鞋——喜新厌旧

走路拾元宝——机会难得、难得的机会

走路拾馒头，摔跟头捡票子——尽想好事;想得倒美

走夜路吹口哨——虚张声势

走一步思三思——考虑周到

走一步一摸屁股——小心过度

走上步看下步——瞻前顾后

走迷宫——拐弯抹角

走廊上开铺——不留余地

进了死胡同——行不通

进了迷魂阵——不知出路在哪儿

进了菜籽地——哪怕一身黄

进了网的鲤鱼——拼命乱撞

进了舱的小鱼——跑不了、跑不了啦

进了地府才后悔——来不及了、迟了

进了产房当了妈——惨（产）了

进了坟场吹口哨——自己给自己壮胆

进了地府再后悔——来不及了

进了美样展览馆——净是好话（画）

进了棺材吃人参——无补、补不了元气

进了棺材还打赌——死不认输

进了套的黄鼠狼——没跑、跑不了

衣食住行歇后语

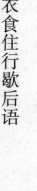

进门叫大嫂——装认识、假熟、假熟识、假热情

进门叫姑舅——假充熟人

进门先上房——压顶

进门喊大嫂——假熟、没话找话说

进屋跳窗户——没门儿、门路不对

进城不坐车——不(步)行

进城绕盘道梁——舍近求远

两只鞋穿反了——左也不是、右也不是

赤巴脚撵朝廷——苦巴结

来到水果山——给吃不给担

来到老鼠窟窿藏粮——算找到地方了

赤着双足登高山——铁脚板

赤着脚板去拜年——辛苦讨来快活吃

步行着窄鞋——不快活、走不快

步行穿窄鞋——走不快

步行寻下水船——趁不得

刚飞的鸟儿——不知高低、不知底细

刚过门的媳妇——见不得人、心里扑腾、扭扭捏捏、讨公婆喜欢

足底生疔疮一站不住脚

足底踩撵杖——自知不稳当

钉鞋不用锥子——真(针)好

钉木鞋使锥——多余

钉掌敲耳朵——不贴题(蹄)、离题(蹄)、离题(蹄)太远

钉马掌敲耳朵——离题(蹄)太远

钉锥子做鞋——硬拿(纳)

竹丝背篓——眼眼又多又细、眼睛儿又多又细

坐在飞机上看人——把人看小了、把人看低了

坐在飞机上乘凉——占上风

坐在飞机上做梦——空想

坐在飞机上唱歌——尽唱高调

坐在飞机上打电话——空谈

坐在飞机上吹唢呐——净是高调子

坐在飞机上吹喇叭——响得高

坐在飞机上看报纸——文化高

坐在飞机上扔照片——丢人不知高低

坐在轿里翻筋斗——不识抬举

坐着飞机放声唱——高歌猛进

坐着火车听广播——边走边想、道听途说

坐着火车吃烧鸡——不知把骨头扔到哪一站、这架骨头，走到哪儿扔到哪儿

坐着火箭登天——直线上升

坐着大奔看大书——底儿厚

坐着大奔看字典——牛字怎么写

坐着大奔学毛选——不会走错路

坐着轿子逛街——威风

坐着汽车撵西北风——想出风头

补皮鞋不用锥子——真（针）过硬

补草鞋——二茬活

初学自行车——一定要两手抓

没帮的破鞋——没法提、提不得、别提了

没跟的鞋子——拖拖沓沓、没法提、提不起来

纳鞋不用锥子——真（针）行

纳鞋底的锥子——奸（尖）得很、爱出风（锋）头

纳鞋底戳了手——真（针）气人

八画

拖鞋——空前绝后

拆袜子补鞋——顾面不顾理（里）

拐杖吹火——一窍不通

拐杖探井——打不着底

拐棍打狗——举手之劳

挂着拐杖下大同——倒（捣）霉（煤）

挂着拐杖走泥路——步步有点

挂着拐杖走石灰路——尽出些白点子

挂着棍儿下瓜园——不捣秧就捣蛋

挂着棍儿下洞子——处处倒（捣）霉（煤）

拉着大车去赶集——事不小

拉着大车卖韭菜——隔（割）得多

拉着大车卖煎饼——贪（摊）得多

拉着拖车卖豆腐——架子不小、好大的架子

抱着桥桩洗澡——放不得手

抱着桥桩撑船——吃力不讨好、费劲不讨好

拆了鞋面做帽檐——顾头不顾脚

拆掉袜子补鞋——顾面不面理(里)

披雨衣打伞——多此一举

披蓑衣上朝——献丑、自己献丑

披蓑衣打火——引火烧身、惹火(祸)上身

披蓑衣救人——惹火烧身、惹火上身、惹火(祸)上身

披蓑衣钻篱笆——东拉西扯、勾勾搭搭

披蓑衣啃麻饼——不看吃的看穿的

披蓑衣的被狗咬——穷人好欺负

披蓑衣放枪——疵毛大褂子

披蓑衣救火——惹火上身、惹祸(火)上身

披蓑衣啃红薯——穿没穿啥,吃没吃啥

披蓑衣啃豆渣——不看吃的看穿的

披蓑衣当消防员——引火烧身

披着雨衣戴斗笠——多此一举

刺拐棒打狗——不顺手

刺拐棒打兔子——不顺手

刺拐棒作线板——难缠

刺拐棒弹棉花——越整越乱

奔腾的洪水——拦不住

雨伞没架——支撑不开

雨伞头朝下——枝杈开啦

雨伞没骨子——撑不起来

雨伞抽了把——没了主心骨

卖了鞋子买帽子——顾头不顾脚

卖破伞跌跟头——支撑不起来

到了重庆——双喜

到了火车站——鬼(轨)多

到了奈火桥又回来——死不成

到了悬崖不勒马——死路一条

爬上山拿冠军——捷足先登

爬上山顶纳凉——走上风、尽走上风

爬上山顶打铜锣——站得高，想（响）得远

爬上树去捉鱼——撮空

爬上树去摘月亮——空掏神

爬上马背想飞天——好高骛远

爬上房子摘星星——看得见，摸得着

爬上宝塔尖迈步——玄啦

爬上塔顶吹口琴——唱高调

爬上塔顶吹笛子——高调、高调儿

爬上了热锅的蚂蚁——上也上不来，下也下不去

爬上岸的乌龟——缩头缩脑

爬在房子放风筝——再也高不了啦

爬在树顶上看戏——够受

爬在墙壁上的爬墙虎——会钻空子

爬到山巅——上等（顶）

爬到梁上大便——臭架子不少

爬到树上看月亮——未必能看清

爬到树顶上看夜戏——够难受、够难受啦

爬着拉粑粑——没劲

爬海的老螃蟹——翻不起大浪

爬墙的队长——挂起来

爬不动的王八——笨鳖一个

往袜子钉鞋掌——找错了地方、没找以地方、搞错了地方

刮断了腿的螃蟹——横行不了啦

学走路——身先试（士）足（卒）

油鞋里面出烟——有点脾（皮）气

沿着牛车的盘走路——走来走去是老路

沿着磨盘走路——没头、没头没尾

沿溪上——想到尽头

沾在鞋底上的屎——臭搅（脚）

放下拐棍作揖——老兄老弟

放着平路不走爬大坡——自讨苦吃

穿衣雨打雨伞——多上一层、多此一举

穿着蓑衣打旁连——狂炸了毛

穿着蓑衣打篓篓——赤毛撅腚

穿着蓑衣打树秸叶——越呼啦越紧

穿着蓑衣困在茅柴里——看不出

绊住头发打秋千——悬天悬地

绊倒拾个梨核——不肯（啃）

绊倒趴在井沿上——差点栽了个大跟头、差点儿栽了大跟头

绊倒趴在斧刃上——该挨批（劈）的

绊倒趴在棒底下——该挨捶的

驾着山神爷逛景——骑虎难下

驾着辕杆开倒车——走回头路

九画

草鞋——没号、不论样儿、不讲样儿、趿拉着、提不起来啦

草鞋无样——边打边像

草鞋脱襻——甩了

草鞋撞钟——打不响

草鞋脱了绊——甩开

草鞋镶珍珠——不值得

草鞋脱了耳子——甩开

草鞋上拴鸡毛——飞快、跑得快

草鞋上拴珍珠——不值得

草鞋里面长青草——慌（荒）了脚、慌（荒）了手脚

草帽丢水——冒（帽）失（湿）

草帽当钹——没音、没有音、没得音儿、想（响）不起来

草帽烂边——顶好

草帽赶驴——夹煽带拍

草帽盖锅——走了气儿、走了气啦

草帽端水——七零（淋）八落、零落、零落又滴答、滴（嘀）滴（嘀）答答

草帽加了带——顶牢靠

草帽当菜筐——颠倒一下就成

草帽当锅盖——乱扣帽子

草帽当钹敲——没有音

草帽当锣打——想（响）不起来

草帽烂了顶——坏透了

草帽戴在膝盖上——不对头

玻璃袜子玻璃鞋——名(明)角(脚)

挑了重担在薄冰上走——难啦

挑起砂锅子跳崖——没有一个好的

挑着石灰候车——白等

挑着石磨走天涯——任重道远

挑着灯草走路——干轻巧活

挑着扁担进门——横祸(货)

挑着重担爬坡——步步艰难

挑着缸钵走滑路——担风险

挑着棉花过刺林——走一步,挂一点

挑着棉花过刺笆林——东拉西扯、七勾八扯

挑着碌碡背着磨——负担太重

按着路标走——不用问、错不了

面子当鞋底——好厚的脸皮、厚脸皮

带着自行车乘汽车——多余

要跨的房子——撑不住

牵起不走拉倒退——蹩货、犟牛

牵着不走,拉着倒退——犟牛、死不进步

临去回头一望也——丢情

趴在磨上做梦——想转点子

趴在河里翻跟头——有喝没有吃

趴在屋顶上瞧人——把人看矮了

趴在磨子上睡觉——想转了、想得转了

背篓里头摇锣鼓——乱想(响)

背着行李走路——不轻松

背着梯子骂街——发贼横

背着脚扣上梯子——多此一举

背蓑衣救人——惹火烧身

削小足来试鞋子——死死板板

便鞋底抹油——溜了

毡袜裹脚——离不开靴(学)

顺腿搓绳——便当

顺脚印走路——走人后尘

顺着道儿走——不用打听

顺着沟拿鱼——没跑

顺着垄沟找豆包吃——没出息

逃荒的犬——走狗

逃荒的落户——举目无亲

逃难跑到死胡同——绝路一条

学走路摔跤——在所难免

穿了三年的乌拉——破鞋

穿上兔子鞋——蹿啦

穿反的鞋子——一致朝外

穿着鞋挠痒痒——木吱吱的

穿着皮鞋走路——欠妥(脱)

穿着拖鞋走路——迈不开步、吃声大,步子小

穿着草鞋上树——欠妥(脱)

穿着靴子上树——欠搓

穿着靴子搔痒——木滋滋的、麻木不仁

穿着蒲鞋上树——欠撮

穿着木鞋踏刺窝——硬踩

穿着呱拉板走路——响声大,步子小

穿着钉鞋拄拐杖——把稳着实

穿着绣花鞋走路——扭着来的

穿着高跟鞋上山——自己跟自己过不去

穿只木屐打只赤脚——高高低低的

穿鞋戴帽——举手之劳、各有所好

穿鞋没了底——破鞋

穿鞋卧人床——恶相、恶模样

穿不破的鞋——底子好

穿木屐上山——难上难

穿木屐干活——拖拖沓沓、拖拖拉拉

穿木屐跑步——快不了、想快也快不了

穿木屐上高墙——胆战心惊、战战兢兢

穿木屐上跳板——歪蜡骨

穿木屐走楼板——不得不想(响)、自然要想(响)

穿木屐过摩天岭——走险

穿木拖鞋过河——拖泥带水

穿木脚鞋拉火杈——把稳脚跟

穿小鞋迈大步——觉(脚)得吃亏

穿小鞋走窄门——自己跟自己过不去

穿冰鞋上沙滩——你别想溜

穿草鞋走路——轻快稳当

穿草鞋打领带——土洋结合

穿草鞋进被窝——脏蹬

穿草鞋拄拐棍——稳上加稳

穿草鞋踏水车——走不了拐

穿草鞋戴礼帽——不伦不类、不相称、不配套

穿钉鞋走路——步步扎实、把稳行事

穿钉鞋上瓦屋——不可行也、寸步难行、一片瓦全无

穿钉鞋上楼房——片瓦不留

穿钉鞋过沙坎——留点

穿钉鞋走泥路——步步扎实(湿)、步步有点、步步落实

穿钉鞋走沙滩——留点

穿钉鞋走钢板——当当响、走一路想(响)一路、走路当当响、硬碰硬

穿钉鞋踩瓦屋——捅漏子

穿钉鞋走石子路——寸步难行

穿钉鞋外搭拄拐杖——双保险

穿革鞋戴礼帽——土洋结合

穿凉鞋披大衣——不知冬夏、不知春秋

穿凉鞋戴棉帽——不知春秋、顾头不顾脚

穿高跟鞋跑步——想快也快不了

穿高跟鞋过独木桥——险上加险

穿拖鞋跑步——快不了

穿拖鞋跳芭蕾舞——洋不洋土不土

穿孝鞋走路——白跑

穿油鞋打滑——一个吊钉也没有

穿蒲鞋淌水——步步紧逼

穿新鞋走老路——因循守旧

穿新鞋走高道——不沾泥水

穿板鞋上摩天岭——好险

穿鸡毛鞋走干溜道——不沾事(湿)

穿靴戴帽——又臭又长、穿靴各人所好

穿泥屐子上街——高人一等

穿短袜着短裤——拉扯不上

穿袜登鞋——下套

穿袜没底——装面子

穿皮袜子戴皮手套——毛手毛脚

穿没底袜子——能出管来了

穿不过的巷子——死胡同

亮着大脚上婆家——自由自在

洗脚上船——干净利索

洗脚不抹脚——乱甩

洗脚盆做染缸——看你怎么摆布

洗脚水沏茶——省柴火

洗脚水倒在秧田里——物尽其用

洗脚水倒在阴沟里——臭到一块了

洗脚布——乱甩

洗脚布揩面——不分上下

迷途的信鸽——没着落

迷途的羔羊——无家可归

迷途望见北斗星——绝处逢生

迷路了回不了家——来路不明

迷路马走先——老马识途

迷失方向的帆船——随波逐流

送走客人做饭吃——吝啬鬼

送行的马——有嘴无心

送行的饺子,洗尘的面——费事也得包

烂皮鞋——乱踩

烂袜改背心——小人得志(之)

烂伞遮日——半边阴、半边明

退三步走两步——不像前进的样子

绑着腿的青蛙——跳不了啦

绕圈跑步——周而复始

十画

套鞋漏水——纰(皮)漏

赶着大车卖煎饼——贪(摊)得多

赶着大车下河——没辙

赶着牛车出国——相差十万八千里

赶着大车卖卷子——真(蒸)的多

赶着绵羊上树——难往上巴(扒)结

赶着绵羊过火焰山——往死里逼

赶着草泥马过火焰山——往死里逼

捆好行李买定鞋——决心出走

捅烂大脚充疮——无事生非

破袜改雨伞——一步(布)登天

破袜补帽檐——一步(布)登天

破鞋——提不起来

破鞋没底——怎么长(掌)来

破鞋改趿拉——甭提了

破鞋坏了帮——提不起来、提不起来了

破鞋丢在路边——谁要

破鞋碰上郎当鬼——对了茬

破鞋缝帽子——不成器(盛气)

破伞——好骨子

破伞遮雨——难免有失(湿)

破伞的骨子——里戳出

破拐杖——靠不住

配着鞍子的马儿——让人骑

倒穿鞋子反穿衣——邋遢

拿着车票进戏园——对不上号

徒行得劣马——不嫌

途中被盗——进退两难

臭脚底子不露馅——反得好名声

胶鞋渗水——纰(皮)漏

胶鞋戳破——皮透了

铁鞋上掌——要见真(砧)了

铁掌打在马背上——文(纹)不对题(蹄)

爱好旅游——喜出望外

缺腿的狐狸——没跑儿

旅行骑骆驼——不用照料

凉鞋——空前绝后

凉鞋开了带——不跟趟

袜子破了——还(鞋)好

袜子改背心——小人得志(之)

袜子当帽子——臭出头、臭出头了

袜子套在头上——落不下脸来

往袜子上钉鞋掌——找错了地方;搞错了地方

袜筒改护腕——将就材料

袜筒里冒烟——觉(脚)着了

袜筒里的东西——臭货

袜筒里摸臭虫——手到擒来

袜筒子里别胡椒——拿(辣)腿

袜筒里揣腿——保险、保险事

站在竹筒上——空虚

站在雨地里——怎么不湿脚

站在房顶跳伞——水平太低

站在门上敲锣——里外都有音

站在楼上看人——把人瞧低了

站在人背后拉弓——暗箭伤人

站在山顶上瞧人——把人看矮了

站在门后看鼓楼——斜向

站在梯子上说话——高谈阔论

站在梯子上撒尿——臭架子不小

站在海边打咳声——望洋兴叹

站在高处看打架——袖手旁观

站在锅台上扯皮——乱腔汤

站在锅台上尿尿——乱炝汤

站在墙头上骑马——就高不就低

站在架子顶上看人——数我高

站在庙门口驾秃子——跟和尚过不去

站在屋脊上吹喇叭——名(鸣)声在外

站在草席上比高低——高也有限

站在退潮的沙滩上——越是想站稳点,腿脚露出的越快

站在远洋轮上讲怪话——海外奇谈

站在小喇叭底下听出神——注意

站在太行山上望见运粮河——远水不解近渴

站起碰到天花板——到顶、到顶啦

站着出恭——死(屎)不下

站着拉屎——没劲

站着说话——不腰疼、腰不酸

站着养仔——大意

站着磨磨——推推拉拉

站着身子正——不怕影儿斜

站着养儿子——大意

站得身子正——哪怕影儿斜

站高山瞭望——看得远

高飞的鸟儿遇老鹰——没活路

流进砂箱的铁水——无孔不入

流过去的水——难回来

调了头的船——哪里来哪里去

绣鞋——尽好样、尽好样儿

绣鞋底子不用锥子——真(针)行

屑电棒的光——照人不照己、照见别人,照不见自己。

十一画

黄肿脚——不消提(蹄)

推着小车卖盆——一套又一套

推着小车上大坡——步步都登高

推着小车上瓦房——步步有坎

推着小车上屋檐——自己找崖上

推着小车下枯井——真的是栽到家了

推着小车拾褡裢——有盼(攀)了

推着小车卖油盐——一套一套的

推着小车扭屁股——不由自主

推着小车捡褡裢——有盼(攀)头了

推着小车解腰带——没得盼(攀)头了

推着小车过独木桥——害人不浅

推着小车上墙——白费劲、白费功夫

常来的客人坐冷凳——屡见不鲜

常走泥泞路——不怕栽跟头

常在河边走——怎个不湿鞋

脱鞋踩屎——臭底子

脱新鞋换旧鞋——改邪（鞋）归正

脱了旧鞋换新鞋——改邪（鞋）归正

脱下皮鞋换冰鞋——想溜、准备溜

做鞋的锥子绣花的针——一样奸（尖）

麻鞋着水——步步紧

麻布鞋上镶绸子——不成体统

着鞋卧人床——恶模样

断了脚的螃蟹——不能横行了

断了腿的青蛙——跑不了

断了腿的蛤蟆——跳不了多高

断了半边腿的蝎子——团团转

绱鞋用锥子——真（针）孬

绱鞋不用锥子——真（针）中、真（针）行、真（针）好、真（针）棒

绽开鞋前头——冒尖

十二画

跑了和尚——妙（庙）哉（在）、跑不了寺、跑不了庙

跑了灯笼——空得见

跑了鳅鱼——泥里盘

跑了羊修圈——防备后来

跑了耗子捉狐狸——一个比一个刁

跑了虾子捉到鲤鱼——格外好、理更好

跑了媳妇怨邻居家——找别人撒气

跑到旱岸捕鱼虾——根本没影儿的事

跑到月亮上唱大戏——满嘴高调

跑掉一只鞋——举足轻重

跑昏的兔子——好捉

跑上行的车硬往下行开——混"线"了

跑出去的马——步步有印

跑步前系鞋带——不能松、宜紧不宜松

跑步比赛——只图快、全靠腿快、你追我赶、动作要快

跌进米坛的耗子——好景不长

跌进糨糊盆的娃娃——糊涂人

跌倒还要抓把沙——不落空

跌到车道沟里喊救命——吓得不知深浅

跌翻鸟窝砸碎蛋——倾家荡产

短板搭桥——难到岸、不顶用、不顶事、靠不了岸

游行打腰鼓——旁敲侧击

登上架子——总认为自己高

登上摘星亭——到顶啦

属包脚布的——反正都是理（里）

十三画

靴子烂了——后补

靴子梦见帽子——高攀、想高攀

靴子里抹胶——粘上了

靴子里没袜——自得知

蒲鞋着袜——两边空

蒲鞋穿到袜里——弄错了

蒲鞋头上一嘟泥——摔（甩）到东来摔（甩）到西

暗处走路——没有影子

睡鞋——底软、底儿软、软底儿

跳下黄河——洗不清

跳上舞台凑热闹——逢场作戏

跳上岸的鱼——只张嘴巴没有声

跳过肉架吃豆腐——弃高就低、瞎狗

跳进井里的牛——有力无处使

跳进蜜罐子里——从头甜到脚

跳到染缸里——洗不清

跳到秤盘里——拿自己来量别人

跳到井里捞块馍——舍命不舍财

跳到黄河洗不清——太冤枉、冤枉

跳磴上作揖——止步

跟着大鱼上串——挂住了花腮

跟着飞机抬粪——空转

跟着火车拾粪——白跑腿、倒（捣）霉（煤）、霉（煤）气

跟着电车拾粪——白耽误时间

跟着老爷喝酒——沾光

跟着巫婆跳假神——学坏了

跟着师娘跳神——学会骗人了

跟着猴子会钻圈——学坏了

跟着骡子数蹄印——步步不缺

跟踪马队走——步人后尘

跟踪孔方兄——眼睛盯着钱

新鞋落地——头一回、头一遭

新鞋打掌子——多余

新鞋踩狗屎——屎臭鞋臭、白糟蹋

新裁的裹脚布——专门缠人

新褡裢换个破口袋——一代（袋）不如一代（袋）

遛着马儿唱山歌——奇（骑）谈

十四画

撂下拐杖作揖——老交情、老兄老弟

撂下拐棍吃麦苗——老兔子拣嫩

裹脚的大姑娘——一步挪不了三寸

裹脚的小妞儿——怕走大了脚

裹脚的脚趾头——窝囊一辈子

裹脚布——又长又臭

裹脚布围嘴——没上没下

裹脚布改衣裳——不是正经料

裹脚布补阳伞——一步（布）登天

裹脚布放风筝——臭名远扬

裹脚布挂在旗杆上——打的什么旗号

裹脚太婆的脚趾头——窝囊一辈子

漫游生物——四海为家

十五画

横过马路——左顾右盼

横过铁路——越鬼(轨)了、越鬼(轨)行为

鞋不离袜——不分彼此

鞋大袜子小——自充合的着

鞋打掌子袜上底——往事

鞋上绣凤凰——能走不能飞

鞋内跑马——没多大发展、没有多大跑头

鞋里长草——荒(慌)了脚

鞋里的海——一个(硌)儿

鞋里安电灯——名(明)角(脚)

鞋里的沙子——一个

鞋里挂电灯——名(明)角(脚)

鞋里长草,手套里生芽——慌(荒)了手脚

鞋没帮——沉(剩)底

鞋剩下帮——没底了

鞋里洒香水——过分讲究

鞋头上刺花——前程似锦

鞋线穿绣针——过不得

鞋底打掌——硬往上贴

鞋底擦油——溜了、趁早溜

鞋底钉钉子——杂(扎)揽(脚)

鞋底粘了海绵——一点声音也没有

鞋底粘着万能胶——不能自拔、走不得

鞋底上的灰尘——我有你也有

鞋底下的线——挣(针)扎

鞋底线捆豆腐——提也不要提

鞋带将松——知(只)半解

鞋刷子脱毛——有板有眼

鞋店里失火——搬楦子

鞋店里试脚——说长道短、说三道四

鞋帮上贴膏药——不自(治)觉(脚)

鞋匠铺里丢楦头——自丢自丑

鞋钉的脑袋———一面之圆（缘）

鞋铺里失火——丢了面子、丢楦头

撑着伞看天——有些不便

撑着凉伞戴草帽——多此一举

踏在薄冰上——好险、冒险、危险

踏破皮球———包气

踏破草鞋无觅处——得来全不费工夫

踏碎的鱼泡——两包气

踏着梯子上天——没门

踏着芋皮当是蛇——胆小鬼

踏着尾巴头就动——灵透

踏着脖子敲脑壳——欺人太甚、太欺负人

踏着鼻子上脸——顺事（势）

踏着膝盖上鼻子——欺人没够

踏着城墙上骆驼——够高了

踏着了老鼠尾巴——怎能不跳

踏扁了的蛤蟆——瘪了气啦

踩上氢气球——脚跟不扎实

踩着人头上天——上层人

踩着石头过河——脚踏实地

踩着地图走路———步十万八千里

踩着西瓜打球——能推就推，能滑就滑

踩着肩头拉屎——硬欺负人哩

踩着脖子敲脑壳——欺负人

踩着鼻子上脸——欺人太甚、完全不顾别人面子

踩着草绳当蛇——怕死鬼

踩着高跷看戏——半截不是人

踩着高跷过吊桥——冒险、提心吊胆

踩着高跷扇扇子——大摇大摆

踩着梯子上天——没门、没门路

踩着梯子上飞机——离门哩

踩着梯子吃星星——妄想、离天远、离天不远了

踩着麻绳当毒蛇——大惊小怪

踩着绳子过河———线之路

踩着老鳖伸脖子——越逼越不行

踩着板凳够月亮——差远哩

踩着凳子上房檐——够不着

踩着顶桩步过河——脚脚踏实

踩着银桥上金桥——越走越亮堂、越走越明、步步宽广

踩着别人脚印走路——没有大作为

踩着虎尾巴踏冰桥——冒险

踩着锣鼓点子跳舞——有板有眼、合节拍

踩死蛤蟆肚子胀——好大的气

踩死蚂蚁也要验尸——过分认真

踮着脚尖立正——不长久、难长久

踮着脚尖走路——防着、小心露水打湿靴子

踮着脚来扭秧歌——不伦不类

十六画

擦镫时间多,骑马时间少——本末倒置

戴斗笠打伞——双保险、多此一举

戴斗笠扎猛子——想翻大花

戴斗笠坐席子——独霸一方

戴斗笠的钉耙——尖上拔尖

戴斗笠的秃子——无法(发)无天

戴斗笠的鲤鱼——愚(鱼)人

戴斗笠玩狮子——劳而无功、有劳无功

戴斗笠钻秫棵——呼呼叫

戴斗笠摘桑苞——尖起个脑袋乌起个嘴

戴草帽——差里远

戴草帽扎水——下不去

戴草帽跳井——卷沿子

戴草帽打扬尘——没望

戴草帽没顶——露头

戴草帽的长虫——细高挑

戴草帽的扫帚——混充人、装人样

戴草帽的白眼狼——变不了人、假充善人出

戴草帽去亲嘴——错一帽檐子
戴草帽进庙门——冒充大头鬼
戴着镣铐爬山——寸步难行
戴着镣铐跳舞——束手束脚

十七画

蹬着梯子上天——没门儿
蹬着刀尖进虎口——步步危险
蹬着耗子当成牛——吹的

第十一章　按拼音分类的歇后语

A

a

阿炳玩计算机——盲打

阿二(民间传说中呆头呆脑、自作聪明的人)炒年糕——费力不讨好

阿二吃肉——瞎抓

阿二吹笙——滥竽充数

阿二当差——呆头呆脑

阿二当官——名不副实

阿二当郎中(中医医生)——没人敢用

阿二钓黄鳝——不咬钩

阿二满街串——吊儿郎当

阿凡提种金子——难能可贵

阿哥吃面——瞎抓

阿公吃黄连——苦也(爷)

阿拉伯数字8字分家——零比零(0:0)

阿奶抱孙子——老手

阿奶煮汤圆,阿爸撑航船——汤里来,水里去

阿婆的鞋——老样子

阿婆留胡子——不正常

阿Q式的人物——精神胜利者

阿庆嫂倒茶——滴水不漏、点滴不漏

阿庆嫂的态度——不卑不亢

阿瞎打瞌睡——不显眼

ai

挨鞭子不挨棍子——吃软不吃硬

挨踩的猪尿脬(膀胱)——瘪了

挨打的狗去咬鸡——拿别人撒气

挨打的山鸡——顾头不顾尾、顾头不顾腚(臀部)

挨打的乌龟——只会缩脖子

挨刀的瘟鸡——难活命、性命难保、扑腾不了几下

挨打的鸭子——乱窜

挨了巴掌赔不是——奴颜媚骨

挨了棒打的狗——垂头丧气

挨了打的夹尾巴狗——一副可怜相

挨了刀的肥猪——不怕开水烫

挨了刀的皮球——瘪了

挨了公主绣鞋的打——美事一桩

挨了霜的狗尾巴草——蔫了

挨着火炉吃海椒(辣椒)——里外发烧

矮夫矬妻——各有短处

矮人观场——随声附和

矮树杈子——成不了材

矮梯子上高房——搭不上言(檐)

夹尾巴狗

矮子踩高跷——取长补短、自高自大

矮子吃粉丝——好场(长)面

矮子穿长袍——拖拖拉拉

矮子穿高跟鞋——高也有限

矮子打狼——光喊不上

矮子打墙——只有一半

矮子放风筝——节节高、节节上升、出手不高

矮子放屁——低声下气

矮子跟着长子(身材高的人)走——紧赶、多跑几步路

矮子过河——不得底

矮子看戏——别人道好他也道好、听声

矮子里面拔将军——将就材料、短中取长、择优录取

矮子面前说短话——惹人多心

矮子爬楼梯——巴不得(迫切盼望)、比原来高一步

矮子爬坡——步步高升、步步登高

矮子排队——看不到头儿

矮子盘河——越盘越深

矮子婆娘——见识低

矮子骑大马——上下两难、上下为难

矮子蹚河——难过

矮子推掌——出手不高

矮子想登天——不知天高地厚、妄想、痴心妄想

矮子坐高凳——上下够不着

爱吃香的有腊肠,爱吃甜的有蜜糖——对味儿

爱打官司逞英雄——穷斗气

爱赌贪花捻酒盅——自弄穷

爱好跳伞——喜从天降

爱叫的鸟儿——不做窝

爱克斯光照人——看透了你、一眼看穿

爱买红绿颜料——贪色

an

庵庙里的尼姑——没福(夫)

庵堂不叫庵堂——妙(庙)

庵堂里的耗子落在鼓里——蒙着头挨揍

庵堂里的木鱼——任人敲打

鹌鹑脖里寻绿豆——谋财害命、图财害命

鹌鹑蛋澥(xiè 由稠变稀)黄——小坏蛋

鹌鹑的尾巴——不长、长不了

鹌鹑要吃树上果——够不着、尽想好事、想得倒美

岸边的青蛙——一触即跳

岸上的螺蛳——有口难开

岸上看人溺水——见死不救

岸上捞月——白费功夫、白费劲、枉费工

按别人的脚码买鞋——生搬硬套

按词牌填词——心中有谱

按倒的葫芦——又起来了

按方抓药——照办

按规矩办事——奉公守法

按鸡头啄米——白费心机

按老方子吃药——还是老一套

按牛头喝水——办不到、没法办

按图像找马——死板

按下葫芦起了瓢——顾了这头丢那头、此起彼落

按住电铃不抬手——老是想(响)

按着葫芦挖籽——挖一个少一个

按着路标走——错不了

按着脑袋往火炕里钻——憋气窝火

案板底下放风筝——飞不起来

案板顶门——管得宽

案板上的饼子——不敢(擀)

案板上的擀面杖——光棍一个

案板上的面团——任人欺压

案板上的肉——任人宰割

案板上砍骨头——干干脆脆

案上的红烛——燃烧自己,照亮别人

暗处走路——没有影子

暗地里盯梢——偷偷摸摸

暗地里耍拳——瞎打一阵

暗洞里裹脚——瞎缠

暗室里穿针——难过

暗中染布——照料不到

暗中使绊子——蔫儿坏

ao

熬尽了灯油——烧心(芯)

袄袖里失火——抖落不了

鳌子没有腿——专(砖)等着哩

鳌子上烙冰——化汤了

鳌子上烙饼——翻来翻去

B

ba

八百吊钱掉河里——难摸哪一吊

八百亩地一棵苗——无比娇贵

八百年前立的旗杆——老光棍

八百钱开当铺——支撑不久

八百铜钱穿一串——不成调(吊)

八磅大锤钉钉子——稳扎稳打、笃定

八宝饭掺糨子(糨糊)——糊涂到一块儿

八宝饭上撒点盐——又添一味

八辈子的老陈账——说不清

八尺布剪单衫——只大不小

八尺沟浜(小河)六尺跳板——搭不上

八寸脚穿七寸鞋——别别扭扭

八斗的米缸——装不下一石

八竿子打不着边——远着了

八哥儿的嘴——话多、随人说话、人云亦云

八哥儿啄柿子——拣软的欺(吃)

八哥儿叫人——学舌

八哥儿学舌——说人话不办人事、装人腔

八个耗子闯狼窝——好戏在后头

八个老汉划拳——三令五申(伸)

八个老头一根须——胡稀

八个麻雀抬轿——担当不起

八个钱的膏药——沾上了、粘人

八个钱儿的馄饨——不见面、没见面

八个钱算命——哪能包你一世、不包一世

八个人抬大轿——步调一致

八个人抬轿七人到——缺一不可

八个歪脖坐一桌——谁也不正眼看谁、各有偏向(项)

八个歪头站一排——互相看不起(齐)

八个油瓶七个盖——不周全

八股文的格式——千篇一律

八卦炉里睡觉——热气腾腾

八卦阵里骑马——闯不出路子、出路难找

八虎(指《杨家将》中杨继业的八个儿子)闯幽州——死的死,丢的丢

八级工(我国计划经济时代语汇,指最高技能人才)拜师傅——精益求精

八级泥水匠——抹得平

八级师傅学手艺——活到老,学到老

八级油漆工——表面涂得光

八角掉进粪坑里——难分香臭

八戒投胎——投错了胎

八斤半的鳖吞了大秤砣——狠心王八

八斤半的王八中状元——规矩(龟举)不小

八里庄的萝卜——心里美

八两线织匹布——没见过

八面找九面——没见过世(十)面

八亩地里一棵谷——就这一个

八匹马拉不开——难分难解

八擒孟获——多此一举

八十多岁没儿女——老来孤单

八十个人抬轿子——好威风

八十老公公挑担子——心有余而力不足

八十老汉害个摇头病——由不得人

八十老汉扛石磙——力不能及、力不从心

八十老妈妈狼来追——说不尽老来苦

八十老人吹喇叭——喘不上气、上气不接下气

八十老头牵猴子——玩心不退

八十老头学打球——老练

八十老翁练琵琶——老生常谈(弹)

八十老翁赛干劲——老当益壮

八十老翁学打拳——越练越结实

八十老翁学手艺——老来发奋

八十年不下雨——记他的好情(晴)儿

八十年的碓(石臼)嘴巴——老对(碓)头

八十岁不留胡子——装孙子

八十岁吹喇叭——寿长气短

八十岁当吹鼓手——充老行

八十岁的阿婆——老掉牙了

八十岁的寡妇——没指(子)望

八十岁的老头儿吹笛子——老调子

八十岁的老头儿耍猴子——老把戏

八十岁的老头儿含九十斤的烟斗——嘴劲

八十岁的老头儿害个摇头的病——由不得人

八十岁的妈妈生儿子——难上加难

八十岁刮胡子——不服老

八十岁考状元——人老心不老

八十岁老汉不戴帽——白头翁

八十岁老奶奶跳皮筋儿——活宝

八十岁老奶奶扎红头绳——老来俏

八十岁老人拄拐杖——一颠一簸

八十岁老太太搽胭脂——老来俏

八十岁婆婆打哈哈——一望无涯(牙)

八十岁婆婆戴刺梅花——别人不夸自己夸

八十岁婆婆绣花——老来发愤

八十岁婆婆嫁到饭馆里——光图吃、只讲吃

八十岁婆婆掉了牙——蠢(唇)说

八十岁生儿子——代代落后

八十岁跳舞——活得青春

八十岁无儿女——说不出的老来苦

八十岁学吹打——出息(气)不大

八十岁学吹鼓手——学来吹不久

八十岁学吹笙——不一定晚

八十岁学摔打——拼老命

八十岁学小旦——难为情

八十岁演员扮孩子——返老还童

八十岁养崽——独一个

八十岁站柜台——老在行

八岁的娃娃耍(戏弄)新娘——瞎凑热闹

八岁口的黄牛——老掉牙

八抬大轿没底儿——丢人了

八五炮打兔子——得不偿失

八仙吹喇叭——神气十足

八仙过海不用船——自有法度(渡)

八仙过海——各显神通、略显其能

八仙聚会——神聊

八仙施法——都有上天的本领

八仙桌打撑子——四平八稳

八仙桌当井盖——随方就圆

八仙桌旁的老九——坐不上正位、哪有你的位置

八仙桌缺只腿——搁不平

八仙桌上摆夜壶——不是个成就(盛酒)的家伙、算不了摆设

八仙桌上放盏灯——明摆着

八仙桌子盖酒坛——大材小用

八仙桌子——有棱有角

八仙做寿——老排场

八贤王进宫——好难请

八旬奶奶三岁孙——老的老,小的小

八月的桂花——到处飘香

八月的核桃——挤满了人(仁)儿

八月的花椒——龇牙咧嘴

八月的苦瓜——心里红

八月的栗子——爱张口

八月的莲藕——又鲜又嫩、正摊嫩时候

八月的生姜——越老越辣

八月的石榴——满脑袋的点子、龇牙咧嘴、合不拢嘴

八月的柿子——越老越红、老来红

八月的丝瓜——黑心、黑了心

八月的天气——一会儿晴,一会儿雨

八月桂花开——到处飘香

八月间的地瓜——又白又嫩

八月间的核桃——满人(仁)

八月节的团圆饼——不给外人

八月节放鞭炮——没人当回事

八月里的瓜——不摘自落

八月里的黄瓜棚——空架子

八月里的蒜——味道尖

八月里的芝麻——满顶啦

八月十八放木排——赶潮头

八月十五办年货——赶早不赶晚

八月十五吃年糕——还早了点

八月十五吃元宵——与众不同

八月十五吃月饼——正是时候

八月十五吃粽子——不是时候

八月十五的海浪——高超(潮)

八月十五的月饼——人人欢喜、上下有

八月十五的月亮——年年都一样、正大光明、众人仰望

八月十五桂花香——花好月圆

八月十五过端阳——晚了、迟了

八月十五过年——差得远、差远了

八月十五看龙灯——迟了大半年

八月十五卖门神——不是时候

八月十五生孩子——赶巧了

八月十五送鸡子儿(鸡蛋)——没这一理(礼)

八月十五送月饼——赶在节上

八月十五团圆节——一年一回

八月十五无月光——不该咱露脸

八月十五夜里吃圆饼——上有缘(圆)下有缘(圆)

八月十五月儿圆——年年有

八月十五云遮月——扫兴

八月十五涨大潮——一浪高一浪、后浪推前浪

八月十五蒸年糕——趁早(枣)

八月十五种花生——迟了

八月十五种麦——太早了

八月十五捉兔子——有你过节,无你也过节

八月石榴——咧开了嘴

八月霜打的花园——空荡荡

八只脚的螃蟹——横行霸道

八字不见一撇——没眉目、差得远、差远了

八字写一撇——少一划

巴掌被蚊咬——手痒

巴掌长疮——毒手

巴掌穿鞋——行不通、走不通

巴掌打空——劳而无功

巴掌砍树——快手

巴掌蒙眼睛——其实遮不住天

巴掌捧生姜——辣手

巴掌劈砖头——硬功夫

巴掌上摊煎饼——巧手、好手

巴掌心里长胡须——老手

叭拉狗蹲墙头——硬装坐地虎

叭拉狗掀门帘——全仗一张嘴

叭拉狗咬月亮——不知天多高

扒开肚皮——见了心

扒了锅的稀饭——胡诌（糊粥）

扒了墙的庙——慌了神

扒着软梯上天——高攀不上

芭蕉剥皮——看见心了

芭蕉插在古树上——粗枝大叶

芭蕉杆盖房子——不是那个料

芭蕉结果——一条心、紧相连

芭蕉敲锣——面面俱到

芭蕉叶上垒鸟窝——好景不长

疤瘌眼长疮——坏到一块了

疤瘌眼照镜子——自找难看

疤瘌眼做梦娶西施——尽想好事、想得倒美

疤上生疮——根底坏

粑粑吊在二梁上——眼饱肚中饥

拔草引蛇——自找苦吃

拔葱种海椒——一茬辣过一茬

拔掉屋檐卖架子——穷极了

拔河比赛——齐心合力、强拉硬拽、拉拉扯扯

拔脚花狸猫——溜啦、说跑就跑

拔节的高粱——节节高、节节上升

拔节的竹笋——天天向上

拔了的闹钟——专做提醒人的事

拔了萝卜——窟窿在

拔了萝卜窟窿在——有凭有据

拔了毛的凤凰——不如鸡

拔了毛的鸽子——看你咋飞

拔了毛的狮子——成冈不起来

拔了塞子不淌水——死心眼儿

拔了桩的篱笆——东倒西歪

拔苗助长——急于求成

把鼻涕往脸上抹——自找难看
把肥料浇到莠草(狗尾草)上——劳而无功
把镰刀挂在脖子上——找不自在
把脸装进裤裆里——见不得人
把魔当成菩萨拜——害己又害人
把墨水喝到肚子里——五脏黑透了
把牛角安在驴头上——四不像
把砒霜放在糖浆里——心狠手辣、害人不浅
把皮鞋当帽子戴——上下不分
把人赶到墙根下——走投无路
把手插在磨眼里——自找苦吃
把娃娃当猴耍——愚弄人
把妖猜当成菩萨——善恶不分
把珍珠当泥丸——真不识货
把状元关到门背后——埋没人才
靶场上的老黄忠——百发百中
靶场上练瞄准——睁只眼闭只眼
靶子上的洞眼——明摆着
坝下开会——口中热闹
霸王被围——四面楚歌
霸王逼死在乌江——无脸见江东父老
霸王别姬——无可奈何
霸王请客——吃也得吃,不吃也得吃

bai

白鼻子(戏剧中的丑角)演戏——陪衬
白笔写白墙——没改变
白璧微瑕——无伤大雅
白玻璃瓶装清水——看透了
白脖老鸹——开口是祸
白脖子屎壳郎——有特色、与众不同
白鹁鸪抱老鹰——要你的命
白布掉进靛缸里——格外出色、分外出色
白布跌油桶——洗不清、洗不净
白布染蓝色——难(蓝)了
白布上盖黑印——黑白分明

白布做棉袄——反正都是理(里)

白鹅过河——各顾各(咯咕咯)

白发人送黑发人——悲痛欲绝

白干兑凉水——没了味

白鸽子过河——沉不下去

白瓜子皮喂牲口——不是好料

白鹤跌进沙滩——拿嘴撑着

白鹤流眼泪——想愚(鱼)了

白鹤落到鸡群里——高出一头、突击

白虎进门——大难临头、灾祸临头

白灰店里买眼药——找错了门

白脚布里的虱子——老角(脚)色(虱)

白开水画画——轻(清)描淡写

白蜡杆子翻场——独挑

白蜡树结桂花——根子不正、根骨不正

白蜡做的心——见不得日头见不得火

白脸奸臣出场——恶相、恶模样

白脸狼穿西服——装文明人

白脸狼戴礼帽——变不了人、假充善人

白脸媳妇当包公——清官

白了尾巴尖的狐狸——老奸巨猾

白露过后的庄稼——一天不如一天

白鹭鸶找鱼虾——嘴长

白萝卜紫皮蒜——辣嘴

白麻纸上坟——哄鬼、骗鬼

白蚂蚁啃东西——好厉害的嘴

白猫钻灶坑——自己给自己抹黑

白毛狐狸戴礼帽——道行不小

白毛乌鸦——与众不同

白门楼上绑吕布——叫爷也不饶

白米换糠——有福不会享

白面掺蒺藜(一年生草本植物,果皮有尖刺)——没法活(和)了

白面掺石灰——瞎掺和、乱掺和

白娘娘喝了雄黄酒——现了原形、头昏脑涨

白娘子斗法海——用尽招数

白娘子救许仙——尽心尽力、竭尽全力

白娘子哭断桥——记起旧情

白娘子水漫金山——大动干戈

白娘子遇许仙——千里姻缘一线牵

白漆灯笼——空白

白切猪头肉——三不精

白日见鬼——玄乎、心里有病

白日做梦——胡思乱想

白色屎壳郎——与众不同

白蛇不过端阳节——怕露形迹

白市驿的板鸭——干绷

白水冲酱油——越来越淡

白水锅里揭奶皮——办不到、没法办

白水下石膏——成不了豆腐

白水煮白菜——淡而无味

白水煮冬瓜——没啥滋味

白水做饭——无米之炊

白素贞不舍许仙——恩爱难分

白素贞盗灵芝草——舍命不舍夫

白糖拌黄瓜——干干(甘甘)脆脆

白糖拌苦瓜——又苦又甜、同甘共苦

白糖拌蜜糖——甜上加甜

白糖包大葱——外甜心里辣

白糖包砒霜——毒在里面、心里毒

白糖涂在鼻尖上——看到吃不到

白糖嘴巴刀子心——口蜜腹剑

白天打灯笼——白搭、没用

白天的太阳,夜晚的月亮——独一无二

白天见鬼——心虚了、心里有病

白天盼月亮——甭想、莫想、休想

白天烧香,晚上逾墙——伪君子、阴一套,阳一套

白天照电筒——多此一举

白天捉鬼——没影儿的事

白铁打的刀刃——一碰就卷

白铁斧头——两面光

白铁匠戴眼镜——看透了

白兔想吃灵芝草——眼睛都急红了

白仙鹤长了个秃尾巴——美中不足

白杨树叶子——两面光

白杨树种在花园里——占了好地方

白洋河里的鹅卵石——圆圆滑滑

白衣秀士当寨主——不能容人、谁都容不得

白蚁王后——见不得阳光、见不得太阳

白蚁蛀观音——自身难保

白蚁蛀石柱——无技可施

白蚁钻过的料——坏透了

白银子碰着黑眼睛——见财起意

白纸包杨梅——显出颜色

白纸黑字——黑白分明

白纸上坟——哄鬼

白纸上画黑道——抹不掉、明摆着、清清楚楚

白纸做的灯笼——一点就亮

百步穿杨——好武艺

百尺大树当榫头——大材小用

百尺竿头挂剪刀——高才(裁)

百尺竿头拿天顶——没处落脚

百川归海——大势所趋

百合田里栽甘蔗——苦根甜苗

百合田里种麦子——苦茬子

百花争艳——各有异彩

百货大楼卖西装——一套一套的

百货店里卖鞋袜——各有尺码

百家姓不念第一个字——开口就是钱

百家姓里的老四——说的是理(李)

百家姓上少了第二姓——缺钱

百脚虫怕老母鸡——一物降一物

百斤担子加铁砣——重任在肩、肩负重任

百斤担子挑千斤——力不能及、力不从心、心有余而力不足

百斤面蒸寿桃——废物点心

百斤重担能上肩,一两笔杆提不动——大老粗

百里草原一人家——孤孤单单

百里长的公路不用拐弯——太直了

百里外去挑水——远水不解近渴、远水解不了近渴

百里奚(春秋时虞国大夫,后为秦国左相)认妻——位高不忘旧情

百里奚饲牛拜相——人不可貌相

百灵鸟唱歌——自得其乐、唱得好听

百灵鸟碰到鹦鹉——会唱的遇上会说的

百灵戏牡丹——鸟语花香

百米赛跑——分秒必争、争分夺秒、急起直追、奋起直追

百亩田中长棵谷——独此一棵

百年的大树——根深蒂固

百年的歪脖树——定型了

百年老龟下臭卵——老坏蛋

百年松当烧柴——大材小用、屈才(材)

百年松树,五月芭蕉——粗枝大叶

百鸟展翅——各显本事、各显神通

百日不下雨——久情(晴)

百岁公公吹火——老气

百岁老人过生日——难得有一回

百岁老人跑步——动漫(慢)

百岁老人做大寿——四世同堂

百岁老翁攀枯树——好险、危险

百岁养儿——难得

百万雄师过大江——势不可当

百万雄师下江南——兴师动众

百丈高竿挂红灯——红到顶了、外面看见里面红

百只麻雀炒碟菜——尽是嘴

百只兔子拉个车——乱套

百足之虫——死而不僵

柏木橡子——宁折不弯

柏油路上跑马车——没辙

柏油路上赛摩托——道平车快、通行无阻、畅通无阻

柏油马路过牛车——稳稳当当

柏油烫猪头——连根拔

摆船运蚂蚁——度(渡)量太小

摆渡不成翻了船——两头误、两下耽搁

摆龙门阵抱娃娃——两不耽误、两得其便

摆上香案请观音——一片诚心

败兵公鸡——不搭嘴了

败兵误入迷魂阵——摸不清东西南北、分不清东西南北

败家子回头——金不换

败将收残兵——重整旗鼓

拜把子兄弟开茧店——结党营私(丝)

拜罢天地去讨饭——没过一天好日子

拜佛走进吕祖庙——走错了门、找错了门

拜了天地入洞房——良辰美景

拜年不磕头——干什么来了

拜年踩高跷——什么角(脚)

拜年的见了面——你好我也好

拜年的嘴巴——尽说好话

拜堂不成亲——这算什么事儿

拜堂抽脚筋——自跪

拜堂的夫妻——谢天谢地

拜堂听见乌鸦叫——倒霉透了、真倒霉、扫兴

ban

扳不倒(不倒翁)掉到水缸里——没有稳当劲、摇摇摆摆

扳不倒盖被子——人小辈(被)大

扳不倒盖在升子里——四下无门、四路无门

扳不倒骑兔子——不稳当、不稳

扳不倒照镜子——里外不是人

扳不倒坐到烧饼上——面上人

扳不倒坐火车——没有稳当劲、摇摇摆摆

扳倒大树掏老鸹——拣有把握的干

扳倒大瓮掏小米——摸到底了

扳倒葫芦洒了油——一不做,二不休

扳倒是鼓,反转是锣——两面派

扳手紧螺帽——丝丝入扣

扳手拧螺母——顺着转

扳着腚亲嘴——不知香臭

扳着炉子烤头发——了(燎)不得

扳着指头算账——有数、数一数二

班长坐在台上——官小架子大

班房里的衙役——听差的

班房里识字——求（囚）学

班门弄斧——自不量力

斑鸠吃小豆——心中有数、肚里有数

斑鸠吃萤火虫——肚里亮堂

斑鸠打架——卖弄风流

斑鸠翻跟头——耍什么花屁股

斑马的脑袋——头头是道

搬家丢了老婆——粗心

搬块豆腐垫脚——白费力气

搬了菩萨没拆庙——老一套

搬楼梯摘星星——没谱儿

搬菩萨洗澡——越弄越糟、白费神、空劳神

搬起碌碡（liùzhou，石磙）打天——不知天高地厚

搬起碾盘打月亮——痴心妄想

搬起石磙砸碾盘——实（石）打实（石）

搬石头上山——吃力不讨好、费劲不落好、出的闲劲

搬竹竿进胡同——直来直去

搬着车轱辘上山——硬干

搬着磨盘过江——费力不讨好、费劲不落好

搬着梯子上擂台——没有好下场

搬着梯子上天——无门

板齿生毛——开不得口

板凳倒立——四脚朝天

板凳爬上墙——怪事一桩、怪事

板凳上放鸡蛋——冒险、危险、靠不住

板凳上搁蒺藜——坐不稳、坐不住

板凳上睡觉——往宽绰想、好梦不长、翻不了身

板凳上玩麻将——扒拉不开、打不开场面

板凳上钻窟窿——有板眼、有板有眼

板斧劈柴——一面砍

板门上贴门神——一个向东、一个向西

板上的泥鳅——无地容身、无处藏身

板上钉钉子——实实在在、没跑、稳扎稳打

板上扎刺——存心

半边铃铛——想（响）不起来、啥想（响）

半道上拔气门芯儿——故意刁难、有意为难

半道上捡个喇叭——有吹的了

半道上捡麒麟——快乐无比、乐不可支

半道上遇亲人——喜相逢

半吊子的一半——二百五

半个铜钱——不成方圆

半个月绣不出一朵花——真（针）慢

半根麻线——少私（丝）

半截梭子织布——独来独往

半截砖头——甩了

半斤对八两——彼此彼此、一码事、没高低、谁也不吃亏

半斤放在四两上——翘得高

半斤肉一斤佐料——够味了

半斤鸭子四两嘴——就是嘴硬、好硬的嘴

半斤一个的汤圆——大疙瘩

半空的云彩——变化莫测

半空翻跟头——终究要落地

半空挂口袋——装疯（风）

半空里打灯笼——糟糕（照高）

半空里打秋千——不落实

半空里哨响——想（响）着各（鸽）自（子）的事

半空中长草——破天荒

半空中打把势——栽个大跟头

半空中的火把——高明

半空中的气球——上不着天，下不着地、悬着哩、无依无靠

半空中吊帐子——不着实地

半空中放爆竹——想（响）得高

半空中放风筝——总有牵线人

半空中盖房子——没处落脚、落不得脚

半空中赶马——露出马脚

半空中刮蒺藜——讽（风）刺

半空中挂锅铲——吵（炒）翻了天

半空中挂剪刀——高才（裁）

半空中开吊车——谢（卸）天谢（卸）地

半空中落大雪——天花乱坠

半空中数指头——算得高

半空中响喇叭——空喊

半空中响锣鼓——名（鸣）声远扬、远近闻名（鸣）

半空中用蒸笼——气冲霄汉

半空中抓云——一把空

半拉瓜子——不算个人（仁）

半篮子喜鹊——叫唤起来没有个完、叽叽喳喳半两面做煎饼——摊不着你

半两人说千斤话——好大的口气

半路出家——从头学起

半路丢斗笠——冒（帽）失

半路丢竹子——损（笋）失

半路开小差——有始无终

半路上爆了胎——进退两难

半路上的新闻——道听途说

半路上丢算盘——失算了

半路上捡个孝帽进灵棚——哭了半天，不知死的是谁

半路上接新娘子——白费工夫、白费劲、枉费工

半路上留客——口上热闹、嘴上热情

半路上碰见劫道的——凶多吉少

半路上认阿姨——多疑（姨）

半路上杀出个程咬金——出了岔、措手不及、突如其来

半路上杀出个杨排风——好厉害的丫头

半路上拾碗片——凑词（瓷）儿

半屏山的蝴蝶——花花世界

半瓶子醋——乱晃荡

半山坡上弯腰树——值（直）不得

半山崖的观音——老实（石）人

半山腰挨雨——上下两难

半山腰倒恶水（泔水）——下流

半身子躺在棺材里——等死

半升米打糍粑——没有几个

半天打不出喷嚏来——难受、憋得慌

半天空里吊孩子——天生的

半天空里飞过的鸟——一晃就不见了

半天云里踩钢丝——提心吊胆

半天云里唱歌——调子太高

半天云里出亮星——吉星高照

半天云里打电话——空谈

半天云里打麻雀——空对空

半天云里的雨——成不了气候、不成气候

半天云里点灯——高招(照)

半天云里吊口袋——装疯(风)

半天云里吊铜铃——无所维系

半天云里翻筋斗——终久要落地

半天云里放屁——臭气熏天

半天云里挂锅铲——吵(炒)翻(飞)了天

半天云里看厮杀——袖手旁观

半天云里聊天——高谈阔论

半天云里扭秧歌——空欢喜

半天云里抛棉花——肯定落空

半天云里飘气球——高高在上、没着落

半天云里骑仙鹤——远走高飞

半天云里射靶子——高见(箭)

半天云里伸巴掌——高手

半天云里响炸雷——惊天动地

半天云里想办法——主意高

半天云里写文章——空话连篇

半天云里演杂技——艺高人胆大

半天云里宴客——空袭(席)

半天云里找对象——要求太高

半天中撒小米——为(喂)谁呀

半天抓云——一句空话飞了天

半桶水——瞎晃荡

半夜拔河——暗中使劲

半夜吃黄瓜——不知头尾、摸不着头尾

半夜吃黄连——暗中叫苦

半夜吃桃子——专拣软的捏

半夜出门做生意——赚黑钱

半夜吹笛子——暗中作乐

半夜打雷心不惊——问心无愧

半夜打跑牛——到哪里找

半夜弹钢琴——暗中作乐

半夜登门——没安好心

半夜过独木桥——步步小心

半夜喊开敬德(民间的武将门神)门——寻着挨揍

半夜喝顿面条——赶(擀)那儿啦

半夜和面——瞎捣鼓

半夜回家不点灯——瞎摸

半夜鸡叫——不晓、乱了时辰

半夜叫城门——自找钉子碰

半夜掘墓——捣鬼

半夜开窗户——心(星)挂外头

半夜里不见枪头子——攮(nǎng,刺)到贼肚里

半夜里打算盘——另有打算

半夜里的被窝——正在热乎劲上、热乎着呢

半夜里的铺盖——没人理

半夜里放炮——一鸣惊人

半夜里赶集——起得早

半夜里看钟——观点不明

半夜里抢大斧——瞎侃(砍)一通

半夜里梦见做皇帝——登了一会儿金銮殿、快活一时是一时

半夜里赶集——为时过早

半夜里摸捅火棍——摸不着头尾

半夜里尿床——流到哪儿算哪儿、不自知

半夜里起来烧水——渴极了

半夜里撒癔症(熟睡时说话或动作)——迷迷糊糊

半夜里伸腿——猛一蹬

半夜里收玉米——瞎扳

半夜里梳头——出暗计(髻)

半夜里睡磨盘——想转了

半夜里套驴——摸不着套

半夜里捅鸡窝——暗中捣蛋

半夜里玩龙灯——往回走

半夜里下雪——下落不明

半夜里绣花——越看眼越花

半夜里摘茄子——不论老嫩

半夜里捉麻雀——掏窝儿

半夜里捉迷藏——瞎摸、摸不着

半夜聊天——瞎说

半夜爬山——不知高低

半夜起来背粪筐——找死(屎)、寻死(屎)

半夜起来喝凉水——烧心不过

半夜起来喝稀饭——迷迷糊糊

半夜起来去要饭——摸不着门、哪里去讨

半夜起来收玉米——瞎干

半夜起来望天光——早呐

半夜敲门心不惊——问心无愧

半夜三更上茅房——憋得慌

半夜偷鸡——看不见的勾当

半夜洗衣月下晒——明是阳来暗是阴

半夜下饭馆——有什么吃什么、吃闭门羹

半夜下雨——下落不明、不知下落

半夜涨大水——没人见

半夜做噩梦——虚惊一场、一场虚惊

半夜做买卖——暗中交易

半夜做梦娶新娘——尽想好事、想得倒美

半云空里失火——天然(燃)

扮关公的没卸装——好个红脸大汉

扮潘金莲的没卸装——谁没见过油头粉面

扮裴生的没卸装——好个白面书生

扮秦桧的没卸装——谁没见过那二花脸

扮上黑脸照镜子——自己吓唬自己

绊倒拾个梨核——不肯(啃)

bang

帮好汉打瘸子——以强凌弱

梆子改木鱼——总是挨打的货

绑到绳上的蚂蚁——由不得你

绑匪撕票——图财害命

绑在线上的蚂蚱——跑不了

绑着头发打秋千——悬天悬地

绑着腿的青蛙——跳不了啦

膀子上绕绳子——自找罪受、自找难受

膀子一甩——不管了

膀子折断了往袖里塞——干吃哑巴亏、吃了哑巴亏

蚌壳里取珍珠——好的在里面、图财害命

傍着城隍打小鬼——得了神力

棒槌吹火——一窍不通

棒槌打缸——四分五裂

棒槌打鼓——大干一场

棒槌打孩子——掌握分寸

棒槌打锣——响当当、当当响

棒槌打石榴——敲到点上了

棒槌弹棉花——不沾弦、乱谈(弹)

棒槌当针——粗细不分

棒槌当针用——一点儿没心眼

棒槌缝衣服——当真(针)

棒槌改蜡烛——好粗的心(芯)

棒槌灌米汤——滴水不进

棒槌进城——成精作怪

棒槌拉二弦——不是个家伙

棒槌里插针——粗中有细

棒槌敲竹筒——空想(响)

棒槌上天——总有一天落地

棒槌牙签——捅不进去

棒打鸭子——刮刮(呱呱)叫

棒打鸳鸯——两分离

棒上抹油——光棍

棒子面(玉米粉)抻面条——要的就是这个劲儿

棒子面打糨糊——不沾(粘)

棒子面煮葫芦——糊糊涂涂、糊里糊涂

棒子面煮鸡蛋——糊涂蛋

棒子面做蛋糕——不是正经材料

磅秤上放粒芝麻——无足轻重、自不量力

bao

包办的婚姻——身不由己、不由自主

包大人的告示——开诚布公

包单(被单)布洗脸——大方

包工头监工——动口没动手

包河里的藕——没私(丝)

包老爷审堂——是非分明

包老爷私访——民望所归

包老爷坐大牢——不白之冤

包青天的横匾——明镜高悬

包元宵的做烙饼——多面手

包子吃到豆沙边——尝到甜头

包子出了糖——露了馅儿

包子店里卖蒸笼——热门儿货

包子里的热气——冒完算了

包子里面加砒霜——陷(馅)害人

包子馒头做一笼——大家都争气

包子没动口——不知啥滋味

包子没馅——蛮(馒)头

包子破了口——露馅了

包子铺的酱油——白给

包子熟了不揭锅——窝气

苞谷棒子生虫——专(钻)心

苞谷秸子喂牲口——天生的粗料

苞谷面打糨糊——不粘

苞谷面糊——没多大油水、油水不大

苞谷面撒饭——黏得很

苞谷面做元宵——捏不到一块儿

苞谷馍馍蘸蜂蜜——甜上又加蜜

苞谷蒸酒——有股冲劲、冲劲大

苞谷做粑粑——中看不中吃、好看不好吃

苞谷做馍馍——皇(黄)帝(的)

苞米棒喘气儿——吹胡子

苞米棒子揩屁股——里外不顺荏

苞米秸子喂牲口——不是好料

龅牙齿(牙齿突出于嘴唇外的人)啃西瓜——条条是路、条条是道、路子多

雹打的高粱秆——光棍一条

雹子砸了棉花棵子——光杆司令

宝剑出鞘——锋芒毕露

宝囊里取物——手到擒来

宝塔顶上的宝葫芦——尖上拔尖

饱带干粮晴带伞——有备无患

保家卫国——人人有责

保姆当妈妈——熟手

保姆做嫁妆——替别人欢喜

保温瓶的塞子——赌(堵)气

保险柜挂大锁——万无一失

保险柜里安家——目的是安全

保险柜里安雷管——暗藏杀机

报国寺里卖骆驼——没有那个事(寺)

报时的雄鸡——不用催、叫得早

报纸上的社论——句句讲真理

抱干柴救烈火——越帮越忙、帮倒忙

抱杆子下河坝——打一辈子烂仗

抱黄连敲门——苦到家了

抱火炉吃西瓜——不知冷热

抱鸡婆长胡子——窝里老

抱鸡婆扯媚眼——两眼一翻

抱鸡婆打摆子——窝里战(颤)、又扑又颠

抱鸡婆带鸡崽儿——只管自家一窝

抱鸡婆抓糠壳——白欢喜、空欢喜、空喜一场

抱紧肚子装饱汉——空虚

抱母鸡啄狗——一个扎头

抱木头跳江——不成(沉)

抱琵琶进牛棚——对牛弹琴

抱菩萨睡觉——头热、一头冷来一头热

抱元宝跳井——舍命不舍财

抱在怀里的西瓜——没跑、十拿九稳

抱住影子跳舞——虚抱(抱)

抱着茶壶喝水——嘴对嘴

抱着灯芯救火——惹火烧身、引火烧身

抱着擀面杖当笙吹——一窍不通

抱着孩子拜天地——双喜临门

抱着孩子纳底子——插针的空都不留

抱着孩子推磨——添人不添劲

抱着葫芦不开瓢——死脑筋

抱着黄连做生意——苦心经营

抱着火炉拉家常——句句暖心窝

抱着金砖挨饿——活该

抱着金砖跳海——人财两空

抱着蜡烛取暖——不济事

抱着老虎喊救命——自找死

抱着木棍推磨——死转圈子

抱着木炭亲嘴——碰了一鼻子灰

抱着琵琶跳井——越谈（弹）越深

抱着钱匣子睡觉——财迷心窍、财迷

抱着桥桩撑船——蠢人蠢事

抱着石头跳深渊——死不回头

抱着书本骑驴——走着瞧

抱着铁耙子亲嘴——自找钉子碰

抱着弦子放牛——乱谈情（弹琴）

抱着香炉打喷嚏——触一鼻子灰

抱着银子去上吊——死都要抓点钱

抱着枕头跳舞——自得其乐

抱着枕头做好梦——空喜一场

豹子吃马鹿——好大的胃口

豹子借猪狗借骨——有去无回

豹子进山——浑身是胆

豹子啃石头——白啃

豹子临死还想扑人——本性难移

鲍叔识管仲——知心

暴风雨中的航船——顶风破浪

暴雨前的闪电——大发雷霆

爆炒鹅卵石——不进油盐

爆米花沏茶——泡汤了

爆竹的脾气——一点就炸

爆竹店着火——一响全响、响得好热闹

爆竹掉进水里——不想(响)

bei

杯弓蛇影——自相惊扰

杯水车薪——无济于事、不济事

北冰洋的梅子——寒酸

北冰洋的夜晚——冷静

北冰洋上聊天——全是冷言冷语

北极的冰川——顽固不化

北极的另一端——难(南)极

北极熊打呵欠——尽吹冷风

北门外开米店——外行

北面开窗——不怕冷风

背绑手骑车——根本不服(扶)

背地里骂知县——没用处、无用、没得用

背鼎锅上山——吃不住劲

背鼎锅跳加官(旧时戏曲开场或演出中,遇显贵到场时加演的舞蹈节目)——费力不讨好、吃力不讨好、费劲不落好

背篼里头摇锣鼓——乱想(响)

背儿媳回家——出力又挨骂

背方桌下井——随方就圆、随得方就得圆

背鼓进祠堂——一副挨打的相、找捶

背鼓上门——寻着打

背鼓追槌——自讨打、讨打

背棺材跳河——自取灭亡

背锅上坡——钱(前)紧

背后挂胡琴——拉不着

背后挂镜子——照见别人,照不见自己、只照别人不照自己

背后拉弓——暗箭伤人

背后来了虎——不敢回头

背后抹胡琴——拉不着

背后施一礼——没人领情、不领情

背后捅刀子——暗里伤人

背后作揖——反礼、瞎做人情

背集摆摊子——外行

背脊梁吃人参——候（后）补

背街摆箩筐——外行

背靠背睡觉——体贴人

背靠背走路——各奔东西

背靠悬崖——没退路了

背门板上街——好大的牌子

背米讨饭——装穷

背起磨石唱戏——费力不讨好

背人偷酒吃——冷暖自家知

背上被刺扎——不能自拔

背上的灰——自己看不见

背石头上山——硬吃亏、自找麻烦

背石头下河——摸底

背石头游华山——累赘

背时（倒霉）的媒婆——两头挨骂

背手后挂胡琴——拉不着

背手上鸡窝——不简单（拣蛋）

背手作揖——没这一理（礼）

背水作战——断了后路、不留后路

背媳妇过独木桥——又惊又喜

背心藏臭虫——久仰（痒）

背心穿在衬衫外——乱套了

背阳坡上的太阳——不久长、难长久

背阴李子——酸透了

背油桶救火——惹火烧身、引火烧身

背着包袱跑步——不利索

背着醋罐子讨饭——穷酸

背着大米讨饭——装穷

背着碓窝（石臼）打官司——费力不讨好、吃力不讨好、费劲不落好

背着甘蔗上楼梯——步步高，节节甜

背着棺材上阵——豁出去了

背着棺材跳黄河——成心找死

背着哈哈镜走路——不怕后人见笑

背着孩子爬山——要上都上

背着孩子找孩子——昏头了

背着黑锅做人——直不起腰、抬不起头

背着脚扣上梯子——多此一举

背着喇叭赶集——揽差事

背着喇叭坐飞机——吹上天了

背着灵牌上火线——拼啦

背着灵牌下火海——自取灭亡

背着孩子爬山

背着马桶出差——走一路臭一路

背着棉絮过河——越背越重

背着木鱼进庙门——一脸挨打的相

背着牛头不认账——死赖

背着婆娘看戏——丢人又受累

背着人作揖——各尽其心

背着石头上山——自找麻烦

背着手爬泰山——步步高升、步步登高

背着算盘满街串——找仗(账)打

背着蓑衣去救火——惹火烧身

背着先人过河——失(湿)谱

背着丈夫打酒喝——招待外人

被踩烂的毒菌——浑身冒坏水

被虫咬了的花朵——缺伴(瓣)儿

被虫子咬过的果实——未老先衰

被打败的公鸡——垂头丧气

被单补袜子——大材小用

被单里眨眼睛——自欺欺人、自己哄自己

被单蒙桌子——作为(包围)很大

被单作尿布——太浪费

被封住了嘴巴——哼不出声

被糊涂油蒙了心——一点不清醒

被猎人追赶的金鹿——慌里慌张

被埋没的陶俑——永无出头之日、难出头

被面上刺绣——锦上添花

被人追赶的贼娃子——慌不择路

被窝里的跳蚤——翻不了天

被窝里放屁——自己臭自己

被窝里放收音机——自得其乐

被窝里划拳——没掺外手

被窝里挤眉弄眼——自己糊弄自己

被窝里磨牙——怀恨在心

被窝里抹眼泪——独自悲伤

被窝里伸出一只脚——你算老几

被窝里伸手——摸清底细

被窝里使眼色——自欺欺人

被窝里耍拳——有力无处使

被窝里踢皮球——施展不开

被窝里喂虎——害人又害己

被窝里养老虎——留下祸根、留下后患

被窝里捉跳蚤——瞎抓

被追打的老鼠——见洞就钻

被子裹冰棒——包涵(寒)

被子里边烂——表面好

ben

本土的麻雀——帮手多

笨厨子做菜——荤素一锅熬

笨狗攆(追赶)兔子——不沾边、沾不上边

笨驴子过桥——步步难

笨牛吃麻雀——不好捉弄

笨人下棋——死不顾家

笨媳妇纳的袜底儿——凹凸不平

笨贼偷法官——自投罗网

笨贼偷石臼——费力不讨好、吃力不讨好、费劲不落好

笨猪拱刺蓬——自找苦吃

beng

崩鼻子戴眼镜——没着落

崩了群的马——四处逃散

崩着牙吹笛——没有好声

甏(beng,坛子)里捞螺蛳——摸底

镚子(小型硬币)当眼镜——看不透

bi

逼出来的口供——信不得、不是实话

逼楚霸王寻死——心理战术

逼公鸡下蛋——故意刁难、没法办

逼人跳悬崖——害人不浅

逼上梁山——横竖一拼

逼上门的生意——没有好货

逼生蚕做硬茧——故意刁难、使不得、如何使得

逼着牯牛（公牛）生子——强人所难

逼着山羊去拉犁——拼老命

比干丞相——没心

比赛场上的运动员——争先恐后

比着被子伸腿——量力而行

比着箍箍买鸡蛋——哪有这么合适的

比着葫芦画瓢——走不了样

秕谷喂鸡——长不肥

笔杆子吹火——小里小气

笔管里打瞌睡——细人

笔筒里看天——目光狭窄

笔头掉到面缸里——净写别（白）字

笔直的大马路——正直公道

闭灯看家书——公私私分明

闭卷考试——看不到输（书）

闭口葫芦——肚里空

闭了眼和面——瞎掺和、乱掺和

闭门造车——自作聪明、不合辙、自作主张

箅（bì，蒸锅中的竹屉）子上取窝头——十拿九稳

壁缝里的风——到处钻

壁虎捕虫——不动声色、出其不意

壁虎的尾巴——活的、节节活

壁虎掀门帘——露一小手

壁画上的耕牛——不中用、离（犁）不得

壁画上的樱桃——中看不中吃、好看不能吃

壁角里使镢头（jué，刨土的工具）——挖墙脚（角）

壁上的耕牛——离（犁）不得

壁上的寒暑表——善于看气候

壁上挂鬼图——鬼话(画)

壁上挂甲鱼——没有依靠

壁上挂帘子——不像话(画)、不成话(画)

壁上挂美人——你爱她,她不爱你

壁上挂网——斜眼多

壁上画棋盘——一个子留不住

壁上画琴——不能谈(弹)

壁上种灯草——白费工夫、白费劲、枉费工

壁头上的春牛——惊(耕)不得

篦子上抓蒸馍——手到擒来

bian

边放鞭炮边打枪——真真假假

编编匠(善于哄骗的人)的嘴——说得好听

蝙蝠的眼睛——目光短浅

蝙蝠观阵——哪边胜站哪边

蝙蝠看太阳——瞎了眼、颠倒黑白

蝙蝠扑太阳——不知高低

蝙蝠睡觉——反恐(空)

鞭打快牛——忍辱负重

鞭打绵羊过火焰山——往死里逼

鞭打棉絮——到处开花

鞭打千里驹——快马加鞭

鞭打死马——劳而无功、有劳无功

鞭杆当笛吹——没心眼

鞭杆做大梁——不是正经东西

鞭炮两头点——想(响)到一块儿了

鞭炮扔进麻雀窝——炸飞了

鞭梢上的蛤蟆——不经摔打

鞭子抽蚂蚁——专拣小的欺

扁担不带钩——两头滑

扁担插进桥眼里——不敢承担

扁担撑船——行不远

扁担冲水——牌子很大

扁担吹火——一窍不通

扁担戳鸡子儿(鸡蛋)——捣蛋

扁担打跟头——先一头落地

扁担当凳坐——不是久留之客

扁担倒了也认不出来——一字不识

扁担捣鸡笼——鸡飞蛋打

扁担钩的眼睛——长长了

扁担开花——不可能的事、没人见过

扁担靠在电杆上——矮了半截、矮了一大截

扁担窟窿插麦茬——对上眼了

扁担插进桥眼里——担不起

扁担两头挂箩筐——成双成对

扁担量布——大家有数

扁担料子——做不了房梁

扁担搂柴——管得宽

扁担绕在竹竿上——有靠

扁担上搁鸡蛋——冒险、危险、不稳当

扁担上睡觉——翻不了身

扁担腾空——诽谤(飞棒)

扁担挑彩灯——两头美

扁担挑柴火——心(薪)挂两头

扁担挑灯笼——两头明

扁担挑缸钵——两头滑脱、两头耍滑

扁担挑水——挂两头

扁担挑水走滑路——心挂两头

扁担挑油——心悬两头

扁担无钉——两头耍滑

扁担砸杠子——直打直

扁担做桨用——划不来

扁担做裤带——转不过弯来

扁担做桅杆——担风险

扁豆绕在竹竿上——有靠了

扁豆馅里搀砒霜——心里毒

扁鹊开处方——手到病除、妙手回春

扁嘴子(鸭子)过河——摸不着底

便壶没鼻——不好捉摸、难捉摸

变戏法的本领——全凭手快

变戏法的打滚——没招啦

变戏法的打锣——虚张声势

变戏法的功夫——手疾眼快

变戏法的跪下——没了法

变戏法的亮手帕——不藏不掖

变戏法的拿块布——掩掩盖盖

变戏法的耍猴——就显他了

变形的钢板——难校正

变质的鸡蛋——臭在里面

biao

镖打窦尔敦(清代侠义公案小说《施公案全传》中的豪侠,其为人正派,侠肝义胆,深受武林人士拥戴)——冷不防

表店的师傅——一眼看中(钟)

表面火热心里冷——笑面虎

表上的针——总在原地方转

裱糊店里的纸人——一点就透、一戳就破

裱糊匠的铺子——字多画多

裱糊匠开糟房(酿酒作坊)——酒少话(画)多

裱糊匠上天——胡(糊)云

裱画店里的蛀虫——吃人家的话(画)

裱画店里失火——自己丢出话(画)来

bie

鳖蛋上抹香油——圆滑、又圆又滑

鳖咬手指头——抓住不放、揪住不放

别做小豆子饭——总闷(焖)着

蹩脚郎中(中医医生)——头痛医头,脚痛医脚、杀人不见血

蹩脚木匠的活路(工作)——东一句(锯),西一句(锯)

瘪肚臭虫——要叮人

瘪瓜子扒稻——巴不得

瘪瓜子——不诚(成)实

瘪粒儿的麦穗——头扬得高

瘪了的唢呐——看你怎么吹

瘪芝麻榨油——没多大油水、知水不大

瘪嘴吹箫——走漏风声

bin

宾馆里的地毯——老被人踩

宾馆里的门迎——笑脸迎人

镔铁做铧口——离（犁）不得

bing

冰坂上的驴子——四脚朝天

冰棒杆——吃完就丢

冰棒架屋——栋（冻）梁之才（材）

冰雹过后洪水来——多灾多难

冰雹砸荷叶——不堪一击、落花流水

冰雹砸了棉花棵——尽光棍、全是光棍

冰雹砸破脑袋——祸从天降

冰槽里冻黄瓜——干脆、干干脆脆

冰岛上的土地爷——没人拜

冰冻的豆腐——难办（拌）

冰冻三尺——非一日之寒

冰河解冻——化了

冰河上赶鸭子——大家耍滑

冰河上架屋——白搭

冰窖出来进蒸笼——忽冷忽热

冰窖里打哈哈——冷笑

冰窖起火——没见过

冰精蒸荔枝——甜透了

冰库里点蜡——洞（冻）房花烛

冰库里说话——冷言冷语

冰块掉进醋缸里——寒酸

冰块见了太阳——立即融化

冰凌当拐杖——靠不住、不可靠

冰凌的豆腐——难办（掰）

冰凌挂胸口——凉透心、冷透了

冰凌上跑马——站不住脚

冰凌上摔一跤——拉巴不起来

冰凌上睡觉——浑身没点热气

冰凌煮黄连——同甘共苦

冰面上盖房子——不牢靠

冰面上站人——长不了

冰山上的雪莲——冻了心

冰山上画画——好景不长

冰山上跑火车——行不通、走不通

冰上长豆芽——冷了心

冰上的爬犁(雪橇)——溜得快

冰上走路——小心在意

冰滩上的鱼——由(游)不得你

冰炭同炉——两不相投

冰糖掉到蜜罐里——甜透了

冰糖葫芦——一串一串的

冰糖蘸荔枝——甜上加甜

冰糖煮黄连——同甘共苦

冰糖做药引子——苦尽甜来、苦中有甜

冰天雪地发牢骚——冷言冷语

冰箱里的瓜子——良(凉)种

冰雪地里埋死人——冷处理

冰雪埋在肚子上——凉了半截

冰镇汽水——贼凉快

兵败如山倒——溃不成军

兵来将挡,水来土掩——各有一技之长、一物降一物、各有各的办法

兵临城下弹琴——故作镇静

兵营里操练——拿腔(枪)作势

并肩走路——平行

并列第一名——不分上下

病汉手里掷铁球——强挣扎

病好打太医——恩将仇报、以怨报德

病好郎中到——晚了、迟了

病好遇良医——太晚了

病猫的尾巴——翘不起来

病人吃药——对症才行

病人干咳——谈(痰)不来

病人拍皮球——有气无力、少气无力

病入膏肓——不可救药、没法治、没治了

病重不吃药——等死

bo

拨好的闹钟——不到时候不打点

拨开竹叶见梅花——分清白

拨浪鼓——两面响

拨着头发找疤癞——吹毛求疵(刺)

玻璃板上涂蜡——又光又滑

玻璃棒槌——空好看、没用处、废物、经不起敲打、不堪一击

玻璃杯沏茶——看到底

玻璃杯盛雪——明明白白、明白

玻璃碴子掉在油缸里——又奸(尖)又猾(滑)

玻璃窗里看戏——一眼看透、一眼看穿

玻璃蛋子变鸡蛋——有一套

玻璃灯笼——里外都亮

玻璃灯罩——吹出来的

玻璃掉在镜子上——明打明

玻璃掉在茅坑(厕所里的粪坑)里——又滑又臭

玻璃肚皮——一眼看透、看透心肝

玻璃缸柜里圈麻雀——乱冲

玻璃缸里的标本——缺乏生气

玻璃缸里的金鱼——掀不起大浪、没有出路、大不了

玻璃缸里生豆芽——根底看得清

玻璃缸内关苍蝇——乱撞

玻璃观音——神明、明白人

玻璃耗子琉璃猫,铁铸公鸡铜羊羔——一毛不拔

玻璃夹里的标本——缺乏生气

玻璃镜上的人儿——有影无踪

玻璃筷子夹凉粉——光对光

玻璃瓶当暖壶——热乎一阵子

玻璃瓶里插蜡烛——心里亮、肚里明

玻璃瓶里的蛤蟆——看到光明无出路

玻璃瓶里装开水——三分钟的热劲儿

玻璃瓶里装王八——原(圆)形毕露

玻璃瓶内关蚊子——明通暗不通

玻璃瓶装宝物——一眼看穿

玻璃瓶装金鱼——一眼看透

玻璃铺的家当——不堪一击

玻璃球上拴麻线——难缠

玻璃上放花盆——明摆着

玻璃上跑车——没辙

玻璃上绣花——白费工夫、枉费工

玻璃娃娃——明白人

玻璃袜子玻璃鞋——名角（明脚）

玻璃眼镜——各投各眼、各对各眼

玻璃做鼓——经不起敲打

剥葱捣蒜——干的小事

剥开的花生果——杀身成仁

剥开墨鱼皮了肚——一副黑心肠

剥开皮肉种红豆——入骨相思

剥了皮的蛤蟆——临死还要跳三跳

剥皮的狗头——太露骨

剥皮的青藤——一丝不挂

剥皮的树——不长

剥皮的鱼儿——片甲不留

脖梗子上拴驴——不是正桩

脖颈上磨刀——冒险、危险到顶了、太悬乎

脖子上挂镰刀——好险、冒险、危险

脖子比杠子还硬——不打弯弯

脖子后头留胡子——随便（辫）

脖子后头抹蜜——眼下尝不到甜头

脖子里割瘿袋（长在颈上的囊状瘤，据说除瘿会危及生命）——杀人的勾当

脖子上安轴承——脑袋灵活得很、滑头、滑头滑脑

脖子上插电扇——走上风、尽走上风

脖子上挂雷管——太悬乎

脖子上挂锣槌——吊儿郎当

脖子上挂笊篱——劳（捞）心

脖子上挂镯子——放不下脸、脸面上下不来

脖子上套绳子——自找没命、找死

脖子上套套索——没跑、跑不了

脖子上扎腰带——错记（系）了

脖子伸进铡刀下——送死、寻死、自己找死

菠菜下锅——一趟(烫)就熟

菠菜煮豆腐——一清(青)二白

菠菜子儿——小刺儿头

菠萝皮的脸——疙疙瘩瘩

伯乐挥鞭——骑马找马

铙子(打击乐器)翻转敲——唱反调

博物馆的陈列品——老古董

薄冰上迈步——胆战心惊、战战兢兢

薄刀切葱——两头空、两落空

薄刀切豆腐——两面光

薄地里棉花——一絮完了

薄皮气球——不攻自破

薄情郎休妻——另有新欢

薄纸糊窗棂——一戳就穿

跛脚穿花鞋——边走边瞧

跛脚儿担水——一步一步来

跛脚赶到,会场散掉——晚了、迟了

跛脚画眉——唱得跳不得

跛脚佬打山猎——坐着喊

跛脚驴跟马跑——辈子跟不上、永远赶不上

跛脚马碰到瞎眼骡——难兄难弟

跛脚马上阵——没有好下场、有死无活

跛脚毛驴——不走正道、光走歪道

跛脚丫子不怕黄鼠狼——送死、自己找死

跛驴背破口袋——都是废物

跛子拔萝卜——歪扯

跛子拜年——就势一歪、以歪就歪

跛子踩高跷——早晚有他的好看

跛子唱戏文——难下台、下不了台

跛子打秋千——一处拐腿、处处拐腿

跛子打围——坐着喊、坐地呐喊

跛子赶老婆——越赶越远

跛子赶马——望尘莫及

跛子划船——以歪就歪

跛子撵(追赶)兔子——力不能及、力不从心、心有余而力不足

跛子爬楼梯——步步难

跛子爬山——步步有险、一步三分险

跛子跑步——大摇大摆

跛子骑瞎马——各有所长、各有所短

跛子上楼——一步一步来

跛子上台——立场不稳

跛子抬轿——又险又难看

跛子下跪——以歪就歪

跛子走路——左右摇摆、摇摆不定、一步步来

簸箕比天——比不上、不沾边、沾不上边

簸箕里的蚂蚁——条条是路、条条是道、路子多

bu

补锅的摇手——不敢定(钉)

补锅匠戴眼镜——净找茬(岔)儿

补锅匠的脊梁——背黑锅

补锅匠揽瓷器活——假充内行

补锅匠摔跟头——倒贴(铁)

补锅匠阉猪——充内行

补锅匠摇头——不一定(易钉)

补锅匠进庙来——不中(补钟)

补过的瓷碗——总有痕迹

补祸匠的脊梁——背黑锅

补考——一线生机

补了又补的破轮胎——到处泄气

补漏趁天晴——不要错过时机

补破锅的揽瓷器活——没事找事、假充内行

补碗的摆手——没词(瓷)儿

捕风捉影——有假无真

捕尽黄鼠狼——宝(保)鸡

不挨皮鞭挨砖头——吃硬不吃软

不保温的热水瓶——没有胆

不背秤砣挑灯草——避重就轻

不拔灯不添油——省心(芯)

不长毛的家雀——往哪里飞

不尝老姜——不知辣

不成葫芦不成瓢——两不像

不吃豆腐啃骨头——服软不服硬

不吃河豚(河豚有毒,烹饪不到位食用后易中毒)——避风险

不吃馒头——争(蒸)口气

不吃桑叶的老蚕——尽是私(丝)

不吃羊肉沾了羊膻臭——自背臭名

不出鸡的鸡子儿(鸡蛋)——坏蛋

不出芽的谷子——孬(坏、不好)种、不是好种

不搭棚的葡萄——没有架子、不摆架子

不大不小的老鼠——最刁

不倒翁得相思病——坐卧不安、坐卧不宁

不倒翁——立场不稳

不倒翁沏茶——没水平

不倒翁骑兔子——没个老实劲儿

不倒翁坐车——没个稳重劲、稳当不了、摇摆不定

不倒翁坐烧饼——面上人

不倒翁坐铁圈——里边人

不到黄河心不死——倔强、死心塌地、顽固不化

不饿带干粮——有备无患

不犯王法坐大牢——冤枉、太冤枉

不放酱油烧猪蹄——白提(蹄)

不负责的批评——信口开河

不够十两——强充一斤

不喊叫的狗——暗里咬人、暗下口

不恨绳短怨井深——错怪了人家

不会喝酒伴醉客——舍命陪君子

不见棺材不落泪,不到黄河不死心——死心塌地、顽固到底

不见兔子不撒鹰——做事稳当

不叫的黄蜂——暗伤人、暗里伤人

不结网的蜘蛛——逮不住虫儿

不尽长江滚滚来——无穷无尽、一泻千里

不敬老板敬伙计——认错了主

不开花的玫瑰——净刺儿

不啃骨头吃豆腐——吃软不吃硬

不拉胡琴只吹箫——只在眼里出气

不能成亲仍相爱——藕断丝连

不碰南墙不回头——倔强、顽固到底

不三的弟弟——不是(四)

不湿的哥哥——不干

不识字的人看布告——一纸都是墨、一篇大道理、老说一抹黑

不拾柴禾不买煤——俏(烧)啥

不是撑船匠——咋敢弄竹竿

不是船工乱弄竿——假充内行

不是烂羊尾巴——藏不了蛆

不是鱼死,就是网破——有你无我

不熟的葡萄——酸溜溜的、酸气十足、酸得很

不熟的杏子——酸极了

不听梆子听大鼓——说的比唱的好听

不听使唤的套筒枪——卡壳了

不翼而飞——必有原因

不饮酒人伴醉汉——强奉陪

不栽果树吃桃子——坐享其成

不撞南墙不回头——顽固到底

不着窝的兔子——东跑西颠

布袋里倒西瓜——有啥道(倒)啥

布袋里的菱角——争着出风(锋)头

布袋里兜菱角——奸(尖)的出头

布袋里老鸦——虽活如死

布袋里买猫——不知底细

布袋里盛猫——装迷糊

布袋里掏瓜子——稳拿把攥

布袋里装麦秸——草包

布袋里装牛角——内中有弯

布袋里装石榴皮——一个子也没有

布告贴在楼顶上——天知道

布机上的棉线——千头万绪

布机上的梭子——不打不走、直来直去、去了又来

步枪卡了壳——不响

刨嘴吃刨花——填不饱肚子

C

ca

擦镫时间多,骑马时间少——本末倒置

擦火柴点电灯——其实不然(燃)

擦脚布擦飞机——臭上天了

擦脚布当领带——不是正经材料

擦亮眼睛更敢干——明目张胆

擦脂粉进棺材——死要面子

擦脏了的纸巾——捡它干啥

cai

猜对了谜底——言重(中)了

才出壳的鸡娃——嫩得很

才出窝的麻雀——翅膀不硬

才揭盖的蒸笼——热气腾腾

才输了当头炮——慌什么哩

才脱了阎王,又撞着小鬼——躲了一灾又一灾、祸不单行

才捉到的鲤鱼——活蹦乱跳

才子佳人结鸳鸯——好事成双

才子配佳人——恰好一对、十全十美

财迷转向——走路算账

财神庙的土地——爱财

财神爷摆手——没有钱

财神爷夸口——有的是钱

财神爷打灯笼——找钱

财神爷打官司——有钱就有理

财神爷打架——挣钱

财神爷戴乌纱帽——钱也有,权也有

财神爷的土地——爱才(财)

财神爷发慈悲——有的是钱

财神爷翻脸——不认账

财神爷放账——无利可图

财神爷叫门——好事临头、钱到家了

财神爷进门——富起来了

财神爷摸脑壳——好事临头

财神爷敲门——福从天降

财神爷要饭——装穷

财神爷招手——好事临头、来福了

财神爷着烂衫——人不可貌相

财主家的狗——认富不认穷

财主劫道——为富不仁

裁缝搬家——依依(衣衣)不舍

裁缝比手艺——认真(针)

裁缝不带尺——存心不良(量)

裁缝不用剪子——胡扯

裁缝打架——真(针)干

裁缝戴眼镜——见缝插针、认(纫)真(针)、以身作则

裁缝的本事——真(针)好

裁缝的尺子——量人不量己、不量自己,光量别人

裁缝的顶针——当真(针)

裁缝的家当——真正(针挣)的

裁缝的肩膀——有限(线)

裁缝的手艺——认真(纫针)

裁缝掉了剪子——就剩下吃(尺)了、找吃(尺)

裁缝端碗油——不是喷的

裁缝干活——忘不了吃(尺)

裁缝和木匠结亲——一正(针)一作(凿)

裁缝剪衣——以身作则

裁缝老师买田——千真(针)万真(针)

裁缝撂(放下)剪子——不睬(裁)

裁缝没得米——当真(针)

裁缝没有了剪子——只有尺(吃)了

裁缝拿线——认真(纫针)

裁缝铺扯筋(闹纠纷、闹矛盾)——争长论短

裁缝铺倒闭——当真(针)

裁缝铺的衣服——一套一套的

裁缝师傅不上任——忘了俭(剪)啦

裁缝师傅传经——句句真(针)话

裁缝师傅戴戒指——顶真(针)

裁缝师傅的本事——真(针)狠
裁缝师傅的尺子——量体裁衣
裁缝师傅对绣娘——一个行当
裁缝师傅脱落了线——纯(寻)真(针)
裁缝师傅手艺巧——全靠真(针)功夫
裁缝师傅手中忙——穿针引线
裁缝绣娘——各干一行
裁缝坐飞机——天才(裁)
裁缝作嫁衣——替旁人欢喜
裁缝做龙袍——格外小心
裁缝做衣不用尺——自有分寸
裁缝做衣服——要良(量)心(身)、因人而异
裁缝做衣——讲究分寸
裁剪师傅的手艺——量体裁衣
彩虹和白云谈情——一吹就散
踩板凳够月亮——手短、差得远、差远了
踩瘪了的鱼泡——泄气
踩高跷的过河——半截不是人
踩高跷过吊桥——拿性命开玩笑
踩高跷上高墙——胆战心惊、战战兢兢
踩虎尾,踏春冰——好险、危险、冒险
踩了尾巴的狗——气得嗷嗷叫
踩死蛤蟆大肚子——气可不小
踩死蚂蚁也要验尸——过分认真
踩着矮凳子上房檐——够不着
踩着鼻子上脸——欺人太甚、太欺负人
踩着地图走路——一步十万八千里
踩着高跷过独木桥——艺高人胆大
踩着高跷看戏——高出一截子
踩着肩膀撒尿——成心糟蹋人
踩着肩头往头上拉屎——硬欺负人
踩着井绳当是蛇——胆小鬼、大惊小怪
踩着石头过河——脚踏实地
踩着梯子摘星星——离天远着哪、差得远呢
踩着土地爷头上拉屎——欺负神小
踩着乌龟叫出头——越逼越不行

踩着西瓜皮打排球——能推就推,能滑就滑

踩着银桥上金桥——越走越亮堂

菜板上的肉——任人宰割

菜刀碰菜板——乒乒乓乓

菜刀切豆腐——不费劲

菜刀切藕——心眼多、心眼不少、片片有眼

菜刀剃头——与众不同、太悬乎

菜地里的蚯蚓——钻得不深

菜地里少水——蔫啦

菜地里围篱笆——没有不透风的墙

菜瓜打驴——一断半截

菜瓜打锣——一锤子买卖、一锤子交易

菜馆里的揩台布——酸甜苦辣样样尝过

菜锅里炒鹅卵石——不进油盐、油盐不进

菜篮里装泥鳅——走的走,溜的溜

菜盘子里落鸡毛——挟它出去

菜勺子掏耳朵——进不去、没法下去

菜摊上的黄菜叶——不值钱

菜园里不种菜——闲员(园)

菜园里长狗尿苔(鬼笔,一种有毒的真菌)——不是好苗头

菜园里的长人参——稀罕事

菜园里的海椒(辣椒)——越老越红

菜园里的辣椒——越高越厉害

菜园里的垄沟——四通八达

菜园里的辘轳(安在井上绞起汲水斗的器具)——由人摆布

菜园里的羊角葱——越老越辣

菜籽不出油——太(菜)糟

菜籽里的黄豆——数它大

菜籽落到针眼里——遇了缘(圆)、凑巧了、正好

蔡伦论战——纸上谈兵

蔡瑁迎刘备——好话说尽,坏事做绝

can

参谋皱眉头——一筹(愁)莫展

参天的大树——高不可攀

餐桌上的苍蝇——混饭吃

餐桌上放痰盂——算哪盆菜

餐桌上搁痰盂——不是正经家伙、不是个家伙

残局的棋盘——就那么几个子儿

残局的卒子——说不定要靠他(它)、不可小看

蚕宝宝吃桑叶——胃口越来越大

蚕宝宝打架——私(丝)事

蚕宝宝的嘴巴——出口成诗(丝)

蚕宝宝读书——私(丝)念、思(丝)念

蚕宝宝牵蜘蛛——私(丝)连私(丝)

蚕宝宝伸头——私(丝)人

蚕宝宝做茧——自缠身、自己捆自己

蚕吃桑叶——一星半点地啃下去

蚕豆就萝卜——嘎嘣脆

蚕豆开花——黑心、黑了心

蚕儿肚子——净是私(丝)、私(丝)心

蚕儿嘴上长疮——没事(丝)

蚕茧拉出丝头——扯个没完

蚕爬扫帚——净找岔(杈)

蚕子变蛾子——要飞了

蚕子的脑壳——亮的

灿烂的朝霞——红红火火

cang

仓底米——太陈旧

仓库搬家——翻老底儿

苍蝇拜把子——小玩意

苍蝇包网子(妇女罩头的小网)——好大的脸皮

苍蝇采花——装疯(蜂)

苍蝇吃蜂蜜——沾(粘)上了

苍蝇吹喇叭——自不量力、不自量

苍蝇打哈欠——没好气

苍蝇戴个莲蓬帽——人小脸面窄

苍蝇到处飞——讨人嫌

苍蝇的翅膀——扇不起多大风浪

苍蝇飞进花园里——装疯(蜂)

苍蝇飞进牛眼里——自讨麻烦、找累(泪)吃

苍蝇飞进盐店里——不识闲(咸)儿

苍蝇给牛抓痒痒——无济于事、不济事

苍蝇尥蹶子——小踢蹬

苍蝇爬到马尾上——依附别人

苍蝇碰玻璃——看到光明无前途

苍蝇碰上蜘蛛网——难脱身、有去无回

苍蝇掐了头——垂头丧气

苍蝇推墙——自不量力、不自量

苍蝇舞灯草——摆起架势来了

藏经阁失火——输(书)光了

藏起灯草点松脂——昧了良心(芯)

藏在开关里的线路——很复杂

操场上的士兵——步调一致

操场上捉迷藏——无地容身、无处藏身

操练的士兵——步调一致

操纵木偶——不能放手

cao

曹操八十万兵马过独木桥——没完没了

曹操败走华容道——不出所料、不幸中之大幸、兵荒马乱、走对了路子

曹操背时遇蒋干,胡豆背时遇稀饭——倒霉透了、真倒霉

曹操不回城——大败而逃

曹操吃鸡肋——食之无味,弃之可惜

曹操打徐州——报仇心切

曹操的人马——多多益善、越多越好

曹操割须——以己律人

曹操派蒋干——用人不当

曹操杀蔡瑁——上当受骗、操之过急、中了反间计

曹操杀华佗——恩将仇报、以怨报德、讳疾忌医

曹操杀吕伯奢——将错就错

曹操杀吕布——悔之莫及、后悔已晚

曹操杀杨修——嫉妒之心

曹操下江南——来得凶,败得惨

曹操用计——又奸又滑

曹操用人——唯才是举

曹操遇关公——喜不自禁

曹操遇蒋干——倒霉透了、真倒霉、差点儿误大事

曹操遇马超——割须弃袍

曹操遇庞统——中了连环计

曹操战宛城——大败而逃

曹操张飞打哑谜——你猜你的,我猜我的

曹操诸葛亮——脾气不一样

曹操转胎——疑心重

曹操做事——干干净净

曹操做寿——贺礼实收

曹刿论战——一鼓作气

曹营的徐庶——人在曹营心在汉

曹营贴赏格——招兵买马

曹植吟"七步诗"——一气呵成、逼出来的

曹植作诗——七步成章

槽笛吹火——到处泄气

草拔了根——活不长远

草把儿打仗——假充好汉

草把儿撞钟——不想(响)

草把子做灯——好粗的心(芯)

草包竖大汉——能吃不能干

草车后头拴头牛——是个拽家

草船借箭——满载而归、巧用天时、多多益善、坐享其成

眼镜蛇

草刺卡嗓子——说不出话来

草丛里的眼镜蛇——歹毒

草丛里的鹌鹑——溜啦

草袋换布袋——一代(袋)强似一代(袋)

草地上的蘑菇——单根独苗

草甸上的苇子——靠不住、不可靠

草垫上绣花——底子太差

草房上安兽头——配不上、不配

草棵里的蚂蟥——不是善虫

草里头的斑鸠——不知春秋

草驴(母驴)卖了买叫驴(公驴)——胡倒腾

草帽戴在膝盖上——不对头

草帽当钹(打击乐器)——没有音

草帽当锅盖——乱扣帽子

草帽当锣打——想(响)不起来

草帽端水——七零八落、一场空

草帽盖锅——走了气啦

草帽烂了边——顶好、没言(沿)

草帽没有顶——露头

草泥塘里冒泡——发笑(酵)

草坪丢针——没处寻、难寻

草人吹笛——无声

草人的肚子——没货

草人的头——没脑子

草人的胸腔——无心

草人的腰杆——硬不起来

草人翻脸——无情无义

草人过河——漂浮不定

草人讲话——口气不硬

草人救火——白送死、自取灭亡、自身难保

草人举手——没指望

草人看秤——不知轻重

草人看戏——无动于衷

草人落水——不成(沉)

草入牛口——其命不久

草上的露水——不久长、难长久、见不得太阳

草上露水瓦上霜——见不得阳光、长不了

草绳拔河——经不住拉

草绳吊绣球——粗人做细事

草绳湿了水——格外来劲

草窝里扒出个状元郎——埋没人才

草窝里长葫芦——不等出头就老了

草窝里抓刺猬——不好下手

草鞋里面长青草——慌(荒)了手脚

草鞋上拴鸡毛——飞快、跑得快

草鞋上镶珍珠——不值得

草鞋脱襻(pàn,用布做的扣住纽扣的套儿)——甩了

草鞋无样——边打边相(端详)

草鞋撞钟——打不响

草药铺的甘草——处处少不了他(它)

草原的苇子——肚里空空

草原上比赛——马不停蹄

草原上出门——起（骑）码（马）

草原上的百灵鸟——嘴巧

草原上的疯骆驼——见人就撵

草原上的劲风——挡不住

草原上的狍子——三五成群

草原上的天气——变化多端

草原上的苇子——肚里空

草窝里抓刺猬——不好下手

草原上点火——着慌（荒）

草原上放牧——漫无边际

草原上跑马——大有奔头

草籽喂牲口——不是好料

ce

厕所里的石头——又臭又硬

厕所里照镜子——臭美

cha

插床开车——直上直下

插根筷子当旗杆——竖不起来

插秧能手——善哉（栽），善哉（栽）

茶杯掉在地上——净崩词（瓷）

茶杯盖上放鸡蛋——靠不住、不可靠

茶杯里的胖大海——自大、自我膨胀

茶杯里的糖块——寿命不长

茶馆搬家——另起炉灶

茶馆的火剪——倒霉（捣煤）

茶馆里摆龙门阵——想到哪里说到哪里、想起什么说什么

茶馆里不要的伙计——哪壶不开偏提哪壶

茶馆里的板凳——随便坐

茶馆里的买卖——滴水不漏、点滴不漏

茶馆里挂斧头——胡（壶）作（斫）非为

茶馆里伸手——胡（壶）来

茶馆里谈生意——老交情

茶罐里煮牛头——装不下

茶壶打掉把儿——只剩一张嘴了

茶壶里打伞——支撑不开

茶壶里的风暴——大不了

茶壶里喊冤——胡(壶)闹

茶壶里开染房——不好摆布

茶壶里泡豆芽——受不完的勾头罪

茶壶里烧炭——一肚子气

茶壶里贴饼子——难下手、下不了手、无法下手

茶壶里头的汤圆——倒不出来、好进难出、只进不出

茶壶里洗澡——扑腾不开

茶壶里养鱼——油(游)水不大

茶壶里栽大蒜——一根独苗

茶壶里煮冻梨——道(倒)出来也是酸货

茶壶里煮挂面——难捞

茶壶里煮馄饨——一肚子话(货)

茶壶里煮鸡蛋——没几个

茶壶里煮饺子——肚里有货、肚里有货倒不出、有货倒不出、肚里明白

茶壶没肚儿——光剩嘴

茶壶碰破了嘴——无伤大体

茶壶有嘴难说话——热情在里头

茶壶有嘴——说不出话

茶壶装饺子——易进难出

茶几上摆擂台——踢腾不开、蹬打不开

茶里放盐——惹人嫌(咸)

茶盘里落苍蝇——恶心

茶铺搬家——另起炉灶

茶铺子里的水——滚开

茶食店里失火——果然(燃)

茶太浓了——苦口

茶碗打酒——不在乎(壶)

搽粉不描眉——白眼

搽粉进棺材——死要面子、死要脸

搽粉照镜子——自我欣赏

搽米汤上吊——糊涂死了

搽胭脂亲嘴——血口喷(碰)人

搽胭脂坐飞机——美上天了

岔道上分手——各走各的路、各奔前程

chai

拆城隍庙竖土地庙——因小失大

拆东墙补西墙——顾此失彼、穷折腾、将就着过、堵不完的窟窿

拆房逮耗子——大干一场、得不偿失

拆房卖瓦——光顾眼前、只顾眼前

拆口袋做衣襟——改邪归正

拆了大梁当长枪——大干一场

拆了的破庙——没有神

拆了房子搭鸡棚——不值得、值不得、得不偿失

拆了房子种粮食——有得吃,没得住

拆了裤子做帽子——顾头不顾腚

拆了屋子放风筝——只图风流不顾家

拆了鞋面做帽檐——顾头不顾脚

拆庙搬菩萨——干脆利索、干净利索、收摊子

拆庙打泥胎——顺手杀一刀

拆庙赶和尚——各奔东西

拆庙赶菩萨——没有神

拆庙种灯草——有心(芯)无神

拆散的鸳鸯——难成双、成不了双、孤单得很

拆扫帚配破畚箕(簸箕)——物以类聚

拆袜子补鞋——顾面不顾理(里)

拆屋唱戏——只图欢乐不顾家

拆屋卖瓦——穷思竭想

拆屋檐卖祥子(大块的劈柴)——穷思竭想

拆一座祠堂得一片瓦——不上算、不合算、不值得

柴草堆如山——多心(薪)

柴草人救人——自身难保

柴多厨房小——放不下心(薪)

柴花狗撵兔子——一样皮毛

柴火堆上倒汽油——一点就着、点火就着

柴火棍搔痒——一把硬手、是把硬手

柴火上浇汽油——一点就着

柴鸡叫油鸡抱了——串秧儿

柴上贴灵符——心(薪)里有鬼

柴油机抽水——吞吞吐吐

豺狗吃瘟鸡——弱肉强食

豺狗掉牙齿——老狼

豺狗子吃马鹿——胃口不小

豺狗子见了饿狼——一个比个凶、一个比一个恶

豺狗子咬核桃——没吃着人(仁),倒咯了牙

豺狼朝羊堆笑脸——阴险歹毒

豺狼肚子——装羊(洋)

豺狼恨猎人——死对头

豺狼披羊皮——冒充好人

豺狼请客——绝无好事

豺狼请兔子的客——不是好事、绝无好心

豺狼头上找鹿茸——异想天开、痴心妄想、妄想

豺狼遭火烧——焦头烂额

chan

掺水的老白干——没冲劲儿

馋狗等骨头——急不可待

馋鬼打灯笼——找吃的

馋鬼进药店——自讨苦吃

馋鬼抢生肉——贪多嚼不烂

馋猫挨着锅台转——别有用心

馋猫吃耗子——生吞活剥

馋猫见了腥味——沾上了

馋人打赌——净是吃的

馋嘴巴走进药材店——自讨苦吃、自找苦吃

蝉不叫蝉——知了

蟾蜍向蛤蟆借毛——两家无

铲不掉的锅巴——死硬

铲子切菜——不地道(抵刀)

chang

菖蒲花儿——难见面

长白山的大雪——满天飞

长白山的人参——久负盛名

长白山的野人参——难得、得之不易、越老越好

长白山上架梯子——越爬越高

长坂坡上的赵子龙——孤军奋战

长臂猿——手长

长脖鹿的脑袋——高人一头
长城上的炮楼——根基厚实
长城上的砖——不知经过多少风雨
长城上卖肉——架子大
长城上跑步——大有奔头、起点高
长虫(蛇)吃棒槌——直脖啦
长虫吃扁担——直通通的、直杠杠的、硬挺、直棍一条
长虫吃长虫——比比长短看
长虫吃大象——贪心不足
长虫吃高粱——顺杆(秆)爬
长虫吃蛤蟆——慢慢地咽
长虫吃黄鳝——直拼杀
长虫吃鸡蛋——吞吞吐吐、疙里疙瘩、有粗有细
长虫吃了烟袋油——浑身哆嗦、直哆嗦
长虫抽大烟——苦得打滚
长虫磋商——莽(蟒)撞
长虫打架——绕脖子
长虫戴草帽——充高个儿、细高挑儿(身材细长的人)、装高
长虫当拐杖——靠不住、不可靠
长虫斗仙鹤——绕脖子
长虫夺龙珠——异想天开
长虫凫水——一溜歪邪(斜)
长虫跟王八打架——净绕脖子
长虫过河——不过三尺
长虫过街——莽(蟒)行
长虫过篱笆——光钻空子、见缝就钻、无孔不入、不死也要脱层皮
长虫过乱石滩——绕来绕去
长虫过门槛——点头哈腰
长虫见硫磺——骨头都酥了
长虫拉火车——啥(蛇)劲
长虫没眼睛——盲从(虫)
长虫爬到犁头——狡(绞)猾(滑)
长虫爬进枪筒里——难回头、回头难
长虫爬镰刀——不敢缠
长虫爬牛角——钻不进
长虫爬树——专绕弯

长虫跑进玉米地——缠杆

长虫碰壁——莽(蟒)撞

长虫蜕皮——摆在明处

长虫吞扁担——一头吞

长虫吞大象——没法咽下去

长虫吞擀面杖——直棍一条

长虫吞筷子——难回头、回头难

长虫吞针——扎心

长虫脱皮——溜之大吉

长虫下山——直出溜

长虫遇雄黄——酥骨了

长虫钻刺蓬——有去无回

长虫钻到犁辕下——妥帖(驮铁)

长虫钻进酒瓶里——进退两难

长虫钻进鸟铳(一种打鸟用的旧式火器)里——难转弯、转不过弯来

长虫钻进竹筒——死不转弯、转不过弯来、难回头

长春君子兰——风行一时

长工吃犒劳——难得的好处

长工的岁月——难熬

长工的住房——一无所有

长工干活——磨洋工

长工害痨病——贫病交迫

长工家里殁死人——家破人亡、家败人亡

长工血汗钱——来之不易

长工指望月月满,短工指望太阳落——混日子

长江大桥上钓鱼——差得远、差远了

长江的水——川流不息

长江后浪推前浪——一波未平,一波又起

长江黄河里的水——无穷无尽

长江黄河流入海——殊途同归

长江里的波涛——一浪高一浪、后浪推前浪

长江里的石头——经过风浪

长江里漂木头——付(浮)之东流

长江流水——滔滔不绝、一泻千里

长江水万里流——波涛滚滚

长江涨大水——来势凶猛

长脚蚊叮木脑壳——看错了人、认错了人

长颈鹿脖子仙鹤腿——各有所长

长颈鹿吃树叶——不必往上爬

长颈鹿的脑袋——突出、高人一头

长颈鹿进马群——高出了头

长颈鹿进羊群——非常突出、高出一大截

长颈鹿睡觉——白(背)脖子

长空霹雳——天下闻名(鸣)

长空响炸雷——天下闻名(鸣)

长老种芝麻——未得见

长了三只手——爱偷

长了兔子腿——跑得快

长明灯草满添油——做好了准备

长袍马褂瓜皮帽——现在不兴这一套、老一套

长袍马褂——过时货

长跑比赛——争分夺秒、有奔头

长篇小说——千言万语

长期缺钙——软骨头

长全毛的喜鹊——飞啦

长人穿短衣——好笑(小)

长人进矮屋——弯腰又低头

长衫子改夹袄——取长补短

长蛇缠脚杆——狡猾

长生果——不老实

长绳子拉海带——根子在下面

长时间潜水——太憋气

长丝瓜当扁担——不晓得软硬

长添灯草满添油——早做准备

长途电话——不可不听

长途行车——总要拐弯

长尾巴蝎子——毒极了、最毒、一肚子坏水

长线放风筝——慢慢来

长一只耳朵的人——偏听偏信

长竹竿戳水道眼儿——通到底

长竹竿进城——拐不过弯儿

长竹竿进巷道——直来直去

长竹篙撑小船——一点就开

肠子不打弯——直肠子、直肠直肚、直性子、直性人

常春藤搭在墙头上——难解难分、难分难离

常来的客人坐冷板凳——屡见不鲜

常年吃饭馆——从不动火

常胜将军——百战百胜

常胜将军出征——所向无敌

常胜将军还朝——凯旋归来

常胜将军临敌——旗开得胜

常胜将军上疆场——不获全胜不收兵

常使的驴——摸透了脾气

常用的铁具——不生锈

常在河边走——哪有不湿鞋

常走泥泞路——不怕栽跟头

嫦娥奔月——一去不复返

嫦娥跳舞——两袖清风

敞开锅炒玉米——乱蹦乱跳

唱大鼓的吞石灰——白说

唱旦的不涂粉——玩真本事

唱旦的留胡子——改行了

唱歌变调——离谱

唱歌离了谱——不入调

唱京戏拉单弦——变了调

唱傀儡戏的提线——要人哩

唱驴皮影（皮影戏。因剧中人物剪影用驴皮做成而得名）的——要人哩

唱木偶戏的——尽捉弄人

唱皮影戏的跌跟头——丢人打家伙

唱皮影戏的住店——人旺财不旺

唱青衣的顶着碾盘舞——费力不讨好、吃力不讨好、费劲不落好

唱戏拜天地——一会儿的夫妻

唱戏不拉胡琴——干嚎

唱戏踩高跷——半截不是人

唱戏穿玻璃鞋——名（明）角（脚）

唱戏打边鼓——旁敲侧击

唱戏打水桶——算啥家伙

唱戏的挨刀——无伤大体、无关大体、不怕

唱戏的扮傻子——装憨卖傻

唱戏的扮新郎——高兴一时是一时、快活一时算一时

唱戏的穿龙袍——成不了皇帝

唱戏的吹胡子——假生气、一副生气相

唱戏的打板子——一五一十

唱戏的打架——伤不着人

唱戏的登场——很快就要亮相

唱戏的点兵——名不副实

唱戏的掉眼泪——可歌可泣、装相、收买人心

唱戏的抖三抖——假威风、假神气

唱戏的喝彩——自己给自己捧场、自吹自擂

唱戏的喝酒——比画、做样子

唱戏的胡子——哪能当真、假的

唱戏的换胡子——又是一个人

唱戏的教徒弟——幕后指点

唱戏的绝技——耍花腔

唱戏的开门——装模作样

唱戏的没主角——胡闹台

唱戏的抹两鬓——装模作样、装样子

唱戏的念道白——自言自语

唱戏的跑圈儿——走过场

唱戏的骑马——不(步)行、走人了

唱戏的欠功夫——装什么不像什么

唱戏的淌眼泪——可歌可泣

唱戏的腿,说书的嘴——能伸能缩(说)、说近就近,说远就远

唱戏的腿抽筋——难下台、下不了台

唱戏的卸了装——原形毕露

唱戏的演双簧——随声附和

唱戏的摇鹅毛扇——冒充斯文、假斯文

唱戏的转圈圈——走过场

唱戏的做买卖——改了行

唱戏离了弦——跑调了

唱戏哩走路——转哩

唱戏摸鬓角——假做作

唱小旦的哭瞎了眼——替古人担忧

chao

抄着手过日子——等着饿死、懒死了

钞票洗额头——见钱眼开

超车不鸣号——想惹祸

超载的火车——任重道远

晁盖的军师——无(吴)用

朝山拜观音——诚心实意

朝太阳举灯笼——充亮

朝天铳(一种旧式火器)走火——放空炮

朝天放箭——无的放矢、空想(响)

朝天辣椒——够呛

朝天泼水——成不了气候、不成气候

朝天一箭——无的放矢

朝廷表态——一言为定

朝廷吃煎饼——均(君)摊

朝鲜人过年——要狗命

朝中无人莫做官——没靠山

朝着窗户吹喇叭——名(鸣)声在外

潮湿的鞭炮——没想(响)头

潮水退了再下网——晚了、迟了

炒菜不放盐——乏味、淡而无味

炒菜的勺子——尝尽了酸甜苦辣

炒菜的铁锅——腻透了

炒菜放错了作料——不对味、不是味儿

炒菜放油盐——理所当然

炒菜锅里的四季豆——不进油盐

炒豆大家吃,砸锅一人兜——不公平、倒霉透了、真倒霉

炒豆发芽——好事难盼

炒胡豆(蚕豆)下酒——干脆、干干脆脆

炒花生煮姜汤——吃香的喝辣的

炒韭菜放葱——白搭

炒了的虾仁——红透了

炒了一盆麻雀脑袋——多嘴多舌

炒米机爆玉米——话(花)多

炒面炖蛋——面子账(胀)

炒面捏白头翁——老熟人

炒面捏的人——熟人

炒面捏窝窝——捏不拢、难捏合

炒熟的豆子——不发芽、做不了种

炒虾等不到红——太性急

炒下水——热心肠

炒咸菜不放酱油——有言(盐)在先

炒咸菜放盐巴——太闲(咸)了

che

车把势扔鞭子——没人敢(赶)、谁敢(赶)、

车大门小——推不出

车到路口遇红灯——不可行

车到山前必有路——走着瞧

车到终点站——不想下也得下

车道沟里的长虫——装硬骨头

车道沟里的泥鳅——掀不起大浪、翻不了大浪

车道沟里写诗文——不合辙

车翻了去驯马——晚了、迟了

车干塘水捉鱼——不顾后患、一个也溜不掉、只图一回

车工三班倒——连轴转

车沟里翻船——不可能的事、没人见过、没有的事

车轱辘(车轮)断了轴——滚开

车后头拴小牛——歹(带)毒(犊)

车离城门——出事(市)了

车辆对开——各走一边

车轮子没轴——转不开

车皮挂上了火车头——跟着走

车屁股安发动机——后劲大

车上拉客——宰(载)人

车胎拔下气门芯——泄气

车胎放炮——瘪了

车胎煞气(内充气体的器物因有小孔而慢慢漏气)——纰(皮)漏、招架不住

车胎上的气门芯——里外受气

车陷泥塘——越陷越深

车有车道,船有航道——各有各的路

车载千斤有地担——与己无关、与我无关

车站的铁轨——条条是道、条条是路、路子多

车站上的蚊子——专跟过路人作对

车轴卷乱麻——理不清

车子下坡——不能回头

车走盘山公路——净绕圈子

扯不断的链条——一环紧扣一环

扯掉画皮的恶鬼——凶相毕露

扯胡子过河——谦虚(牵须)

扯开顺风篷——得势

扯开头的线团子——牵扯很远

扯裤子补补丁——堵不完的窟窿

扯了龙袍打太子——一命换一命

扯了萝卜有眼在——没有白费力

扯铃扯到半空中——空想(响)

扯乱了的丝线——找不到头、找不着个头

扯满蓬划船——一帆风顺

扯牛皮筋儿——一股韧劲

扯旗放炮去打猎——声势不小,收获不大

扯旗杆放炮——生怕别人不知道

扯起风帆又荡桨——有福不会享

扯起眉毛哄眼睛——自欺欺人、自己哄自己

扯秧子摘南瓜——两不耽误、两得其便

扯着骨头带着筋——互相牵连、相互关联

扯着胡子打滴溜——嘴上功夫、全凭嘴劲

扯着胡子打秋千——谦虚(牵须)

扯着老虎尾巴——抖威风

扯着老虎尾巴喊救命——送死、自己找死

扯着绳索挣死牛——费力不讨好、吃力不讨好、费劲不落好

chen

臣民进皇宫——层层深入

沉香木当柴烧——用才(材)不当

陈阿大接待外宾——洋相百出

陈醋当黄酒喝了——哭笑不得

陈醋调进开水里——分不出皂白

陈醋煮青梅——酸上加酸

陈宫捉放曹——忠义感人心

陈谷做种子——难发芽

陈年的皇历——不管用

陈年的芝麻——没得用

陈年谷子烂芝麻——不新鲜

陈年老账——没法了结

陈胜扯旗——揭竿而起

陈胜起义——一呼百应

陈氏太极拳——刚柔并济

陈世美不认秦香莲——喜新厌旧

陈世美打轿夫——不识抬举

陈世美犯法——包办（指包公办案）

陈世美娶个再嫁女——同床异梦

陈世美杀妻——忘恩负义

晨雾炊烟——一吹就散

趁风扬灰——掩人耳目

趁圪垯（小土丘）下马——自找台阶

趁热吃豆包——粘手

趁热打铁——赶紧、正在火候上

趁水和泥，趁火打铁——一举两得

趁水踏沉船——助人为恶

趁下雨和泥——顺便

趁着大风扫街——吃饱了撑的、假积极

趁着大雨泼污水——销（消）赃（脏）灭迹

趁着热汤下笊篱——赶紧

cheng

撑不开的伞——没骨头

撑船不用篙——放任自流、任其自流

撑船的老板——见风使舵

撑杆打水——此起彼落

撑竿跳高——一跃而上

撑篙子进房门——直来直去、直进直出、直出直入

撑破雨伞——骨子在

撑歪墙的木头——硬顶、死撑、硬撑

撑阳伞戴凉帽——多此一举

成对的蝴蝶——比翼双飞

成吉思汗的兵马——所向无敌

成熟的芭蕉——黄了

成熟的稻穗——垂着头、耷拉(下垂)着脑袋

成熟的花生果——满人(仁)

成熟的莲子——心里苦

成熟的脓包——捅破算了

成熟的庄稼遭冰打——可惜、真可惜

成天想蚕茧——只顾私(丝)

城隍出主意——诡(鬼)计多端

城隍丢斗笠——冒(帽)失鬼

城隍老节娶妻——抬轿的是鬼,坐轿的也是鬼

城隍老爷搬家——神出鬼没

城隍老爷戴孝——白跑(袍)

城隍老爷的胡豆——鬼吵(炒)

城隍老爷发神经——鬼迷心窍

城隍老爷嫁女儿——鬼打扮

城隍老爷拉胡琴——鬼扯

城隍老爷剃脑壳——鬼头鬼脑、摸鬼脑壳

城隍老爷掷骰子(色子)——净是鬼点子、鬼点子多

城隍庙的泥像——坐一辈子

城隍庙的判官——龇牙咧嘴

城隍庙的菩萨——正襟危坐、不怕鬼

城隍庙的石狮子——搬不动、一对儿

城隍庙的铁算盘——难算、算不清、不由人算

城隍庙里摆卦摊——骗鬼

城隍庙里唱戏——给鬼看

城隍庙里朝观音——走错了门、找错了门

城隍庙里扯牌九——鬼场合

城隍庙里出告示——吓鬼了

城隍庙里穿裤——羞死鬼

城隍庙里打官司——死对头

城隍庙里打饥荒——穷鬼

城隍庙里打扇——刮阴风

城隍庙里的匾额——有求必应

城隍庙里的鼓槌——一对儿

城隍庙里的泥胎——鬼头鬼脑、鬼样子、鬼相

城隍庙里的神——站就站一生,坐就坐一世

城隍庙里的算盘——不由人拨拉

城隍庙里的小鬼——大小是尊神、老瞪眼睛不开腔

城隍庙里的猪头——有主的

城隍庙里挂弓箭——色(射)鬼

城隍庙里讲故事——鬼话连篇

城隍庙里聚会——净是鬼

城隍庙里卖假药——哄鬼、骗鬼、哄死人

城隍庙里卖麻布——鬼扯

城隍庙里冒烟——点鬼火

城隍庙里内讧——鬼打架

城隍庙里玩魔术——鬼花招

城隍庙里着了火——小鬼的嘴里都冒烟

城隍菩萨的马——不见起(骑)

城隍菩萨拉二胡——鬼扯

城隍爷不穿裤子——羞死鬼、无耻

城隍爷出巡——慌了土地佬

城隍爷打糨子(糯糊)——糊涂鬼

城隍爷的马——样子货、骑不得

城隍爷掉井里,土地爷扒头看——不敢劳(捞)驾、劳(捞)不起大驾

城隍爷躲债——穷鬼

城隍爷脚上长草——慌(荒)了神

城隍与玉皇——天地之别

城隍找土地爷拉呱儿(闲谈)——神聊

城隍皱眉头——净是鬼点子、鬼点子多

城里人不识货——麦苗当成韭菜割

城里人不识烂泥塘——陷人坑

城楼的大门——经得起推敲

城楼顶上放风筝——起点高

城楼上的雀儿——耐惊耐怕

城楼上的石阶——高级

城楼上看马打架——与己无关、与我无关

城楼上看人——眼光太高

城楼上亮相——高姿态

城门洞的行人——来去自由

城门洞里的砖头——踢进踢出,踢出来的

城门洞里抬木头——直来直去、直进直出、直出直入

城门楼上乘凉——好出风头

城门楼上的麻雀——见过大世面、胆子大

城门楼上的哨兵——高手（守）

城门楼上吊大钟——群众观点

城门楼上挂猪头——架子不小、好大的架子

城墙上的草——风吹两边倒

城墙上点烽火——告急

城墙上赶麻雀——白费工夫、白费劲、枉费工

城墙上挂镜子——照添（天）

城墙上挂帘子——没门

城墙上挂钥匙——开诚（城）相见

城墙上拉屎——出臭风头

城墙上跑马——转不过弯来

城墙上骑瞎马——好险、冒险、危险

城头上出殡——死出风头、绕一个大弯儿

城头上盖城楼——底子空

城头上挂猪肝——少心没肺

城头上跑马——兜圈子、难转弯、转不过弯来、远兜远转

城头上栽花——高中（种）

城外摆摊——外行

城外头开钱庄——外行

乘车误了点——赶不上趟、赶不上、撵不上

乘船看风景——坐着瞧

乘飞机打伞——兜风

乘火车看外景——大有倒退之势

乘慢车来的人——不速之客

乘字底下丢了人——真乖

程咬金拜大旗——运气好、众望所归

程咬金打败仗——老婆孩子一起上

程咬金打仗——全靠三板斧

程咬金的斧头——就那么几下子、有两下子、乱杀乱砍、两面砍、头三下厉害

程咬金的斧子——头三下

程咬金的马——不出头

程咬金的三斧子——虎头蛇尾

程咬金的招数——三板斧

程咬金卖耙子——一路横刮

程咬金做皇帝——不耐烦、当不得真

程婴告密搜赵武——舍儿救孤

程婴舍子救孤儿——大义凛然

秤不离砣,公不离婆,扁担不离油篓篓——各有各的搭档、各有一套

秤锤扔到大海里——直线下降

秤舵落井——硬到底

秤杆打人——有斤两

秤杆掉了星——不识斤两

秤杆塞肚腹——满肚子点子、一肚子点子

秤杆上的定盘星——从零开始

秤杆上的准星——分得出斤两

秤杆与秤砣——密不可分

秤秆子柱路——小心(星)点

秤钩打钉子——扯直

秤钩打针——以曲求伸

秤钩挂在屁股上——自己称(秤)自己

秤钩子钓鱼——捞不着

秤盘里的铁块——分量蛮重

秤上四两棉花——去访访(纺纺)

秤砣掉粪坑——又臭又硬、臭硬

秤砣掉鸡窝——捣蛋、鸡飞蛋打

秤砣掉进大海里——浮不起来

秤砣掉进棉花堆——不声不响、无声无息

秤砣掉在橱柜里——砸人饭碗

秤砣掉在鼓上——不懂(扑通)

秤砣掉在水里——富(浮)不起来

秤砣掉在瓦釜里——砸锅

秤砣跌钢板——落地有声

秤砣过河——不服(浮)

秤砣囫囵(完整、整个儿)吞——铁了心

秤砣落水——一贬到底

秤砣落在棉花上——无声无息

秤砣碰铁蛋——硬碰硬

秤砣敲钢板——响当当、当当响

秤砣扔到钢板上——落地有声

秤砣虽小——能压千斤

秤砣腌咸菜——一言(盐)难尽(进)

秤砣砸核桃——看他(它)硬到几时

称物不挂秤砣——尾巴往上翘

chi

吃罢黄连劝儿媳——苦口婆心

吃霸王的饭,给刘邦干事——不是真心

吃梆条屙笊篱——满肚子胡编

吃包子扔皮儿——各有所好、各人所好

吃饱饭闲嗑牙——没事找事

吃豹子胆长大的——凶恶极了

吃别人嚼过的馍——没味道

吃冰棍儿拉冰棍儿——没话(化)

吃冰棍舍不得扔棒棒——小气鬼

吃饼吃馒头——不甩快(筷)

吃不了兜着走——自担责任

吃曹操的饭,干刘备的事——人在心不在、不是真心、吃里扒外

吃曹家饭,管刘家事——心不在焉

吃炒面哼小曲——含糊其词、含含糊糊

吃刺扎嗓子——自找罪受、自找难受

吃大鱼大肉的——肚里一点没数(素)

吃得耳朵都动弹——味道好爽

吃的咸盐真不少——净管闲(咸)事

吃的黑芝麻——满肚的黑点子

吃灯草灰长大的——说话没分量

吃点退烧药——降降温

吃点心抹酱油——不对味、不是味儿

吃豆腐多了——嘴松

吃豆腐花肉价——划不来

吃豆腐啃骨头——服软不服硬

吃豆腐渣长大的——嘴松

吃多了安眠药——不醒悟

吃多了碎米——啰唆

吃多了盐——尽讲闲(咸)话

吃饭馆,住旅店——什么事也不管、啥事不管

吃饭泡米汤——喝粥的命

吃饭泡汤——占地方儿

吃饭舔碗边——穷相毕露、吝啬鬼

吃饭咬颗沙子——搁（硌）着了

吃饭咬舌头——出于无意

吃饭住旅店——啥事不管

吃蜂蜜戴红花——甜美

吃蜂蜜说好话——甜言蜜语

吃蜂蜜蘸葱——找死、送死、寻死、自己找死

吃甘蔗爬楼梯——节节甜来步步高

吃甘蔗上山——一步比一步高，一节比一节甜

吃橄榄不吐核——看他怎么吞下去

吃个馒头就饱——没肚量

吃根灯草——说话轻

吃狗肉喝白酒——里外发烧

吃瓜不要子——甩种

吃瓜子吃出虾米（小虾）来——什么人（仁）都有、遇到了好人（仁）

吃瓜子——吞吞吐吐

吃挂面不调盐——有言（盐）在先

吃罐头没刀——难开口、口难开、不好开口

吃过干饭打更——不是时候

吃过黄连喝蜂蜜——先苦后甜

吃过三斤老蒜头——好大的口气

吃过晌午搭早车——赶不上趟

吃过屎的狗——嘴巴臭

吃过午饭打更——不是时候、不看时候、为时过早

吃海水长大的——管得宽

吃核桃——非砸不可

吃红薯蘸蒜汁——各对口味儿

吃黄瓜蘸雪——乏味

吃鸡蛋噎嗓子——进退两难

吃江水，说海话——好大的口气

吃饺子不吃馅儿——调（挑）皮

吃烤山芋——又吹又拍、吹吹拍拍

吃口樱桃肉塞了嗓子眼儿——小心眼儿、心眼儿狭小

吃辣的送海椒（辣椒），吃甜的送蛋糕——投其所好

吃辣椒喝白干——里外发烧

吃狼奶长大的——凶恶极了

吃烙饼卷木炭——黑心肝、心肠黑

吃烙饼卷手指——自己咬自己

吃凉粉——不塞牙

吃凉粉发抖——凉透心、冷透心

吃粮不管事——省心

吃了白糖吃冰糖——乏味

吃了豹子胆——胆子不小、天王老子都不怕

吃了扁担——横了肠子

吃了冰糖吃豆腐——先硬后软

吃了不害臊的药——不知羞耻、没脸

吃了蚕茧——一肚子私(丝)

吃了苍蝇——直感到恶心

吃了抄手(馄饨)吃馄饨——一码事

吃了秤杆——肚子心眼

吃了秤砣——铁心了

吃了敌百虫的老母鸡——抬不起头

吃了定心丸——做事踏实

吃了冬眠灵——昏昏欲睡

吃了豆腐——软了心

吃了对门谢隔壁——错了、晕头转向

吃了饭就砸锅——不干了

吃了蜂蜜——心里甜

吃了狗屎问香臭——明知故问

吃了海椒(辣椒)啃甘蔗——嘴甜心辣

吃了虎豹的心肝——好大胆、好大的胆子

吃了鸡下巴——爱搭嘴、接别人的话

吃了蒺藜豆——扎心

吃了开心药——合不拢嘴、咧开了嘴

吃了筐烂杏——心酸

吃了雷公的胆——天不怕地不怕

吃了两天豆腐想成仙——想得容易

吃了两只公鸡——在肚里斗

吃了灵芝草——一心想成仙、长生不老

吃了麻绳子——尽说长话

吃了煤炭——火气冲天

吃了蒙汗药——动弹不得、任人摆布、不省人事

吃了磨刀的水——秀(锈)气在内

吃了木炭——黑了良心

吃了鸟枪药——火气冲天

吃了炮仗——一跳三丈高

吃了枪药——火气大

吃了三天斋就想上西天——功底还浅

吃了三碗红豆饭——满肚子相思

吃了烧酒穿皮袄——周身火热

吃了烧茄子——多心

吃了剩饭想点子——光出馊主意

吃了算盘子——心里有数

吃了桐油呕生漆——连本带利

吃了窝脖鸡——憋气

吃了乌龟皮——装王八憨

吃了五味想六味——贪得无厌、贪心不足

吃了喜鹊蛋——乐开怀

吃了线团子——心里结疙瘩

吃了蝎子草的骆驼——四脚朝天

吃了蝎子——心肠歹毒

吃了哑巴药——开不得口

吃了一包回形针——满肚子委屈(曲)

吃了一肚子响雷——胆大包天

吃了一肚子账本——心中有数、肚里有数

吃了一堆烂芝麻——满肚子坏点子

吃了一筐烂杏——心酸得很

吃了一团烂麻——心里乱糟糟

吃了萤火虫——肚子里明、心里透亮

吃了鱼钩的牛打架——勾(钩)心斗角

吃了芋头不下肚——顶心顶肺

吃了早饭睡午觉——乱了时辰

吃了炸药——开腔就爆

吃了猪肝想猪心——贪得无厌、贪心不足

吃了猪苦胆——心里苦

吃柳条拉筐子——肚子里编

吃萝卜喝烧酒——干脆、干干脆脆

吃麻油唱曲子——油腔滑调

吃米不记种田人——忘本

吃米饭拣谷子——挑剔

吃棉花长大的——心软

吃棉花拉线团——肚里有文章

吃面条找头子——多余

吃奶的娃娃——不知愁

吃奶娃娃当家——幼稚得很

吃藕使筷子——挑眼

吃秦椒(细长的辣椒)烤火——周身火热

吃秦椒长大的水晶猴子——不光刁滑,肚里还辣

吃人不吐骨头——心狠手辣

吃人的东西坐大殿——豺狼当道

吃人的老虎拍照——恶相、恶模样

吃桑叶吐蚕丝——肚里有货

吃上辣椒屙不下——两头难受

吃烧饼掉芝麻——免不了

吃蛇不吐骨——厉害

吃生萝卜的——说话干脆

吃生米的碰到嗑生谷的——恶人遇恶人

吃虱子留后腿——小气

吃水不记掘井人——忘本

吃笋子剥皮——一层层来

吃天鹅肉——痴心妄想、妄想

吃甜的有蜜糖,吃辣的有辣汤——各对口味儿

吃歪藤长大的——乱纠缠

吃豌豆咽鸡蛋——一个赛一个

吃完饭就砸锅——不干了

吃完黄连吃白糖——苦尽甜来

吃苇坯拉炕席——满肚子瞎编、肚里编、嘴能编

吃窝头就辣椒——图爽快

吃稀饭加米汤——亲(清)上加亲(清)

吃稀糊糊游西湖——穷开心

吃咸菜长大的——尽管闲(咸)事、操闲(咸)心、闲(咸)操心

吃咸菜蘸酱油——多此一举、闲(咸)透啦

吃馅儿饼抹油——白搭

吃香蕉剥皮——吃里爬(扒)外

吃蝎子吞辣椒——太毒辣

吃雪糕拉冰棍——没话(化)

吃盐翻跟头——闲(咸)得慌

吃药用冰糖作引子——又苦又甜

吃一升米的饭,管一斗米的事——管得宽

吃油条蘸大油(猪油)——腻透了

吃鱼不吐骨头——说话带刺儿

吃枣不吐核儿——囫囵吞枣

吃斋的恶婆子——口素心不善

吃斋碰着月份大——倒霉透了、真倒霉

吃猪脚不吐骨头——不知怎么吞下去的

吃猪肉念佛经——冒充善人

吃竹竿长大的——直性人、直性子

吃竹子拉笊篱——满肚子瞎编、肚里编、嘴能编

吃着冰棍拉家常——冷言冷语

吃着菠萝问酸甜——明知故问

吃着肥肉唱歌——油腔滑调

吃着甘蔗上台阶——步步高,节节甜

吃着话梅讲话——一股酸味

吃着黄连唱着歌——以苦为乐

吃着梅子问酸甜——明知故问

吃着碗里瞧着锅里——贪得无厌

吃着油条唱歌——油腔滑调

吃自来食的水鸟——长脖子老等

吃粽子蘸蒜泥——各有各的口味、各对口味

痴鸟等湖干——痴心妄想、妄想

痴情碰冷遇——伤透心肝、伤心

痴人买画——一样一张

痴人睡在乱冢里——不怕死

痴人说梦——不屑一听、胡言乱语、胡说八道

池塘的浮萍——浮在面上

池塘干涸——露了底

池塘里的风波——大不了

池塘里的荷花——出淤泥而不染

池塘里的荷叶——随风摆、随风飘

池塘里的莲藕——嫩的好

池塘里的麻雀——没见过风浪

池塘里的泥鳅——掀不起大浪、翻不了大浪

池塘里的藕——心眼多、心眼不少

池塘里的小鱼——尤（游）物

池塘里的鸭子——不用赶

池塘里的鱼——没见过风浪

池塘里摸菩萨——劳（捞）神

池塘里潜水——没深度

池塘里撒网——鱼虾兼收

池塘里洗澡——未必就干净

池中捞藕——拖泥带水

池子里拾蟹子——十拿九稳

赤膊穿刺笆（荆棘）——进退两难

赤膊上阵——拼命、要大干了

赤膊捅马蜂窝——蛮干、不惜血本

赤膊钻进蒺藜窝——浑身是刺

赤脚拜观音——诚心实意

赤脚戴礼帽——顾上不顾下

赤脚的和尚——两头光

赤脚撵穿高跟鞋的——赶时兴、赶时髦

赤虾撞桥脚——不觉得

赤眼看见火石头——怒火冲天

赤着脚板去拜年——辛苦讨来快活吃

赤着双脚戴皮帽——顾上不顾下

赤着双足登高山——铁脚板

翅膀长硬的鸟——要飞了

chong

冲锋枪上的通条——直来直去、直进直出、直出直入、难转弯、转不过弯来

冲沟里放牛——两边吃

冲瞎子问路——方向不明、找错了人

冲着告示点头——混充识字儿的

冲着和尚骂秃子——寻着惹气

冲着柳树要枣吃——故意刁难、有意为难

冲着尼姑叫姑爷——看错了人、认错了人

冲着姨夫叫丈人——乱认亲

虫吃梨子——心里肯（啃）

虫吃桑叶——不吐丝

虫蛀的扁担——经不住两头压

虫蛀的大树——蔫坏

虫蛀的老槐树——腹内空空

虫蛀的苹果——放到哪,烂到哪

虫蛀的幼苗——长不大

虫子打架——没声响

虫子掉在糨糊盆里——动弹不得

虫子钻进核桃里——混充好人(仁)、算什么人(仁)

崇明岛上修寺庙——没靠山

宠了媳妇得罪娘——两头为难、两难、左右为难、好一个,恼一个

chou

抽大烟的说梦话——不过瘾

抽刀断水——枉费心机

抽风攥拳头——手紧

抽干塘水捉鱼——一个也跑不了、不顾后果

抽急的陀螺——团团转

抽了脊梁骨的癞皮狗——扶不上墙

抽了架的丝瓜——蔫了

抽了筋的老虎——塌了架

抽香烟打吗啡——一码是一码

抽芽的蒜头——多心

抽烟不带火——沾光

抽烟烧了枕头——怨不得别人

仇人打擂——有你无我

仇人相见——分外眼红

绸缎上绣牡丹——锦上添花

绸子包鸡笼——外面好看里面空

绸子包金条——好的在里面

丑八怪搽胭脂——自以为美

丑八怪出台——见笑了

丑八怪戴花——不知自丑、自不知趣

丑八怪相媳妇——乔装打扮

丑八怪演花旦——别出心裁

丑旦化妆——油头粉面

丑妇见翁姑——怕不得

丑姑娘给俊女婿——混着过

丑女嫁丑汉——丑上加丑

丑婆娘逛灯——活现眼

丑婆娘照镜子——就是那个样子

丑媳妇见公婆——迟早一回、迟早有一次

丑小鸭变天鹅——高升了

臭虫爬到礼盒里——这回可找到理(礼)了

臭虫咬胖子——揩油、沾油水

臭虫咬人——出嘴不出身

臭虫钻到花生壳里——放不了好人(仁)、硬充好人(仁)

chu

出殡忘了抬棺材——太大意

出巢的黄蜂——满天飞

出得龙潭,又入虎穴——躲了一灾又一灾、祸不单行

出东门往西拐——糊涂东西

出洞的狐狸——贼头贼脑

出洞的黄鼠狼——又鬼祟又狠毒

出洞的老鼠——左顾右盼、怕见人

出工一条龙,干活一窝蜂——出工不出活、出勤不出力

出锅的大虾——卑躬(背弓)屈膝

出锅的热糍粑——软瘫了、软作一堆

出锅的烧鸡——窝着脖子别着腿

出国的大轮船——外行(航)

出海捕鱼——多少总会有收获

出海带救生圈——有备无患

出家人化缘——到处求人

出家人娶媳妇——不守规矩

出家遇着矮和尚——从师不高

出家做和尚——没法(发)儿

出嫁的姑娘——满面春风、春风满面、有主了、红光满面

出来进去走窗户——没门儿、无门

出了茶馆又进澡堂——里外挨涮

出了厨房进冰窖——忽冷忽热

出了灯火钱,坐在暗地里——明吃亏

出了架的导弹——迅雷不及掩耳

出了笼的黄雀——自由自在

出了土的春笋——能顶千斤石、冒尖、露头

出了芽的蒜头——多心

出了衙门骂大街——没事找事

出了窑的砖——定了型、定型了

出林的笋子——招风

出笼的馍馍烤着吃——欠火候

出笼的鸟儿——要飞了、远走高飞、放得出，收不回、自由飞翔

出炉的钢锭——定了型、定型了

出炉的红铁——找打

出炉的铁水——沾不得

出门带伞——有备无患

出门带条狗——随人走

出门戴口罩——嘴上一套

出门逢债主，回屋难揭锅——内外交困、倒霉透了

出门骑骆驼——不用照料

出门坐飞机——远走高飞

出山的猛虎——凶相毕露、势不可当、威风不小

出山的太阳——火红一片、一片火红

出师就取胜——好开场

出师前折旗——不吉利

出水的芙蓉——一尘不染、楚楚动人

出水的虾子——活蹦乱跳、又蹦又跳、连蹦带跳

出膛的子弹——不会拐弯、永不回头、决不回头、勇往直前、不认人、一发而不可收

出山的太阳——火红一片、一片火红

出头的椽子——先烂

出头的钉子——先挨砸

出头的疖子——好得快

出头的鸟——先挨打

出土的甘蔗——节节甜

出土的陶俑——可见着天日了、总算有了出头之日

出土笋子逢春雨——节节高、节节上升

出土文物——宝贝疙瘩、老古董

出须的萝卜——腹中空、空虚、心虚

出窑的石灰遭雨淋——四分五裂

初八过重阳节——不久（九）

初吃甘蔗——尝到了甜头

初出锅的糍粑——软作一团

初出窝的小鸟——净攀高枝

初次挖藕——摸着干

初冬的薄冰——一戳就破、踏不得

初二三的夜晚——处处不明

初七八的月亮——半边阴

初晴露太阳——重见天日、开云见日

初身唱老旦——没痛快一天

初升的太阳——光芒四射、一片红火、火红一片

初生的牛犊——不怕虎

初生的娃娃——小手小脚

初十的月亮——不圆

初学滑冰——没有不摔跤的

初学交谊舞——不知进退

初学太极拳——不会推

初一拜年——彼此一样

初一吃十五的饭——前吃后空

初一的潮水——看涨

初一晚上走路——漆黑一片

初一夜里出门——处处不明

初一早上放鞭炮——正是时候

除夕吃团年饭——皆大欢喜

除夕进厨房——你忙我也忙

除夕晚上的案板——不得闲

除夕晚上的蒸笼——同时忙

除夕晚上借砧板——不看时候

除夕夜守岁——辞旧迎新

厨房里打架——砸锅

厨房里的柴——果然是真心（薪）

厨房里的馋猫——记吃不记打

厨房里的灯笼——常常受气

厨房里的火筒——两头空

厨房里的垃圾——破烂货、鸡毛蒜皮

厨房里的砂锅——淘（陶）气（器）

厨房里的灶——时冷时热

厨房里落石头——砸锅

厨师熬粥——难不住

厨师搬家——另起炉灶

厨师炒菜——添油加醋

厨师出身——喜欢吵(炒)

厨师的柜子——装昏(荤)

厨师的围裙——揩油、沾油水、油透了

厨师动锅铲——吵(炒)起来了

厨师进厨房——内行来了

厨师试菜——尝尝咸淡

厨师洗手——不想吵(炒)

厨子磨刀——只图快

锄地不带锄——干什么来的

锄头耕地——有一下,算一下

锄头钩月亮——够不着

锄头刨黄连——挖苦

橱窗里的东西——任人摆布

楚霸王举鼎——好大的力气、劲大、力大无穷

楚霸王困垓下——四面楚歌

楚霸王请客——去也得去不去也得去、凶多吉少

楚霸王种蒜——栽到家了

楚霸王自刎——身败名裂、没脸回江东

楚国君拿晏子开心——辱人不成反辱己

楚汉相争——势不两立、胜者为王、在谋不在勇

楚河汉界——清清楚楚、一清二楚

楚人夸矛又夸盾——自相矛盾

楚王打霸王——自知疼痛

楚庄王理政——一鸣惊人

chuai

揣着明白说糊涂——装傻

揣着手走亲戚——没啥可拿

chuan

穿背心戴棉帽——不相称

穿背心作揖——光想露两手

1563

穿冰鞋上沙滩——你别想溜

穿不过的巷子——死胡同

穿不破的鞋——底子好

穿草鞋打领带——土洋结合

穿草鞋戴礼帽——不伦不类、不相称

穿草鞋上树——欠妥(拖)

穿长衫着短裤——不配套

穿绸缎吃粗糠——外光里不光、表面光

穿大褂子作揖——不限定(现腔)

穿钉鞋踩屋瓦——捅娄(漏)子

穿钉鞋上瓦屋——不可行也

穿钉鞋外搭拄拐棍——双保险

穿钉鞋拄拐棍——步步扎实、把稳着实

穿钉鞋走钢板——走一路响一路

穿钉鞋走泥路——步步有点、步步扎实

穿钉鞋走石子路——寸步难行

穿冬衣戴夏帽——不知春秋

穿冬衣摇夏扇——不知冷热

穿短裤套短袜——差一大截

穿短袜着短裤——两头够不着、拉扯不上

穿高跟鞋跑步——想快也快不了

穿高跟鞋上山——自己跟自己过不去

穿过胡同上大街——路子越走越宽

穿汗衫戴棉帽——不知春秋、不协调

穿节的竹竿——灵通起来了

穿紧身马褂长大的——贴心

穿孔的皮球——泄了气

穿裤扎脚管——毫毛不丢一根

穿了鼻子的牛——让人牵着走

穿没底的鞋——脚踏实地

穿木屐干活——拖拖沓沓、拖拖拉拉

穿木屐过摩天岭——走险

穿木屐上高墙——胆战心惊、战战兢兢

穿木拖鞋走路——响声大,步子小

穿皮袄吃醪糟——周身火热

穿皮袄打赤脚——凉了半截

穿皮袄喝烧酒——正在热乎劲上、里外发烧

穿皮袜子戴皮手套——毛手毛脚

穿破衫戴礼帽——不成体统

穿旗袍跳芭蕾舞——中西结合

穿青衣的骑黑驴——一样的皮毛、一样的颜色

穿山甲扒窝——越掏越空

穿山甲的本领—会钻

穿山甲拱泰山——攻(拱)不倒

穿山甲过的路——空洞

穿湿棉袄背秤砣——一身沉重

穿梭子不带线——空来空往

穿蓑衣救火——自讨麻烦、迟早都要烧

穿堂风——凉快

穿兔子鞋的——跑得快

穿拖鞋跳芭蕾舞——洋不洋土不土

穿袜子没底——装面子

穿西装戴斗笠——土洋结合

穿西装戴瓜皮帽——不洋不土

穿小鞋走窄门——自己跟自己过不去

穿鞋卧人床——恶相、恶模样

穿心的烂冬瓜——坏透了

穿新鞋走老路——因循守旧

穿新衣逛新城——样样新鲜

穿靴子光脚——自己心里明白

穿衣戴帽——各有一套、各有所好、各人所好

穿衣镜前作揖——自己恭维自己、自尊自敬

穿衣镜照人——原原本本

穿针——一孔之见

穿着草鞋跳芭蕾舞——土洋结合

穿着袈裟作揖——露一手

穿着坎肩打躬(作揖)——露两手

穿着棉衣游泳——甩不开膀子

穿着靴子搔痒痒——麻木不仁

穿着毡靴子上炕——毛手毛脚

传说中的八仙——各有千秋

传闲话,落不是——自讨没趣、无事生非

传言过语——拨弄是非、搬弄是非

船舱里打老鼠——跑不了

船舱里生小鸡——漂浮(孵)

船到江心才补漏——晚了、来不及

船到江中触暗礁——散板了

船到码头车到站——到达目的地了、停滞(止)不前、各人走各人的路

船到桥头——不直也得直、不顺也得顺

船到竹篙撑——随机应变

船底雕花——多此一举

船底下放鞭炮——闷声闷气、闷声不响

船工租船游西湖——划得来

船家打老婆——早晚是一顿

船家的鸡——见水不得饮

船进断头浜(小河)——进退两难

船开才买票——错过时机

船老大带徒弟——从何(河)说起

船老大的犁头——无用、没得用

船老大敬神——为何(河)

船老大坐后艄——看风使舵

船上打伞——没天没地

船上的蚂蚁——空搬家

船上迈步——越走越窄

船上人充油灰——慢慢来

船头办酒席——难铺排

船头上跑马——转不过弯来、前途有限

船头上跑马——走投无路

船头上撒网——纲举目张

船头上烧纸——为何(河)

船脱离了水——行不通、走不通

船尾朝北——难(南)行

串鸡毛——壮胆(掸)子

串起来的螃蟹——横行不了几天

串亲遇上下雨天——人不留客天留客

串绳子养海带——根子不在下头、根在上边

chuang

疮口上贴膏药——揭不得

窗户上糊纸——一捅就破

窗户上画老虎——吓不了谁

窗户上伸脚——走错了门、找错了门、不是门

窗户上走人——没找着门路、门外汉

窗户眼儿吹喇叭——名(鸣)声在外

窗户眼里看人——小瞧

窗户纸糊隔墙——一点通

窗户纸——一戳应就透

窗口插桂花——里外香

窗口看天——只见一面

窗帘店的师傅——作者(做折)

窗棂(窗格)里吹喇叭——名(鸣)声在外

窗棂上泼水——失(湿)格了

窗纱做衣裳——浑身是窟窿

窗台上拾钱——不用弯腰

窗台上种瓜——长不大

窗外有窗——多余的框框

窗子小跳不进去——格格不入

床板夹屁股——有苦难诉、有苦说不出

床单做窗帘——够宽大了

床单做洗脸巾——大方

床单做鞋垫——大材小用

床底劈柴——上下碰壁

床底下拜年——伸不直腰、永无出头之日

床底下唱歌——格调不高

床底下吹号——低声下气

床底下打场——摊不开

床底下打拳——直不起腰、施展不开

床底下的夜壶——离不得又见不得、难登大雅之堂

床底下点灯——不高明

床底下点蚊香——没下文(蚊)

床底下堆宝塔——高也有限

床底下躲雷公——不顶用、没用处、没得用

床底下翻跟头——碍上碍下、碰上碰下

床底下放暖壶——水平(瓶)低

床底下放纸鸢——出手不高、起手不高

床底下关鸡——提（啼）醒你

床底下鞠躬——抬不起头来

床底下看书——眼光不高

床底下亮相——姿态不高

床底下抡大斧——不好使家伙

床底下埋金子——千万别声张

床底下劈柴——难免磕磕碰碰、戳大板

床底下晒谷子——阴干

床底下伸手——要求不高

床底下喂鹤——抬不起头来

床底下想办法——主意不高

床底下养仙鹤——一辈子不得抬头

床底下支张弓——暗箭伤人

床上的花枕头——置之脑后

床上放风筝——高也有限

床上铺黄连——困苦

床上起塔——底子空、高也有限

床上耍花枪——打不开场面

床上杂耍——软功夫

床上捉奸——想赖也赖不了

床头鸡叫——提（啼）醒我

床头上拾元宝——自欺欺人、自骗自、自己哄自己

闯江湖的买卖——骗人

chui

吹大风吃炒面——怎能开口

吹灯拔蜡踩锅台——一切都完了

吹灯打哈哈——暗中作乐

吹灯打哈欠——暗中出气、偷偷消气

吹灯裹脚——瞎缠

吹灯讲故事——瞎说、瞎叨叨、胡叨叨

吹灯捉虱子——瞎摸

吹灯作揖——没人领情、不领情

吹笛的会摸眼，打牌的会摸点——各有本领、各靠各的本事

吹笛又找个捏眼的——多余

吹笛子请人捂眼——爱求别人

吹风机出故障——坏了风气

吹风蛇带仔——凶恶极了

吹鼓手办喜事——自吹

吹鼓手抱公鸡——嘀嘀咕咕

吹鼓手背号筒——专门寻事

吹鼓手吃饭——顾吃不顾吹

吹鼓手的肚子——气鼓气胀、气鼓鼓

吹鼓手掉进井里——想(响)着想(响)着下去了

吹鼓手跌河里——投想(响)

吹鼓手丢唢呐——吹不得、别吹了

吹鼓手分家——一人一把号

吹鼓手分钱——看谁能吹

吹鼓手赴宴——吃得胀气饭

吹鼓手赶集——没事找事

吹鼓手过坟场——自己给自己壮胆

吹鼓手喝彩——自吹自擂

吹鼓手叫阵——赛吹

吹鼓手排队——挨不上号

吹鼓手娶媳妇——自吹自擂

吹鼓手上街——没事找事

吹鼓手跳舞——蹦着吹

吹鼓手仰脖子——净起高调

吹鼓手坐宴席——顾吃不顾吹

吹胡子瞪眼——大发脾气、气到极点

吹火筒不通——赌(堵)气

吹火筒打鸟——不像腔(枪)、不是真腔(枪)

吹火筒当晾衣竿——差得远、差远了

吹火筒当望远镜——眼光狭窄

吹火筒当眼镜——慢慢看

吹火筒子——两头受气、两头通

吹火遇上倒烟——憋气

吹糠见米——本小利大

吹口哨过坟场——自己给自己壮胆

吹喇叭不用气——叫它自个儿去想(响)

吹喇叭的分家——挨不上号

吹喇叭佬娶老婆——自吹

吹喇叭响爆竹——有鸣有放

吹喇叭扬脖——起高调

吹了灯瞪眼睛——出了气又不得罪人

吹灭灯挤眼儿——后来的看不见、看不见的勾当

吹起来的肥皂泡——不攻自破

吹气灭火——口气不小

吹气入竹笼——劳而无功、有劳无功

吹煞灯念经——瞎叨叨、胡叨叨

吹唢呐的腮帮子——胀起来了

吹糖人的出身——好大的口气、口气不小

吹糖人的搭台子——买卖不大,架子不小

吹影镂尘——不见形迹

吹着喇叭找买卖——没事找事

炊壶煮饭——出不得户(壶)

炊事员的手——会做吃的

炊事员的围裙——有(油)点

炊事员行军——替人背黑锅

垂危病人摘牡丹——临死还贪玩

锤打棉花——敲不响

锤砸铁砧——响当当

锤子炒菜——砸锅

锤子打钉子——入木三分

锤子打钎——想(响)到一个点子上

锤子敲胸脯——砸在心坎上

chun

春蚕吃桑叶——一点点地啃

春蚕到死——怀着私(丝)

春蚕到死丝方尽——满腹经纶

春蚕结茧——一丝不苟

春蚕吐丝——自缠身

春草(戏剧《春草闹堂》中的人物)闹堂——急中生智

春茶尖儿——又鲜又嫩

春凳(宽而长的旧式凳子)折了靠背儿——无依(倚)无靠

春分得雨——正逢时

春节后的水仙——没有市场

春节看灯——观光

春节前的年货——满街满巷

春苗得雨——正逢时

春秋望田头——专门找茬儿

春笋见春雨——一日长三寸

春天的草芽——自发

春天的雷,涨潮的水——留不住、难久留

春天的柳树枝——落地生根

春天的萝卜——心虚

春天的猫——尽对儿

春天的毛毛雨——贵如油

春天的蜜蜂——闲不住

春天的嫩韭菜——一时鲜

春天的气候——一天三变

春天的石榴花——火红一片、心红

春天的树尖——一天变个样

春天的杨柳——分外亲(青)

春天河边——富有诗(湿)意

春天里开花——看不及

春夏秋冬——年年有

春汛的鱼虾——随大流

春种夏耘秋收冬藏——因时制宜

椿树上的虱子——懒相(象)

chuo

戳翻了的蚂蚁窝——全暴露了

戳破了的灯泡——冒火

ci

祠堂里敬佛祖——拜错庙门

祠堂里撂砖——祖辈有仇

瓷公鸡,玻璃猫——一毛不拔

瓷盘里的水仙——根底浅

瓷盘里的珍珠——明摆着

瓷器店里的老鼠——打不得、碰不得

辞去先生去做贼——不务正业、不干正经事

磁石遇铁砣——不谋而合

春天的石榴花——火红一片、心红

糍粑打狗——沾(粘)上了

此地无银三百两——不打自招、自欺欺人、泄露了天机、欲盖弥彰

此曲只应天上有——不同凡响

刺笆(荆棘)林里的斑鸠——不知春秋

刺笆林里打石头——无牵挂、无牵无挂

刺笆林里放风筝——胡缠、胡搅蛮缠

刺笆林中的苦蒿——没人睬(采)

刺柏林的斑鸠——姑姑(咕咕)

刺拐棒打狗——不顺手

刺拐棒弹棉花——越整越乱

刺拐棒做线板——难缠

刺槐做棒槌——扎手、净是扎手货

刺壳里挖栗子——碰到棘手事、棘手

刺木架桥——没人敢过

刺木条——架不得桥

刺蓬上晒被子——不顾面子

刺猬的脑袋——不是好剃的头、刺儿头、摸不得

刺猬抖毛——浑身乍刺儿、干乍刺

刺猬发怒——炸毛了

刺猬见老鹰——肚皮冲上

刺猬皮包钢针——里外扎手

刺猬在巴掌上打滚——碰到棘手事、棘手

刺猬钻进蒺藜窝——针锋相对、进退两难、奸(尖)对奸(尖)

刺猬钻进丝线里——纠缠不清

刺窝里摘花——难下手、下不了手、无法下手

刺绣女工的手艺——真(针)功夫

cong

从地上跳到炕上——不足为奇

从发面团上拔毛——无中生有

从狗洞里爬出来的新郎——不走正道、光走歪道

从河南到湖南——难(南)上加难(南)

从火坑里爬出来的好汉——死里求生

从景德镇贩来的——新词(瓷)

从糠里能熬出油来——是把好手

从楼上摔下一筐子鸡蛋——没有一个好的、没有一个好货

从门缝里看大街——眼光太窄了

从门缝里看人——把人瞧扁了

从石头里挤水——办不到、万万办不到

从席上跌地上——差不离

从小差一岁——到老不同年

从小娇惯的公主——随心所欲

从小离家老大回——变样了

从小没娘——说来话长

从斜门缝看人——怎么看怎么歪

从盐店里出来的伙计——闲(咸)得发慌

从一算起——接二连三

葱皮筒子——经不起吹

葱头不开花——装什么蒜

葱叶炒藕——空对空、空空洞洞、空洞

cu

粗瓷茶碗雕细花——难极了、白费工夫、白费劲

粗瓷瓶上——雕不出细花

粗棍打狗——重重地惩戒

粗糠烙饼——中看不中吃、好看不好吃

粗麻绳纫针——难上加难、难上难

粗石头性子——一碰就发火

粗纹路的布——泾渭(经纬)分明

粗线补衣——外边难看里边牢

醋厂里冒烟——酸气冲天

醋店里打架——争风吃醋

醋熘猪苦胆——又苦又酸

醋盘里养鱼——水浅

醋泡辣椒——又酸又辣

醋泡山楂——酸上加酸

醋瓶子打飞机——酸气冲天

醋坛里酿酒——坛坛酸

醋坛里泡枣核——尖酸、又尖又酸

醋坛子打酒——满不在乎(壶)

醋坛子里泡胡椒——尝尽辛酸

醋腌黄瓜——一股酸味

醋煮鸭子——身子烂了嘴还硬

cui

崔莺莺患病——心病还得心药医

崔莺莺送郎——依依不舍、一片伤心说不出

催命鬼对阎王——一个比一个凶

脆瓜打狗——零碎、去一半

淬过火的钢条——宁折不弯

cun

寸花公鸡上舞台——谁跟你比漂亮

cuo

矬地炮(身材矮小的人。矬,矮)嫁个细高挑儿(身材细长的人)——取长补短

矬子看戏——听声

矬子里拔将军——短中取长

矬子婆娘——见识低

矬子坐高凳——够不着

错把李逵当张顺——黑白不分

错把洋芋当天麻——不知好歹、好歹不分

错吃了毒药——顿时傻了眼

错公穿了错婆鞋——错上加错

错贴的门神——反脸盛酒的葫芦——度(肚)量大

重打鼓另开张——从头来、从头学起、重新来

重阳节上山——登高望远、站得高,看得远